二人の嘘

一雫ライオン

幻冬舎

プロローグ　5
第一章　ある判事の日常　9
第二章　門前の人　69
第三章　接触　101
第四章　過去を消したい男　131
第五章　いまを大事にする女　190
第六章　真実　227
第七章　あなたのために　283
第八章　走る　344
第九章　悲劇　388

装画　金子幸代

ブックデザイン　鈴木成一デザイン室

二人の嘘

プロローグ

ひらひらと鳥は舞い落ちていった。

いや、ひらひらと感じたのは一瞬だったのかもしれない。ほんの、数秒。コンマ何秒の世界だったのかもしれない。不格好な片方の翼をばたばたと上下させ、それは落下していった。

最初はおおきくふたつの翼を広げた。が、飛べぬと気づくと手負いの片方の翼を必死に広げた。片方の翼だけに力を入れたからか、本来なら平行に進むべき道を、躰《からだ》を右斜め上に傾け、必死に、折れた右の翼をばたつかせた。十二歳だった礼子《れいこ》は小学校の教室のベランダから、落下していく鳥の背中を見つめた。

「だから言ったのに」

礼子は隣に立つ同級生の夏目三津子《なつめみつこ》の目を見て言った。夏目三津子は礼子に視線をむけることもなく、いや、礼子が発した言葉など、もともとこの世になかったように、ただ落ちゆく鳥を呆《ぼう》と見つめていた。

想像以上に、落ちるスピードは速かった。

二か月前に校庭の片隅に倒れていた鳩《はと》を、クラスの男子が見つけた。片方の翼が折れていた。右の翼。

「カラスにやられたのかもしれない」

「いや、仲間の鳩と喧嘩《けんか》をしたのかも」

「仲間で喧嘩なんてしないよ」

「いや、鳩だって餌を取りあったりして、喧嘩することもあるよ」

普段は空を飛び、地にいるときは個性的な首の動きで歩く鳩。が、十二歳の礼子たちは、明らかに右の翼が折れ、醜く変形し砂利の上に寝そべる鳩を見て興奮していた。非日常だった。死を感じたのかもしれない。そのうち誰からともなく「助けよう」という声が上がり、鳩は六年三組の教室で保護されることになった。担任の先生はすこし困った顔を見せながら、鳥かごを持ってきてくれた。ほとんどのクラスメイト、三十人ほどの女子と男子は手負いの鳥を看病しつづけた。

そして二か月がたち、給食後、もうすこしで午後の授業の開始を告げるベルが鳴るころ、夏目三津子は礼子に言った。

「もう、逃がしてあげようよ」と。

クラスのなかでも静かというか、あまり前にも出ない夏目三津子が突然話しかけてきたので、まだ子供だった礼子は一瞬驚いた。「まだ、治ってないんじゃない？」と言った記憶が礼子にはある。

「だいじょうぶ。治ってるよ」

校庭でドッジボールやキックベースをしないわずかな男子、いっぱしの大人の女性顔負けに、ああでもない、こうでもない、誰が誰をこんなふうに言っていた、と楽しげに話しあう女子たちと、夏目三津子と礼子はその瞬間、確実に別の世界にいた。教室の後ろに置かれた物入れの上にある、鳥かご。細い柵の間から、鳩が見えた。その前に立つ夏目三津子と礼子の会話など、教室にいるどの生徒も聞いていなかった。

唾を飲みこんだことを、片陵礼子《かたおかれいこ》は覚えている。

背中がぶるっと震えたことも。

夏目三津子は礼子の反対も聞かず、鳥かごに手を伸ばし、両手で包むようにそれを摑《つか》んだ——。


「片陵さん」

机を挟んでむかいに座る男の声で、礼子はようやく窓の外にむけていた視線を前に戻した。幼きころの、鳩の記憶もゆっくりと消えていった。が、瞳には窓から見える光景がこびりつく。一月の能登半島。日本海。空からは牡丹《ぼたん》のような雪が舞い落ち、港を白く覆っていた。人っ子一人存在しないその港津《こうしん》に、真冬の日本海は暴れるように波を寄せては戻していく。

鼠色《ねずみいろ》をしたスチール製の机の上に置かれた湯飲みに礼子は視線を移した。先ほどまで氷点下の世界にいた礼子をいたわるように、すこし軽蔑するように、湯飲みからは湯気が立ち上っていた。

「金沢へ行きたいと言ったのは、わたしなんです」

礼子は九谷焼でも珠洲焼《すずやき》でもなんでもない、百円ショップで売っていそうな茶碗を見つめながら言った。

「はい」

目の前にいる刑事は答えた。珠洲警察署、会議室。机上に置かれた卓上カレンダーが目に入る。平成三十一年、一月。平成最後の一月が終わろうとしている。新たな年号は、なにになるのであろうか。
「……まさか、こんなことになるなんて」
礼子の呟《つぶや》きは窓の外で鳴いた海鳥の声に交じり、消えていった。
蛭間《ひるま》隆也《たかや》を思い出した。
いつも後ろを歩いていたあの人を。
――平成も終わりますね。
――どんな年に、なるでしょうね。

第一章　ある判事の日常

「もうすこし右、お顔をすこしだけ右にむけてください。はい、そこです」

平成三十年、九月。

東京地方裁判所、刑事第十二部の裁判官室で、三十三歳の片陵礼子はカメラのシャッター音に包まれていた。一眼レフカメラを構えるのは、新進気鋭の写真家、久野《ひさの》忠雄《ただお》。久野は真剣なまなざしで窓際に立つ礼子を写真に収めていく。礼子の背後にある窓からは、法務省と皇居のお濠《ほり》が見える。お濠の木々たちの緑とドイツ・ネオバロック様式で建てられた赤レンガ棟を従えるように、礼子は窓際に立たされていた。

「レフ板、外していいや」

久野がファインダー越しに礼子を見つめたまま、アシスタントに指示を送る。早朝の自然光が気に入ったようだ。久野は「撮影時間、十分」の約束を五分も余らせて、短く息をつきカメラを下ろした。

「充分撮れました」

雑誌編集者に久野が笑みを見せた。礼子は表情ひとつ変えずに、まとわされていた黒の法服を脱ぐ。シルク素材に似せた漆黒の法服が、するすると音を立て礼子の躰から離れる。その音が早朝のしずかな裁判官室に響き、神聖さを際立たせた。

「朝早くから、申し訳ありませんでした」

雑誌「ＡＵＲＡ」の女性編集者が礼子と裁判所の面々に頭を下げる。礼子は「いえ」と短く返事をし、

「わたしのほうこそ、朝早くからすみません」

と、喜も怒も表さずに、平坦な声色で女性編集者に言葉を投げた。

礼子は黙々と法服を畳む。

「いやあ、緊張しましたよ」

久野は片付けをアシスタントに任せ、女性編集者と最高裁広報課付の岸和田美沙《きしわだみさ》に話しかけた。

岸和田美沙は礼子のひとつ年下なので、三十二歳になったはずだ。岸和田は口元に微笑を浮かべながら、久野と話す。あと二時間半後にはふたたびまとう法服をロッカーにしまい、礼子は机にむかう。視界に入った岸和田のリップを見て、「普段よりピンクだな」と礼子は思った。机上に置かれた大量の資料に手を伸ばし、今日分の法廷スケジュールを確認する。今日は新件が入っている。

【十時～十七時　第７１５法廷　刑事第十二部　新件　傷害致死　被告人柳沢一成《やなぎさわかずなり》　平成三十年合（わ）第１５２号】

起訴状に目を通す。被告人がじぶんの母親を殺した事件だった。今年のはじめ、夫の貴志《たかし》がテレビのニュースを見て呟いていたことを思い出す。

「同居の母親、息子が蹴っ飛ばして殺したって。世も末だな。な、礼子」

礼子はニュース、ワイドショーの類《たぐい》は一切見ない。じぶんがその公判を担当することになるかもしれないからだ。被告人に判決をくだす立場として、余計な情報は頭の片隅にも入れたくない。情報は感情に繋《つな》がる。感情は正しい判断をもっとも狂わせる。だから礼子は、徹底的にそれを排除する。その日も台所で夫の問いかけを聞きながら、礼子は晩ご飯の支度、とんかつに添えるキャベツの千切りに没頭した。だから本当は、夫は妻に話しかけているのだが、結果礼子は答えないので、必然、〝夫が呟いた〟ことになる。弁護士をしている貴志はこういう時の妻の対応には慣れていて、すぐに黙ってニュースを見つづけていたことを、礼子は頭の片隅で思い出した。

「いや、本当に綺麗だった」

久野の声が聞こえる。

「何百人も女優を撮ってきたけど、いや――あの人は綺麗だ」

雑誌の女性編集者が同調するように、「ほんとに、ほんとに」とわめいている。みなの視線がじぶんに来ていることに気がつきながら、礼子は「一刻も早く裁判官室から出ていってくれないかな」と冷ややかに起訴状を読む。

時間指定のある撮影がぶじに終わったからか、手ごたえがあったからか、久野はリラックスした表情で礼子に声をかけた。

「片陵さんは」

「はい」

煩わしさを感じながら、「この手の男はすこし話にのってあげたほうが、より早く退散するだろう」と思い、礼子は起訴状から久野へと視線を移した。

「片陵さん――あ、気軽に名前で呼んじゃいけないですね。判事は、なんで裁判官になろうと思ったんですか？」

この男にどんな才能があるかは知らないが、さぞかし女性にもてるのだろう。初対面の女に臆することなく、いつもの癖なのか、それともそれがじぶんに似合う笑い方だと思っているのか、久野は右側の口角だけをすこし上げて笑った。礼子は表情ひとつ変えず、そのまま久野を見つめた。久野が到着する前にインタビューをすませた女性編集者が、礼子の表情を見て慌てて口を開く。

「あの、片陵さん――失礼しました、片陵判事は、東京大学法学部在学中に司法試験にトップの成績で合格。ただの合格ではなくて、トップ合格ですよトップ合格！　全国から集まった、裁判官、検察官、弁護士を志す猛者《もさ》のなかの頂点の成績ですよ。しかも久野さん、聞いてください。片陵判事が司法試験を受けたのは大学三年生のときなんですけど、受験者数どれくらいいたか知ってます？　四万人にせまる程だったんですって。司法試験に一発合格するだけですごいことなのに、四万人ちかくのなかでトップの成績ですよ。その後、夢であった裁判官をご希望されて任命され、裁判官になられてからのキャリアもエリート中のエリート。もう、わたしみたいなしがない雑誌編集者の凡人には想像もつかなくて――おまけにこの美貌でしょ？　おなじ女として恥ずかしいですよ。いえ、恥ずかしさも感じられないな。劣等感すら生まれない」

女性編集者は興奮した様子で一気にまくし立てた。

最高裁広報課付の岸和田美沙が冷静に補足する。

「しかも片陵判事が司法試験を受けた二〇〇五年は、現行とは違う旧司法試験のみで行われた最後の年だったんです。その年の合格率はわずか三・七一％。新司法試験の導入をはじめた翌年の合格率が四十八・三％。この数字がなにを表すかわかりますか？　遥かに難易度が高い旧司法試験で、判事は約四万人のなかで一番の成績をおさめ合格されたんです」

すげえな、と久野が呟いた。

「わたしが東大法学部で学んでいたときから、片陵判事は伝説みたいな人でした。どの教授に訊《き》いても〝あの子は別格だ〟って。なかには〝あいつの教科書を見てみろ。見つめすぎて穴が開いてる〟なんて冗談を言う教授までいて。片陵判事に憧れて法曹界を目指した者はたくさんいると思います。わたしもそのひとりですから」

岸和田はまっすぐな視線で、礼子を見つめた。

礼子は左手に巻いた時計を見る。午前七時四十分。早く帰ってもらいたい。

「もちろん死ぬ思いで勉強しましたから。詳しくは編集者さんにお話ししてありますので」

礼子は凛《りん》とした背筋で立ち上がり、久野を見た。

「あ、すいません。お忙しいところ」

「いえ」

また右側の口角だけを上げて微笑《ほほえ》み、久野は握手を求めた。形式上の微笑だけを浮かべ、礼子もそれを返す。

「またお会いしたいけど、女優とはわけが違うしな」

久野の言葉に女性編集者とアシスタントが笑う。

「会えるとなると、ぼくがなにかで裁判にかけられたときになりそうなので、その美しさは胸に秘めて、なるべく忘れるようにします」

「ぜひ裁判になどならぬよう、お気をつけください」

正しい道を。と礼子が言葉をつけ加えると、みなが笑った。じぶんの言葉で場が和めば、この面々は帰っていくだろうという礼子の打算だった。礼子の読み通り、一同は岸和田だけを残し裁判官室を去っていった。

礼子はふうと息をつき、左手を右肩の上に置く。肩を上げると、ぱきっと音が鳴った。

「予定より十分オーバーしてしまって」

岸和田美沙が礼子の机の前に立ち、頭を下げた。礼子は思わず、声を漏らし笑った。笑うといっても、とてもちいさな笑い声だったが。

「なんでしょう？」

「そんな、直立不動はやめて」

「え？」

「軍隊じゃないんだから」

礼子は弛緩している箇所がないほどに緊張している岸和田の躰を指さした。岸和田は慌てて、太腿《ふともも》の横に密着させたじぶんの両手のひらを、恥ずかしそうに前に持ってきた。

「片陵判事は、憧れなもので」

彼女は女子校育ちだったな、と礼子は思い出す。礼子は小中の公立学校、都立高校とともに男女共学だったので、この手の女性への対処が得意ではない。男が排除された世界で、特定の女子に憧れる感覚があることは知っている。が、憧れ、などという感覚を元来持ち合わせない礼子にとっては、岸和田のようなタイプはすこし苦手だった。

「あんなに、言わなくてもいいから」

「え、わたしなにか失礼なことを申しましたか」

「編集者さんがカメラマンに話したあと、難易度が高い旧司法試験でとか、教授がその、わたしのことをこう言っていた、とか」

「あれは――」

腹が立ったんです。と岸和田は言った。

「撮影が終わったら急にリラックスしたというか、距離が近くなったというか、久野ってカメラマンは判事に質問するし、編集者もべらべら喋《しゃべ》るし、その――馴《な》れ馴《な》れしいなと。そんな簡単に話せる相手ではないんだぞと思ってしまって」

覚悟はしていたから大丈夫よ、と礼子は返した。今年の春、赴任先の岡山地家裁からふたたびこの東京地裁へ呼び戻されてから、この手の取材が増えた。先月も最高裁判所事務総局が発行する広報誌、「司法の空」の取材があった。しかも礼子は表紙も飾らされた。普段は裁判所の外観、法廷、霞が関に咲く花、木々などの写真が表紙を飾るなか、人物が表紙というのは異例だった。いや、異例中の異例。女性判事が表紙を飾るなど長い法曹界の歴史のなかで初めてのことだった。が、裁判官となってから二〇一八年で満十年を迎え、特例判事補からはれて判事となったばかりの礼子が表紙を飾ることに、異を唱える法曹関係者はいない。

礼子は東大法学部の全課程を「九十八・六」の成績で終えた。平均点が九十八・六というのは、「ほぼミスがない」を意味する。当然全科目で「優」を取得し表彰され、首席で卒業した。礼子が残した成績は、いまもなお東大法学部で破られていない記録だった。

「十年にひとりの逸材」

礼子はこう呼ばれた。

霞が関の誰もが行政官への道を進むのだろうと思っていたが、礼子はそのまま司法の道を選んだ。「当然来てくれる」と踏んでいた各省庁の役人たちは、当時落胆の色を隠さなかったという。特に財務官僚や経産官僚たちの落ち込みはおおきく、「大袈裟《おおげさ》でなく、日本の再生が数年遅れる」と発言していた者までいたという。

こうして司法の道を選んだ礼子は、卒業後に一年を要する司法修習生もなんなく務め、二回試験と呼ばれる司法修習生考試も同期のなかでトップの成績で合格し、裁判官となった。

「憧れなんです」

岸和田はまたぽつりと、呟いた。

「判事がご経験された広報課付になれたことも身が引き締まる思いで。片陵判事がいつか女性最年少で最高裁判所判事になられたあとは、わたしも——生意気ですが、その後を追うのが夢です」

夢、憧れ。

なんど彼女はこの言葉を使うのだろうと礼子は思う。

「そろそろ、内山《うちやま》くんと小森谷《こもりや》さんが来る時間だから」

礼子が言うと、ふたたび全身を緊張させ礼をし、岸和田は出ていった。ようやく礼子は広い裁判官室でひとりになる。

ふと、岸和田の残影を思う。彼女の言う「最高裁広報課付」は、現代の裁判官のなかで出世コースと呼ばれる。礼子は弱冠二十九歳のときに、広報課付に任命された。岸和田も三十二歳で任命されているのだから、最高裁事務総局人事局から評価されているのだろう。最高裁広報課付は、その名の通り新聞、テレビをふくめたマスメディアへの対応、発信を管理する部署を意味する。多忙を極めるが新聞社などへのコネクションも構築しやすく、現代の裁判官の憧れのポジションとなっている。いや、語弊があるかもしれない。出世を望む裁判官の理想的なコースなのだ。

すべては国会で裁判員制度が成立してからおおきく変わった。それまで裁判官の出世コースといえば、民事を担当する裁判官であった。が、裁判員制度が法廷に導入され、「市民に開いているスタンスを取らざるを得なくなった裁判所」は、否《いや》が応でも市民に触れなくてはいけなくなった。社会的に地味ともいえる民事裁判より、当然人々の関心がむきやすい刑事裁判に注目が集まり、刑事担当は新たな出世コースとなった。

裁判員制度は、故意の犯罪行為により被害者を死亡させた罪、裁判官が合議審と呼ばれる三人体制で挑む裁判に、市民が参加する制度だ。裁判長、右陪席裁判官、左陪席裁判官とともに、ランダムに選ばれた市民六名が裁判員となり、被告人を裁くのである。小泉純一郎内閣のときに成立したこの制度に裁判所は最後まで反対、抵抗した。が、導入後は変化せざるを得なくなった。

今日の「AURA」の取材もその一環である。

大手新聞社が発刊している「AURA」は、働く女性向けに、ファッション、ライフスタイルなどを提案していく週刊誌だった。今回は「女性判事から見た日本。女性が輝いて働ける時代に」という見出しのもと、礼子のインタビュー記事が載るようだった。礼子の美しさを聞きつけたのか、それとも裁判所の誰かの提案だったのか、ご丁寧に礼子の写真を添えての巻頭八ページの記事になると聞いた。

岸和田美沙を思う。

彼女は、出世したいのだろう。

礼子は、ほとほと興味がなかった。

取材の最中、礼子は一度嘘《うそ》をついた。

「どうして、司法修習生考試合格後、裁判官、検察官、弁護士と希望が出せるなか、裁判官をご希望されたのですか？」との問いに、
礼子は、夢でしたから。と答えた。

「司法試験という最難関の試験に合格するためになされていた勉強法は？」

という問いには端的に、かつ具体的な勉強方法を述べた。女性が働き、また子育てもする時代に、実に参考になる意見だと編集者は歓喜した。

が、そんな勉強方法は一度もしたことがない。

はっきり言えば岸和田が言った、「あいつの教科書を見てみろ。見つめすぎて穴が開いてる」

という教授の印象も、真実は違う。

ただ、時が過ぎるのを待っていただけだ。

極力、人から関わりを持たれないように。

穴が開くほど見つめなくとも、いちど読めば礼子にはすぐ理解できた。

それは幼いころ、自覚した。

他の人間がなんども読み返し、教師に質問する事柄さえ、礼子には一瞬で理解できた。頭がいいんだな、と思った。

が、それをひけらかすと、学校というちいさな社会のなかで損をすることにも気づいていた。だから礼子は、勉強しているふりをした。いまではそれを、「死ぬ思いで勉強した」という一言で、周りが安堵《あんど》することも知っている。

「おはようございます」

刑事第十二部の裁判官室に、内山瑛人《えいと》判事補がやってくる。礼子はおはようと短く返し、翌日分の起訴状を読みはじめる。内山もそれ以上言葉を発さず、すぐに自席につき判決文を書きはじめた。部の長である小森谷徹《とおる》は、いつものように開廷時間ぎりぎりにやってくるだろう。この時間の静寂が、礼子は好きだった。

内山判事補が部屋を出ていく音がした。ということは開廷三十分前だろう。内山は開廷一時間前になると必ずのど飴《あめ》をなめはじめる。ゆっくりと口中でそれをなめる。最後はいままで丁寧になめていたことを放棄するように、急にがじりと噛《か》み砕く。それが、部屋を出る二分前の合図。それから法廷に持ち込む資料を手に立ち上がる。数十歩歩いて、裁判官室のドアを開け出ていく。

それが開廷の三十分前。決まってそうだ。このルーチンが崩れることはない。礼子が部屋の壁時計を見るときっかり、午前九時半を指していた。部の長である小森谷は、先ほど疾風《はやて》のようにやってきて疾風のように出ていった。「暑いね暑いね」などと言いながら出勤してくると小森谷はそのままの勢いで法服を羽織る。自席の前に辿《たど》り着くとなにやら独り言を呟きながら机上にある起訴状をぱらぱらとめくり、荷を取りそのまま部屋を出ていく。だいたい開廷の四十分前に来て、裁判官室に二分も滞在することなく出ていく。その間、いちども自席に座らない。

法廷に行くまで彼らがどうしているかというと、それぞれに違うようだ。神経質な内山は飴を嚙み砕いたままの足取りで法廷に繫がっている小部屋へむかう。そこに待機している市民六人の裁判員に、公判の審理のポイントを再確認するためにだ。

裁判長を務める小森谷はどこにいるか知らない。喫煙所で煙草をふかしているのを見たこともあれば、廊下の壁に手を当て、入念に自らのアキレス腱を伸ばしているのを見たこともある。要はルーチンを決めないのがルーチンのようだ。

礼子は疾風のように去っていった小森谷と、がじりと飴を嚙んで出ていった内山を見送ったあと、部屋にひとり残る。東京地方裁判所の刑事部は、十四ほどの部がある。そのそれぞれに三人から四人の裁判官が配置され、いわばひとつのチームのようになっている。が、一般の企業と異なる点は、裁判官には上司と部下の関係が存在しない。

憲法により、「裁判官独立の原則」が定められているからだ。

よって刑事第十二部のなかでもっとも裁判官の経験が長く、合議審の際に裁判長を務める「部の長」である小森谷も、礼子の上司ではない。また裁判官に任命されて五年未満の内山は判事補の立場であるが、満十年を迎え〝判事〟となった礼子の部下でもない。

それぞれが独立した裁判官。その彼らがひとつの部に存在しているだけである。

だから内山が飴玉をがじりと齧《かじ》って決まった時間に出ていこうが、小森谷が壁に手を当てアキレス腱を伸ばしていようが自由だ。出勤時間も定められていない。乱暴に言えば、開廷時間に間に合えばいい。が、これは裁判官に与えられた唯一の自由とも言える。

礼子は、三人でいるには広すぎる裁判官室のなか、ひとり座る。

五秒ほど目を閉じ、瞼《まぶた》を開く。

美しい唇を、力感なく結ぶ。

しずかに、鼻だけで息をする。

壁時計のかち、かちという針の音も聞こえなくなると、きいんという金属音だけが礼子の耳に入りはじめる。

すると礼子は立ち上がる。裁判官独立の原則そのままの、何物にも染まらない黒い法服を羽織る。そして机上から手控えを取り部屋を出ていく。裁判官室のドアを開けると書記官室に繋がっている。短い挨拶を交わしそのまま廊下へと出て歩く。エレベーターに乗り、715法廷のある階を目指す。降りる。と、扉がある。開けると、裏廊下と呼ばれる裁判官しか通れぬ道がある。礼子の履くヒールの音が、こつ、こつと裏廊下の壁に反響する。小部屋に入り、待機している市民六人の裁判員と、すでに到着している内山判事補、小森谷裁判長に頭を下げる。

礼子は一言も口を利かない。やがて小部屋と壁一枚を隔てた法廷の、ドアが開く音がする。ぺた、ぺたと床を歩く音が聞こえる。とても自信のない足取りと礼子は捉えた。ぺた、ぺたと入廷してきた足音は、一瞬止まった。一秒もないが、確実に止まる。彼を前後から挟む刑務官に促されたのか、またぺたぺたと床を捕まえては離れる便所サンダルの音が聞こえる。やがて数十歩進むと、足音は消え、代わりにかちゃかちゃと金属音が聞こえる。腰縄を巻かれ、へその前で組まされた手首から、手錠が外されたのだ。被告人が弁護側の椅子に座った音がした。とてもしずかに座ったようだ。「あ、すみません。携帯電話の音、バイブも切ってくださいね」と、法廷のなかにいる係員の声が聞こえた。傍聴席に座る誰かの携帯電話が震えたのだろう。内山判事補がとてもちいさく舌打ちをした音が礼子には聞こえた。やがて準備が整い、小森谷裁判長が小部屋にいる面々に優しく「行きましょう」と声をかける。部屋と法廷を繋ぐドアノブを回すと、小森谷を先頭に裁判員三名、礼子、内山、残りの裁判員三名の順に入廷した。

「起立をお願いします」

係員の号令のもと、弁護側に座る被告人、弁護士一名、刑務官二名、検察側に座る男の検察官二名、そして傍聴席に座る四十名ほどの人間が一斉に立ち上がる。礼子たちが法壇の所定の位置に立ち正面を見据えると、一同は短く頭を下げる。小森谷裁判長を中心に、傍聴席から見てその左側に礼子、右側に内山が立ち、礼子と内山それぞれの横に、市民から選ばれた裁判員が三名ずつ立っている。礼子たちも頭を下げるとすぐに座る。午前十時一分、被告人柳沢一成の第一回公判が開始される。

小森谷裁判長は柔らかな微笑みを一瞬浮かべるや否や、声を発す。

「それではじめます。被告人は証言台に立ってください」

鼠色の便所サンダルを履いた、柳沢一成がおどおどと弁護士を見る。弁護人は目すら合わせず頷《うなず》く。被告人はいちど唾を飲み込むと、ぺた、ぺたと足音を立てて中央にある証言台にむかった。

小森谷は被告人が証言台に立ったことを確認すると、また一瞬柔らかな表情を見せる。これは小森谷の儀礼に近い。「被告人はこれから公判を受ける身であって、この法廷では公平である」という信念なのだろうと礼子は理解している。小森谷が被告人に語りかける。

「お名前はなんといいますか?」

「――柳沢一成」

「生年月日は」

「昭和四十八年九月二十一日です」

「起訴状はもらっていますか?」

「は、はい」

「本籍は大塚で間違いない?」

「はい」

「起訴状には無職と書いてありますが、これも間違いない」

「はい。無職です」

「ではいまからあなたの傷害致死罪の審理をはじめます」

この時には、いつのまにか小森谷の微笑は消えている。

消えると同時に、若いほうの検察官が立ち上がり起訴状を読み上げる。

「被告人柳沢一成は平成三十年二月九日、自宅である東京都文京区大塚三の二の――で同居する母親柳沢ミエ八十五歳の下肢を複数回蹴り上げ、死に至らしめております。罪状は傷害致死です」

思い出したのか、改めて聞くじぶんの行動を後悔しているのか、柳沢一成は証言台に立ったままうつむき目を閉じた。
礼子は小森谷の呼吸を左肩で感じながら、ノートを広げる。手控え、と呼ばれるものだ。裁判官は公判の際、証拠となる紙類にメモを書き込むことができない。よって、各々のノートを必ず持参する。このノートに被告人の印象から検察官、弁護士のポイントとなる発言、疑問点などを書き込んでいく。綺麗な文字で書く者もいれば、速記に近く本人にしか読めぬ文字で書き込む者もいる。礼子は間違いなく後者のタイプだ。
――無職。うつむく。毛玉だらけのジャージ。年季。グレー
礼子は柳沢一成を見つめたまま右手を動かし、手控えに記す。
――痩身。薄毛長髪。髪後ろ結ぶ。手入れ無し
礼子が手控えに書き込むのを真似るように、傍聴席でも何人かがノートにペンを走らせる。記者らしき人間は二名で、その他にペンを走らせる者は、法学部在学中であろう男女の学生が数名、そして中年の男ふたり、初老の男ひとり、若い女が席を離れて二名――。傍聴席に点在する彼らは裁判ウォッチャーと呼ばれる人種だ。日々なにが目的なのか楽しいのか知らぬが、裁判所に足しげく通う。そして傍聴席に座り、公判を見守る。この手の人種を毛嫌いする裁判官も多いが、礼子にとっては物と一緒だった。無機質な空間のなかに置かれたオブジェ。花を挿していない花瓶のような存在だ。唯一癇《かん》に障るのが、礼子を追いかける裁判ウォッチャーたちがいることだ。今日も三名来ている。彼らはほぼ毎回、礼子が合議審の際も単独審の際も傍聴席に座る。メモを取るふりをしながら、ねっとりと礼子を視姦する。一度廊下で、「片陵判事の法服、脱がせてみたいよな」「気が強そうだし」と彼らが立ち話をして笑っているのを礼子は聞いた。その時はさ

すがに、一センチの嫌悪感を覚えた。

小森谷裁判長が柳沢一成を見つめる。

「いまから審理をはじめますが、被告人には黙秘権があります。答えたくない質問には答えなくても大丈夫。しかし有利不利とも証拠となるので、注意して発言してください。で、起訴状に間違いはありますか？」

――ないです。と柳沢一成は力なく答えた。

「弁護人の意見はどうですか？」

弁護人も「被告人と同様です」と簡潔に返事をする。

あまりの速さに驚いたのか、礼子の隣に座る六十代の女性裁判員が、困惑した様子で紙をめくっている。礼子は紙面をボールペンで指し「ここです」と告げた。つづいて検察側の冒頭陳述に移る。

「――被告人は同居する母親とふたり暮らしでありました。被害者の実母柳沢ミエさんは平成十六年に不眠症の症状を被告人に訴え、被告人同伴のもと同一月十七日に都立第二大塚病院の心療内科を受診しています。その際に担当した医師から軽い認知症の症状が見られると診断されたにもかかわらず、死に至らしめた平成三十年二月九日までに同病院もふくめ他の医療機関にも実母を連れていった形跡は見られません。被告人は実母が軽い認知症の症状があると診断されたのとほぼ同時期、平成十六年五月に勤めていた食パン製造工場を退社し、被害者を死に至らしめた現在まで無職のまま実家に暮らしております。平成三十年二月九日午前二時三十分ごろ、居間にいた被告人は冷蔵庫のなかを被害者が物色した形跡に気がつき隣接する和室へむかうと、実母が布団の上で大便を漏らしていたことに腹を立て、怒鳴り、母親の腰部分、右太腿をじぶんの右足で数回にわたり蹴り上げ放置、同午前四時ごろ様子を見にいくと母親が息をしていないことに気づき、午前十時三分、自ら一一〇番に『母親が亡くなっています』と通報。現場に到着した大塚警察署の警察官に逮捕されております。提出した証拠番号六番に記載してありますが、直接的死因は骨盤骨折によるショック死となっております」

本人のプロフィールと事件当日の様子を検察官が語る途中で、柳沢一成はうつむいていた顔を上げ、黙って聞いていた。その顔は青ざめていった。

——精神。異常有り無し。母認知症H30。通院履歴

——AM4↓10

礼子は冷ややかなまでに冷静に、柳沢の顔を見つめたまま手控えに記す。

検察側からはその他の証拠として、夫が死亡してからの遺族年金を、被害者である柳沢ミエは年間百四十万円受給しており、死亡時の預金残高も四百万円強あったなどと陳述した。

やがて弁護側の冒頭陳述に移る。

三十代の若手ともいえる弁護人が起立し、被告人の生い立ちを端的に述べる。柳沢一成は定時制高校を卒業後、都内にある食パン製造工場に就職したが、人間関係がうまくいかずに退職。その後はじぶんのメンタルへの不安もあり再就職はできなかった。実父は五年前に他界し、ひとり息子である被告人は、死に至らしめたとはいえ、平成十六年から十四年間、母親に食事を作りつづけ献身的に年老いた母親の面倒を見ながら同居していた——。ありふれてはいけないが、現代において実にありふれた事件だった。弁護人もとくに熱を見せるわけでもなく、淡々と時は流れ

ていく。冒頭陳述に飽きはじめてきた傍聴人《オーディエンス》の目をふたたび覚ますように、弁護人は次の言葉を述べる。

「被告人が拘置所のなかで書いた、殺してしまった亡き母への手紙を読ませていただきます」

おお、と裁判ウォッチャーのひとりが呟く。と、一斉にその手の人種が顔を上げた。彼らのなかには、被害者への手紙の朗読を聞くために傍聴に通う者もいる。礼子もふくめ裁判官は努めて冷静だが、市民六人の裁判員にとっては、〝裁く〟うえで重要な視点ともなりえる。礼子の隣に座る裁判員三名が、尻をずらし座りなおす音が聞こえた。

「母さん。大切な母さん。ぼくは、なんてことをしてしまったのでしょう。いまも冷たくてちいさな拘置所のなかで、毎日毎日そのことばかり考えています。母さん、ごめんなさい、ごめんなさい、ごめんなさい。あの日に戻れるのであれば、ぼくはぼくの躰を羽交い締めにします。そんなことを、してはいけないと。大切な母さんを傷つけてはいけないと。でも、あの日のぼくは、ぼくにもわからぬほど怒っていました。長い時間母さんと暮らし、母さんの頭と躰が衰えていくことが、受け止められなかった、悲しくてしかたがなかった、怖くてしかたがなかった。どうしてあんなことをしたのか、たぶんぼくが、無知だったからだと思います。母さん、ほんとうにごめんなさい。痛かったですよね？　怖かったですよね？　じぶんが産んだ愛する子供にあんなことをされて、悲しかったですよね？　毎日、母さんの顔を思い出しながら、後悔しています。ごめんなさい。ほんとうにごめんなさい、母さん」

手紙の朗読は終わった。弁護人は芝居心などひとつも見せず、その手紙を感情なく読み上げる。市民六人の裁判員は、それぞれの想《おも》いで朗読を聞いていたようだ。が、右陪席裁判官である礼子、左陪席裁判官の内山、小森谷裁判長の受け止め方は違う。

弁護人のこの法廷での闘い方を理解するのだ。

方向性、と言ってもいい。

これは現代における裁判官にはとても重要なことだ。〝無駄な時間〟が省ける。柳沢一成の弁護人は罪自体は認めたうえで争わず、情状酌量の余地ありと訴え、被告人に「執行猶予」がつくことを望んでいる。これは検察側としても重要で、闘い方の指針となる。

「執行猶予をつけてくれ」

と希望する弁護側と、

「執行猶予は絶対につけない」

という検察側の闘いだ。裁判官は感情に流されず、「証拠」を判断し、量刑を決めるだけだ。

午前十一時四十分、開廷してから一時間半を超えたところで、

「十三時十五分まで休廷とします」

と、ふたたび柔らかな表情を見せ、小森谷裁判長は告げた。


法壇の奥にあるドアを開け、合議室と呼ばれる小部屋に戻る。市民六人の裁判員たちの表情からは疲労がうかがえる。

「いや――こんなに疲れるとは」

六十代の、やや肥満気味の男が息を漏らした。男は下町で車の部品を作るちいさな会社を経営している。

「まったく。ちょっと想像以上だった」

これは五十代の貿易会社に勤める男の発言。男はなおも、

「いやね、じぶんで言うのはなんなんですが、会社でそこそこのポジションなんですよ。貿易の仕事を長くやってるんで、外国の人間ともああじゃない、こうじゃないとやり取りするし。でもこれは、どんな会議よりも疲れる」とつづけた。

その他には、髪の毛を肩まで伸ばしたバンドをやっているという三十代の男性、六十代の専業主婦、四十代の信用金庫に勤める男、おなじく四十代のＷｅｂデザイナーの男が裁判員として選ばれていた。一様に、声には出さずとも疲れている。礼子は面々の顔をちらりと見て、「ほんとうに裁判員裁判に選ばれる市民六人は、国からランダムに選ばれているのだろうか？」といつもの考えが浮かぶ。ランダムに選んでいるという割にはいつも、年代も丁度よく分かれているし、男女の割合も「男だけ六人」も「女だけ六人」も目にしたことはない。だいたい、「女性も平等に参加させております」という塩梅《あんばい》の組み合わせだ。が、国がやっていることに礼子は口を出す気もない。裁判官は国から雇われる国家公務員であるし、そもそも礼子はそういう点に冷ややかだ。

「でも、驚きました」

六十代の優しそうな主婦が呟く。

「もっと、極悪人のような顔――被告人は、そういうなんて言うんでしょう……もっと、悪い顔をしているんだろうなと勝手に思っていて。じぶんの母親を殺すっていうんだから。でも、そのイメージの逆というか、なんていうか」

「まあ、弱そうでしたよね」

バンドでギターを担当しているという男が代弁した。

「無職といっても、働けない事情のある人間はたくさんいるし、まあ……十年以上、母親を介護してたっていうのもね。介護って、綺麗ごとですまないからね」

じぶんも母親を看取ったという小太りの経営者が、やや被告人に同情するような口調で話した。

人を殺す。

裁判員裁判に参加する市民は、ほぼ間違いなく「人を殺《あや》めてしまった人間」と人生で初めて、法廷で接する。良心を持ち社会に適応できる人間たちは、そのような人間を「悪い奴」と捉える。これは至極自然なことだと礼子は思う。

が、現実は逆といってもいい。

法廷で初めて目にする殺人者は、一様に弱い。

裁判員に選ばれる市民六人も、立場はばらばらである。肩まで髪を伸ばしたバンドマンは、貿易会社のお偉いさんと交わる生活は送っていないだろう。収入も、申し訳ないが世間に認知されていない以上、バンドマンと貿易会社の人間とはゼロの数が違うかもしれない。

が、社会的立場に差がある彼らも、前科はない。

選ばれた裁判員だって、生きてきた過程で頭にくることは日々たくさんあるだろうし、居酒屋で「ほんと、あいつ死なねえかな」などと誰かのことを愚痴った人もいるだろう。が、結果、死に至らしめたことはないのである。普通に、生きてこられた人間なのだ。

この差は圧倒的におおきい。

普通である人間と、そうでない人間。

強者と、弱者。

本日の被告人柳沢一成は、身形《みなり》を見てもわかるが、服や靴を差し入れてくれる友人も肉親もいないのだろう。礼子は開廷する前、この合議室で彼の足音を聞いた。入廷し、ぺた、ぺたと気弱そうに歩を進めた音は、一瞬止まった。それは柳沢一成が被告人席へ着く前に立ち止まった、ということを意味する。なぜ止まったのか。それはきっと、傍聴席に座る人間を見て怯《おび》えたのだ。四十人ほどの傍聴人を目の当たりにし、見ず知らずの、じぶんとはまったく関わりのない人間たちがじぶんを見つめることに、ぎょっとし、怯えたのだ。

その、まなざしに。

礼子が見つめるなか、柳沢一成は証言台にひとりでむかう時も、弁護側の席に帰る時も、必死に傍聴席を見ないようにしていた。それは裁かれる立場としての恐怖心ではない。彼が、多くの人に見つめられた経験のない人間だからである。「人間関係がうまくいかず、退社」というのも真実だと礼子は思う。

彼はただただ、見ず知らずの人間に見つめられる環境が、怖くてしかたなかったのである。四十半ばの男が。これが、強者であるわけがない。

「あの拘置所で書いたっていう手紙もね、読み上げられてる時の柳沢の顔を見てると、ねえ」

「どれくらいの罪が妥当なのかね」

疲れと同時に興奮も覚えている裁判員を制止するように、内山判事補が「とりあえず、お昼ご飯を食べちゃってください」と告げ、一同に合議室への戻り時間を確認し、礼子たちは部屋を後にした。

裁判員と別れると、自然と礼子の足は速くなる。内山も礼子についていくように、歩を進める。裁判の合間の昼休憩は無駄にしたくない。礼子は刑事第十二部の裁判官室に戻ると、すぐに自席に着き背を正す。

膨大な量の判決文を起案しなければいけないのである。

司法修習生を終え裁判官に任命され十年務めると、「判事補」の立場から「判事」に変わる。殺人罪や傷害致死罪などを扱う合議審の際は裁判長の右隣に座る「右陪席裁判官」となり聞こえはいいが、日々の業務は激務を極める。裁判は人を殺めたものばかりではない。当たり前だが、スーパーでツナ缶を万引きするほうが、圧倒的に人を殺めるより件数は多いのである。単独審と呼ばれるそのような裁判は、右陪席裁判官となった判事がひとりで行う。内山はまだ裁判官任官二年余りで、単独審が行えない。なので現場に立つ礼子は日々、合議審と単独審の両方の裁判を受け持たなければならない。よって裁判所から右陪席裁判官に求められるのは、

「単独審をいかに多く、すばやく裁くか」

これにかかっている。

礼子は息つく暇もなく、机上にあるツナ缶や焼酎《しょうちゅう》などの窃盗、覚醒剤、詐欺、わいせつの類の判決文を書いていく。

一方、三人で使うには広すぎる裁判官室の別の席では、内山が猫背気味に前傾姿勢をとりながら、判決文を起案している。裁判官任官十年未満の判事補の責務もおおきい。

彼ら判事補は、合議審の判決文を起案する立場なのである。この柳沢一成の公判もそうだ。懲役何年に値するか、執行猶予はつけるか、つけないか、すべて判事補である内山が考えるのである。その判事補が書いた判決文を右陪席裁判官の礼子がチェックし、最終的に裁判長である小森谷が確認し了解したのち、公判の最終日、被告人に判決を言い渡すのである。判事補に合議審の判決文を起案させるのは、彼らに経験を積ませるためだ。が、最難関の司法試験をクリアできる頭と、司法修習を積めば誰にでもできると礼子は考える。

それほど日本の司法はシステマティックと言ってもいい。良し悪しは別だが。

内山がペンを走らせながら、

「下から出前取りますけど」

と礼子に告げる。東京地裁の地下には食堂、コンビニ、チェーン店の牛丼屋がある。礼子はよほどのことがない限り、地下で食事をすることはない。一般の傍聴人や弁護人、検察官と誰でも利用できるため、顔を合わせたくないからだ。それに大勢の人がいるところが、元来礼子には性に合わないきらいがある。

「いい。パン買ってきてあるから」

礼子も判決文を書きながら答える。机上に並ぶ覚醒剤も窃盗もわいせつという言葉も、もはや礼子にとってはなんら感情を湧かせるものではない。量刑を決めるべきただの単語だ。

「すみません。確認よろしいですか」

気づくと礼子の隣に内山が立っていた。礼子は内山が起案した、柳沢一成の判決文を横目で見る。

「違う。量刑の過去データ、よく見なさい」

内山がため息も漏らさず自席に戻る。右陪席裁判官の激務の原因のひとつがこれだ。やはり経験の少ない判事補は、時に判決文を間違える。その確認、修正の指示を礼子はしなくてはいけない。刑事裁判において、間違いは決して許されないのだ。礼子は強くそう思っている。

礼子が朝、自宅最寄り駅のコンビニで買ってきたランチパックは封も開くことなく、鞄のなかに放り込まれたままだった。

一時間半の休憩時間中、礼子は美しく長い髪を後ろに引きつめゴムで結んだまま、大量の判決文を書き、やがて裁判官室を出ていった。


十三時十五分、公判再開。

柳沢一成が頼りなげに証言台に立ち、弁護人の被告人質問から行われた。相変わらず熱量を感じさせぬ淡々とした口調で弁護人の質問はつづき、柳沢一成は答えた。やがて、唯一の武器なのか、若き弁護人は面倒くさそうに、鼻から息をひとつ吐いて、柳沢を見つめた。

「五年前の平成二十五年に、お父さんが亡くなられていますね」

「はい」

「どのような亡くなり方でしたか？」

柳沢一成は口をなんどか開けては閉じた。裁判員も傍聴席に座る人間も彼に注目する。

「——自死です」

「自死というのは、自殺ですか？」

「はい」

「どのように？」

「――自宅の物置部屋で、首を吊《つ》っていました」

「あなたが発見した？」

「はい」

「なぜお父さんは自殺したんですか？」

「わかりません」

「なんでわからないの？　ずっと一緒に住んでいたんですよね」

「あまり、話す人ではなかったので。たぶん、仕事の悩みだと思います」

もう弁護人に手数はないな、と礼子は思う。これが最初で最後の、被告人の情状酌量に値するわずかな武器だったのだろう。「自死」と聞いて、市民六人の裁判員はそれなりの反応を見せた。が、当の弁護人もこれが武器になるとは思ってもおらず、その顔は「一刻も早く敗戦を言い渡してもらっていいですよ」と言わんばかりの、やる気のない表情だった。検察側も当然弁護人がこの件を言うことは想定済みで、なんの感情も見せなかった。ただ、ひとり証言台に立つ柳沢一成だけが、暗い表情で茶色い証言台のテーブルを見つめていた。


十三時五十分から十五分間、休憩を入れる。

再開。

小森谷裁判長が、また微笑を浮かべ検察側に視線を送る。

「それでは、検察官からの被告人質問をどうぞ」

ふたりのうち、若手の検察官が椅子から腰を上げる。

一流大学の法学部を卒業しみごと司法試験に合格した男と、人間関係が苦手で定時制高校しか出ていない男が法廷で対峙《たいじ》する。

「ええ、平成十六年にお母さまは軽度の認知症であると診断されたんですよね」

「――は、はい」

「供述によるとその後一回も受診されなかったとあるんだけども、病院からは通院を勧められなかったですか？」

「えっと、あの、」

「あ、質問には短く答えてください」

「――す、勧められました」

「そうですよね。なのになぜあなたは、その後病院に通わせなかったんですか」

「こ、怖くて」

「怖い」

「母が認知症って認めるのが、怖くて」

「そうですか。質問を変えます。調べによると、お母さまが認知症と診断されてから、あなたが食事を用意していたとありますが、これは間違いないですか？」

「は、はい」

「ずっとですか？」

「ず、ずっと？」

「お父さまは五年前に他界されているんですよね？　ではお父さまが生きている時は、誰がお母さまの食事を作っていたんですか？」

柳沢一成は瞼を痙攣《けいれん》させるようにぱちぱちとする。弁護人は助けることも視線を合わすこともしない。ただ前だけを見ている。

「誰が作っていたんですか？」

「ち……父です」

「どのような物を？」

「野菜炒めとか……魚とか」

「一日何回食事していたんでしょう」

「たぶん……何回か」

「たぶん？　なんでわからないんですか？　一緒に住んでいるのに」

「あまり、部屋から出ないので」

「質問を変えます。ではお父さまが亡くなってからあなたが食事を世話するようになったんですね」

「はい」

「一日何食、お母さまに食事を与えていましたか？」

柳沢が黙る。しん、とした空気が法廷に漂う。

「何回？」

「――一回」

「一日に一回？　もういちど言ってもらえます？　聞き取りづらかったので」

「い、一回です。一日に……一回」

検察官が法壇に視線を移す。

「提出した証拠番号九番をご覧ください」

礼子もふくめ法壇に座る一同が紙をめくる音がする。

横に座る六十代の主婦が、顔をしかめたのが礼子にはわかった。検察官はふたたび被告人に視線を戻す。

「警察の取り調べで、あなたは亡くなられたときのお母さまの体重を聞いていますね？　答えてください」

柳沢は黙った。

「答えてください。亡くなったときのお母さまの体重は何キロ？」

「二十七キロ――です」

傍聴席のあちこちから短いため息が聞こえる。検察官はあえて小森谷裁判長と礼子、内山だけを見る。市民六人の裁判員への訴えは、証拠番号九番の写真で充分であろうと悟ったように。証拠番号九番は死亡時の被害者の写真だった。コンビニのレジ袋や使用済みのオムツが散乱する部屋の布団の上で、被害者は死んでいる。その姿はまるで即身仏のようであった。痩せ細った下半身はオムツしか身に着けておらず、股の間からは大便が漏れ、乾涸《ひから》びた状態で太腿に付着している。もはや男性か女性か区別がつかぬほど、筋しか見えぬ躰となっていた。

――Age80～90　W44～46
礼子が過去に見聞した女性の年齢別平均体重を脳内から取り出し、手控えに記す。と、その気配を見逃さず、検察官の視線は礼子だけにむけられた。

「被害者の年齢、身長から考察すると平均体重は四十四キロから四十六キロと考えられます。死亡時の柳沢ミエの体重は二十七kgと、平均より二十キロほど下回っております。ちなみに被害者が認知症の疑いありと診断された際の測定では、体重は五十八キロです。証拠番号十一番に記載されておりますので、後ほどご確認ください。被告人に質問です」

柳沢は力なく頷く。

「なぜ一日に一回しか食事を与えなかったのですか」

「仕事を辞めてから、ぼくがあまりお腹が減らなくなったので、母にも合わせてもらいました」

「何時に食べるんですか」

柳沢は答えられない。

「何時にご飯を与えるんですか」

「夜中です……だいたい、二時半とか、三時とか」

「冷蔵庫に、『あけるな』と書かれた紙が貼ってありましたね。あれはあなたが？」

「はい」

「なぜあんなことを書いて貼ったのですか？」

「あれは！　母が冷蔵庫を勝手に開けては発泡酒を取って呑むことが頻繁にあったんです！　足が弱っているのに、そういう時だけはものすごい力で立ち上がって酒を取るんです！　痴呆になる前も、お酒を呑むと父と喧嘩することがあったから！　母がお酒を呑むことは、健康にもよくないと思って！」

初めてだろう。柳沢一成は検察官の目を見ておおきな声で反論した。が、無駄だ。

「それは真夜中、一日に一回しか食事を与えないからお腹が減って冷蔵庫を開けるのではないですか？　現に発泡酒以外にも残った総菜などを食べて、あなたが怒ったこともあったんですよね？」

「――はい。でも」

「暴力を振るったこともありますね」

「いや――」

「はい、か、いいえで答えてください」

「はい」

「発泡酒はあなたが呑むための物ですか？」

「はい」

「平均して一日にどれくらい呑まれるんですか？」

「二本――くらい」

「他にはどんなお酒を呑みますか？」

「缶チューハイを――何本か」

「だいたい何本ですか？」

「二、三本です」

「どうして呑むんですか？」

「眠れないので」

「誰のお金でお酒を買っているんですか？　約十五年間無職なんですよね」

「家の――」

「すみません。もうすこしおおきな声で言ってください」

「家の――お金です。父が生きている時は母からもらっていました。父が亡くなってからは、母のカードをわたしが持っていました」

「質問を変えます。お風呂に入れたことがありますか？」

「はい？」

「お父さまがお亡くなりになってから、お母さんをお風呂に入れたことがありましたか？　シャワーもふくみます。いかがですか？」

「入るように、なんどもなんども頼みました。でも、『嫌だ、嫌だ』と言って」

「入れたことがあるのかないのかだけ答えてください。ありますか？」

「――半年に、いちどくらい」

「五年間、半年にいちどずつしか入浴させていないのですね。わかりました」

小森谷裁判長が十五分間の休廷を告げる。


十五時十五分、再開。

証言台に立つ柳沢一成は疲れ切っている。最近の若者が着用する洒落《しゃれ》たジャージではない、十代の時に母親に買ってもらった物なのか、バッグス・バニーの燥《はしや》いだウサギの顔がプリントされたジャージを着る被告人は、715法廷のなかで確実に孤独だった。

恋愛も経験したことがないだろう、と礼子は被告人を見ながら思う。

が、被告人柳沢一成には、もう時間がない。

そのことを柳沢自身がどれくらい理解しているのか、礼子はすこし思いを巡らす。疲れ切っている場合ではないのだ。今日の第一回公判は、十七時までを予定している。が、それはあくまで余白を取っているだけで、現実にはあと数十分で終えることとなる。第二回公判は、もっと時間が少なくなる。約二時間の審理時間を取るが、現実は一時間弱で終える。第二回公判は検察側の論告からはじまり求刑が言い渡されると、弁護人が申し訳程度の弁論をするだけだ。今日のように休廷を挟むこともない。それを終えてしまえば、第三回公判、いわゆる「判決」の日を迎える。被告人に無罪なのか有罪なのか、有罪であれば裁判所から懲役の年数が告げられる。柳沢一成のように「じぶんの罪は認めている」——いわば「自白事件」と呼ばれる裁判に無罪はありえないので、判決は一時間を予定するが、実は数分で終わる。

要は自白事件の被告人である柳沢一成の人生の岐路までの時間は、今日の残り数十分と、第二回公判の最後、裁判長から意見を求められたあとの数分しか残されていないのである。

あの弁護人も被告人にその説明はしたであろう。が、それは総じて早口かつ小声で相手に伝える意思のない話し方だ。公判を控える被告人にとって、どれほど頭に入るであろう。まして柳沢一成のように人間関係がうまく築けないタイプにとっては、見知らぬ呪文を唱えられているだけだろう。それに——被告人が最後に頼るべき裁判官は、被告人が思う裁判官ではない。コンピューターよりも精密で、ＡＩよりも心通えぬ物体が、黒い法服をまとい法壇から裁かれる者を見下ろしているだけなのだ――。

疲れている場合ではない――礼子の頭に一瞬だけ、良心のようなものがよぎった。

質問する検察官が若手からベテランに替わる。

「拘置所であなたがお母さんに書いた手紙の一文に、『ぼくが無知だったからだと思う』とありましたね。これはどういうことなのですか？」

「――調べなかった、ということです」

「なにを、どのように調べなかったんですか？」

「認知症について、ネットで調べなかったんです。だから――母の痴呆が進んでいってしまったのだと思います」

「自治体とか、いまは電話だけでも頼れるところはたくさんありますが、そういうのは知らなかった？」

「知っていました」

「なのに、なんで電話一本、しなかったのですか？」

「人に迷惑をかけて生きてはいけないと、そう両親から教わって生きてきたからです」

柳沢一成に嘘を言っている気配はない。本心で、そう思っていたのだ。

「質問を変えますね。お母さんには、真夜中と言っていたけども、毎日どこで食事させていたの？」

「布団の敷いてある、和室です」

「なんで？」

「動かそうにも、たいへんなんです。母の脇の下にこう——腕を入れて、立たせても足はうまく動かないし——最初はそれでも食卓に連れていってました。でもだんだん足が動かなくなって」

「和室にはたくさんの使用済みのオムツが転がってますね。片付けようとは思わなかった？」

「最初は片付けていました。でも——ほんとうにきりがなくて——」

「じゃあ、便の匂いがする場所で母親にご飯を食べさせていたのね。あなたはどこで食事をとっていたの？」

「じぶんの部屋です」

「なんでですか？　お母さまは和室なのに」

「——さいからです」

「もう一度言ってください」

「——臭いからです。和室は、臭いから」

「臭いですよね。わたしもそう思います。あとひとつ。お母さまが亡くなっているとあなたが気づいてから一一〇番に電話するまで、六時間経過していますよね。えっと……暴行を加えてから様子を見にいったのが午前四時ごろ、通報が午前十時三分ですから、六時間ほど空いています。この間なにをしていたんですか？」

「心臓マッサージをしてみたり、仏壇の父に祈ってみたり、あとはずっと、母さんの顔を見て——謝っていました」

四十五歳という実年齢よりも老け込んでいて、なのに表情はどこか子供じみている柳沢の目から、涙がこぼれた。

「以上です」

検察官が席に座る。「弁護人、なにかありますか」と小森谷裁判長が言うと、「なにもありません」と弁護人は熱も冷もなく答えた。

市民六人の裁判員が、柳沢一成に質問した。「なぜあなたは、お酒を呑むのか」とか、「なぜお母さんの認知症について調べるのが怖かったのか」などだ。それが終わると、左陪席裁判官、右陪席裁判官、裁判長の順に質問していく。左陪席裁判官の内山が、う、うんと喉を鳴らした。礼子は美しい顔をすこし左に曲げ、内山を見る。わかっていればいいが——礼子は内山を見ながら思った。

「ええ、裁判官の内山から質問です。最初被害者のお母さんを蹴った時、右膝、左膝、どちらから蹴りましたか？」

「たぶん……右膝だと思います」

「わかりました。あとね、公訴事実にはお母さんの両膝を踏みつけたとあるんだけども、これは間違いない？　あと、お母さんが死亡時に頭も怪我していたんですよね。これ、なんでかわかる？」

「わかりません。えっと——」

無意味な質問が多い。礼子は鼻から一息し、ボールペンを摑んだ。

かち、かち。

二度、ボールペンのノック部分を押す。内山は考え込む被告人の顔をじっと見ていて気がつかない。礼子は苛立《いらだ》ち、もう一度ボールペンのノックを二度鳴らした。かちかちとボールペンが内山に合図を鳴らすと、法廷の壁に反響した音に、ようやく内山が気づいた。内山は横目で礼子を見ると、目を伏せ詫《わ》びた。神経質さと細やかさは違うと礼子は常々思っている。神経質な内山は細部を埋めたがる癖があり、どうしても無駄な質問が多くなる。礼子はそのため、「わたしが二度ボールペンのノックを鳴らしたら、質問を止《や》めること」と内山に言ってある。裁判官独立の原則で、上司も部下もない関係性ではあるが、公判を正しく敏速に進めるためには間違った指導ではないと、礼子は自負していた。

質問が礼子に渡る。

「裁判官の片陵から質問です。被害者には四百万ほどの貯金がありますが、今後どうするつもりですか？」

「か、考えてないです」

「わかりました。供述によると、被害者に暴行を加えたのは今回が最初ではないとあります。これはどれくらいの回数、どのような暴力をふるったのですか？」

「二度、くらいです。足がうまく動かないのに、這《は》って冷蔵庫まで行って、お酒を取ることがあったんです。その時に、二度くらい」

「どのような暴力？」

「今回とおなじです。足を……蹴りました」

「どうして暴力をふるってしまうのですか？」

「……かっと、なって」

「わかりました。わたくしからは以上です」

簡潔に要点だけを引き出し、礼子は小森谷へパスを渡す。

「では、裁判長の小森谷から質問です──」


小森谷は礼子の質問を受け、「自治体に相談したら、あなたが暴行を加えたことが発覚するのでは、と思ったか？」「蹴った時、被害者は悲鳴を上げていたか？」などを短く聞き、最後の質問に移る。

「被害者に暴行を加えてから、約二時間ほど、あなたはリビングにいましたよね？　二時間って、結構長いと思うんです。その間、被害者の──お母さんの様子は気にならなかった？」

優しく、小森谷が問うた。柳沢はしばし黙り、心の底にある記憶を呼び起こそうとするような表情を浮かべた。やがて、口を開いた。

「正直に言うと、腹が立っていたので、放っておこうと思ったのかもしれません」

この答えを最後に、十六時零分、予定時間を一時間余らせて第一回公判は終わった。


翌日の第二回公判で検察側は、「懲役八年に処すべき」と求刑した。

理由は一に、被告人は被害者が言うことを聞かないことに腹を立て、死亡させた。

二に、被害者を適切な環境で生活させず死に至らしめた。

三に、平成十六年に被害者に認知症の症状が見られ面倒を見ていたというが、被告人は日中ほぼ自室にいたため、被害者が被告人の手を煩わせたことは少ない。被害者を入浴させるのは半年に一回、被害者がいた和室もいつ使用したかわからぬオムツが転がり不衛生である。

四に、被害者が冷蔵庫を開けたことに腹を立てた、との供述もあるが、被害者は一日に一度しか食事を与えられておらず空腹であった。母の健康を考えてとの被告人の意見もあったが、であればアルコール類を冷蔵庫に入れなければいいだけの話であって、被害者の健康を考えて、との意見と矛盾する。また、被告人自身も被害者が空腹により衰弱していくことは認識していた。

五に、病院や介護施設に相談することもできた。その資力も充分にあった。にもかかわらず無努力のまま被告人は時を過ごした。

以上により検察側は、「酌量の余地なし」と判断した。

「懲役八年」の求刑理由は、過去三年から二十年の例を見ると、
○凶器無し
○被害者が親
○となると懲役十年がもっとも多く、そこに被告人が、
○自ら一一〇番に通報したこと
○反省していること
○前科がないこと
を考慮しての、懲役八年の求刑であると述べた。

一方、弁護人の弁論はこうであった。被告人には酌《く》むべき事情があった。「父が自殺。その後も献身的に母親を支えた」「一日一食しか与えていないが、そこに悪意はなく、被害者を大切に

していたことは被告の手紙からも読み取れる」「本件は被告人がかっとなったあげくの犯行だが、計画的とは言えない。包丁や鈍器も使っておらず、頭も腹も蹴ってはいない。傷害致死のなかでも悪質性が低い犯行と評価するべき」

ややや早口で書面を読み上げると、弁護人は呼吸を整え、「結論として、執行猶予付きの判決とすべき」と述べた。その間、柳沢一成はずっとうつむいていた。

「被告人は証言台に立ってください」

小森谷がしずかに口を開く。

「これで昨日の証拠調べ、今日の審理も以上となるのですが、言いたいことがあったら、おっしゃってください」

柳沢一成が、まっすぐに前をむいた。

「じぶんが死んで、いつか母と父に会えたら、罪を犯しながら、よく、ここまで頑張ったね、と言われるように頑張りたい。とにかく、母にも父にも近隣の住民のみなさまにも申し訳がない。すみませんでした！　すみませんでした！　すみませんでした！」

あれだけ感情を見せなかった被告人が、小森谷、礼子、内山ひとりひとりにむき、頭を下げた。市民六人の裁判員にも頭をひとりずつ下げると、柳沢一成は躰を反転させ、傍聴席に座る面々にも頭を下げた。被告人が頭を下げるたびに、薄くなって伸びた頭髪を結んだゴムが、上下に揺れた。礼子は虚《むな》しかった。

いまさら感情を表に出す被告人を。

罰を感じとり、怯える様を。

ただただ被告人を見て、虚しかった。


翌日。

午前十時、715法廷にて、第三回公判開廷。

小森谷裁判長が、厳しい顔つきで証言台に立つ被告人を見つめる。

「主文。被告人を懲役六年に処する──」

小森谷裁判長は淡々と犯罪事実、量刑の理由を述べると、十四日以内に控訴できる旨を告げ席を立つ。礼子もふくめ裁判員たちもそれに倣《なら》う。

「起立、礼」

の掛け声のもと、傍聴人《オーディエンス》は足早に法廷を出ていく。それはまるで一本の映画を観終わった観客のようでもあったし、司法を監視する役割を果たす人間にも見えた。検察官は頭を下げ扉を開ける。弁護人は軽く頭を下げるとそそくさと風呂敷に資料をしまい、検察官とは反対側にある扉から出ていく。礼子たちの姿は、とうにない。

ただ、呆然と証言台に立たされた柳沢一成だけが、ふたたび腰縄を巻かれ、へその前で手錠をかけられ、刑務官に連れていかれる。

法廷の白壁に掛けられた時計の針は、十時四分だった。

たった四分。

たった四分とこの二日間で変わったことは、柳沢一成が被告人から受刑者に変わった──ただそれだけだ。

「いただきます」

その日の夜、礼子は晩ご飯にアクアパッツァを作った。前日は牛ヒレ肉のソテー、前々日もビーフストロガノフと肉がつづいたので、夫の貴志は魚が食べたいだろうと礼子は思っていた。東京地方裁判所から帰宅するまでの道すがら、通勤に利用する丸ノ内線の車内でアクアパッツァを思いついた。

礼子は決まって、東京地方裁判所を夕方五時半には退庁する。東京地裁の表玄関を出て左に曲がり、徒歩一分もしないところに東京メトロ丸ノ内線「霞ケ関駅A1」出口がある。階段を下って地下鉄に乗りこめば、帰宅時のラッシュに巻き込まれずわりと空いている電車に乗れる。今日も礼子は混雑していない丸ノ内線荻窪《おぎくぼ》行きに難なく乗りこめた。その道中、礼子の斜め前に座るOLが鞄から化粧道具を出しメイクを直しはじめた。別に滑稽だとも不作法だとも礼子は感じなかったが、ふと女性の顔を見ていると、魚が思い浮かんだ。女性の顔は目頭と目頭の距離が離れていて、いわゆる魚顔で、その魚顔をした女性が黒のアイラインを引き、茶系のシャドーを瞼に施し、頬にピンク色のチークを塗って化けていく様を見ていて、

「あ、アクアパッツァにしよう」

と思いついたのだ。淡白な魚が様々な具材、色を加えることで完成していく様を見て、晩ご飯のイメージに辿り着いた。礼子は最終駅の荻窪で下車するとその足で駅ビルのなかにあるスーパーへむかい、夕方で安くなったヒラメとムール貝を購入して帰宅し、東高円寺駅で下車していった女性の顔をみごと再現した。

「お、うまいね」

礼子の前に座る貴志が呟いた。貴志が感想の前に「お」をつける時は本当に美味《おい》しいと思った時なので、礼子はよかったなと思う。

「アクアパッツァなんて　珍しいな」

貴志が言うと、まさか「地下鉄で魚顔の女の子を見て思いついた」とは言えず、

「スーパーでヒラメが安かったから、あとはクックパッドで」

と礼子は答える。クックパッドと聞いて、貴志は微笑む。

「ありゃ便利そうだもんな」なんて言う。

でも礼子はクックパッドなど使っていない。だいたいの料理の工程など想像すればわかる。が、

「できない」こともたまには演じなければ、夫が面白くないことを礼子は知っているだけだ。

「今日はあれか、親殺しの判決か」

「そう」

「何年にしたの」

「六年」

「まあ、妥当かな。凶器なし？」

「うん。腰から上部への暴行もなし」

「検察側八年、判決六年、求刑の七掛けか。面白くないな」

貴志がムール貝をすすりながら答えた。

「面白くないってどういうこと？」

「あまりにも、って気がする」

「あまりにも、なに？」

「ステレオというか」

貴志は言いながら、ポルトガル産のワインを礼子のグラスに注《つ》ぐ。

「そうかな」

「そうだよ。弁護側は国選弁護人だろうからモチベーションは知れてる。けどもうすこし闘い方はあったとは思うな」

「と言うと？」

礼子は話にのる。貴志が話したがっているのがわかったし、礼子も嫌ではない。家庭のなかに弁護士の夫と判事の妻がいれば必然そうなる。

ましてや礼子と貴志のあいだには子供がいない。共通の言語があることは、わりと助かる。

礼子は司法修習生時代に片陵貴志と知り合った。おなじ教官のもと司法を学び、二回試験に合格した同期だ。貴志は礼子の七つ年上で、今年四十歳になる。修習生時代、礼子がまだ二十二歳の時、「付き合わないか」とふいに言われた。そのまま交際をはじめ、互いに二回試験合格後、籍を入れた。

霞が関の住民から「十年にひとりの逸材」と呼ばれた礼子が裁判官に任官されたと同時に結婚したことは、瞬く間に評判となった。貴志はいま親の後を継ぎ、片陵弁護士事務所の所長をしている。

「柳沢一成が罪を自白し認めている以上、弁護人としてやれることはない。君たち裁判所に執行猶予をつけてくださいとポーズを見せるくらいかな、できることは」

「ポーズね」

礼子は夫の皮肉に返事するように、美しい桜色の唇を歪《ゆが》める。

「でもやるとしたら――市民六人の裁判員のうち誰かひとりを徹底的に揺さぶる。その良心ってやつをね。徹底的に」

「徹底的にね」

「そう。でないと鋼のような君たち裁判所は崩せない。裁判員制度が導入されて九年、日本の刑事裁判はなにも変わらない。有罪率はあいかわらず九十九％を超えている。これは世界的に見ても異常だよ」

「でもすこしは変わった。導入前は九十九・八％だった有罪率が、九十九・六％に下がったわ」

「――検察に起訴されてしまえば、有罪」

礼子は夫を見つめる。

「これは非常に危険をはらんでいる。おれはそう思う」

これ以上会話をつづけるべきか否か、礼子は思案する。貴志は裁判官を目指していた。が、二回試験合格後その希望は叶うことなく、結局第二志望であった弁護士の道を選んだ。裁判官になることが夢でもなんでもなかった礼子は、ひとつの屋根の下で貴志と暮らす以上、この点は気をつけている。礼子は返事をしなかった。その空気を察したのか、貴志は穏やかな笑みを浮かべた。

「と言いながら裁判所がなかなか変われないことも理解している。だけど一石は投じたい。柳沢一成の事件は、現代社会の事件とも言える。超少子高齢化を迎える我が国では、いつあなたが被告人の立場になってもおかしくないのだ――それを裁判員のひとりに訴えて揺さぶることはしたいね。結果裁判員が君たちに、『量刑相場より軽い刑にしよう』でも、『それでも親を殺すなど許されないから、重い刑にしよう』でもどちらでもいい。議論にさえなれば。最終的にその一票が君たちを揺さぶり、検察側の提示した求刑より重い判決になってもいいと思う。若い国選弁護人なら、それくらいの気概は見せてもいいとは思うがね。どの道、同種事案の量刑傾向を参考にされて負けるとわかっている公判だから」

「要は、法壇の中央に座る裁判官はなにをしているのかと」

そこまでは言うつもりはない、貴志は白身魚を美味しそうに食べ笑う。と、貴志がダイニングテーブルの上に雑誌を置いた。

「読んだよ。いい記事だった」

雑誌は最高裁判所が発行する「司法の空」だった。表紙にはおおきく、撮影された礼子の姿が載っている。

「『平成最後の夏。未来に繋がる司法の歩みとは――東京地方裁判所判事　片陵礼子』いいタイトルだ」

「やめてよ」

礼子は空いた皿をキッチンに運ぶ。

が、嫌がる素振りが気に入ったのか、貴志は面白がるように読みはじめた。

「――司法とは未来を予測するものではない。ましてや、創造するものでもない。未来とは真逆な過去の事実とむきあい、その本質を見極めるだけだ。冷ややかかもしれない。が、あるべき解決策を模索し、愚直にひとつひとつの事件を解決していくことこそが、司法に携わる人間のあるべき姿だと思う。その結果が、未来に繋がるのではないだろうか――この、愚直というところがいい」

その夜、礼子は貴志に抱かれた。

貴志が「結婚する」と両親に告げるとすぐに、裁判官をしていた義父と検察官をしていた義母が建ててくれた立派な一軒家の寝室で。貴志が三十歳、礼子が二十三歳の時に建てられた家。

一階には三十畳を超すリビングや風呂場の他に、おおきな書斎がふたつある。貴志の両親が、司法に携わる息子と嫁に用意した、それぞれの書斎。

二階には、またおおきな風呂場の他に、部屋が三つ。

寝室と、いずれ必要になる子供部屋がふたつと、貴志の母親は言っていた。

子供が存在しないふたつの部屋は、無機質に、足音さえ立てず今日も存在する。

小明かりさえつけない漆黒の寝室で、貴志は礼子を抱く。

こぶりな礼子の乳房を唇にふくみながら、「おれと君は、同士だからな」と貴志が呟く。

礼子は知っている。雑誌に載ったり、礼子の評判を聞いたり、おおきな公判を礼子が受け持つと、夫が抱きたがることを。貴志は夢中で乳房を舐《な》める。やがてその手は礼子の下腹部へと伸び、茂みのなかへと分け入る。

唇と唇が触れ合うことは、ない。

「同士がこんなことするかしら」

礼子は今日もこの言葉を飲みこみ、代わりに猫のような吐息を漏らす。

夫が果て寝入ると、礼子は一階の自室へむかった。

担当した過去の判決文の写しと手控えに埋まる書斎で、テーブルランプだけをつけ机にむかう。

ひたすらに、判決文を書く。

――主文。被告人永谷公一を懲役十年に処する。

――主文。被告人岡田リサを懲役三年に処する。

――主文。被告人百瀬祐樹を懲役五年に処する。

――主文。被告人森山真紀子を懲役十二年に処する。

――主文。被告人グェン・トゥアンを懲役六年に処する。

――主文。被告人朴秀賢を懲役三年、執行猶予五年に処する。

――主文。被告人宋建平を懲役三年に処する。

――主文。被告人山下光成を懲役八年に処する。

――主文。

――主文。

――主文。

――主文、主文、主文、主文、主文主文――。

朝になり、夫にスクランブルエッグ、焼いたソーセージを二本、サラダを作りラップをかけ、礼子は家を出る。

早朝六時二十九分の丸ノ内線の座席に、礼子は座る。

疲れ果てて眠るサラリーマン、スマートフォンを見つめるOL、学生、図書館で借りてきた本を読む私立の小学生、フリーター風、肉体労働者、誰かとSNSでやり取りしているのか、楽しそうに笑っている女性。

中吊り広告を読む。

人々の、顔、顔、顔。

朝の通勤電車に乗れば、世情はわかる。

午前七時、東京地裁に入る。

やり残した判決文を書き、本日分の起訴状を確認する。

午前中の単独審を終え、いつものようにエレベーターの前に立つ。と、隣に長野《ちょうの》というベテラン判事がやってきた。

「元気かい?」

五十を過ぎただろうか、白髪になった以外はなにも変わらない、優しい笑顔を長野は礼子に浮かべた。

「ご無沙汰しております。すっかりご挨拶が遅くなってしまって——」

礼子が頭を下げ、笑顔を浮かべる。礼子が二〇〇八年に裁判官に任命された後、判事補として初めて東京地裁刑事部に任官したとき、たいへんお世話になった判事だった。

「いいんだ、いいんだ。君が忙しいのはわかってるから」

「ご挨拶にうかがおうと思っていたのですが、時を逃してしまって」

「どうだ？　三年ぶりの東京は。すこしは慣れたか？」

「ちょっと岡山が懐かしいです。やっぱりこっちは人が多くて」

長野が目尻に皺《しわ》を浮かべながら微笑む。

「わかるよ。わたしもそうだったな。片陵さんとおなじで大庁勤務が多かったから。三十過ぎだったかな……山口県の裁判所に任官されてね。そのときは嬉《うれ》しかったなあ。空気はうまいし、のんびりしてるし。山口にさ、いまで言うB級グルメっていうのかな？『ばりそば』っていうのがあってね。揚げた麺の上にさらさらとしたあんかけスープが載ってるんだ。長崎の皿うどんと似ているけど、ちょっと違う。これがまた安くてうまくてね。暇さえあれば行っていたよ。女房とも離れて単身赴任だし。だからこっちに呼び戻されたときは、気を失うのではと思うくらいショックだった」

長野が懐かしそうに笑う。思わず礼子も心が安らぐ。

「わかります。岡山もご飯、美味しかったな」

通常、裁判官は三年おきほどで任地を変えられる。大庁勤務と小庁勤務を繰り返しながら、転勤族となっていく。これはひとつの土地に根を生やしすぎると、地域住民と密接な関係になりやすいことを危惧しているからだ、と言う者もいる。裁く側の者として、市民と癒着になりうる行為は固く禁じられている。地域住民と密接な関係になりやすい、祭りなどの行事にも参加しない、とまで自らを律する裁判官も中には存在する。

礼子も長野判事とおなじだった。

「選ばれたエリート」である礼子は、初任地が東京地裁、四年目には東京地裁で判事補、東京地裁簡易裁判所の判事を務め、五年目には神戸地方裁判所勤務、特例判事補となると間もなくまた東京へ戻され、最高裁広報課付となり、二〇一五年にようやく小庁である岡山地家裁へと異動になった。ほぼ、大庁勤務の経験しかない。

要は、最高裁人事局が礼子を東京から離さないのだ。岡山の小庁への異動も、他の裁判官への建前上、

「片陵礼子にも小庁を経験させております」というポーズに過ぎない。

「雨野《あめの》さんが、君を離さないだろうからな。彼の当面の目標は、片陵さんを四十歳の若さで最高裁事務総局人事局任用課長にすえることだろうから。そのあとのコースは、言わずもがな、だね」

礼子の気苦労を察するように、優しく長野が微笑みかける。エレベーターが到着し扉が開いたが、礼子と長野は互いに乗り込まず、話をつづけた。境遇が似ていることもあり、礼子も安心して話すことができる。「雨野」とは、現東京地方裁判所長の雨野智巳《ともみ》のことだ。礼子と夫貴志の、司法修習生時代の担当教官でもある。

「たいへんだろうけど、あまり無理はしないで」

長野は言うと、「ばりそばの話したら食べたくなっちゃったから、銀座で皿うどんの店でも探すよ」と言って下りのホタンを押した。

と、思い出したかのように長野が口を開けた。

「そうだ、君に言おうと思ってたことがあったんだ」

「なんですか？」

「君は変わらずに朝が早いだろうから知らないと思うけど、毎朝八時くらいかな？　必ず地裁の門のところに男が立っていてね」

「はい」

「じっと、地裁を見つめてるんだ。背筋を伸ばしてね、じっと、じっと見つめてる。毎日見かけるようになって、すこし気になってね。そうしたら思い出したんだ。その男、たぶん君が左陪席裁判官のときに公判した被告人だよ。傷害致死だったかな……明確には覚えていないけど、片陵さんが判決文を書いて、わたしが右陪席で確認した覚えがあるんだよな。違っていたら申し訳ないけど」

——左陪席裁判官のときにじぶんが判決文を書いた被告人？

とてもじゃないが、礼子は思い出せない。

「とにかく裁判所をじっと見つめていてね。まさか判決に不服があって、門前の人になったわけではないと思うけど。念のため、気をつけなさい。復讐《ふくしゅう》なんて考えているわけじゃないだろうけど、近頃は妙な輩《やから》もいるし」

下りのエレベーターが到着し、長野は去っていった。

——門前の人？

門前の人とは、いわゆる訴訟狂とも呼ばれる人々で、裁判所の玄関前に陣取り、じぶんに不利な判決を下した裁判官の実名を挙げ糾弾する人種のことだ。段ボールに不満を書き殴り、時にはスピーカーを使い延々と持論を演説する。

——じぶんが裁いた人間が、門前の人に？

間違いを犯したことはない——。

礼子が心中で確認するように呟いていると、上りのエレベーターが到着した。乗り込むと人はおらず、古い官舎だからか、夏の終わりの生温《なまぬる》い温度だけが、そこに漂っていた。

三日、四日は我慢した。が、礼子はどうしても気になった。長野判事の言うことが正しければ、その門前に立つ男は礼子が裁判官に任官した直後の、二〇〇八年から二〇一一年の三月までに礼子が裁いた人間になる。いまから最大で十年前。礼子が司法修習生を終え判事補の時代だ。

——若いじぶんが間違いを犯した？

早朝の、内山も小森谷も来ていない裁判官室で礼子は爪を噛んだ。右手の親指の爪。幼いころから、なにかあると親指の爪だけ噛んでしまう癖がある。育ての伯母にも、ずいぶんと注意された。

書いても書いても積まれていくまっさらな判決文の紙を自席で見つめながら、礼子は爪を噛んだ。くだらないこととも思う。判決に不満がある被告人は山のようにいるだろうし、そのうちのひとりが門前の人になったから、どうだというのだ？

が、納得がいかない。

納得がいかないというより、なにか、礼子の脳内の片隅に、その上のあたりから、ぽつぽつと不穏な雨垂れが落ちてきている気分だった。鬱陶《うっとう》しかった。礼子は担当する単独審の判決文の作成を中断し、刑事第十二部の広すぎる裁判官室を出た。


長野判事は「毎朝八時くらいに男は立っている」と言っていたので、礼子は十分前に裁判所の玄関にむかった。意味はわからないが、心臓の鼓動が速まった。普段はどんなことにも冷静で、被告人が悪態をつこうが、叫ぼうが、検察官が有利な判断を欲しがる目線を送ってこようが、弁護士がため息を投げつけてこようが、夫に抱かれようが、どんな時も変わらぬ礼子の心拍数に変化が起きていた。

裁判所一階を敷きつめる床をヒールで蹴りながら、礼子は進む。

表が見えてきた。横殴りの雨が降っている。

「雨か」

突然の晩夏の雨に困惑し立ち止まると、裁判所の警備員が慌てて駆け寄ってきた。

「外行かれますか？　使ってください」

黒いビニール傘を礼子に差し出す。礼子は受け取った。

「いつから降りはじめました？」

「だいぶ前からですよ。片陵判事が出勤された、すぐあとですかね」

人の好《よ》さそうな初老の警備員の答えを聞いて、礼子は鼻から息を吐いた。判決文を書いているとなにも感じなくなる。裁判官室の窓を叩《たた》きつける雨音さえ、礼子の細胞には入り込まない。遮断されている。躰の周りを、透明でぶ厚いシールドが囲っている感覚を、礼子は時々覚える。

「ありがとう。借ります」

裁判所を出る。とたんにごうごうと音を立て雨が叫ぶ。横殴りの雨は、いくら傘で守っても礼子の着ている紺色のサテン生地のシャツと、フレアがかった同生地のスカートを濡らす。歩を進め玄関前に辿り着き、目を細める。と、面々が見えた。土砂降りの雨のなか、立ち尽くす五十代の男がいた。レインコートを着た男の横には、抗議の文字をつづった段ボールのパネルが何枚も立てられている。見ると、『悪徳裁判官　山根和久を許すな！　常に大企業に媚《こび》を売る判決を連発！　その姿勢を糾弾せよ！』と書かれている。

すこし離れた場所には、もうひとり。六十代だろうか、おなじくレインコートを頭から被り、うつむき、年季の入ったラジカセから裁判所への文句を垂れ流している。内容は礼子もよく知っているベテラン判事を糾弾していて、どうやら二十年前、彼から受けた判決に不服があるらしい。長年通い詰めたからか、彼の司法への理解力はなかなかのものだ。この知識と熱量を、なにかに役立てる生き方はできないものなのかと礼子は男を見て思う。他は、ふたり組の男がまた離れた場所で準備をしている。彼らが持つビラを確認すると、左翼的な思想の持ち主だった。最高裁判所への抗議をする、よくいるタイプ。

長野判事の言う男は見当たらない気がした。ここにいる誰もが、型通りの門前の人だ。表情こそ違うが、一様に裁判所への不満をあらわにしている。が——長野判事の言う門前の男は。

「じっと、地裁を見つめてるんだ。背筋を伸ばしてね、じっと、じっと見つめてる」

礼子の右脳に長野の声が響く。

礼子はそんな門前の人をいまだかつて見たことがなかった。抗議するわけでもなく、ビラを配るわけでもなく、ただ黙って巨大な建物を見つめている人間など。もし本当なら狂気すら感じる。ふと長野判事がじぶんを揶揄《からか》っているのでは、と礼子は思った。が、そんな人間ではない。夏の終わりの雨は強まる一方で空を鼠色に染める。礼子は諦め、裁判所のなかへと戻った。


翌日、礼子はふたたび門前へむかった。

馬鹿みたいなことを、しているな。

と感じながら、朝の七時五十分、裁判官室を出た。一階にいる警備員は昨日とおなじ初老の男性で、二日つづけて礼子が下りてきたことにやや驚いた様子で頭を下げた。

「今日は晴れてるわね」

礼子は表を見つめながら声をかける。

「夏の雨は突然来ますから、嫌になりますね」

「天気予報もあてにならないし。昨日も洗濯物がたいへんでした」

礼子が家庭的な発言をしたからか、初老の警備員は安心したように微笑む。

軽く会釈し、礼子は外へ出る。「あくまでも天気を確認しに行くだけ」といった芝居じみたことをしているじぶんに、礼子は内心笑いそうになった。が、これでいい。礼子は一夜明け、やはり長野判事の見間違いなのではないか、という仮説に至った。裁判所への抗議のビラもまかず、糾弾するテープも流さず、じっと裁判所を見つめる男。

果たして、そんな門前の人がいるのだろうか？

失礼だが、いくら優秀な判事といえども長野も五十歳を過ぎている。年齢的な記憶力の低下も否めないだろう。

――いるかいないか、確認するだけでいい。

――いたとしたら、この目で意図を確認する。

――いなければ、長野判事の思い違い。

日常に紛れこんできた些細《ささい》な案件に判決を下すため、礼子は門にむかう。蟬《せみ》がわんわんと鳴くなか、昨日とおなじ男が立ち、ラジカセから抗議の声明を流していた。裁判所を背にして立つ男は、じっと足元のコンクリートでできた地面を見つめる。流れる不協和音的な念仏のエネルギーとは真逆の、未来への希望も感じさせぬ、とうに生きる気力を失った顔だった。

あとは、昨日とは違うが左翼的思想の男が数人立っていた。こちらはひとりが拡声器を持ち演説し、あとのふたりは通行人や裁判所へ入る人間に、談笑しながら適当にビラを配っている。笑顔を見せながら談笑しビラを差し出すその姿からは、彼らの思想的強さはそこまで感じられず、半ばなにもない日常の一ページに花を添えているだけの行為にも見えた。

礼子は、ほっと息をついた。

長野判事が言っていたような男は、どこにもいない。

腕時計で確認すると、午前八時二分を超えていた。警備員に妙な勘繰りをされるのも嫌なので、礼子は裁判所に踵《きびす》をかえした。――その時だった。

礼子は立ち止まり、一点を見つめる。

――裁判所正門からすぐのところにある、霞ケ関駅A1出口の階段から、ひとりの男性が上がってきた。

――男性は足元を見つめ、光を感じたのか、ゆっくりと顔を上げる。

――身長は百八十センチほどか。男性は慣れた足取りでこちらにむかってくる。

――そして、止まった。


礼子はその男を凝視した。男は門前の人から距離を取るように、桜田通りに背をむけ、裁判所を見つめた。立ち位置は植え込みの近く。決して通行人の邪魔にならぬよう、配慮しているようにも見えた。

手にはおおきめのバッグ。大柄な躰には贅肉《ぜいにく》はついていない。が、筋肉で覆われているわけでもない。年齢は、夫くらいであろうと礼子は瞬時に感じた。四十歳、もしくはその手前。身形はベージュのチノパンツに、長袖の白いシャツをズボンには入れず着用している。カジュアルだが、そこに主張はない。程よく男をまとう筋肉もスポーツジムで練り上げたような自己愛は感じられない。ただ生きている過程で、この身形になっているだけ――そんな印象だった。

礼子は思わず、男から視線をそらした。このままでは流石《さすが》におかしく思われるだろうと、裁判所へ戻るのを止め、もう一度通りへと歩を進めた。男の横を通りすぎ、裁判所の裏口にむかうふりをする。

また、立ち止まり男を見つめた。

男は、じっと、裁判所を見つめている。

そこには怒りも、憎しみもないように思えた。

ただまっすぐと、やや顎《あご》を上げ裁判所を見上げるように、男は裁判所を見入る。

男の横顔を見る。

すこし無精ひげがあるのだろうか、端正な顔立ちの手入れを拒否したような、あるがままの姿にも見えた。

なにより——。

その目は、寂しそうだった。

第二章　門前の人

礼子が我に返ると、男は皇居方面へと歩き出していた。腕時計を見ると、八時十分を指している。裁判官室に戻らなければいけない。

礼子は慌てて、歩を裁判所のなかへと戻した。


思い出せ。思い出せ――。

今日は単独審だ。午前十時からの公判がはじまるまで、いつものように自席で判決文を書きつづける。機械のように動く右手をよそに、頭のなかは十年ほど前の記憶を手繰《たぐ》り寄せた。長野判事の言う通り、どこかで見覚えがある。会ったことがある。対面した記憶がある。背は百八十センチ。あの顔だ、あの顔を思い出せ――。

ひるま。

ひるまという単語が礼子の脳髄に響いた。

礼子は思わず、机上の紙面から視線を上げ、美しい唇を開いた。

「蛭間」

礼子は脳内に浮かんだ言葉を呟く。

蛭間。蛭間だ。間違いない。珍しい苗字《みょうじ》だなと当時思ったことを、礼子は思い出す。なんの公判だったか。長野判事は傷害致死の被告人だと言っていた。正しいのか？　正しいように思う。礼子の頭のなかが猛スピードで記憶のページをめくっていく。

——時計技師。

そうだ。時計技師であったはずだ。職業も珍しかった。時計を作製したり修理するちいさな工房で働いていたはずだ。そしてその経営者である上司を殺害し、罪に問われたはず——。

「わかった」

思わず呟く。礼子が裁判官に任命されて間もないころ、まだ左陪席裁判官の時に、この東京地裁で間違いなくあの男性を裁いている。礼子がまだ判事補の時に、彼への判決文を起案したことを、礼子は確信した。

公判を終え帰宅するや否や、礼子は着替えることもせず書斎へむかった。足を踏み入れた夕方六時半の書斎は、窓がない影響か、妙に夏を感じさせる。熱を溜《た》めこんだ一室で、礼子は黙々と過去のじぶんを探した。

書斎を囲む四つの壁には、すべて本棚が備え付けられてある。この家を建ててくれた夫の両親のこだわりの一品だ。床から天井までそびえ立つ本棚ができたとき、

「ぜんぶマホガニーで作ったのよ。艶が違うでしょ？　マホガニーはワシントン条約で取引が規制されているほど、希少性が高い木材なんだから」

と義母が嬉しそうに話した品。

が、立派な本棚のせいか、安っぽい机だけがこの部屋で浮いている。礼子が幼いころから使っているパイン色をした勉強机だ。義母は「本棚に合わせて机も作ってあげるから」と言ったが、「使い慣れているので」と礼子は丁重に断った。義母が面白くない顔をしたことを、礼子はいまでも覚えている。

脚立に上り、礼子は本棚のいちばん上に手を伸ばしつづける。長野判事と公判を行っていたのは二〇〇八年四月から二〇一一年三月までだ。この間に礼子が担当した判決文のコピーと手控えのノートを、すべて棚から下ろす。床はあっという間に、被告人たちの怨念で埋まった。

「――蛭間」

あまり交流のなかった学生時代の友の名を呼んでみるように、礼子は呟く。約三年分の資料を円状に並べ、その輪の中心に礼子は腰を下ろした。

「蛭間……蛭間」

名を呼んでいるうちに、記憶が整理されてきた。なぜ膨大な数の被告人のなかから、彼の名を覚えていたのか。

裁判員裁判だ。

礼子が裁判官に任命された翌年の二〇〇九年五月から、裁判員裁判がはじまった。明治時代、日本は取りまく国際状況に即応するために、律令制を捨て、西洋の法律を取り入れ劇的に変化した。当時は先を急ぐあまり翻訳もままならず、裁判官と検察官の区別すらわからなかったという。あげく、「検察官は裁判を直立不動で見ている者」と誤訳されスタートしたほどだ。そこから数多くの識者と法曹に携わる面々の苦労のうえで、裁判所は成り立ってきた。その歴史を変える裁判員制度の導入に、当時の裁判所がかなり浮足立ち、初めての制度をなんとかうまく軌道にのせなくてはいけない——という重圧にも似た雰囲気があったことを礼子はいまでも覚えている。
「市民の意見を入れるくらいだったら、律令制時代の遠山の金さんのほうがよほどましだ」と怒りを隠さない判事も中には存在した。
その裁判員裁判がはじまった年に、礼子は蛭間を裁いている。
２００９。と表紙に書かれた手控えを片っ端からめくっていく。左陪席裁判官時代の礼子の右手が無数のメモを取っている。速記に近いため蚯蚓《ミミズ》のようにくねくねと曲がる字は、晴れて判事となったいまの礼子の文字となんら変わっていなかった。すこしは綺麗に書かねば、礼子はため息をつきながら手控えをめくっていく。
「見つけた」
蛭間隆也——この男だ。
曲がりくねった手控えの文字に目を近づける。
——ひるまたかや　S54生
——東京。児童養護施設出身。白シャツ黒パンツ。クロック・バック
——売上金　五万
法壇で裁判長の左に座りながら見つめた、蛭間隆也を思い出す。
——じっと立つ
そうだ。この当時から蛭間隆也はじっと前をむいて立ち、裁判を受けていた。
——ディバイダー。革細工用、コンパス型工具、先端鋭利、鉄鋼

――左腹部消化器官重傷。正当？　過剰？

礼子の脳内が蛭間の公判を再現しはじめた。礼子は手控えから美しい顔を上げ、一点を見つめ、当時の法廷を思い出す。

蛭間隆也。当時二十九歳。

自身が勤める時計工房店「クロック・バック」の経営者である吉住秋生《よしずみあきお》氏、当時四十歳の左鼠径部《ひだりそけいぶ》をディバイダーで刺し死亡させる。クロック・バックは経営者の吉住秋生と従業員の蛭間隆也がふたりで営む、中目黒の川沿いにあるちいさな時計工房店だった。オリジナルの時計を作製、販売したり、困難な時計の修理も請け負っていた。被害者を死亡させた経緯は、平成二十一年一月四日午前一時ごろ、工房となっていたクロック・バックにて、経営者吉住秋生と蛭間隆也は新年の酒を酌み交わしていた。と、その最中、「先月分の売上金から、いくらか抜いていないか」と吉住秋生は蛭間隆也をふいに問い詰める。被告人は否定した。が、押し問答の末、「五万円を抜いてしまった」と蛭間は告白し認める。蛭間隆也は謝罪し五万円の返済を申し出るが、被害者が酒に酔っていたこともあり激しい口論となり、吉住秋生は蛭間隆也の胸ぐらをつかんだ。その時振り払おうとした蛭間隆也の手が偶然に吉住秋生の顔に当たり、被害者はさらに激高。吉住秋生は酒の影響もあったのか、机上にあった腕時計の革ベルトを作製する際に寸法を取る工具・ディバイダーを手に取り、蛭間にむかって振り回した。そのうち被害者がむけたディバイダーが蛭間隆也の左腹部に刺さり、吉住秋生はなおもへそ側に無理やり四センチ引き、ディバイダーを体内にめり込ませた。命の危険と恐怖を感じた蛭間隆也は、自らの躰からディバイダーを抜き、なおも凶器を奪おうとする吉住秋生に渡さぬよう努める。揉《も》みあいとなり、蛭間は被害者の顔面をなんどか強く殴打する。そのうちに蛭間が持っていたディバイダーが、むかってきた吉住秋生の左鼠径部に刺さり、傷は蛭間よりも浅いものであったが凶器は被害者の大腿《だいたい》動脈を切断し、被告人は止血を試みるも出血多量のショックにより吉住秋生は死亡した。怖くなった蛭間隆也は店を出て凶器となったディバイダーを排水溝に捨て隠ぺいを図る。そして雨のなか目黒川沿いを徘徊《はいかい》し、桜の木の下にしゃがみ込んだ。三時間ほど経過し、「このままではいけない」と我に返り店へと戻る。吉住秋生の死亡を確認すると、現場から自ら一一〇番に通報。「人を殺してしまった」と告白。現場に到着した目黒署の警察官により逮捕される——。

要約するとこのような事件だった。

ありふれた事件だと礼子は手控えを見つめながら思う。

が、蛭間という珍しい名前、裁判員裁判がはじまってすぐの公判というだけで、門前に立つあの男を覚えているものか？　礼子は疑問を感じた。——まだなにかあるはず。礼子は書き殴ったじぶんの文字を睨《にら》む。

——蛭間隆也、強い

強い、と書いてある。被告人の蛭間隆也を見て、強いという印象を持ったのか？　ページをめくると、さらに書いてある。

——傍聴人来ない

——勘違いか

礼子が眉根に皺を寄せると、玄関から「ただいま」と夫の声がした。礼子は思考を中断し、夫を出迎えに行った。

晩ご飯は夫には申し訳ないが、簡単にミートローフにした。作り終えると自宅から徒歩五分の場所に住む、夫の両親にも届けた。礼子は週に四回、食事を届けに行くようにしている。これは礼子の決め事でもあった。七十五歳になる義母はまだまだ元気だが、礼子が食事を差し入れるととても喜ぶ。「この間のアクアパッツァも美味しかったわ」などと言って皿を返してくる。と、夫も喜ぶ。夫が喜ぶということは大切だ。礼子は結婚以来そう思っている。貴志の尊厳が傷つかなければいいのだ。これはとても、礼子にとって重要なことである。

貴志が寝付いてから、いつものように書斎へむかう。礼子は床に並べてあった紙の束から、蛭間隆也の判決文を探した。九年前の当時二十四歳の礼子が起案した判決文が見つかる。若かりし礼子が作成した判決文のコピーは、歳月を重ね変色していた。

【被告人　蛭間隆也　傷害致死罪　懲役四年に処する】

「懲役四年か」

礼子は幼いころから使う、パイン色の机の前に座り呟く。

「妥当よね」

礼子は手控えのページをめくっていく。およそ十年たったいまも、妥当と感じる。

じぶんが記した手控えの文字から紐解《ひもと》いていっても、それは間違いがないように感じた。
蛭間隆也への判決を組み立てると、こうだ。

被告人は、店の金、五万円を盗んでいる。
そのことで経営者である被害者と口論。
被害者が被告人の胸ぐらをつかむ。
被告人が振り払った手が偶然、被害者の顔に当たり激高。
酒に酔った被害者がディバイダーを取り、振り回す。
そのディバイダーが被告人の腹部に刺さる。
被告人は腹部から凶器を抜き、被害者に渡さないようにする。
なおも激高する被害者と揉みあいになる。
被告人が持っていたディバイダーが、被害者の左鼠径部に刺さる。
被害者、死亡。
凶器を隠ぺいするも、事件発生から約三時間後、被告人自ら警察に通報。自首する。

なおも組み立てていくと。

被告人蛭間隆也は、「生活苦のため、売上金五万円を盗んだ」ことを認めている。
「殺すつもりはなかったが、被害者を刺してしまったことは事実」とも自白し、

「罪を償いたい」

と犯行自体を全面的に認め、供述している。

以上により母親を殺した柳沢一成の公判と同様、罪の有り無しを争うことはない「自白事件」となる。


検察側は。

検察側は当然、「密室である」ということを前面に押し出す。蛭間隆也は警察に「被害者の吉住秋生が最初にディバイダーを持ち振り回した」と話したが、「被害者が死亡しているいま、被告人の供述に信用性はない」と主張する。これは当然だ。が、防犯カメラもなく深夜の密室で起こった事件である以上、ここは検察側も深くは追えない。本件の凶器がディバイダーであったこともおおきい。拳銃やナイフと違い、ディバイダーを使う行為が人を殺す意思によるものだと推認するのはやや不合理であると一般的には思考される。よって、検察側は本件において、蛭間隆也に殺意があったことは主張しにくくなり、「殺人罪」に問うことは難しくなる。

となると、「これは正当防衛であるのか、過剰防衛であるのか」という争点になってくる。検察側は、蛭間隆也の行為は「防衛行為とは認められない」と主張し、正当防衛を否定し、仮に過剰防衛であるとしても、刑の減軽、免除をすべきではないと攻めてくる。


法医学の証拠はどうか。

被害者である吉住秋生を司法解剖した結果、死亡原因となった左鼠径部の刺し傷は深さ五センチ、大腿動脈を切断したが、「傷の損傷具合」「刺したディバイダーの角度」を見ても、蛭間隆也に強い殺意は見られなかった。「被告人が被害者を刺し、止血のために抜き取るまで、そのディバイダーを動かしていない」ことも見て取れた。蛭間隆也の供述通り、凶器を渡さないようにしていたところに、被害者吉住秋生が自分からむかってきて左鼠径部に刺さってしまった――このような形が見て取れた。

さらに、吉住秋生が刺された場所もおおきい。被害者である吉住秋生は胸や腹を刺されておらず、被告人蛭間隆也が刺した場所は吉住秋生の下肢である。

これもまた、蛭間隆也に強い殺意があったことを否定する。

こうなると弁護側は強気だ。

凶器を用い複数回にわたって相手を刺している場合、執行猶予はつかない。が、蛭間隆也が吉住秋生を刺した回数は「一回」である。

一方蛭間隆也が吉住秋生から受けた腹部の刺し傷は、深さ十・五センチにまで達していた。なおも吉住秋生は凶器をへそ側へ四センチほど引いたのち、さらに深くディバイダーを押し込んだ形跡が見られた。ディバイダーは蛭間隆也のS状結腸内までめり込み、あとすこしずれていれば太い血管を傷つけ死に至っていた可能性があるほどの重傷であった。事実、蛭間から通報を受け警察官が到着した際、蛭間は倒れている吉住秋生の躰に覆い被さるようにして半分意識を失っていた。逮捕後は緊急手術が行われ、その後も合併症を併発し蛭間隆也が命の危険にさらされていた。

たことは充分理解できる。

以上から、

「被告人蛭間隆也の行動は、被害者である吉住秋生から受けた暴行への正当防衛」であるとし、まずは無罪を主張してくる。が、正当防衛の主張は無理だと判断した場合は過剰防衛を主張し、執行猶予付きの判決を求める。

ここで問題となったのは、蛭間隆也が吉住秋生を刺してしまう直前の行為だ。蛭間隆也は揉みあっている最中に、被害者の顔面を右拳で複数回殴打している。かなりの力で殴った形跡があり、死亡した吉住秋生の鼻骨は粉砕し、また、切歯が二本折れていた。

そして裁判所としての判決は。

被告人蛭間隆也が受けた腹部の刺し傷は、被告人が命の危険を感じるのに充分なものと相当することは認める。

近隣の店の従業員やBAR「ファクトリー」の店員からも、「被害者である吉住秋生氏は、酒を呑むと乱暴になる時がある」との証言も得ている。

が、事の発端は被告人が店の金を盗んだことにある。

そのことを被告人も認めている。

また気が動転したとはいえ、被告人は現場からいちど立ち去り、凶器を隠ぺいし、警察に通報するまでに三時間を要している。その後、凶器が見つからなかったことへの心証も悪い。

が、被告人は被害者を刺してしまったあと、倒れた被害者のスウェットの上から両手で止血を試み、それでも出血が止まらぬと判断すると被害者のスウェットを破きなおも止血した形跡が見られ、救助は試みている。

被害者は、身寄りのない被告人を長年可愛がっていた。

蛭間隆也に前科はない。

「罪を償いたい」と反省もしている。

が、被害者の妻、両親ともに厳刑を望んでいる。示談に応じるつもりもなし。

そして裁判所としてけ、被告人が被害者を刺す直前の行為——力強く被害者の顔面を殴打していることを見逃すわけにはいかない。客観的事実として被告人は被害者に重度の傷害を負わされたとはいえ、被害者の鼻骨を粉砕する、また切歯を二本折る余力を残していた。凶器となったデイバイダーを奪われたくない意思は考慮するが、殴打による抵抗を見せる余力があるのであれば、身長百八十二センチの被告人と身長百六十七センチの被害者の体格差を考えても、被告人はその場から逃げられたのではないか？　という判断から防衛の意思を否定せざるを得ない。

よって過剰防衛は認定せず、懲役五年でも妥当なところだが自首減刑を適用し、執行猶予はつけない「懲役四年」に処する——。

「なにがおかしいのよ。間違ってないじゃない」

礼子は深夜の書斎でひとり、呟いた。気がつくと右手の親指の爪が、ぎざぎざと嚙まれていた。

翌朝礼子はルーチンを崩した。毎朝決まって乗り込む六時二十九分の丸ノ内線を一時間ずらしたのだ。昨日見た蛭間隆也は、霞ケ関駅A1出口の階段を午前八時二分に上ってきた。長野判事が「毎朝八時くらいに立っている」と言っていることもあり、蛭間は規則的に動く人間である可能性が高いと礼子は踏んだ。が、家を出る時間はいつも通りにした。

「いってきます」

いつものように、ソファーに座り朝のニュースを観る夫に声をかけ、家を出る。気をつけてな、と背中越しに夫の声が聞こえた。いつもと変わらぬ、六時零分。いつもと変わらぬ、起き抜けですこししゃがれた夫の声。夫の朝食もいつもとおなじくラップをかけてテーブルに置いておいた。別にやましいことがあるわけではないが、なぜかいつもとおなじ時刻に礼子は家を出た。

歩き、荻窪駅に着く。ロータリーで立ち止まり腕時計を見ると、いつもと変わらぬ六時二十四分を針が指している。ただ昨日と違うことは、礼子はこのあと一時間ここで時間を潰さねばならぬことだった。一瞬、いつものように裁判所へ行って蛭間が現れる時刻に門前へ行こうかと思いが巡ったが、やめた。三日連続、初老の警備員に会ったらさすがに気まずいし、おかしいと思われる。それに誰が見ているかわからない。

「しかたないな」

礼子は呟き駅前のコーヒーショップに歩を進める。が、開店は朝の七時からだった。まだあと三十分もある。ため息をつき、礼子は美しいまなざしを横にむけた。荻窪駅のバスロータリーにある駅前広場を見たのだ。広場といっても横幅十五メートルほどの半円の広場だが、中央線の線路を背にしたベンチがふたつと隅にもベンチがある。いままで存在を知ってはいたが、足を踏み入れたことはない。必要がなかった。が、結婚してこの駅を使うようになって十年、礼子は初めてちいさな広場のベンチに座った。

バスロータリーを眺める。せわしなく人々が降りてくる。片隅のベンチには制服を着た高校生の男の子がふたり座っていた。目の前にはおなじ制服を着た女子ふたりが立っている。女子は女同士で話し、男子は男同士で話している。時折男子が女子に話しかける。女子はそれを受け笑う。が、男子と女子の会話は長くつづかない。また男と女に分かれ話しはじめる。二組とも付き合っている者同士なのだろうか？　礼子はしばし様子を見る。付き合っているわけではなさそうだった。好きという気持ちけありながらも、それはほんとうに好きという気持ちなのか自問自答している、そんな思春期の一コマにも映った。

「ごめんなさいねえ」

声が聞こえ横をむくし、六十代の女性がベンチに座ってきた。礼子はすこし慌てて、横に置いてあった鞄を取り、膝の上に載せた。

「すいません」

礼子が言うと、女は目を見開いて礼子の鞄を見つめた。

「あんたすごい荷物ね、おおきな鞄」

「――ああ」

礼子はそれ以上答えなかった。たしかにおおきな鞄だ。なかには礼子が担当する公判の様々な証拠資料が詰まっている。裁判官は判決文をどこで書こうが自由だ。礼子は朝は裁判官室、夕刻は裁判所では書かずに深夜自宅で書くタイプなので、必然鞄のなかは膨大な公判の資料を持ち帰らねばならず、あふれかえる。とても一般の女性が通勤に使うような洒落た鞄など持てない。

「ＯＬさん？　違うか。そんなに荷物詰めてるんじゃ、なんかの営業か」

「ええ、まあ」

礼子は適当な相槌《あいづち》を打つ。余計な詮索はされたくない。この手の人間に「わたし、判事をやっているんです」などと言ったらたいへんだ。「判事？　判事って裁判官のこと？」「裁判官と判事ってどう違うの!?」「ドラマでさ――」などと会話が延々とつづいていく。そんな面倒はごめんだった。

「営業か、たいへんね」

女の口から、すこしだけ酒の匂いがした。

「わたしはね、この近くで飲み屋やってるのよ。飲み屋っていってもちいさい居酒屋だけどね。今日も帰らない客がいてさ、そのあと片付けしたらこの時間よ。嫌になっちゃう」

「それは……たいへんですね」

女に会話を止める気配はない。

「もうここで三十年になるかな。ご飯食べていかなきゃいけないからね、まだ頑張るわよ。あんたもそんなに荷物入れて歩いてるんじゃ、安月給でしょ」

とても年収は一千万ほどあるとは言えなかった。

「最近じゃ結婚なんていい、って人も増えてるみたいだけどさ、あんた綺麗なんだから、つまんない仕事なんてしてないで結婚しなさい。女は結局、最後は器量ある男に養ってもらう。これがいちばんよ。でないとさ、わたしみたいに早朝のベンチでよっころさってすることになるわよ」

がさごそと鞄のなかに手を入れながら、女は真剣に言った。酒が残っているせいか、端《はな》からそこまで興味がないからか、女は礼子がはめている結婚指輪に目がいかなかった。

と、ぷんと、匂いがした。女が燻《くゆ》らす煙草の匂いだった。

「マイルドセブン」

礼子はぽつりと言った。女は「正解。いまなんて言うんだっけ?」と言ったきり黙ると、足早に改札口へとむかう人々を見つめながら煙草を吸った。

あの人の匂いだ——礼子は思った。あの人とは、礼子の母親である。小学校三年の時に、疾風のごとく全速力で礼子の前からいなくなった女。それ以来、母親がどこでなにをしているのかすら知らない。

「禁止されてますよ」

広場に立てられた路上喫煙禁止の看板を見ながら、礼子は言う。女は聞こえないふりをして煙を吐きつづけた。去り際、うるさいね、と女が呟いたように礼子には聞こえた。


七時五十九分、霞ケ関駅に到着。改札を抜け地上へ上がると蛭間はまだ来ていなかった。霞ケ関駅A1出口からは、裁判所関係者、法務省、公安調査庁の役人たち、通りを挟んだむかいのA3出口からは、警察庁、総務省、国土交通省、左斜め後方に首を曲げれば外務省の人間たちがその身を母体へとむかわせていた。

礼子は木陰に立ち、用もない携帯電話を見つめるふりをする。と——すぐに目的の男の姿が映った。足元を見つめるように頭《こうべ》をたれ、階段を上ってくる。最後の三段ほどになると昨日とおなじように、まるで光を感じたように顔を上げた。

蛭間隆也だった。

蛭間は昨日と変わらぬ場所に立ち、裁判所を見つめた。その背中は清々《すがすが》しいまでに凜と伸びている。礼子は見つめながら、被告人席に座る蛭間、証言台に立ち法壇に目をむける蛭間を思い出した。どの時もいまとおなじく、じっと背筋を伸ばし公判を務めていた。

――強い
手控えにじぶんが記した印象を思い出す。

あの男には抗《あらが》う姿勢が見えなかった。声を荒らげることも蚊の囁《ささや》くようなちいさな声で発言することも決してなかった。ただ、まっすぐに前をむいて法廷に存在していた。うつむくことも、うなだれることも、天を見上げることもなく、ただ前を見ていた。怒りも哀しみもなく存在していた。そんな被告人は滅多にいない。蛭間隆也は強い、強かったのだ。それがいま、なんと哀しい表情で裁判所を見つめているのだ。

「なんだっていうのよ――執行猶予が欲しかったわけ？」

やはり執行猶予が欲しかったのであろうか？　服役し、刑を務め社会に戻り、現実を叩きつけられたのか。それならば控訴すればよかったのだ。それは憲法で定められた刑事訴訟法三五一条にある国民の権利だ。被告人であっても国民である。判決に不服があるのであれば、二週間以内に控訴すればいい。そして二審の、高等裁判所の判断を仰げばいい。蛭間はしばらく裁判所を見つめると、一度目を伏せ、しずかに去っていった。

「週末は秩父《ちちぶ》に行くらしいね」

昼、礼子は東京地方裁判所長の雨野智巳に呼び出された。東京地裁で唯一与えられた個室のなかで雨野は穏やかなまなざしで礼子を見つめた。

「すみません。急にむかうことになりまして」

「いいんだ。君の伯母さんのところだろ？」

「はい」

「たしか、盆にも帰っていなかったから、寂しがっているんじゃないか？」

「伯母も歳《とし》ですから、時々は連絡入れているんですが、こっちはいいからと。盆も来なくていいと逆に念を押されるくらいで」

雨野が穏やかに微笑む。

「ではあれだ、さては片陵君が言い出したか」

雨野は礼子と夫が司法修習生時代の担当教官である。その名残《なごり》もあり、いまでも礼子の夫を片陵と呼び、礼子自身のことは君、か旧姓の江田《えだ》と呼ぶ。もちろん、公の場では片陵と呼ぶが。

「気をつけて行ってきなさい」

「ありがとうございます」

礼子は雨野の前に立ち、頭を下げる。

裁判官は暗黙のうちに、見えぬ手綱を躰に巻かれ、自由を制限されていると言ってもいい。かつては海外旅行など簡単に行けぬ裁判官が多かったという。裁判官は公判のない土日は休日となる。これは一般の労働者とほぼ変わりはない。が、実際は検察や警察から要請される勾留請求や逮捕状の請求があるため自宅に待機していることが多い。いや、そうせざるを得ない。当然だが罪を犯す者は、「裁判官を休ませるため、土曜日と日曜日は悪いことをするのをやめよう」などと思ってはくれない。盆暮れ正月、二十四時間人は罪を犯す。どちらにせよ大都市東京で裁判官をしていれば、裁判官の人数と公判の件数があわないのだ。必然ひとりが抱える公判の数は膨大なものとなり、休日もひたすらに判決文を書く時間と、事件を組み立てる時間に追われる。今でこそ旅行にも寛容になったが、古参の裁判官には、慣行として任地している都道府県から出ない堅物もいる。礼子は誰に言われたわけでもないが、基本いつ案件が入ってもいいように、プライベートで東京を離れることを自ら禁じている。

今回は夫の貴志が思い出したかのように「礼子の伯母さんのところへ行こう」と数日前に言いだした。礼子を抱いたあと、天井を見上げながら言った。気乗りしなかったが、それについて貴志とやり取りをするのも無駄な時間だと思い、念のため部の長である小森谷に報告をした。きっと雨野の耳にも届くであろうことを礼子は知っていた。だからなおさら、嫌であった。

「どうだ、東京は」

眼鏡の奥の雨野の瞳が笑みを消し、東京地裁所長のまなざしに戻る。

「有意義にやらせていただいております」

「来てもらったのはいくつか用件があってね。実は来週、最高裁判事のOBと民法学者で会食をすることになった。再来年に新民法が施行されるだろ。その注釈書の改訂作業を彼らがしているらしいのだが、どうにも腑《ふ》に落ちない点があるようでね。君の意見がどうしても聞きたいらしい。来週の水曜日の夜、大丈夫かな？」

「わかりました」

「少々行き詰まっているのかもしれないから手伝ってあげてくれ。将来的にも君のデメリットになる人間たちではないから」

「かしこまりました」

満足したように雨野は微笑んだ。肩幅も袖口もぴたりと合ったスーツ。雨野は年に数回スーツを仕立てる。夫の貴志もよくスーツを仕立てるが、それよりももっと高価な物であろうと、上質な生地を見ながら礼子は思った。

「あとはこの間の取材、ありがとう」

「いえ」

「滞りはなかったかな？」

「はい」

「記事のゲラという物が来たから、すこし修正をしておいた。勝手にすまないね」

「かえってお手を煩わせてしまって」

「いいんだ。あとは、これ」

雨野が包装紙で包まれた箱を机上に置く。見ると高価なブランドのロゴが入っていた。

「近々、例の公判を担当するだろ。なんといったか――芸能人の」

「ああ、ひとりいますね。覚醒剤の不法所持と使用についてです」

「カメラも入るだろうから」

「お気遣い、いつもすみません」

礼子は頭を下げ、受け取り、廊下へと出た。雨野は礼子が、世間から注目を集める裁判を担当する際、必ず箱を渡す。箱のなかは見なくてもわかる。法服の下に着るシャツだ。礼子が単独審をできるようになってから、毎回、報道陣の取材カメラが入る公判の際はシャツをプレゼントしてくる。きっと、今回も雨野好みの淡い色のブラウスであろう。礼子は基本、紺か黒色のシャツを着用する。黒の法服の下でも目立たぬし、汚した場合でも目を引くことはない。が、雨野からもらえば着る。それは彼がそう欲しているからだ。礼子がまだ東大を出てすぐ、司法修習生時代のときに雨野は言った。

「父親のように思ってくれればいいから」

その言葉に対して、礼子はなんの感情も持たない。着てほしいというのであれば、着る。議論する時間も、雨野の感情を考える時間も、無駄なことだと思う。

週末。

伯母の家へと礼子はむかった。夫の運転するＢＭＷｉ８の助手席に座り車窓を眺める。昼過ぎに自宅のある荻窪を出て、環状八号線を走り、関越自動車道に乗る。礼子は窓の外を見つめながら、門前に立つ蛭間隆也を思い出した。悲しいけれど蛭間隆也がこういう車に乗ることは一生ないだろう。いくつかのサービスエリアに寄り、午後三時に到着した。

「すみません。忙しいのに」

七十二歳になる香山季子《こうやまとしこ》は、礼子の家の書斎ほどしかない広さの居間で、貴志に深々と頭を下げた。

「いえいえ、二年ぶりになってしまって」と貴志が笑みを浮かべ畳に腰を下ろす。

「元気？」

と礼子は訊かれ、「うん」と頷いた。

礼子は居間と隣接した台所を見回す。伯父の残したちいさな家は、築年数を重ね傷みが目立つ。が、清潔感を保っているのは伯母の性格ゆえであろう。物を大切にする伯母は、夫に先立たれたいまも、日々の掃除を繰り返していることが礼子にはわかった。

「さあ、おかあさん。秋物の衣替えでもしますか」

貴志は普段よりおおきな声を出し、簞笥《たんす》へとむかった。

「その必要ないよ。ね、伯母ちゃん」

伯母は困ったように微笑むと、「ほんとうに大丈夫ですから」とまた頭を下げる。

伯母は生活するうえで最小限の物しか持たない。それは洋服も同様だ。貴志ははりきってシャツの袖をまくっているが、このやり取りは二年前のこの時期にも見た。きっと貴志は覚えていないだろうと礼子は思った。

「え？　そうなんですか？　困ったな、せっかく来たのに……なにかやることないですかね？　男がいる間に」

「じゃあ、申し訳ないけど二階を掃除機かけてきてくれる？　窓も開けて換気して。わたしは一階やっちゃうから」

礼子が言うと、「ああ」と言い貴志は二階へむかった。

「ごめんね、礼子」

「わたしこそ、ごめん。あの人何年かに一回気まぐれで言うから。伯母さんのところに行こうって」

「あなたも忙しいだろうに。いつも言うけど、こっちは大丈夫だから」

「――うん」

礼子は一年に一度は、伯母の家に顔を出すようにしている。今年は正月明けの土曜日、ひとりで来た。が、その日から干支も変わっていないというのに、伯母はまた老いた気がする。お茶をする友人もいないからか、それとも日々、裕福な貴志の母親をまぢかで見ているからそう思うのか、礼子にはわからなかった。

「東京《こっち》に来てくれたら、いいんだけど」

「わたしはわたしで生きたいの。礼子はしっかり、じぶんの人生を生きなさい。でも、ありがとう」

礼子は裁判官を十年務め判事となった時、「東京に住まないか？」と伯母に提案した。給与も上がったし、ちいさなアパートくらいであれば、じぶんが払えると礼子は思った。

それは罪をあがなう――贖罪《しょくざい》の気持ちに近かったが。

礼子が八歳の時に、実の母親は失踪した。ほんとうに、嘘でなく、疾風のように母親は礼子の前からいなくなった。江戸川区の木造アパートで母とふたり生きていた礼子は途方に暮れた。が、母が失踪しても一か月間、礼子は誰にも言わず学校に通い生活した。母親がいなくなったことに気がついたのは小学校の担任だった。その月の給食費が支払われなかったのだ。八歳の礼子は必死に狭い家のなか現金を探したがどこにもなかった。ほどなく異変に気がついた担任がアパートまで来て、母がいないことを見破られた。礼子の体重は四キロ減っていた。母の姉、季子が飛んできたことを礼子はいまでも覚えている。

それから伯母の季子はすぐさま決断した。夫と離れ礼子とともに、東京で暮らすことを。決定打となったのは、礼子の小学校の校長の一言だった。校長室に、季子、担任、教頭、礼子が集められた。今後の生活を問われた季子は、「じぶんには子供がいないため、埼玉県秩父にある自宅に礼子を引き取ろうと思っている」と校長に話した。校長は一言、「もったいないです」と言った。「この子の頭の良さは、ちょっと見たことがない」と。

伯母が姿勢を正し、校長先生と視線を合わせたことを礼子は覚えている。

「本来であれば、もっとレベルの高い小学校に入れたほうがいいほど」

「地方がいけないということではなく、東京の学力に触れていたほうがいい」

「この子の将来がもったいない」

教師たちは真剣に伯母に話した。伯母は秩父市にあるセメント工場で働く夫に相談し、礼子が大学へ行くまでの九年間、礼子と東京で暮らすことを決めた。資金も潤沢ではなかったため、季子はほぼ身ひとつで、母親のいなくなった礼子のちいさなアパートへ越してきた。すぐに働き口を見つけ、伯母は礼子を育てた。伯父もたいへんに理解ある優しい人間で、月に一度しか帰れなくなった妻にも愛情深く接し、礼子のことも可愛がってくれた。礼子が東京大学法学部に合格すると、伯母はしずかに泣き、ちいさな荷物を片手に東京を去っていった。それから時をおかずして伯父は亡くなった。伯父が購入したちいさな家は、ふたりの思い出も残らず、伯母だけが住むことになった。

礼子は伯母の人生を奪ったのではと、いまも後悔している。

ごしごしと、礼子は束子《たわし》で風呂場の床をみがく。

所々剝がれ落ちてしまっているタイルが、やけに悲しかった。

――なにかじぶんの感情を嗅ぎ取ってしまっている。

よくない。

礼子は思った。感情を持つことはすべてを狂わせる。

間違ってはいけないのだ。

ごしごし、ごしごしと、礼子はタイルを擦《こす》りつづけた。


夕方、貴志の提案で鮨《すし》屋にむかった。ネットで「秩父でいちばん旨い鮨屋」と検索して出てきた店だという。夫の車で店に辿り着くと、田舎特有の敷地の広い店構えであった。「なかなか期待できそうだ」と貴志は喜び、季子と礼子に暖簾《のれん》をくぐらせた。

「おかあさん、遠慮しないで、がんがん食べて呑んでください」

カウンターで白ワインをグラスに注ぎながら貴志は言う。貴志はその勢いで、季子のグラスにもワインを注いだ。

「伯母ちゃん、呑めないから」

礼子が注がれるワインボトルに手を伸ばし、止めた。

「え？　そうだっけ？　でもたまには。ね、おかあさん。これ、なかなかいいワインだから」

ええ、と頭を下げ季子はグラスを持った。伯母は呑めない酒を、ちびり、ちびりと口中に運んだ。

「美味しいのから、つまみで出してください」

貴志は店主に微笑みを浮かべ言う。赤貝と鯛《たい》の刺身を貴志は食べると、一瞬間をおき、唇をすぼめた。それ以降は握りをすこしだけ注文し、黙々とワインを呑んでいた。しばらくして貴志がトイレへ行くため席を立った。と、季子が横に座る礼子に囁いた。

「なにかあるのかい？」

「え？」

「――爪」

季子は礼子の親指の爪を見つめていた。

「……あぁ」礼子も視線をじぶんの爪に落とす。親指の爪だけが、ぎざぎざと噛まれ歪《いびつ》に短くなっていた。

「家のこと？　貴志さんとなにかあるのかい？」

「大丈夫よ。うまくいってる」

「貴志さんのご両親かい？　なにか言われてるのかい？」

「だから平気よ。安心して」

「じゃあ、なんでまた爪――」

ちょうどよく貴志が席に戻ってきて季子は会話を止めた。伯母には申し訳ないと思いながら、礼子はほっと息をついた。

一時間ほど鮨をつまみ、三人は店を出た。季子はなんども頭を下げ、「ごちそうになってしまって」と貴志に礼を言った。

「いいんですよ、おかあさん。明日はどうしましょう？　群馬あたりまで羽を伸ばして、観光でもしてみますか？」

貴志は微笑む。

「いいえ、せっかくの休みでしょうから、礼子とふたりでのんびりされてください」

「なに言ってるんですか、言ってくれれば掃除でもなんでもやりますから」

「ほんとうに、お気持ちだけで――」

季子はちいさな躰を折り曲げ、なんどもなんども頭を下げる。

「困ったな」

そう言いながら貴志はすぐに納得した。タクシーが到着する。礼子はお札を何枚か伯母に渡し乗り込ませた。

「ごめんね」礼子はちいさな声で季子に話しかけた。と、伯母は礼子の顔も見ずに、もういちど車外に出てきた。そのまま、貴志の前に立ち背を正す。

「どうしました？」

季子は貴志を見つめ、なんども瞬きを繰り返した。そして息を吸いこみ懇願するように言った。

「この子のこと、よろしくお願いいたします」

深々と季子は首《こうべ》を垂れる。

「なに言ってるんですか、おかあさん。やめてくださいよ」

貴志は折り曲げた季子の背をさすり、元に戻そうとする。そのたびに貴志の手首に巻かれたパテックフィリップの腕時計が、残陽の光を浴びて煌《きら》めいた。

が、決して季子は頭を上げなかった。

「この子は、甘えられない子なんです。甘えられない子ですから」

どうか、どうかよろしくお願いいたします——この言葉をなんども繰り返し、ようやく伯母はタクシーに乗り込み、去っていった。

桜の木がつける緑葉のなかから、蟬の声がした。それは微かで、夏の終わりが近づいているからか、か弱き一匹の叫びのように礼子には聞こえた。

「どうしたんだろうな、おかあさん急に」

「伯母も、歳だから」

貴志はふうと息をつき、秩父駅前にあるホテルへむかうために呼んだ、運転代行サービスを待った。

「ありがとう」

礼子は呟く。

「こちらこそ」

貴志は答えた。貴志の顔は満足そうに微笑んでいた。きっと伯母に言われた言葉が嬉しかったのであろうと、礼子は思った。

秩父駅のすぐそばにある、ホテルの一室に着く。

「やっぱり東京の鮨がうまいな」

「築地《つきじ》から、ってわけにも簡単にいかないだろうからな」

「ここはホテルっていうより、ビジネスホテルだな」

と言って眠った夫のことなど、申し訳ないが礼子の眼中にはなかった。

礼子は蛭間隆也のことを思い出す。

伯母と会っているときも、夫の運転する車の助手席に座っているときも、礼子の頭の片隅には蛭間隆也が存在した。

憎々しかった。

なにを間違っているというのだ。

窓際にある対に置かれた一脚のソファーに礼子は腰を下ろす。ちいさなテーブルランプだけを灯《とも》し、持参した蛭間隆也の手控えを広げる。弱々しい光のなか、九年前の礼子の文字が囁きかけるように浮かぶ。

——被害者・吉住秋生の妻↓「夫ともども、長年わたしも親のいない被告人に手料理を食べさせたり、クリスマスや誕生日を祝ったりしてきた。夫とも近年、不妊治療を行い、頑張っている最中だった。絶対に被告人を許せない。しかも自ら警察に電話しているが、その前には凶器を捨て隠ぺいして、自分の罪を逃れようとしていた。死刑にしてほしい」

——被害者・吉住秋生の父↓「親のいない児童養護施設出身の蛭間隆也くんを、息子は被告人が十八歳のときから面倒を見ていた。クロック・バックを息子が立ち上げたときも、数いる時計技師のなかから、蛭間くんにだけ声をかけ、従業員として雇った。なのに売上金を盗み、あげく口論になったとはいえ息子を殺したことは断じて許せない。親としては、極刑を求めたいくらいだ。妻も事件以来心労から体調を崩しいまも入院している。裁判所の判決も、量刑相場に囚われず、重い判決を望む」

――蛭間、被告人席で黙って聞く

――まっすぐ。眼球動くことなし

礼子は美しい目を細め、手控えに顔を近づける。ページをめくってもめくっても、速記した礼子の文字が延々とつづく。判別しがたい文字もある。そのなかに、気になる文言があった。他人が見たらまったく解読できぬ文字であろう。だが、礼子はこの単語に慣れ親しんでいる。

――控訴するか　しないか

「控訴？」

礼子は呟く。礼子が起案した判決に対して、検察側、弁護側のどちらかが控訴してくると踏んでいたのか？　この場合、検察側が控訴してくることはありえない。検察側は蛭間隆也に対して望んだ通り、いや、もしくはそれ以上の結果が得られたはずだ。裁判所は蛭間隆也の正当防衛も過剰防衛も認めず、執行猶予もつけなかったからだ。

となると、被告人側である。蛭間隆也、もしくは弁護人が判決に不服があり、二審を行う東京高等裁判所に控訴してくる気配を、じぶんは感じ取り手控えに記したのか――。礼子はがりがりと爪を噛む。

公判の記憶も、さすがの礼子でも完全ではない。裁判官となりこの十年の間に、いったいどれほどの裁判をしてきたと思っているのだ？　一度時間のあるとき、蛭間の公判の手控えを清書しようと礼子はひとり誓った。事件を組み立てなおし、じぶんが下した判決が正しいことを証明しなければ、脳内に居座るあの男を追い出すことはできない――。

夫がベッドから起き上がった。呑みすぎたのか重そうな足取りで小型冷蔵庫へむかう。開けるとコンビニエンスストアで購入してきたミネラルウォーターをぐいと飲んだ。礼子は手控えを睨みつづけた。

「仕事か」

「うん」

「たいへんだな」

ごく、ごくと夫の喉仏を通過する水の音が聞こえた。

「おかあさん、明日ほんとどこにも連れてかなくていいのかな」

「大丈夫よ」

「うーん、利根川あたり散歩でもどうかと思ったんだけど」

夫はしばし黙り、またベッドへと戻った。

手控えを見つめながら、「いまのは偽証だ」と礼子は思う。伯母を大切に思うのであれば伯母の家に泊まるであろうし、前もって翌日のスケジュールも立てる。が、夫は顔を出すことで充分彼の務めを終えている。顔を出し、おかあさん、と呼び、必要のない衣替えを申し出て、すこしばかり空気を入れ替え、秩父のなかでいちばん高価な鮨を食わせれば充分なのだ。そして「ごちそうさまでした」となんども頭を下げさせ、「この子をよろしくお願いいたします」という言葉が引き出せれば、近郊とはいえ、妻の伯母の家まで来た目的は充分に果たせたであろう。

礼子はいったん、蛭間隆也の手控えを閉じた。今後控える終わることのない判決文を思案しなければならないし、法改正にむけて読むべき論文も、書くべき論文も控えていた。

息をついた。

夫の寝息が、「この部屋は狭いな」と言っているように聞こえた。

窓は開けたくても開けられない。飛び降り自殺を防止して、固く施錠されている。礼子は立ち上がりちいさな窓辺に立つ。

窓のむこうは駅前のロータリーが映る。数軒ある居酒屋の灯りは消えていた。人影もない景色を見ながら、礼子の頭に蛭間隆也の姿が浮かぶ。

あの男はいま、なにをしているのだろう――。

第三章　接触

雨、雨、晴れとつづいた。蛭間隆也は晴れの日にのみ裁判所の前に現れた。礼子は初めて蛭間隆也を門前で見かけた日から、ある仮説を立て、検証に入っていた。

——おそらくは、肉体労働者であろう。

礼子はそう見立てていた。

ひとつに、あの男が必ず持っているおおきめのバッグ。黒地のナイロン製のバッグだ。会社勤めの人間が出社時に持ち合わせるとは到底思えず、むしろスポーツジムに通う際に多用されるものと思われた。なかに作業着、タオルなどを入れるのに丁度よいおおきさでもある。

ふたつめに、釈放された受刑者の傾向だ。平成十八年に法務省と厚生労働省が連携し、刑務所出所者への就労支援対策を実施した。これは長い歴史の統計上、再犯を犯し刑務所へ戻る元服役囚の実に七十％が、無職の状態にあったことを危惧し立ち上げられた制度だ。端的に言うと職業安定所などが協力雇用主として登録してくれた企業へ、前科者の就労を斡旋《あっせん》するシステムとなっている。

蛭間隆也の公判の記憶、手控えによれば、先日判決を下した柳沢一成と同様に、被告人の減刑を望み訴える情状証人はひとりとして法廷に現れなかった。

となると必然頼るべき人間関係は希薄ということになる。

働き場所を求めた蛭間隆也が就労支援制度を利用した可能性は高い。東京都の協力事業主は現状八百五十社ほど。このっち約半数を建設業が占め、残りは五％が運送業、サービス業などとつづいている。人を殺めた蛭間隆也を飲食などのサービス業が積極的に雇用するとは考えにくく、建設業か運送業のどちらかの職を手にしたと想定するのが妥当であろう。

そして三つめ。

礼子が初めて門前に蛭間隆也を確認しに行った日は、土砂降りの雨だった。その日、蛭間は門前にいない。礼子が検証に入り裁判所への登庁を一時間遅らせてからも、蛭間は雨の日には存在しなかった。こうなると運送業を生業《なりわい》にしている線は薄まり、建設関係の肉体労働者である可能性が強まる。彼らの職種上、安全のため雨天の場合は作業が中止になることが多いからだ。

また、蛭間が裁判所の門前に来る時間も決まっている。現れるのは定刻八時二分。毎日の作業時間が決まっていて、それに合わせて霞ケ関駅A1出口を利用していると考えても不思議ではない。また、蛭間隆也が立つ門前の立地もこの仮説を立証に近づけるひとつの欠片《ピース》となりうる。裁判所から近い豊洲周辺は、二〇二〇年の東京オリンピックにむけて無数の工事が急ピッチで行われている。もし蛭間隆也が豊洲周辺の工事に携わっている者だとすれば、銀座駅周辺に集合バスが来ている可能性もある。その道中にそびえる裁判所に、恨みか、自らへの戒めかはわからぬが、蛭間隆也が立ち寄り、門前の人になっているとしてもなんらおかしくはない。

この日も蛭間隆也は八時二分に現れた。

礼子は木陰から蛭間を見つめる。

十メートルほど先にいる蛭間は、今日も裁判所を見上げる。その右の横顔を、礼子は見つめた。やはり、礼子にはその瞳から、怒りを感じとることはできなかった。礼子は瞬きも忘れ蛭間を見つめる。蛭間が目を細めた。礼子も美しい瞳を細め蛭間を見つめる。蛭間は眉間にすこしだけ力を加え、目を細め裁判所を見つめている。

――苦しげだ。

と礼子は感じた。

なにが彼を苦しめているのか？　出所後の生活か。奪われた未来か。礼子は唾を一度飲みこんだ。と、礼子は目を疑った。

蛭間隆也は、ちいさく、頭を下げたのだ。

ほんのわずかに、瞳を閉じ、頭を下げた。

威光を放つ巨大な裁判所にむかって、じぶんに判決を下した裁判所にむかって、頭を下げたのだ。それはしずかに礼をしているようにも礼子には見えた。

――礼子は混乱した。蛭間隆也の行動の意味がわからなかった。

「わたしの判決に、不服があるんじゃないの？」

一斉に音が飛びこんだ。各庁へ歩を進める人間たちの足音。こつ、こつ、こつ、こつ。何千体の人間たちが鳴らす踵《かかと》の音が礼子の耳のなかで反響する。

「おはよう」

「おはようございます」

刑事第十二部の広すぎる裁判官室に到着する。礼子は机上で判決文を起案する内山判事補と、目も合わせず声をかけ自席に座った。ちら、と内山に視線を送る。内山は真っ白な判決文を見つめながら苦悩しているようであった。裁判官になって二年余り、精神的にも肉体的にも疲労が出てきている時期であろうと礼子は思う。内山が仕事に取り組んでいるのを確認し、礼子はしずかにじぶんのパソコンの電源を入れる。

【霞ケ関駅　時刻表】

礼子はしなやかで細い指を動かしながら、検索をかける。すぐに目的のページへ辿り着いた。霞ケ関駅に到着する電車は東京メトロ丸ノ内線、日比谷線、千代田線である。蛭間隆也がA1出口の階段を上り地上へ出てくるのは朝八時二分。その近辺の到着時刻に目をやる。

○東京メトロ千代田線〈代々木上原方面〉7：55　7：58〈取手方面〉7：56　7：58
○東京メトロ日比谷線〈北千住方面〉7：56　7：59〈中目黒方面〉7：55　7：58
○東京メトロ丸ノ内線〈池袋方面〉7：56　7：59〈荻窪・方南町方面〉7：55　7：58

蛭間隆也の歩く速度は、一般の成人男性より遅いと礼子は感じていた。遅いというより、一歩一歩前を見て地を踏みしめている感じだ。一刻でも早く歩を進める人種の多い、霞が関で目撃したから余計にそう感じたのかもしれない。

蛭間隆也は、いまどこに住んでいるのか。蛭間が事件を起こした当時は東京都青梅《おうめ》市在住となっていた。これはたぶん、彼の生い立ちに由来している。蛭間は小学校六年から高校を卒業するまで、青梅市にある児童養護施設「聖《セント》森林の里学園」で育った。きっと退園後も、土地勘のある近辺に住んでいたのだろう。刑期を終え刑務所を出たあと、土地勘のある場所に戻ったのか、そうでないのか。仮に日比谷線沿線に住んでいるとしたら？　いや、と礼子はちいさく頭を振る。蛭間隆也が吉住秋生を殺した事件現場は中目黒だ。蛭間隆也の性格的な心証と元服役囚の心理を重ねても、事件現場となった沿線沿いに住むとは考えにくい。となると千代田線、もしくは丸ノ内線を利用している可能性が高い。調べてみないとわからぬが、とにかく蛭間はこの時刻に霞ケ関駅に到着している。

——もし蛭間隆也が、いまも青梅に住んでいるとすれば。

蛭間隆也は中央線で荻窪駅までやってきて、丸ノ内線に乗り換えている可能性も捨てきれない。青梅近辺から霞ケ関に行くには、中央線に乗り四ツ谷で丸ノ内線に乗り換えるのがいちばん無駄がない。が、荻窪駅は丸ノ内線の始発駅である。混雑する中央線を避け荻窪駅から乗り継いでいる、つまり、礼子とおなじ電車に乗車している可能性がある。礼子は歩く速度が速い。蛭間隆也を確認するために一時間遅らせた電車は、七時五十九分に霞ケ関駅に到着する。丸ノ内線の改札口はA1出口に非常に近い。つまりおなじ電車に乗り、礼子のほうが早く地上に出て、遅れて蛭間がやってくる——この可能性もあるのだ。

「すみません——」

礼子は驚き振り返る。内山判事補が立っていた。

「なに？」

礼子はパソコンの画面をメールに切り替える。

「お忙しいところ申し訳ありません。判決文の確認をしていただきたいのですが」

「ああ」

礼子は紙を受け取る。問題はない。内山の顔も見ずに礼子は返した。

「ありがとうございます」内山は言ったが、まだ後ろから去る気配はなかった。

「どうかした？」礼子が首を後ろに曲げる。

内山は、なにか言いたげな表情で床を見つめている。礼子はいささか苛立った。

「どうしたの」

「いや、その……なにか、ご体調でも」

「え？」

「いつもは必ず七時に登庁されているのに、その……最近遅いようですので」

几帳面に短い髪の毛を横から撫《な》でつけた内山が、ぼそりと言う。

「だから、なに？」

「いえ、その、もしご体調などすぐれないのであれば、お手伝いできることがあれば」

「なにもないわ」

礼子はまっすぐに内山の目を見て答えた。もう、これ以上話しかけないでくれという意思を込めて。内山はなんどか瞼をぱちぱちとさせ、頭を下げ自席に帰っていった。

礼子は鼻から息を吐いた。さすがに冷淡すぎる対応だったかもしれない。内山判事補は礼子より五つ年上である。本当であればもうすこし優しく——柔らかな口調で接したほうが社会的にはよいのかもしれない。が、礼子には時間の無駄な気がしてならない。「どうかしましたか？」より「どうかした？」、「たからなんだというのですか」より「だからなに」のほうがセンテンスが短くすむ。それにいつもびくびくと接してくる内山にも問題がある気がする。裁判官独立の原則があるのだ。これは憲法で定められている。この刑事第十二部にいる小森谷、片陵、内山各々、独立していなければならないのだ。上司でも部下でもなんでもない。そう決められた憲法であるのだ。内山のように大学卒業後に民間企業へ就職したのちに司法の道を志し、スタートが遅くなろうが関係はないはずだ。司法修習生を務め二回試験に合格し、国から裁判官として認定されたのであれば、それはもう、互いに平等という立場だ。この原則を全うできず裁判官を務めるのであれば、職を辞したほうがよいと礼子は考えている。

——人を裁く。人を裁くのだ。

出世や妙な上下関係に怯えるのであれば、一刻も早く裁判所から出ていったほうがいい。礼子は苛立ちを消すため、すぐにでも真っ白な判決文にむかいあいたい、そう思った。

が、基本も思い返した。裁判所はなぜ裁判官ひとりずつに個室を与えず、常時三名から四名の組に分け、それぞれの部屋に入れるのか。

——監視しあうのだ。

それぞれで、それぞれを監視しあう。礼子たち刑事第十二部は、刑事第十一部がいまなにをしているか知らない。逆に彼らも礼子たちがなにをしているかはわからないはずだ。それぞれの部に、それぞれの部屋を与え、そのおのおのが日々を監視しあう。不正がないか、情緒面に問題はないか、それぞれが裁判に備えながら部のなかで監視しあう。これが裁判官なのだ——。

礼子は内山判事補に感謝した。やはり、ルーチンは崩さないほうがいい。普段通りにせねばならない。本当であれば保管室へ行き、蛭間隆也の裁判内容を確認したい。が、やめたほうがよいと礼子は思った。であれば——頼るべきひとりの女が礼子の脳裏に浮かんだ。

「珍しいこともあるもんね。雪が降るとまでは言わないけどさ」

二週間後、礼子は赤坂見附にある懐石料理屋「縁《えにし》」の個室で、守沢瑠花《もりさわるか》と膝をつきあわせた。

守沢瑠花とは東大法学部、その後の司法修習生時代も同期だった。礼子がいなければ守沢瑠花が東大法学部の歴代成績を塗り替えていたと言われるほどの秀才であったが、瑠花も成績などに執着が薄い人間で、司法修習生を半年務めると突然、「やめます」と告げ、担当教官の雨野を驚かせた。雨野が理由を尋ねると、一言、「飽きたからです」と答えた変わり種だ。その後は毎朝新聞の記者として働いている。礼子の数少ない、本音に近いところで話せる相手であった。瑠花は煙草に火をつけると、スマートフォンを覗《のぞ》きこみながらちらちらと礼子に視線を送り、にやと口角を上げた。

「あいかわらず猫みたいな目、してるわね」

「どういう意味。切れ長ってこと」

「それもあるけど。人を信用しているようでまったくしていない目ってことよ。ま、そこが好きだけど」

野良猫みたいで――瑠花は言うと、左手には煙草、口からは紫煙、右手はメールと忙《せわ》しくしながら礼子を見て笑った。

よし終わった。言うとようやく瑠花はグラスのなかのビールを一息で空けた。

「いいわけ、呑んで。事件が起こったらどうするのよ」

「事件って？」

「あなた警視庁担当でしょ。いつ重大事件が起こるかわからないじゃない」

礼子が言うと、くは、と瑠花は声を出した。

「あんたいつの話してるのよ。それ三年前まで。警視庁担当は終わって、いまはより魑魅魍魎《ちみもうりょう》な世界にいるわよ」

「どこ？」

「政治部。しかも与党担当すっ飛ばして幹事長番にされてるわよ」

「そうなんだ」

礼子は瑠花が置いた瓶ビールを摑むと、じぶんのグラスに注ぎ喉元に流した。

「あんたさ、一応これ新聞《ぶんや》記者のなかじゃ超出世コースよ。普通ならおめでとう、とかすごいね、とか言うもんでしょ。社会的な通常理念としてはさ。ほら、言いなさいよ」

「そういうの興味ないじゃない」

「一応よ。社会にいる人間として一応。こういうのできないと、東大出身はますます庶民から嫌われるんだから」

「じゃあ、乾杯。おめでとう」

「ありがとう」

礼子は美しい顔に一片の変化も見せずグラスを差し出す。瑠花も面白がるように、グラスを合わせた。

「で、偽りの賛辞はいいとして。どうしたのよ」

「ひとり調べてほしい男がいてね」

「調べる？」

「そう。二〇〇九年にわたしが判決文を起案した被告人なんだけど、門前の人になってるのよ」

「二〇〇九年ってことはあんたが裁判官になった次の年。左陪席のときか」

「うん」

「罪状は？」

「傷害致死」

「判決は」

「懲役四年」

「裁判所の前であんたの名前出して抗議してるわけ？」

「それが黙って立ってるだけなのよ。じっと裁判所を見つめて」

「再審請求なんて考えてるわけじゃないでしょ？　まさかその程度の裁判で」

「と思う。なのに立ってる。調べられる？」

「何年警視庁担当やってたと思ってるのよ。役に立たない新米記者がいるから、細かいところはそいつに調べさせるわ。三日四日、いや、一応一週間ちょうだい」

「悪いわね」

「どこまで調べればいい？」

「事件の詳細はいま手控えを整理してるからいいわ。現状でもわたしが判決を間違えていた可能性なんてありえないから。その被告人が出所してからの動向が知りたいの」

「出所後？」

「実刑四年だから二〇一三年には釈放されてると思うわ。そのあと仕事をしているのか、誰に頼ったのか、どこに住んでいるのか、その――」

珍しく礼子は言葉を飲んだ。五秒ほど黙ったであろうか。個室に隣接する小庭にむけた視線を、礼子はようやく瑠花に戻す。

「その男が幸せを感じられる環境がすこしでもあるのか、調べてほしいのよ」

「幸せ？」

「わたしの下した判決に間違いはない。でも門前に立ちながら不服があるのかすら感じ取れない。であればいまの彼の状況を知り推察するところからはじめないと、裁判所の門前に立ちつづける意味がわからないのよ」

「ようは理解できないわけね。片陵礼子ともあろう者が。その男を」

そう。礼子は素直に認め瑠花を見た。その目は普段通りの強いまなざしに戻っていた。

「悔しいわけだ」

「遺憾よ。わたしが間違えるはずないんだから」

「思い通りにいかない、ってわけだ」

守沢瑠花は礼子の言葉を聞き嬉しそうにけたけたと笑うと、手帳に蛭間隆也の名を記した。

その後は小鉢で運ばれてくる料理を肴《さかな》に時を過ごした。瑠花は記者人生で鍛えられたのか、はたまた生まれ持った性質に拍車がかかったのか、麦焼酎のロックをミネラルウォーターのごとく呑みつづけた。

「しかし三年ぶりか、こうして会うの」

「そうね」

「あいかわらず恐ろしく綺麗ね。憎らしいほど」

「それに対する返答は持ち合わせてないわ」

「あんたさ、すこしはじぶんに興味持ちなさいよ。わたしたちみたいに普通の——普通って言わせてもらうわよ、あえて、ここは、絶対。わたしみたいに普通の顔して生まれた人間はさ、化粧して、寝る前に眠い目こすりながら化粧水肌に染みこませて、朝鏡見てなんなのよ、なんの効果もないじゃないないなんて思いながらも努力するしかなくてさ、なにかで写真撮ってじぶん確認したら、あ、もう写真撮るのやめよう、なんて絶望しながらなんとかやってるわけよ。となるとよ、あんたもすこしはじぶんに興味持ってる形跡見せてくれないと、やりきれないわけよ。結局は神が創り賜《たも》うた無努力の完璧なる存在っていうのがこの世にいると思うとさ、やりきれないわけ。だからすこしはじぶんに興味持ちなさい」

「そんなに持ってないかしら」

「持ってないわよ。だからそんな変な色のシャツ着るのよ。なに？　そのピンクがかったシャツ。全然似合ってないじゃない」

礼子は視線を下ろしじぶんの着ている服を見た。

「ああ、今日著名人が被告人の公判があってね」

礼子は着ている服になんの執着も見せず答える。

「まさか雨野、まだあんたにシャツ、プレゼントしてくるの？」

「そうね」

「気持ちわる」

瑠花は顔を歪ませ、グラスのなかの酒を一気に呑み干した。

「完璧に性的なまなざしね。あんたもそこはたいへんね」

「別に。なにもたいへんだとは思わない」本音だった。興味がないからだ。

——法曹界のマスコット的存在。

瑠花は呟く。

「なに？」

「あんたのことよ。裁判所は片陵礼子を法曹界のマスコット的存在にしようとしている。もちろんその中心は雨野東京地裁所長よ。雨野は所長になる前に事務総局を経験してるから人事権もあるしマスコミへのコネクションも強い。いまだに忘れないわ。わたしたちが司法修習生になって、初めて雨野と会った日のこと。雨野、あなたを宝石を見るような視線で見てた。見つけた、って顔よ。誰もが振り返るほどの飛びぬけた美貌、誰も嫉妬することもできない卓越した能力、そしてあんたの——ヒストリー」

どうせ読んでないでしょ。瑠花は礼子に雑誌を渡した。取材を受けた「ＡＵＲＡ」だった。礼子がちらと表紙をめくると、黒い法服をまとったじぶんがいた。その後もインタビュー記事に並び、裁判官室に佇《たたず》む片陵礼子の写真がどこまでも存在した。八ページと聞いていたが、どうやらそれより枚数は多いようだった。「女性判事から見た日本。女性が輝いて働ける時代に」という見出しのはずであったが、「美人判事　片陵礼子。十年にひとりの逸材が抱くこれからの日本への危惧。女性の働き方への提案」と変更されていた。

　瑠花はため息をつき、煙草に火をつけ礼子を見る。

「雨野はある意味、ついてたのよ。強運。担当する修習生にあんたが来たんだから。雨野は来年になれば確実に東京高裁長官のポストに就く。でも雨野の野望は自分自身じゃない。あんただから。雨野があんたを最終的にどこに行かせたいか、わかる？」

「最高裁判事でしょ？　しかも横尾和子最高裁判所判事が就任した年齢より早く就かせること」

　最高裁判所判事とは、名の通り最高裁判所の裁判官のことである。が、ただの裁判官ではない。日本の司法の頂点であり、わずか十五名しか裁判官として任命されない。二〇一八年現在でも、長い歴史のなか、女性判事はわずか六人しか存在しない。そのなかでも横尾和子最高裁判事は女性史上最年少の六十歳で任命された。礼子は裁判所から望まれている目指すべき場所はそこなのだろうな、と思っていた。

「だからじぶんに興味のない人間は困るのよ。永田町。雨野が船頭になってあんたを連れていきたい場所は永田町よ」

　まさか、と礼子は美しい口元を歪め笑う。

「まさかじゃないわよ。あんたが裁判官に任命された年も関係してる。裁判所は長い歴史を覆す裁判員裁判をはじめることになった。忸怩《じくじ》たる思いだったと思うわよ、当時の裁判所は。民間の意見を取り入れざるを得なくなったんだから。本来であれば国にも阿《おもね》る必要のない、逆に国を監視する立場が裁判所だったんだから。そこで裁判所はおおきく変化した。いや、変化しなくてはいけなくなった。市民に開いているスタンスをとり、年功序列の出世コースも崩れた。その時雨野は四十歳を過ぎたばかり。舌なめずりしていたと思うわよ、これはいい機運だって。そこから九年とすこし、現内閣は女性の活躍を推進しつづける。裁判所も積極的に女性を起用し優遇しなくてはまずくなってきた。そこであなたの登場よ。東大法学部の最高成績を塗り替え、引く手あまたの官僚の誘いを断り裁判官の道を選んだ女――雨野が、いや、裁判所が待ち望んでいた完成形が片陵礼子よ。その後もあんたはミスなく順調に裁判官を務めている。その仕事ぶりは裁判所に持ち上げられているものではない、純粋に片陵礼子の能力と誰もが認めている。そこで雨野は考えたのよ。もちろん当初はあんたを史上最年少の若さで最高裁判事にすることが目標だったはずよ。でもいまは違う。現内閣が長期政権になってるのも後押ししてるわ。なんてったって〝国が女性の活躍を推進してる〟からね。男どもが腹のなかでどう思っているかは別として、とにかく女性活躍推進の時代と謳《うた》わなきゃいけなくなったのは事実だから。これで雨野の目標は変わった。最高裁判事にするより、片陵礼子を表に出そう。つまり政治家にね。その証拠に雨野、最近自民党の連中と密に会食してるわよ。今日も赤坂にいるかもしれない」

「なんのために。わたしを押し上げたところで、雨野所長に特段メリットはないじゃない」

瑠花は灰皿に煙草をもみ消し、半分笑った。

「それはあんた、あいつが男だからよ」

「男だから？」

「そう、男は誰でも、いちどはフィクサーみたいなもんに憧れるのよ。馬鹿だからね。それにあんたみたいな非の打ち所がない女を手中に収めたくなるのよ。コントロールしてるつもりになりたい、っていうのかな。あたしから見ればあんたの旦那もその類よ。気が弱いくせに女の上には立っていたいっていう、悲しい男の性《さが》」

瑠花は笑った。

礼子はなるほどな、と思いながらすこし苛立った。

「困るわ」

「困る？」

「わたし、気に入っているのよ。判事って仕事」

あんたらしいね、と瑠花は言った。その理由は述べなかったが、瑠花が言わんとしていることはなんとなくわかった。その理由を言わず、蛭間隆也への協力の理由もさして問い詰めない瑠花の性格が、礼子には助かった。だから唯一、本音に近いところで話せるのかもしれない。

「で、どうなの。貴志くんは」

瑠花が揶揄うように言う。

「うまくいってんの」

「と思うけど」

「子供は」

「できてないわね」

「調べりゃいいじゃない。やることやってんでしょ、いくらあんたでもたまには。だったらあいつに原因があるのかあんたに原因があるのか調べればいいじゃん。もうそういう時代でしょ。不妊治療も進化してるわけだし」

「証拠が出るじゃない」

「証拠？」

瑠花は口を半開きにして礼子の顔を見た。

「わたしの卵子を調べ、貴志の精子を調べる。どちらかに問題があったとする。その結果改善努力を積み重ね、やはり子供を望んだけど授からなかったとする。そうなったあとの生活のほうが、たいへんだと思うわ。心のどこかで、相手へのしこりみたいなものが生まれる可能性があるから。貴志は子供を欲しがっていたから、いちど提案されたわ、調べてみないかって。でもやめたほうがいいんじゃないか、って答えた。いま言った理由を説明してね。ようは証拠が出てしまえば、判決しなければいけなくなるから」

礼子が温度も変えず答えると、瑠花は「あんたが裁判官を気に入っている理由がわかるわ」と呆《あき》れていた。


会計は礼子がすませた。瑠花といえども一市民である。瑠花に全額を払わせる、または折半すると裁判官と市民の癒着ともなりうるからだ。

「真面目だね、あんたはとことん」

瑠花の言葉を聞きながら、礼子は赤坂見附の駅へと歩いた。夜の街になかなか出ることのない礼子には、赤、黄、青といった街を彩るネオンがすこし眩《まぶ》しかった。午後十一時。赤坂の夜はまだ酔客で賑わう。

「いろんな人がいるわね」

「なに江戸時代からタイムトラベルしてきた人間みたいなこと言ってるのよ。すこしは判事の原則緩くして、人と会いなさいよ。わたしもふくめてさ」

「そのほうが楽なのよ」

「ふうん。あ、今日は旦那平気なの」

「月に一回の出張の日だから」

「出張？　親の弁護士事務所引き継いだぼんぼんが、なんの出張よ」

「さあ」

「女？」

「かもしれないけど」

「平気なわけ？」

「平気というより、結婚したときに彼の母親に言われたから。夫に細かいことはあまり言わないように、でないと男はいい仕事ができないからって。それが女の度量ってもんよって」

「まじで？　今時信じられないわ。あんたもたいへんね。法曹界のマスコットにはされるわ、雨野にマスはかかれるわ、義母に女のありかた指図されるわ」

「かえって楽よ」

礼子は言った。ふたりは外堀通り沿いの赤坂見附駅の地上出口に辿り着く。瑠花はすこし酔ったからタクシーで帰るわ、と礼子の背を叩いた。

「今日は楽しかったわよ。久しぶりにあんたと会えて」

「悪いわね、変な頼み事しちゃって」

「大丈夫よ。連絡するわ」

「助かる」

でも――と言って、瑠花はすこし眉を上げた。

「蛭間隆也って男のこと、あんまり深追いしないほうがいいわよ。なんとなくね」

「どうして？」

「だってあんたが人間に興味持つなんて珍しいじゃない」

瑠花は悪戯《いたずら》っぽく笑うと別れを告げ、タクシーに乗り去っていった。


――もう、やめよう。

礼子は赤坂見附駅の地下ホームへとつづく階段を下りながら思う。蛭間隆也――あの男のことは瑠花に言われるまでもなく、考えることをやめたい。あの男を門前で見かけてから、礼子のペースは崩れはじめていた。朝の出勤時間も一時間遅くなった。今日の瑠花との会食も然《しか》りだ。礼子は裁判官に任命されてから、夫以外とふたりきりで会食することを自ら禁じていた。裁判官の暗黙の禁止事項に抵触するとまでは言わないが、市民を裁く以上、市民と深く接触してはならないと礼子は思っている。これを守らぬ裁判官は多い。裁判官といえども人間である。昨今では裁判員裁判の導入により、公判後に市民である裁判員と打ち上げと称して酒を酌み交わす裁判官も存在する。裁判所もその事実をもちろん認識はしている。が、深くとがめない。なぜなら裁判員裁判に参加した市民が、その後によき広報活動をしてくれることを願っているからだ。「裁判員裁判に参加したけど、よかったよ」「最初は仕事を休まなければいけないと思って二の足を踏んだけど、裁判の仕組みもわかり、とても有意義だった」こんな愚にもつかない肌触りを世間に広めてほしいがために、裁判所は見逃している。礼子はどうかと思う。裁判官は、やはり誰とも深い交流など持つべきではない。

それがどうした――。

今日は瑠花とふたりきりで会ってしまった。こんなことは初めてであった。瑠花と最後に会った三年前も、司法修習生時代の同期会だ。いちども同期会に参加しない礼子を瑠花が引きずり出し、参加した。夫の貴吉も参加しているので、市民との接触としては薄いであろうと無理やりじぶんを納得させた。それが今日は、世間的には友と呼べる部類に入るかもしれない瑠花といえども会い、また蛭間隆也の居住地、出所後の様子を調べてくれと頼んでしまった。

ホームへとむかう礼子の足はますます速度を増す。こつ、こつと踵を鳴らす礼子のヒールの音が地下に響いた。礼子の苛立ちが踵を鳴らす。でも、と礼子は思う。瑠花に頼んだ案件は、裁判官としての道義に反するものではない。所詮終わった公判なのだ。いま現在の元被告人、元服役囚のことを調べたところで、現在進行形の裁判ではないのだ。大丈夫、そこは間違えていない。

礼子は荻窪方面行のホームに立ち、じぶんを落ち着かせた。が、それが言い訳であることも自覚している。とにかく、こんな気分になることすら異常だ。一刻も早く、あの男を頭から排除せねばならない。瑠花からの報告を受け、礼子が起案した蛭間隆也の公判を組み立てなおし、じぶんが下した判決に間違いかない、そう再確認できれば、あの男がこれからも門前に立とうがどうでもいい。すこし気の触れた男なのかもしれない。そう納得して脳髄から消し去り、元の生活に戻るのだ――礼子は固く誓った。

ホームに丸ノ内線が到着する。

礼子は後方から押されるように電車のなかへ詰めこまれた。二十三時三十四分。終電間際の車内は足の踏み場もない。礼子はおおきな鞄を必死に胸に抱きしめた。なかには公判に関する重要な書類や手控えが入っている。万が一にでも混雑に紛れ紛失しようものなら大問題だ。身長百六十センチの礼子は男たちに挟まれながら、密集地帯に埋めこまれた。

おい、と礼子の前にいるサラリーマンが振り返る。背中に当たる鞄に苛立ったようだ。すいません。と礼子は男を見つめ詫びると、猫のような鋭さを持つ瞳に怯えたのか、また美しさに目を奪われたのか、男は礼子の顔を見るとなにも言わず顔を戻した。

嫌になる。心底礼子は思った。朝の丸ノ内線もそうだ。蛭間隆也の時間に合わせ一時間遅らせた電車も混んでいる。礼子は毎朝六時二十九分の丸ノ内線に乗り通勤していた。始発駅ということもあり、座席に座り、人々を見つめ、世相を確認しながら裁判所へむかうことができる。が、一時間遅らせた丸ノ内線はそうはいかない。いまの状況ほどではないが、やはり通勤客で車内はあふれる。早く元のルーチンに戻らねば——礼子が思ったその時だった。礼子は四方を固める男たちの背中の隙間から、あるものを捉えた。

——蛭間隆也が、立っていた。

数メートル先の窓際に、蛭間隆也がいた。左手にいつものおおきな鞄を持ち、右の手は上げ車内の壁に当てている。上げた右手には閉じられた文庫本が持たれていた。ドアの中央にある車窓には、蛭間の顔が反射して映っている。礼子は目を見開き蛭間を見つめた。蛭間の前には二十代の女がいた。ドアの前まで押し込まれ顔を歪めるその女性を、蛭間は壁に手をやり守っていた。

後方から押されドアに潰されぬようにと、蛭間は壁に手をやる右手に力を込めているようであった。長袖の白いシャツから覗く右腕には、力を入れているからか、何本もの血管が浮き出ている。が、蛭間は表情ひとつ変えていない。誰とも目線を合わせず、送らず、車窓の一点を見つめている。

走る電車が揺れ、スピードを増していく。礼子は団子になった群衆に押され後方へ流される。誰のものかもわからぬ靴が、礼子の足を踏みつける。躰はよじれ、蛭間を見失う。礼子は懸命に蛭間を探す。長身の蛭間の顔が、微かに見えた。右手はそのままに、見知らぬ女を押されぬよう守りつづけていた。

電車は新宿駅に着き、乗客は下車するもおなじ人数がまた乗り込んでくる。人波に押され、礼子は蛭間を見失っていた。「こんなことがあるものなのか」礼子は必死に首を伸ばす。中野坂上駅で、多くの乗客がいなくなる。礼子は呼吸を整えながら、ようやくできたスペースに安堵した。左を見る。ドア三つぶん離れたところに、蛭間はいた。守っていた女性は、とうにいなくなっていた。

心臓が高鳴る。

どきどきと、左胸が脈打っていた。

蛭間はチノパンツに白いシャツを着ていた。今日も身形に特別な意思を感じさせぬ風情《ふぜい》だった。広くなった車内で、蛭間は車窓を見つめつづける。地下のトンネルを走る暗い窓の一点を蛭間は見つめつづけた。礼子は思わず、隣の車両に身を移した。おなじ空間に存在することが、なぜだかためらわれたのだ。

隣の車両の優先席のつり革に摑まる。誰かの汗が持ち手部分を湿らせていた。そんなことも無視して礼子は目線を左にむける。隣接する車両を映す小窓のなかに、ちいさく蛭間の姿が見えた。

「どこで降りるのか」左目だけで蛭間を睨む。新中野、東高円寺——蛭間は下車する様子を一かけらも見せない。いちど文庫本を開いたが、数ページ読むとしずかに本を閉じ、また真っ暗な車窓を見つめた。礼子の鼓動が高鳴る。新高円寺、南阿佐ヶ谷でも蛭間は降りなかった。

「やはり荻窪駅を利用しているんだ」

礼子の手から、しっとりと汗が噴き出た。

終点、荻窪、荻窪です——。車掌がきき取ることを拒絶するような口調でアナウンスを流す。人々はもうすぐ辿り着く安住の地へ近づき、安堵したようにホームへと足を滑らせていく。

蛭間も下車した。礼子も下車する。

蛭間はゆっくり、ゆっくりと改札口へ歩を進めていく。

礼子もそれになぞり、決して近づきすぎないよう距離を保ち、歩を進める。

おおきな背中が、階段を上っていく。

礼子も重い鞄を手に、階段を上る。

蛭間の背中が見えなくなった。礼子はすこし焦り、速足で上る。

地下一階の改札口が見えた、その時だった。

蛭間隆也はしゃがみ込み、顔を上げこちらを見ていた。手にあったカード型乗車券を落としたのか、拾い上げたところだった。礼子は唾を飲みこんだ。一気に目線をずらした。蛭間の横を通りすぎる。心臓は覚えのないほど、破裂しそうな高鳴りで脈打っている。礼子のブラウスのなかの背中を、背骨を伝うように、首元から一筋の汗がすうと落下していった。カード型乗車券を改札に当てる。ぴ、とあちこちから無機質な機械音が礼子の耳に響いた。どきどきと脈打つ心臓に腹が立った。平静を装え、平静を装え、礼子は呪文のように心で呟き左に曲がる。と、背中から何者かが近づく気配がした――。

あの――と、礼子の躰の下の部分に響き渡るような、低い声が後ろから聞こえた。

礼子は立ち止まり、振り返った。

蛭間隆也が、立っていた。

「あの」

蛭間は力なく開いた目で、礼子を見ている。礼子はなにも言えず、固まった。

「間違っていたら申し訳ありません。わたしの裁判を――担当してくださった裁判官の方ではないですか」

蛭間隆也は、ゆっくりと声を絞りだした。低く、哀しさが漂う声だった。礼子は必死に瞬きを我慢しながら蛭間を見つめた。動揺を一かけらも感じ取らせたくなかった。

「ああ」

礼子は言った。精一杯、興味もない素振りで、礼子は答えた。蛭間は目線を地面に下ろし、もういちど礼子を見つめた。

「その節は――たいへんご迷惑をおかけしました」

蛭間は頭を下げた。通りすぎていく人々の何人かの視線が、ふたりに注がれているのが礼子はわかった。

「――いえ」

礼子は蛭間から目線を外し、ちいさな声で答えた。蛭間は頭を上げると、ふたたび礼子を見る。礼子は背丈のおおきな蛭間の顔を、もういちど見上げた。行け、行くんだと礼子はじぶんの下肢に言い聞かせた。が、命令を拒否するかの如く、礼子の足は固まったままだった。

しばし、言葉なく見合った。

声をかけながら、蛭間も次の言葉が見つからないようだった。この場を去らなくては、行くんだ、礼子は脳内で呟く。と、蛭間はもういちど頭を下げ、踵を返した。中央線と総武線が走るJR東改札へと歩を進める。

「あの、不服があるんでしょうか」

礼子は言った。背中で言葉を受けた蛭間が、立ち止まり、ゆっくりと振り返る。

「はい？」

「最近、裁判所の門の前に立たれてますよね？　なんどかお見かけしています。わたしの——わたしが起案した判決文に、不服でもあるんでしょうか」

礼子は切れ長の美しい瞳をさらに上げ、蛭間を睨んだ。同時に、なんてことを言っているんだと心が叫ぶ。が、礼子はどうしても我慢がならなかった。言ってやりたかった。

蛭間は口をすこし開き、礼子を見つめる。やがて地を見つめ、礼子を見直す。

「なにも——ありません」

「ない？」

「不服など、なにも——ないです」

詫びるように、蛭間は礼子を見つめた。

「じゃ……じゃあ、なぜ門前に立つんですか」

「いま働いている職場が近いもので……その、失礼しました」

礼子は蛭間を睨みつづける。蛭間は寂しげな目をいちど閉じ、ゆっくりと口を開いた。とてもちいさな声だった。

「あなたが、判決を考えてくださったのですか。やはり」

「え？」

「あなたが――わたしの」

「そうです。そのような立場にあったもので」

そうですか。蛭間は言うと、過去を思い出すように一点を見つめる。

――ございました――。

呟くような声が、礼子の耳に届いた。

「え？」

「判決を考えてくださって――ありがとうございました」

蛭間はしずかに言った。礼子の目を見つめ、ちいさく頭を下げる。中央線と総武線の改札口から流れるアナウンスがふたりを包んだ。蛭間はゆっくりと、そのおおきな背中を引きずり、改札へと消えていった。


礼子は自宅に帰るや否や浴室へむかった。着ていた服を脱ぎ捨てると、頭からシャワーを浴びた。じぶんのしてしまった行動を、穢《けが》れを、一刻でも早く洗い流したかった。湯になり切る前の、冷たい水が礼子の躰を伝う。その冷たさが礼子の躰のなかにある熱気めいたものを必死に鎮火させようとしているように感じた。が、苛立ちも、不安も、蛭間の低い声もすこし浅黒くなった顔も、礼子は忘れることができなかった。

——会わなければよかった。声などかけなければよかった。

礼子は首をたれ目を閉じる。シャワーの水が命を芽吹き、生温く、やがて熱さが宿っていく。礼子を打ちつづける湯が、首を、背中を、胸を、足を、指を、つま先を濡らしていく。瑠花に頼んだのだ。どこに住んでいるのか、出所後にどこに勤めたのか、現在はどこでなにをしているのか調べるよう頼んだのだ。その結果だけを待てばよかった。なのにわたしは答えてしまった。

「わたしの裁判を——担当してくださった裁判官の方ではないですか」という問いに、答えてしまった。

「なにをやっているんだ」

礼子は強く両目を閉じた。判決文を書きたい、判決文を書きたい、礼子は生まれたままの裸体をシャワーに打たせながら呪文のように唱えた。

——ありがとうございました——。

あの声が脳内を駆けずり回る。なにがありがとうなのか。自らの罪に判決を下してくれたことに、ありがとうなのか。裁判所、国への感謝なのか。いま、反省し、更生し、明日へとむかっていますという謝意をふくめた言葉なのか。礼子は目を閉じたまま髪をかき上げる。濡れた髪の毛が後方へ撫でつく。どんなに清めても、胸のなかにあるなにかは消えていかなかった。

その夜、礼子は夢を見た。幼いころに通った小学校の夢だった。夢の案内人の幼いじぶんが、六年三組の教室に入っていく。「昨日体育の時間さ——」「まじで。信じられない」「だからあいつむかつくんだよね」女子三人が机を囲み話している。昼休みだ。礼子は教室の後ろに目をやる。誰かが立っている。その背中はじっと立ったまま、微動だにしない。肩の上で切った髪。なんていったか。「あ、夏目さんだ」礼子は夢のなか呟く。クラスでもおとなしく、あまり友人のいない子供だった。礼子は夏目三津子の横に立つ。彼女はランドセルを置く棚の上にある、鳥かごを見つめていた。

夏目はちらと礼子を見た。あまり喋ったことのない子だったので、目を合わせただけで礼子はどきりとした。悪いことをしている気分になった。彼女は友達がいないので、非日常に触れたようで、余計に思った。夏目さんは鳥かごのなかの鳩に、また視線を移した。

——もう、逃がしてあげようよ。

夏目さんは言う。

「え？」礼子は戸惑う。二か月前に翼を負傷し倒れていた鳩をクラスの男子が発見した。担任の先生に頼み込み六年三組で面倒を見ることになった。が、手負いの鳩のことなどみな忘れていった。辛うじて当番制で餌を与えるだけで、生徒の興味はボールや、テレビや、友人の噂話《うわさばなし》、親の悪口や自慢話に戻っていった。鳩は歪ながら、鳥かごのなかで折れた右の翼をぱたぱたと、広げたり閉じたりするまでに回復していた。

夏目さんは鳩を見つめつづけている。

「まだ、治ってないいんじゃない？」

礼子は答えた。が、夏目三津子は言った。

――だいじょうぶ。治ってるよ。

――それに可哀そうじゃない。こんな狭いかごのなかにいて。

夏目さんは鳥かごを開け、両手でそっと鳩を摑んだ。「駄目だよ。先生に確認しなきゃ」礼子は夏目三津子をとがめる。夏目三津子は鳩を持ちながら礼子を見た。とても強い目だった。きっ、としていて、わずか十二歳であるのに大人びていて礼子はどきりとした。


もう、飛べるよ。


夏目三津子は言った。礼子の胸が心拍を高める。躰中に冷たい汗が噴きでる。礼子はちらと、クラスを見回す。クラスに残った生徒たちはみなじぶんたちの話に夢中で、誰もこちらのことなど気にもかけていない。特別な世界に感じた。夏目とじぶんがいる空間だけが、教室という、村のような社会のなかで、特別大人な世界に感じた。礼子の背中が、ぶると震えた。

夏目三津子はベランダへと出る。

礼子が見下ろすと、校庭で遊んでいる生徒たちが見えた。

「……駄目だって」

力なく礼子は説得する。ぱっ、と、夏目三津子は両手を開いた。

「あ！」

鳩はばたばたと、宙を摑むように翼を広げた。一瞬その躰が数センチ上昇した。が、とたん鳩の躯は右斜め上に傾く。なにが起こっているのかわからぬといった風情の鳩の右目が、青い空を見つめていた。鳩は健常な左の翼を必死に動かす。が、あっという間にその身を地面に近づける。どんどんとその姿はちいさくなった。落下した。落下した。鳩は無情にも落下しつづけた。

「だから言ったのに――」

礼子は慌てて夏目三津子の横顔を見る。

夏目三津子はじっと、落ちゆく鳩だけを見つめていた――。

礼子は目覚める。ソファーで眠ってしまっていた。冷蔵庫から冷たい水を出し、一気に飲みこむ。夢の残骸が、広すぎるリビングを鳴らす時計の針音に染みこみ同化する。一向に夢は礼子の躯から離れない。その夢はなにかお告げめいたものに礼子は感じた。

落ちゆく鳩。

落下する鳩。

「もう、やめよう」

礼子は呟いてみる。が、それはとても頼りのない声だった。

翌朝、礼子はまた一時間遅い丸ノ内線に乗りこんだ。

第四章　過去を消したい男

瑠花から報告が入ったのは一週間後だった。

［蛭間隆也　現住所　東京都三鷹市牟礼《むれ》七の三の――六幸荘二階三号室　家賃三万二千円　※出所後から現住所変わらず。　勤務先　NTバード　※NTバードとは新宿区中落合にある日雇い人材派遣会社。出所後に就労支援制度を利用、NTバードを紹介され現在に至る。この会社はいわゆる正社員として働くのではなく登録制で、その都度働き場所は変わる模様。現在は東京オリンピック選手村建設の現場作業員として従事。現在の勤務時間は午前九時から午後五時半。友人、恋人の形跡なし。この一週間もいちどだけ図書館に本を返しに行った以外、仕事後はスーパーに寄って直帰の繰り返し。土日も家から出る形跡なし］

［この一週間でわかったことは以上。まあ、はっきり言って惨めな生活。あんたの言う、「幸せな環境」は見当たらないわね（でも当然か、人殺してるんだから　笑）。とても再審請求企てる金銭的余裕もないだろうから、とりあえず放っておけば？　たまたま勤務地に近くて裁判所見上げてるだけかもよ。これ以上調べてって言うならやるけど？］

［追伸　いいかげんスマホ持ってよ。現代人はＬＩＮＥくらい使うわよ。ショートメール細かく分けて打つの疲れた］

礼子は「助かった。もう大丈夫」と返事をする。と、また礼子の携帯電話が震えた。

［もう一個追伸　蛭間隆也が殺害現場から担架に乗せられて連行される写真、パソコンメールに送っておいた。蛭間隆也、なかなかいい男ね。人殺しにはもったいない　笑］

礼子は返信をせず電源を切った。

瑠花がいい男だという蛭間隆也は、いまおなじホームにいる。

地下鉄丸ノ内線。荻窪駅。午前七時二十七分。池袋方面行のホーム。

蛭間隆也は五号車の列に並び、礼子は四号車の列に並ぶ。初めて言葉を交わした日から、平日の日常風景となった。先にホームに到着しているのはいつも礼子だった。礼子が乗客の列に並んですこしすると、蛭間隆也はやってくる。礼子はあえてまっすぐに前を見つめる。決して横は見ない。切れ長で美しい右目の眼球にだけ意識を集中し、蛭間隆也がやってきたことを確認する。初めて言葉を交わした次の日。礼子が隣の列に並んでいることに蛭間隆也は気がつくと、一瞬驚いた様子を見せた。礼子はその時だけは偶然を装い視線を右にむけた。ちらと目が合うと蛭間隆也は頭を下げ、礼子も軽く会釈を返す。偶然を装いながら。この日も礼子の視界の右側に蛭間隆也がやってきた。礼子は前だけを見る。蛭間も前だけを見ていた。地下鉄特有の湿気をふくんだ匂いが礼子の鼻腔《びこう》を支配する。と、前方の暗闇が、ぱっ、と明るくなり唸《うな》りを上げる。ふたつの赤いランプを従えながら丸ノ内線がやってきた。漆黒のトンネルは明るさを増し、銀色と赤のラインで身を包んだ電車はホームに滑り込む。

扉が開く。礼子が四号車に乗り込む。蛭間は五号車に乗り込んだ。

始発駅のため、座席に人はいない。乗客は各々に席に座っていく。

が、蛭間は常に座らずにドアに寄り添うように立つ。

なので、礼子も立つ。

ちょうど優先席のつり革に摑まると、隣の車両を映す小窓がある。そのなかに、ドア側に立つ蛭間の姿が見える。電車が発車する。礼子は公判の資料が詰まったおおきな鞄の持ち手に力を入れ、前だけを見つめる。見つめたふりをする。

礼子の視界にいる隣の車両の蛭間隆也を、小窓から見つめる。

蛭間は今日も、右手に持った本を読む。やがて電車が進みしばらくすると頁《ページ》を閉じ、窓のむこうの漆黒のトンネルを見つめながら立ち尽くす。

未来への希望も、そのまなざしにはないように礼子は感じた。

南阿佐ヶ谷、新高円寺、東高円寺——まだ礼子の視界に蛭間はいる。

新中野、中野坂上、西新宿——乗客が増え、蛭間の姿は微かになる。

礼子は混雑に苛立ちを隠さない乗客たちのなか、まるで感情を無くしたように立ち尽くす蛭間を見つめつづける。電車が揺れるたび、蛭間の顔も見えなくなる。礼子は視界のなかで蛭間を探す。揺れが収まるとまたドアの窓を見つめる蛭間の姿が確認できた。

電車は先を急ぐ。

新宿駅に到着すると、乗車率は一気に高まる。ここで毎日、蛭間の姿は見えなくなる。おおきな躰が邪魔にならぬよう、ドアの隅にいるのか。またいつかのように、人波に圧《お》し潰される乗客の誰かを、その身で守っているのだろうか。

礼子は考える。

電車が赤坂見附駅に到着する。すこしばかり車内に隙間ができる。小窓を見ると、蛭間隆也の姿が映った。やがて地下鉄は国会議事堂前を過ぎ、ふたりの目的地である霞ケ関に到着する。蛭間が先に降りる。礼子もつづく。改札口へと、蛭間はゆっくりと、ゆっくりと歩いていく。ここで礼子は蛭間を追い抜く。蛭間の躰の数センチ横を通りすぎる。地下鉄のホームの空気のなかに、一瞬蛭間の匂いが入り混じる。礼子は先を行く。蛭間は後ろを歩く。やがてふたりは霞ケ関駅A1出口の階段を上り地上へと出る。礼子はヒールの踵を鳴らし歩きつづける。裁判所の門が見える。礼子は右に曲がり門をくぐる瞬間だけ、右目に意識を集中する。後方から歩いてきた蛭間隆也は、いつものように、歩行者の邪魔にならぬよう植え込み近くに身を置くと、門前の人たちに交じり裁判所を見つめた。

礼子の新たな朝のルーチンはここで終わる。

裁判所の入り口はふたつに分かれる。右は傍聴者など裁判所以外の人間が、金属探知機のゲートを潜《くぐ》り建物内へ入る。礼子は裁判所関係者しか通過できない、左側のゲートを入っていく。

「おはようございます」

「おはよう」

礼子は前だけを見て、初老の警備員に挨拶を返した――。


昼。

午前の公判を終え、礼子は長野判事に時間をもらった。「すこし話がしたい」と内線を使い申し出ると、長野判事は裁判所の前にある日比谷公園を指定した。


昼時の日比谷公園のベンチに、礼子と長野はふたり並んで座った。あたりは休憩をするサラリーマンや散歩をする高齢者の姿がぽつり、ぽつりとある。十月になったからか、気温は夏を忘れ、すこし肌寒く礼子は感じた。長野はよほど麺類が好きなのか、プラスチック容器に入った焼きそばを膝の上に載せていた。

「申し訳ありません。お忙しいところ」

「いいんだ、いいんだ」

長野は穏やかな微笑みを礼子に浮かべた。

「門前の人のことかな？」

「はい」

礼子はまっすぐに長野の目を見て答える。長野は短く息をつき、右手に持っていた割り箸をプラスチック容器の上に戻した。

「実は君に余計なことを言ってしまったのではないかと反省していてね。あんなことを聞かされたら、片陵さんは気になってしまうよね」

「気になるというより、意図がわからないことに対する怒りです。あの男の判決に間違いはなかった。であるのに門前に立ちつづける。本人に接触したところ不服はないと言う。整理がつかないんです、あの男の行動原理に。となるとまさかとは思いますが、わたしが組み立てた公判のなかに――ほころびがあった可能性も捨てきれないと感じて」

「接触、したのかい」

「はい」

そうか、と言ったきり、長野はしばし黙った。

「ほころびは、なかったと思うが」

「二〇〇九年の公判です。じぶんの記憶の断片にも恥ずべきことですが不鮮明な部分があることは否定できません。ぜひ判事の、当時の公判の心証をお聞かせ願えればと思って」

長野は持参した茶封筒のなかから、紙を取り出した。ふたりが座る広場の中央では、何十羽もの鳩の群れが地を彷徨《さまよ》う。長野は折りたたまれた十枚ほどの紙の束を礼子に渡す。長野判事が記した、蛭間隆也の手控えのコピーだった。

「君から尋ねられる気がして、用意しておいた」

「恐縮です」

礼子はすばやく黙読をはじめた。長野判事の字も礼子とおなじく、まるで高名な医師がカルテに記すが如く、他人にはわかりにくい形態をしていた。礼子が紙を数枚捲《めく》ったころか、ふと手を止めた。

――片陵裁判官、つよい

「……片陵裁判官、強い？」礼子は呟く。

「そう。君は強かったよ。あのころから」

長野はやや苦笑気味に言った。

「わたしが彼を覚えていた理由のひとつに裁判員裁判の導入時期がある。蛭間隆也の公判があったのは二〇〇九年十月。まさに世紀の裁判員裁判がはじまった年のことだ。たしかわたしと片陵判事で担当する二件目の裁判員裁判だったと記憶している。これに間違いはないかな？」

「はい。間違いありません」

「かなりばたついたね。いや、ばたついたのはわたしのような経験を積んでいた裁判官かな。なにしろ公判に一般の市民六人が裁判員として入ってくる。はっきり言えば司法の素人相手に評議を重ねなければならないわけだ。しかも彼らの意見もわたしたち裁判官とおなじ重みを持つ大切な一票となる。正直これには苛立った。危険極まりない愚法とさえ感じた。なにしろ評議を尽くした結果全員の意見が一致しなかった場合、市民六人を加えた多数決で結論を出さなくてはならないんだからね。この裁判員裁判の制度には、実はいまもわたしは賛成しかねている」

長野はベンチから見える裁判所を厳しいまなざしで見つめた。

「そんな苛立ちを奥底にしまいながら、わたしは蛭間隆也の公判に挑んだ。事件的にはなんてことはない公判だ。被告人の蛭間隆也は全面的に犯行を自白している。あとは正当防衛か過剰防衛か、この二点だけを組み立てればいい。そこでだ。すこし評議が割れた。覚えているかな？」

「申し訳ありません。まったく記憶に」

「そうだろうな。君は覚えていないだろう。蛭間隆也の公判が開始され、法廷に包まれた空気をわたしはいまも覚えている。かなりの勢いで蛭間隆也は正当防衛である——そんな空気で公判は進んだんだ。口論のきっかけが蛭間隆也が店の金を盗んだことにあるにせよ、とにかく蛭間隆也が刺された傷が酷かった。被害者は蛭間の腹部を凶器となったディバイダーで、S状結腸内までめり込ませていた。弁護側が示した証拠でも、逮捕後に緊急手術した医師は『生きているほうが奇跡と言えるほどの傷であった』と証言している。このことが、かなり市民六人の裁判員の心証に影響を与えた」

礼子は長野を見つめる。

「あとひとつに、被告人の蛭間隆也そのものだ。彼はとても真摯《しんし》に公判を受けていた。動揺もせず、弁解もせず、まっすぐというか——しずかに後悔の念だけを躰にまとい、法廷に存在していた。彼が受け取っていた給与もかなり安かったし、五万円を出来心で盗んでしまったことも理解の範囲に収まった。はっきり言えば——彼の印象そのもの、身形もかなり影響を与えていた。なかなかいい男だからね。男性から見ても嫌らしいナルシシズムは感じさせぬタイプであるし、女性から見ても雄弁ではない、心に芯が通ったような男らしさを感じさせる不思議な雰囲気があった。あの公判は裁判員は男性三人、女性三人の構成だった。彼の真摯な態度と、裁かれる身でありながらどこか清らかさを持つ面様《おもよう》に、最初は徐々に、やがて勢いを増して被告人は正当防衛である、との結論に近づきつつあった。そこで——君だ。君が蛭間隆也の公判の流れを変えた」

「わたしがですか？」

礼子は内心驚く。

「そう、君だ。君は第一回公判の終盤間際、右陪席裁判官であるわたしと、当時の呉《くれ》裁判長に休憩を求めたんだ。わたしはいささか驚いたのをいまも記憶している。なにしろ裁判官になって二年目の、言葉は悪いがまだ若い――経験の浅い女性裁判官が休憩を挟むべきだと意見してきたのだから」

「生意気なことを」

「いや、その後の休憩での君の態度、意図と発言を見てわたしは確信した。実のところわたしも、十年にひとりの逸材と言われ鳴り物入りで裁判所に入ってきた君を注目していたからね。どんなもんなんだと。やや誇張が加わった評判なのではないかとね。でもあの時の君は流石だった。裁判員たちの蛭間隆也に対する心証が同情的なものになっていることを危険視したんだ。それこそ、わたしが先ほど述べた蛭間隆也の真摯な態度、清潔で時に美しさを感じる蛭間の身形が、市民六人の裁判員にかなり影響を与えていることを見抜いていた。君はわたしもふくめ裁判員たちに、なんと言ったか覚えているかな？」

「覚えていません」

「冷静にお願いします。みなさんのまなざしは証拠だけにむけてください。被告人が人間であろうと悪魔であろうと動物であろうとおなじです。ただ提示された証拠だけにそのまなざしをむけてください。同情は無用ですと」

長野は微笑み言った。

「青くさい発言ですね」

「いや、確信したよ。君は本物であるとね。その証拠に我々もふくめ凜とした緊張感を取り戻せた。恥ずかしながらわたしも、初めての制度へのプレッシャーや不安感、心にあった裁判員制度への疑念や苛立ちを法廷に持ちこんではいけないと冷静になれた。君は当時まだ二十四歳だ。末恐ろしささえ感じたよ。同時に裁判所は良い人材を確保できたとも思った。激動の司法を背負って立てる逸材が裁判所に現れたことを、純粋に感謝した瞬間だった」

礼子は賛辞をしずかに受け止めながらも、地面の土だけを見つめた。

「そして公判が再開され裁判官からの質問になった。君は蛭間隆也が刺されたあとの行動に注視していた。彼が被害者の吉住秋生さんの顔面を殴打したことに対してだ。君は検察側から提出された証拠から、死亡した吉住秋生の鼻骨が粉砕し、また切歯が二本折れていたという事実にこだわりを見せた」

「はい。蛭間が腹部を刺され、なおも凶器となったディバイダーを奪おうとする被害者に恐怖を感じることは当然です。ですが被害者の身長は百六十センチ台で特別躰を鍛えることもしていなかった。蛭間隆也とはかなりの体格差があります。いちど殴るならわかる。しかし蛭間隆也は吉住秋生の鼻骨を粉砕し切歯まで折っている。蛭間隆也の体格からすると、吉住秋生は殴られた拍子に顔を押さえうずくまる、または殴られた衝撃により蛭間と物理的な距離が発生したはずなんです。店の出入り口までは三メートルほど。いくら蛭間隆也が負傷していたとはいえ、その間に充分店の外に逃げられる時間と力はあったはずです。そうすればその後ふたたびむかってきた被害者を刺し死亡させてしまうことは回避できたはずです」

「そこで君は質問したんだ。〝あなたは被害者の顔面を二、三回殴ったと供述していますが、二回ですか、三回ですか〟と。まっすぐに瞬きもせず証言台に立つ蛭間隆也の目を見て言った。蛭間隆也の目に初めて感情というか――生命《いのち》の炎が宿ったのをわたしは覚えている。蛭間も君の目をまっすぐに見つめながら、〝よく覚えていません〟と答えた」

礼子はあやふやな記憶を脳内で繋げていく。

「そうでしたか」

「そして君はなおもつづけた。〝よく覚えていないということはどういうことですか？　あなたの発言はこの法廷ですべて証拠となります。あなたのためによく思い出してください。二回ですか、三回ですか？　はっきり答えなさい〟と。すると蛭間は過去を思い出すかの如く眼球を一瞬だけ右に寄せた。そして答えたんだ。もういちど君の目をまっすぐに見つめてね。――四、五回殴ったかもしれません、と。君はなおもたたみ掛けた。〝殴る余力があるのであれば刺さずに逃げることもできたのではないか。鼻骨、切歯が折れるほど吉住秋生氏を強い力で殴ったのは、彼に積もり積もった憎しみのようなものがあったのではないか〟と。彼はじっと君を見つめた。じっと、じっと君を見つめたんだ。そして答えた。――そうだったのかもしれません、と」

礼子は唾を飲みこむ。

「その瞬間弁護人はため息をつき、検察官が慌てふためいていたのをよく覚えている。弁護人は過剰防衛による執行猶予付きの判決に敗れたことを確信し、検察側はその後の求刑超えに怯えたんだ。検察官は提示した求刑を上回る判決を出されることを何より嫌がるからね。だったらもっと高い求刑ができたではないかと上司から責められ、ミスと捉えられる。裁判所に求刑超えをされた検察官はその瞬間出世は止まり地方に飛ばされると言われるほどだ。それは慌てていたよ。とにかく君が蛭間隆也から、四、五回殴ったということと、憎しみがあったかもしれないという発言を引き出したことで、法廷の流れは一気に逆流した。正当防衛からの無罪は無理だとしても、過剰防衛で執行猶予付きの判決になりかけていた空気を、君はみごとに実刑に持っていったのだからね。まさに新しい時代の裁判官にふさわしいと思ったよ。裁判員裁判による市民感覚も取り入れながら、裁判所が常に苦戦していた公判のスピード化へも、君は対応できる人材だと確信できた」

「そうですか――わたしが」

「ん？」

「わたしが変えたんですか。蛭間隆也の……公判の流れを」

「そう。君が変えた」

「てっきり長野判事や只裁判長もふくめ、当たり前に懲役四年の判決に辿り着いたと思っていました」

「君は、飛びぬけて優秀だからね」

自嘲もふくめたように、長野は空を見上げた。

「でも断片を覚えていないことが無念です。休憩を求め裁判員に注意を促したり、蛭間隆也の被害者に対する殴打に注視したのがじぶんであったり、細かな経過をよく覚えていません」礼子は言った。

と、長野判事は優しく、礼子を見た。

「それはあなたが――勝ちつづけた人間だからじゃないかな」

「勝ちつづけた？」礼子は思わず訊き返す。

「そう。気を悪くしないでもらいたいのだが、君は勝ちつづけている。優秀な成績で東大法学部に入学し、想像もできない平均点数で卒業した。いまもその記録は破られていない。裁判官になってからも評価にたがわぬ活躍ぶりだ。が一方で――ささやかな機微とでもいうか、そのような点には疎《うと》くなってしまう傾向がある。わたしも片陵さんほどではないが似通った人種だ。少なくとも若いとき、その傾向はわたしにはあった」

「なるほど」礼子は呟いた。

「まだ話してもいいかな？」

「はい」

「君はとてもうまくやっている」

「そうでしょうか」

「間違いない。もはや裁判所にとって、君はなくてはならぬ存在だ。わたしは前例を無視してでも、一刻も早く君が最高裁判事になることを望んでいるほどだ」

「身に余るお言葉です」

「でも――」

長野は言葉を飲んだ。礼子は美しいまなざしを長野にむけた。長野はゆっくりと、言葉を紡ぐように口を開いた。

「でもそこはかとなく、君に危うさを感じているんだ」

礼子は絶句した。

「危うさ――ですか？」

「そう。君が、いや、わたしもそうだ。我々が裁判所から優遇されていることは自覚しているね？」

「はい」

「なぜ優遇されると思う？」

「わかりません」

「それはね、我々は本能みたいなものを失っているからだよ」

長野は言い切った。

「本能……とは」

「人が当たり前に持っていなくてはいけない、大切なものだよ。我々は本能を見失っている。わたしはとうに、それを失くした」

礼子は黙った。

「君は、なぜ裁判官に？　雑誌のインタビュー記事を読んだよ。そこには裁判官になることが夢だったから、と書いてあったが、わたしにはどうも信じられない」

「あれは体《てい》よく答えただけです。裁判所が望む通りに」

礼子はしずかに告白した。

「だろうな。聡明な君があんなに安い言葉を使うわけがない。真実はなんなんだい？」

「お金がなかったんです。なので国立に入ろうと思いました。そこが東大です。人はやがて働かなくてはならない。なので司法試験を受けました。当たり前にトップの成績で合格しました。司法修習生になり、二回試験も合格しました。知っての通り、裁判官、検察官、弁護士のなかから将来の希望を出すことになります。正直言えば二回試験もいちばんの成績でしたから、どれでも通る環境でした。そのなかから裁判官の希望を出しました」

「どうして？」

「いちばん人と関わらなくてよいのが——裁判官だと思ったからです」

礼子は鳩の群れをぼんやりと見つめた。長野は寂し気な表情を浮かべると、礼子をいたわるように頷いた。

「それが、君の危うさかもしれないね」

鳩の群れが餌にありつけなかったのか、はたまた満足したのか、一斉に空へ飛んだ。礼子はまなざしを眩しすぎる青にむけた。

「話してくれてありがとう。実はね、裁判官を辞したい——などと考えることが増えてね」

「え？」

礼子は驚き長野を見た。

「近々、三度目の死刑判決を下すことになりそうなんだ。恥ずかしながら、最近夢を見るようになってしまってね。死刑台で、わたしが判決を下した死刑囚が見つめているんだ。わたしのことを、じっと、じっとね。おまえが下した判決はこれでよかったのか、ほんとうにおれは死ななければならないのかと、わたしのことを、じっと見つめてくる。そのたびに汗が噴き出る。眠りながら全身が小刻みに震える」

「往々にして多くの裁判官が見る夢なのではないでしょうか？」

「いや、他にも理由があってね。徐々にだが、わたしの司法に対する見解が自然法に傾きかけていてね」

「――神のみぞ知る。ということですか？」

「危険だろ？　裁判所から優遇されてきたわたしがそんなことを言い出したら」

長野は優しく微笑んだ。自然法とは西洋の法学の礎である。思想や哲学に近い。日本の法解釈とは食い合わせが悪い思想とみなされている。

「検察官は死刑を求めても判決を下さない。弁護士は被告人を守ってもしかり。最終的に被告人の未来を導くのは、我々裁判官だ」

気がつけば公園のベンチに座っているのは、礼子と長野だけになっていた。

「君は、夢を見るかい？」

長野はそびえ立つ裁判所を見つめながら言った。

「わたしは――鳩が落下します」

「そうか」

長野はそれに対しての言葉は紡がなかった。

「蛭間隆也のことはまだ調べるつもりなの」

「はい」

「君が判事をつづけていくなかで、ひとつの判例にこだわる瞬間があってもいいのかもしれない。それはきっと、来《きた》るべき未来の司法に繫がっていくと思う」

「焼きそば」

「ん?」

「食べる時間も失くしてしまって、すみません」

「君の横にあるパンとおなじ。封すら開いてないじゃないか」

なに、いいんだよ、それが裁判官だと、長野は優しい微笑みを見せ裁判所へ戻っていった。


奇《く》しくも手控えに記されたおなじ一文を、礼子は思い出す。

——蛭間隆也、強い
——片陵裁判官、つよい

長野判事は礼子に、礼子は蛭間に抱いたそれぞれの印象。

つよい、強い。

ひらがなと漢字以上に、おなじ意味を持ちながらも、それには開きがある気がした。

永遠に埋まらぬ距離とでもいうか。

男と女。

女と男。

裁判官と被告人。

判事と元服役囚。

蛭間隆也の強さとじぶんのつよさは違うと礼子は躰で感じる。質が違うのだ。礼子のつよさは長野判事が見抜いた、「本能を見失っている」部分から由来しているのだろう。

が、蛭間隆也は。

蛭間隆也の強さは、法廷という時に悪魔的にもなりうる場所で異質な存在だったのだ。荒ぶることもせず、怯えることもせず、前だけをむき、凜と佇んでいた。いまだかつて礼子は手控えに、被告人の印象を「強い」などと書いたことはない。それほど彼は異質な被告人、裁かれる者であったのだ。なぜ、蛭間隆也は強かったのか——。

「——まさか、誰かをかばっている？」

礼子は呟くと立ち上がった。脳裏をかすめ零《こぼ》れでた言葉が自らに訴えかける。

蛭間は、誰かをかばっていたのではないか。その仮説めいた違和感は、蛭間隆也の印象と合致すると感じた。

裁判所に目をやる。そびえ立つ建物をかすめるように鳥の群れが飛んでいた。巨大な木の葉に扮《ふん》した群れは、よく見れば数百羽の鳥たちの集合体である。一羽一羽では弱いが、身を寄せ合い巨大な塊になることで外敵からその身を守っている。巨大な木の葉に扮した塊は、右に左に遊覧飛行する。先頭の一羽が方向を決めれば、瞬時に後続の鳥たちは追随していく。ふと礼子は最後尾を見た。木の葉の枝の部分が、微かに青空を映してしまっている。まだ子供なのか、障害でもあるのか、最後尾を飛んでいた一羽の鳥が群れと距離が開いてしまった。木の葉は崩れる。そのまま、あの一羽は置いていかれるのだろうか——そんなことはなかった。礼子が視界の片隅に目をやると、最後尾のもっと後ろに、一羽の鳥が飛んでいた。その鳥は両の翼に力を入れると、すぐに後れを取った一羽に追いついた。言葉があるわけではないのだろう。が、しばし二羽は並走すると、後れを取っていた一羽は勇気づけられたように懸命に翼を上下させはじめる。二羽は並んで飛ぶ。やがて群れに追いつく。と、責務を果たしたように、後れを取った一羽を群れに戻した鳥は、ふたたび群れから距離を取った。この一羽は、群れから脱落する鳥を出さぬよう努める役目なのであろう。

その一羽が、礼子には蛭間隆也の姿に重なった。

「なんなんですか、いったい」

十月の第三週、土曜日。礼子は渋谷駅前にある喫茶店で、山路《やまじ》昭正《あきまさ》と会った。山路は蛭間隆也の公判で、担当弁護人を務めた男だ。九年という歳月のせいか、痩身なイメージだった山路の腹は太鼓のように突き出していた。いくつかの弁護士事務所を転々とし、いまは離婚や相続といった民事裁判を主とする事務所で働いていた。

「突然のご連絡すみません」

「驚きましたよ、片陵判事から連絡あるなんて。あ、ここは裁判所持ちですか」

「お電話でもお話しした通り現在執筆中の論文に関することですので、わたし個人持ちです。どうぞご遠慮なく」

そうですか、と山路は言うとメニューを眺め、「生姜焼き定食も追加で」と店員に言葉を投げた。

「どんな論文なんですか」

「公判前整理手続における裁判所の課題点を主に。裁判のスピード化によって生じる検察側と弁護側の優位点と不具合をなるべく数値化したくて。で、裁判員裁判導入後の判例をいくつか遡《さかのぼ》っていまして」

「ご立派なことされてますね。相変わらず」

山路はストローにぶ厚い唇を持っていき、ずうとアイスコーヒーを飲んだ。

「で、蛭間隆也の公判ですか」

「ええ。裁判所としては懲役四年の実刑判決を下しました。弁護側としては納得のいく判決でしたか？」

「——納得って」

山路はストローを咥《くわ》えたまま礼子を見上げた。その目には明らかに敵意が滲《にじ》んでいた。

礼子は蛭間隆也の公判の際、じぶんが記した手控えのなかの三つの文言が肝と捉えていた。そのひとつに、

——控訴するか　しないか
という一文があった。まず礼子は「控訴するか、しないか」の反応を確かめる。

「納得——裁判所が下す刑事裁判の判決で、弁護側が納得いくものが多々あるとでもお思いですか？」

「いいえ、思っていません」

「警察、裁判官、検察官、みなさん職種は違えどおなじ国家公務員だ。わたしたち弁護士だけが法廷では違う。所詮ね」

アイスコーヒーをお替りしてもいいかと訊くので、礼子は頷いた。

「で、蛭間隆也の判例ですが、その際あなたは控訴を考えましたか？」

山路はため息をついた。古びたテーブルを睨み、過去のじぶんを思い出しているようだった。

「考えましたよ。ちらっとね。わたしもまだ若かったし、司法に対する活力も理想もあった。蛭間隆也の事件は充分過剰防衛による執行猶予付きの判決が取れると思っていましたからね。なのに実刑ときた。あなたが――片陵判事が流れを変えた張本人じゃないですか」

礼子は黙って美しいまなざしを山路にむけた。

「判決を聞いて蛭間に尋ねました。控訴してもよいか、と」

「蛭間は」

「――大丈夫です。ありがとうございました。とか、答えたように思います」

となると控訴するか、しないかと記した手控えは、蛭間隆也にではなく弁護人の山路への印象だったと礼子は感じた。

「所詮国選《こくせん》弁護人だったから……強くは勧められませんでしたけどね。でも申し訳ない気持ちが強かったのを覚えていますよ」

「どうして」

「あの被告人は真面目だったから」

「真面目」

「裁判前に拘置所で接見したとき、まず印象に残ったのは蛭間隆也の真面目さでした。後悔していましたよ。被害者である吉住秋生さんを殺してしまったことをね。親のいない蛭間を、ずいぶん世話してくれていたようです。彼には時計技師という国家資格もありましたからね。できればわたしは執行猶予をつけてスムーズに社会復帰させてやりたかった。だから無罪は難しくても過剰防衛で執行猶予付きの判決をもらいますから——そんなことを彼に言っていましてね。逆に彼をその気にさせてしまったかもしれません。蛭間もだいぶ、期待してしまった部分はあると思う。それが申し訳なくてね」

「期待……」

「裁判の仕組みに関しても熱心に訊かれましたから。ちょうど裁判員裁判が導入されてすぐだったでしょ？　このような場合、誰が判決を考えるのか、決定権は誰にあるのか、市民六人も裁判官とおなじ発言権があるのかとかね」

「無罪が欲しかったんですかね」

「そういう邪《よこしま》さは感じませんでしたね。むしろきちんと裁判にむきあいたいという彼の性格かな。真面目なんですよ」

山路の前に生姜焼き定食が置かれる。山路はすこし考えてから、ちいさく頭を下げ箸を伸ばした。

「こんな話で、論文の役に立ってます？」

「充分有意義です」

「——ならいいけど」

山路は豚肉を嚙みしめた。

「情状証人を出さなかったのはなぜです？」

いなかったんですよ、山路は悔しげに言った。

「蛭間には、彼を守ってくれる証言をする人間が誰もいなかった。蛭間は十歳のときに母親を亡くしています。もともと病弱だったようですね。父親はまあ、家にも出たり入ったりで酷い男だったようです。小学六年になると児童養護施設の聖《セント》森林の里学園に入所しました」

「そのまま高校を卒業するまでいたんですよね」

「でも学園ともそりが合わなかったようですね。その証拠に聖森林の里学園の園長に情状証人としての出廷を依頼しましたが、取りつく島もなし、いとも簡単に断られました」

「他に血縁関係の濃い者は」

「父親は蛭間の公判の十年ほど前に亡くなっていました。わたしが調べたんですけどね、蛭間は父親が亡くなっていることすら知りませんでしたよ。あとは妹。彼女は叔母の家で最初は育ったのかな？　でも妹さんが中学に上がる前に叔母さんが亡くなって、その後蛭間とおなじ養護施設に入所してます」

「じゃあ、妹さんに頼めばよかったのでは」

「いちど電話で話したんですけど、無理でしたね。蛭間自身も言っていました。たぶん断られると思うと。妹さんも話していたんですが、兄妹《きょうだい》としての感覚がないって言うんですよ。蛭間と暮らした時間があまりにも少ないし、ましてどんな事情があろうと人を殺した兄に、迷惑をかけられたくないし、正直怖いと。まあ、妹さんの気持ちも理解できましたよ。確か蛭間と六つか七つ歳が離れてたかな？　彼女が児童養護施設に入って間もなく、蛭間は施設を出ましたから」

礼子の脳髄に、残りふたつの文言が浮かぶ。

礼子が手控えに記していた言葉。

——傍聴人来ない
——勘違いか
なぜじぶんはこんなことを書いたのか。長野判事に指摘された「ささやかな機微に疎くなってしまう」という言葉を恥じる。傍聴人。男なのか女なのか。女だった気もするが、事件のことは覚えていてもこの箇所の記憶はあやふやだった。礼子は思いきって山路に尋ねた。

「蛭間隆也に恋人はいましたか？　事件当時でも、その前に別れた相手でも」

「こちらも情状証人が欲しかったのでなんども訊いたんですけど、口を開かなかったんですよ」

「口を開かない？」

「ええ。そこらへんはなにか心を閉ざしているというか。ただ恋人はやはりいなかったと思いますよ。彼が拘置所にいる間、接見希望者はわたし以外いなかったはずですから。当然差し入れもありませんでした。真面目さ故というか、育ってきた環境なのか——とにかく蛭間には友人らしい存在もいなかったし、そこらへんは、希薄だったのかな」

「希薄」礼子は呟いた。蛭間を見ていて、じぶんと微かに重なる心証があった。それがきっと希薄さであると礼子は感じた。肉親や、社会に対する期待の希薄さ。希望の喪失。

また「口を開かない」という蛭間の態度も気になった。もし何らかの理由で恋人をかばっているとしたら——山路の質問に蛭間が口を閉ざしたとしてもおかしくはない。

「片陵さん」

名を呼ばれ、礼子は我に返った。

「しがない弁護士が言うのはなんですけど、公判前整理手続の課題点という論文のテーマですか。いいと思いますよ。裁判員裁判がはじまって裁判所は変化しました。起訴状だけを見て公判がはじまって、初めて証拠調べを見て公平に判断するのが裁判官の務めだった。が、市民が六人加わる裁判員裁判では彼らの意見も聞かなくてはならず時間が足りない。もっとも、日本の裁判官が少なすぎるのも原因だと思いますが。それがいまでは重大事件の合議審の場合、公判前整理手続で裁判官はどういう証拠があるか見てしまうケースが多い。裁判官は検察側の証拠を見れば、警察のどの証拠が足りないか一目でわかり、事件を組み立てられてしまう。予想できる。いわば〝先回りして判決文を起案する〟ことができる。これは検察側に得ですよ。求刑のイメージが担保されますからね。これは危険をはらんでいると思いますよ」

「胸にとどめます」

「現代社会でいえば一概に悪いとは言えないでしょうけどね。なにごともスピード化の時代です。昔であれば四年、五年かけていた裁判も、いまは三か月でやらないといけない。蛭間隆也のような死亡事件でも公判は三日で終える。でないとあなたがた裁判官は能力なしという評価にも繋がる。短期間で事件を裁けるのが、現代の判事に問われる力量なのでしょうね」

礼子はなにも答えなかった。

「もうすこし、人間になってくれたらなと思います」

「人間に？」

「あなたがた裁判所がです。青いことを言いますが、そう思う」

「難問ですね」

「わたしは、刑事事件を扱うことをやめました。自信を失いましたから」

「いつです？」

「あなたと出会った日からですよ」

山路は礼子を見つめた。

「もし蛭間隆也に不幸があるとすれば――彼の公判にあなたがいたことだと思います。あなたほど、私知《しち》に惑わされない裁判官を見たことがない。そういう裁判官に当たってしまったことは、蛭間隆也に関して言うと不幸だったでしょうね」

やっぱりここはわたしが払います、と山路は言い席を立った。


渋谷の雑踏を礼子は歩く。駅前のスクランブル交差点を歩くと、何人かが礼子を見て振り返る。ある者は上下紺色の服をまとい歩く美しい女に目を奪われた者。ある者は雑誌に掲載されていた裁判官だと気がつき歓喜の声を上げる者。礼子はそんな色づくまなざしになんの感情も持たない。ただひとつ持つとすれば、思考を中断される煩わしさだけだ。

礼子は考える。蛭間隆也の担当弁護士に会ったことはやはり正解だった。それなりのリスクはあったが、蛭間隆也が門前に立ちつづける意味を解読するのに必要な部品が手に入ったと自覚する。本来であれば蛭間の裁判を担当した検察官、逮捕、調書を取った警察官とも面会したいところだがそれは難しい。礼子に求刑超えを出された検察官は弁護士の山路以上に礼子をよく思っていないことは明白であるし、さすがに検察官に接触すれば裁判所の耳にも届く。警察は。不毛だと礼子は思う。社会的にもおおきな事件ではないし、蛭間隆也は現行犯逮捕されている。「人を殺してしまった」と自ら警察に電話をして、その後の取り調べにも素直に応じている。そんなある意味無味無臭な、特筆すべきことがない蛭間隆也の事件を、自白事件として警察署が処理していたとしてもおかしくはない。

となると採用すべき証拠を得るためには。

蛭間隆也が育った児童養護施設へむかう。事件現場を確認する。または蛭間隆也自身から話を聞く——この三つしかない。礼子が思案していると携帯電話が鳴った。着信は夫の貴志からだった。

「もしもし」

「あ、礼子。いま家にいないのかな」

貴志の声のむこうで食器が重なりあう音がする。明け方にゴルフクラブを自慢のＢＭＷに積んで出かけたので、伊東か入間《いるま》のゴルフ場にいるのだろう。コースを回り終わって、クラブハウスで軽食でもとっているのだろうと礼子は思う。

「どこにいるんだ？」

明るい口調のなかに険《けん》が混じっていた。

「裁判所。必要な資料を忘れて」

礼子はいとも簡単に嘘をつく。

「そうか」

貴志は子供じみた声を出して、安堵を伝えた。

「いや、さっきおふくろから電話があってね、家の玄関鳴らしたけど礼子が出てこないって言うから」

「どうしても必要な資料だったから。いまから戻るわ」

「そんなに慌てなくていいよ。午前中、今晩のおかずはおふくろと親父に届けてくれてんだろ？　それはおふくろから聞いている。いや、土曜日なのに家にいないっていうからすこし驚いて」

「ごめんね」礼子は詫びる。

「でさ、いま川奈カントリーなんだけど、外山《とのやま》弁護士覚えてるだろ？　あの人と偶然会ってさ」

「うん」

「外山さん、明日もひとりで回るつもりだったらしいんだけど、せっかくだから一緒にって言うから、今晩泊まって明日もコース回るわ」

「川奈ホテル？」

「そう、部屋空いてたから」

「わかった。ゆっくりして」

「あ、明日日曜日だろ、おふくろの——」

「晩ご飯でしょ？　きちんと届けるわ」

助かる。と貴志は言い電話を切る。

貴志の人生において人切なことはふたつある。

ひとつは、じぶんの両親に週四回、妻が晩ご飯を届けること。これは貴志の純な部分でもある。裁判官をしていた父と検察官をしていた母のもと生まれた貴志は、両親を尊敬している。なに不自由なく育った。良い物を食べ、良い場所へ行き、良い服を着た。そして弁護士になってからは、すぐに父親が開設していた片陵弁護士事務所に就職し、四十歳となったいま、父の後を継ぎ所長をしている。「結婚する」というと両親の家から徒歩五分の場所に、近所でも有名な豪邸を建ててもらった。ようは両親に感謝が尽きないのだ。だから妻には、週に四回は食事を届けさせる。

ふたつめは、決して礼子がじぶんの上を行かないことだ。

これが貴志にとって、いちばん大切なことと言えるかもしれない。

貴志は両親を尊敬し、じぶんも司法の道を目指した。父親と同様に、裁判官になることを使命としていた。が、なれなかった。なれなかった理由を、貴志は「じぶんにはすこし左翼的思想があると捉えられたんだろう」と自己分析する。これは一九九〇年代に日本中を震撼《しんかん》させたオウム真理教の事件に関係している。高学歴者が多くいたオウム真理教は、国家の中枢に入りこむことで国家の転覆を狙った。これ以降「新左翼」と呼ばれる思想が垣間見える者は、どんなに成績が良くても裁判官に任命されなくなった。事実、元オウム真理教の石川公一は抜群の成績を収めながら、なんど司法試験を受けても合格にはならなかった。

が、「じぶんにはすこし左翼的思想があるから」という貴志の分析は的を外している。司法修習生時代に同期だった礼子は、それをよく知っている。たしかに「反権力、反体制」な部分は見せていたが、所詮思春期が引き起こすレベルのものであり、とても思想などと呼べる高尚さはなかった。はっきり言えば、「お金持ちのぼんぼんにありがちな」態度そのものであった。生まれ持って与えられた「恵まれた環境」に感謝しつつも、なにひとつじぶんの力で成功を得られていないという喪失感と不安感。そこから来る反抗。そのレベルであった。だからこそ希望の裁判官になれず弁護士となるとすぐに受け入れ、親の後を継いでいる。結局のところ選民意識が抜けないのだ。そんな人間が「おれは左だから」などと言ったら、それこそほんとうの新左翼的思想を持つ者に激怒されるであろう。片陵貴志が裁判官の希望が通らなかった理由はただひとつ——裁判所が裁判官として任命する成績に至っていなかったと判断した。これだけだ。

だが、これは貴志にとって認められるものではない。この事実を認めてしまえばプライドが音を立てて崩れ落ち、優秀な両親から劣等が生まれたと自覚することになる。だから貴志は延々に、「裁判官になれなかったのは、左的思想があったから」と言いつづける。

貴志がじぶんに求婚した理由はここにもあると礼子は思っている。瑠花が言った言葉を思い出す。雨野東京地裁所長が礼子を支配下に置きたがることに対する発言。

「それはあんた、あいつが男だからよ」

「男は誰でも、いちどけはフィクサーみたいなもんに憧れるのよ。それにあんたみたいな非の打ち所がない女を手中に収めたくなるのよ。コントロールしてるつもりになりたい、っていうのかな。あたしから見ればあんたの旦那もその類よ。悲しい男の性」

確かにそれは、事実なのかもしれない。

成績優秀で十年にひとりの逸材と呼ばれた女だが、その女は貧しかった。時に強者は弱者を救済することで乾いた心を満たす。礼子は貴志の人生にわずかな水滴を落とす役割なのだ。だから決して、礼子は貴志の上を行ってはいけない。乾いた砂漠に水を落としつづけねばならないのだ。育ての伯母は狭い家に住み、義母には食事を運びつづけ、雑誌に載ったり良い評価を得たりすればベッドに入らねばならないのだ。このことに対して、礼子は一切の不満がない。が、それは同時に長野判事が言った、「本能を失っている」からなのかもしれないと、礼子は渋谷の雑踏でふと思った。

――蛭間隆也の顔が浮かぶ。

蛭間隆也は、今年三十九歳になる。

夫の貴志は、四十歳。

わずか数か月しか生まれるのが変わらぬのに、ひとりの男は川奈カントリークラブと入間市にある武蔵カントリークラブのゴルフ会員権を持つ。もうひとりの男は家賃三万二千円の木造アパートに住み、関わることのないオリンピック選手のために村を作りつづける。ひとりの男は二千万円を超すBMWi8を新車で買い乗り回し、もうひとりの男は薄汚れたスポーツバッグを持ちながら地下鉄の埃《ほこり》を吸いつづける。

このふたりに、どんな差があったというのであろうか。

そして、自分自身にも。

「早く決着をつけよう」礼子は心中で呟く。蛭間隆也が現れてから、明らかに感情が顔を覗かせている。感情はすべての正しい判断を狂わす。それは裁判官としてあってはならぬことだ。そして、人生においても――。

左手に巻いた時計を見ると、午後三時を指していた。貴志は今晩泊まるという。晩ご飯も作らなくてすむ。早く決着をつけなければ。

礼子は青梅にむかうことを決意した。

青梅市にあるJR二俣尾《ふたまたお》駅に到着したのは、時刻が午後四時半をまわったころだった。渋谷駅から山手線に乗り新宿へ、新宿駅で中央線に乗り換えると約一時間ほど電車に揺られ青梅駅へ、こんどはＪＲ青梅線に乗り継ぎ、ようやく目的地である二俣尾駅に辿り着いた。武蔵小金井駅で扉が開いたころから、徐々に外気の変化に礼子は気がついた。一駅進むたびに空気は冷たさを増し、車窓から見える景色も緑に包まれる。ひとつしかない二俣尾駅のホームに降り立つと、そこは礼子以外に人はいなかった。礼子は思わず薄手のコートの襟を立てる。それほどに空気が冷たく感じた。視線を遠くに投げずとも山が見える。日の出山というそうだ。牧歌的な雰囲気を通りこし、寂しさを感じさせる場所だった。渋谷から約一時間半。ここがおなじ東京であることを、礼子は一瞬忘れそうになった。

「片陵さんですか？」

ちいさな改札を抜けると、灰色の砂利道の上に立つ老人に声をかけられる。電話で予約をしておいたタクシー運転手の男性だった。

「はい。お願いします」

「寒いでしょ。乗ってください」

運転手にドアを開けてもらい、礼子は後部座席に乗り込む。

「登山……ってわけじゃないでしょうな。日暮れになるし、綺麗な格好されてるし」

運転手は優しい口調で言った。

「ええ」

「どこまで？」

「……聖森林の里学園って、ご存知ですか？」

ックミラーに映る初老の男の笑みが、ゆっくりと消えた。「すぐですよ」と男は言うと、黙って車を発進させた。

店もなく、ぽつ、ぽつと住居だけが点在する。マンションは見えない。なぜだか灰色に包まれた町に思えた。人影はなく、たまにある自動販売機も古びている。

「あれが、奥多摩橋っていいます」

運転手が先を指さし、優しく言う。おおきな橋が近づいてくる。礼子は横をむき、車窓を眺める。橋の下にはおおきな川がくねりくねりと、S字に曲がりながら流れている。多摩川だった。灰色の土手には誰もおらず、川を囲む木々たちしか見えない。

「土日なんかの朝はね、もうすこし人もいますから。日の出山とか、愛宕山《あたごやま》に登る人もいるし。愛宕山には名前もそのままだけども、愛宕神社っていうのがありましてね。わりと有名だし、春なんかは桜とツツジが綺麗に咲いてね、そりゃいいですよ」

運転手は礼子をいたわるように話をした。すこし間をおき、「寂しくないですよ」とつけ加えた。

橋を渡り切ると目的地が近づいてきたと礼子は感じる。その名の通り木々が生い茂った森がある。

「あそこんなかに、施設はありますから」

運転手はハンドルを右に切りながら言う。うっすらと施設らしき建物が見えた。

「あ、ここで」

「前まで行けますけど」

「ここで。すこし、歩きたいので」

礼子が千円札を出すと、年季の入ったポーチから、男は釣銭を出した。礼子の手に、優しく渡す。

「待ってますよ」

「え？」

「帰り、ここいらはタクシー通らんし。あたりも暗くなってしまうし」

運転手は礼子のことを、我が子を預ける相談に来た母親と思っている。その優しさが礼子には痛かった。

「――大丈夫です。歩いて帰りますから、その、ありがとうございます」

「そうですか。あの……ここの園長さんは、いい人ですよ。また迎えに来れるようになったらそうすればいいいし、なかなか難しくても、時々、会いに来てやれば」

「いい人」

「ええ」

「……そうですか」

蛭間隆也の弁護人から聞いた印象と微かに違う気がした。

ドアが開き、礼子は降りる。施設にむかって歩を進めると、しばらくしてようやくタクシーが去っていく音が聞こえた。

土を踏みしめる。かさ、かさ、と音がする。大地を敷きつめる落ち葉の音だった。礼子のヒールが秋色に身を染めた紅葉《もみじ》や銀杏《いちょう》の葉に穴を開けていく。やがて施設の全容が礼子の目に飛びこむ。クリーム色をした、横長で、二階建ての建物だった。

門前に立つ。

「聖森林の里学園」と書かれた看板が礼子を迎える。なかを覗くと古ぼけた聖母マリア像がひっそりと立っていた。礼子は鼻から息を吐く。「ここに入所していた蛭間隆也さんについて訊きたいことがある」礼子は正直に尋ねるつもりだった。が、気持ちが揺らぐ。その理由を礼子は心の奥底でわかっていた。気配を感じたのだ。この建物の奥にいる子供たちの気配を。それはおのずと自らを捨てた母親の記憶を呼び起こしそうで、礼子はたじろいだ。あの女のことだけは、思い出したくない。思い出してはいけない。

「あの――」

後方から声が聞こえ、礼子は驚き振り返る。五十過ぎの女性が立っていた。

「なにか、ご用ですか？」

女性はジーンズにトレーナー姿で微笑んだ。両手にいくつも持つ半透明のレジ袋には、肉や野菜が詰まっていた。女性は微笑みながら礼子の顔を隅々まで見つめる。

「いや……その……聖森林の里学園はここでしょうか」

礼子はじぶんが放った言葉に心中で舌を打った。言葉がうまく出てこない。

「そうですよ。どこからいらしたんですか？」

「……都内です」

「そうですか。遠かったでしょ？　おまけに寒いし。わたしはほら、あなたと違って贅肉ため込んでるから全然平気だけど」

女性は肉付きのよい躰をわざと指さし笑った。でも礼子は地に目を伏せたまま表情ひとつ変えられなかった。

「わたしはここの職員で亀山《かめやま》っていいます。なか、入ってください。お茶出しますから」

亀山は慣れた様子で門をくぐっていく。礼子もゆっくりと後につづいた。と、施設の横に三角形の屋根でできた木造の建物がある。屋根の先端には十字架が掲げられている。礼子の視線に気がつき、亀山が説明する。

「ちいさいけど教会。なかにはちゃんとオルガンもあるんですよ。クリスマスなんかは園生たちと職員で聖歌隊になってね、歌うたったり。あ、でもキリスト教徒でないと入園できないなんてことはまったくありませんから。わたしなんか普通の仏教徒。仏教徒なんて偉そうなこと言えないわね。お墓がお寺にあるってだけの、信心薄い、いわゆる普通の人」

亀山は歩きながら礼子に微笑む。礼子の緊張を和らげようとする微笑みだった。

「なぜ、教会を」

「この学園を創設した園長さんが元々カトリックでね。若い時は修道院にいたんですって。でもほら、女の人は司祭にはなれないでしょ。で、社会福祉のために四十年前にここを建てて。あ、でも修道女《シスター》って感じには見えないからね。優しい普通のおばあちゃん。ベール頭から被った修道服だっけ？　ああいうの着てないし。どうぞ」

玄関に着き、亀山は「園長先生呼んでー」と廊下の奥に叫び消えていった。礼子はためらいながらも靴を脱ぎ、スリッパに履き替える。園生たちなのか、下は保育園に通う年齢の子供たちから、上は中高生の男女たちが廊下を行き来していた。みな、ちらと礼子に視線をむけた。が、すぐに各々の行動に戻っていく。と、ひとりの幼児が礼子の脇に立っていた。礼子は見下ろすように幼児に視線をむけた。背丈の雰囲気からすると、五歳くらいの女子児童であろうか。女の子はじっと、靴脱ぎ場のタイルを見つめている。

「おばちゃん」

「ん？」

「これ、かわいそうだよう」

「え？」

「せっかくきれいなのに。みてみて」

幼児が見つめていたのは礼子の履いていた靴だった。ヒールの先端が落ち葉を貫き、何枚か付着している。

「ああ――ほんとうね」

礼子は困惑したような声を出した。髪の毛が肩の下まで伸びた女の子が、くりくりとしたおおきな目で礼子を見上げる。

「おばちゃん、なんさい？」

「三十……三歳」

「そうなんだ」

女の子は瞬きも忘れ礼子を見上げる。礼子は彼女のまなざしを受け止めないように、必死に廊下の床を見つめた。

「おばちゃんは――」

かおり。と廊下の先から低い声が聞こえた。礼子が見ると、高校生くらいの男の子がこちらを見ていた。かおりと呼ばれた女の子は、すぐに声の主に振り返る。

「なに？」

「こっち来い」

「いやだよ。いまおしゃべりしてるんだもん」

「いいから。かおりに手伝ってもらいたいことがあるんだよ。洗濯物が多くてさ。畳むのできるだろ、お姉さんだから」

「できる！」

女の子はお姉さん、と呼んでくれたことが嬉しかったのか、一目散に廊下を駆け少年のもとにむかった。少年は軽くじぶんの右手で彼女の頭をぽんと撫で、手を繋いだ。少年はかおりと呼ばれる少女と歩いていく間、決して礼子を振り返らなかった。が、礼子はわかった。彼がどんな目でじぶんを見ていたのかを。子を捨てに来た母親への憎悪――それに違いなかった。

礼子は廊下を歩く。すぐに職員室があり、その前には寄付金募集の紙、近々行われるバザーの宣伝用紙など、様々な紙が置いてあった。隣には乳児室と木札に書かれた部屋がある。廊下の両脇には部屋がつづいた。一部屋に子供の名前がふたりずつ、プレートに書いてある。一階は男の子がふたり一組で部屋を使っているらしい。部屋の扉が開いている。礼子はなかを見た。狭い空間に勉強机がふたつと、シングルベッドがふたつ並んでいた。テレビやパソコンはない。廊下を歩く。部屋と部屋の間の壁には、園生が描いたものらしき絵が何枚も飾られていた。そのうちの一枚の絵の前で立ち止まる。『二〇一八年　青梅市こども絵画コンクール入賞　桂木ゆたか君』

と記された絵は、夕暮れの二俣尾駅を描いた絵だった。タイトルは「おもいで」。夏なのか、赤いワンピースを着た女性が駅前で手を振っている。女性は口元に笑みを浮かべ立っている。礼子にはすぐにわかった。面会に来て帰っていく母親の絵なのだろう。礼子は目を閉じる。直視できない絵だった。と、礼子の脳内にあの人の声が聞こえた。

「――礼子。わたし、なにひとつ間違ってないから」

礼子の母親の声。酒で潰れた嗄《しゃが》れ声。思わず目を開ける。礼子の両耳に施設にいる子供たちの声が充満する。こんなところへ来るべきではなかった、礼子は美しい唇を噛み後悔した。帰ろう、やはり帰ろうと思ったその時だった。礼子の視界のなかに、見慣れた名前の一部が飛びこんだ。

『一九九七年　青梅市こども絵画コンクール大賞　蛭間奈緒さん』

「ひるま……なお？」

礼子は絵の前に行く。大切に額に入れられた絵は、女の子の柔らかな左手が、男性なのだろうか、女の子の左手よりおおきな右手を握っている絵だった。少女の手が誰かと手を繋いでいる絵――。季節は夏なのか、少女の左手と男性の右手の袖口には浴衣の一部が描かれている。少女はピンク色の浴衣。男性は紺色の浴衣だ。そして少女の左手と男性の右手にはそれぞれ、おそろいの腕時計が巻かれていた。絵のタイトルを見て思わず礼子は呟くように読み上げた。

「――蝶番《ちょうつがい》」

手と手を繋ぎあう絵。夏のある日繋ぎあった手を、その繋がりを、彼女は「蝶番」というタイトルで表していた。

「蛭間……奈緒」

間違いなく蛭間隆也の妹であろう。礼子の頭が記憶を繋いでいく。先ほど会った蛭間隆也の弁護人は、唯一の肉親である蛭間の妹に、情状証人としての出廷を断られたと言っていた。

「いちど電話で話したんですけど、無理でしたね。蛭間自身も言っていました。たぶん断られると思うと。妹さんも話していたんですが、兄妹としての感覚がないって言うんですよ。蛭間と暮らした時間があまりにも少ないし、ましてどんな事情があろうと人を殺した兄に、迷惑をかけられたくないし、正直怖いと。まあ、妹さんの気持ちも理解できましたよ。確か蛭間と六つか七つ歳が離れてたかな？　彼女が児童養護施設に入って間もなく、蛭間は施設を出ましたから」

その瞬間、ひとつの可能性が礼子の脳内を駆け巡った。まるでそれは直感的に、何者かが囁きかけてくるように、礼子の躰に訴えかけてきた。

――ありえない。そんなことはありえない。でも……。

――この絵のなかの、繋ぎあう手の相手が蛭間隆也だとしたら。

ちょっと待って。そんなはずはない――礼子は心のなかで自らの考えを否定する。妹は実の兄の裁判に出廷することさえ拒むほど、兄妹関係は希薄だったのではないのか。「迷惑をかけられたくない」というほど、兄への愛は一かけらも存在しなかったのではないのか――。

だが、「それは蛭間隆也の右手である」という考えは、礼子の心を捉えて離さない。

礼子の美しい白い肌は自らの間違いを証明するように、一気に青ざめた。血の気が引き、礼子は絵を見つめつづける。

――傍聴人来ない

――勘違いか

礼子が手控えに記した言葉。当時の裁判で、礼子は確かに違和感を覚えていたのだ。裁判ウォッチャー、司法を学ぶ者、暇つぶし、記者、それとは異質の光を放つ傍聴者が一日だけ来ていたのだ。女だ——女だった。さみしげな女が公判初日だけ傍聴席に座っていた。第二回公判のときに、この女は来なかった。判決の日も。それが気になったのだ。だから手控えに、「傍聴人来ない」「勘違いか」と記したのだ。礼子の記憶が、細胞が、法廷の匂いを思い出させる。

——蛭間は、その女を見た。

——一度だけ。

——第一回公判が終わり手錠をかけられるとき、確かにその女を見た。

——まるで睨むように。

しずかに、荒ぶることなく、「あなたは被害者の顔面を二、三回殴ったと供述していますが、二回ですか、三回ですか」という礼子の質問に一度だけ感情を見せた以外、冷やされた鉄のような男だった蛭間が、その他に、たった一度だけ見せたのだ。

感情を。

それは女を睨み、「来るな」と伝えていたのではないのか。蛭間隆也の妹は、蛭間奈緒は、兄の公判に来ていたのではないか？　失われた蝶番を探しに——。

「お待たせしました」

声が聞こえ横をむく。礼子より背の低い、白髪を後ろで一本に束ねた女性が頭を下げている。顔を上げると七十過ぎの老人だった。

「園長の今張《いまばり》千草《ちぐさ》です」

「あ……」

礼子は今張という女性を見つめる。信じられないが、うまく呼吸できない。薄く美しい唇を閉じることができず、短い呼吸音を繰り返す。は、は、と礼子の躰から悲鳴にも似たか細いなにかが漏れ伝う。慌てて今張は礼子の背に手を置いた。

「大丈夫ですよ、大丈夫。落ち着いて」

先ほど礼子を案内した亀山という職員が廊下を駆けてくる。「あらあら！」と言いながら礼子が倒れぬように優しく躰を支えた。礼子は壁に掛けられた絵を睨む。

『蝶番』

——ちょうつがい。わたしは……わたしは……。

礼子は蛭間奈緒が描いた、手と手を繋ぎあう絵を睨み心中で繰り返した。

「ゆっくり息を吸って」

園長の声に従う。やがて呼吸は元に戻った。廊下のあちこちで園生たちが礼子を見ていた。礼子は唾を飲みこみ、しずかに「もう大丈夫です」と告げた。が、ただでさえ透明感のある礼子の肌は、白を通りこし青に近づいていた。

園長室に通され、礼子はソファーに座った。むかいには今張が座り、目を伏せテーブルを見つめる礼子の顔を、薄手のコートから覗く手を見つめた。礼子はその視線を感じる。先ほど出会ったときの亀山もおなじことをした。落ち着きを取り戻してきた礼子はすぐにわかった。彼女たちは礼子が子を預ける相談に来た母親だと思っている。そのなかで、配偶者や恋人に暴力を振るわれている形跡があるか目視しているのだ。礼子も刑事裁判で、嫌というほど暴力を振るわれた女性を見てきた。奇しくも証言台に立つ女たちとおなじ目で見られていることを、礼子はおかしく感じた。

「すみませんでした」

礼子は詫びる。が、心拍は激しく鼓動を打ったままだった。その理由が礼子にはわかる。蛭間奈緒、蛭間隆也……そして学園に漂う子供たちの匂い、声、本来あるべき母親の姿の皆無が、礼子の感情を揺さぶっているのだ。亀山が温かい茶を礼子の前に置き、今張の横に座った。茶を飲んでも、礼子の頭のなかは廊下から聞こえる子供たちの声で搔《か》き乱されていた。

「お子さんの、ことよね」

今張の優しい声が聞こえる。礼子は頷いた。嘘をついているのに、そんな気がしなかった。不思議だが自然と、ほんとうにじぶんが子を捨てに来た母親に思えていた。礼子は顔を上げ今張を見つめる。今張の背後の壁には、十字架に磔《はりつけ》になったイエス・キリストが飾られている。その下にある棚の上には聖母マリア像が置いてあった。礼子はキリストとマリアのまなざしを受けた。受けながら、「汝《なんじ》の罪はなんなのだ」と問われている気がした。同時に「罪を赦《ゆる》す」と言われている気がした。礼子は首を振った。感情よ、出ていってくれ、出ていけと願う。悪魔に魂を売りさばいてもいい。とにかく感情めいたものを排除してほしかった。「わたしにはなにも罪はない、赦される覚えもない――」そう叫びだしたい気分だった。今張園長のしずかな声が聞こえる。

「児童相談所には行きましたか?」「お子様は何歳ですか?」「失礼ですがご結婚はされていますか? 配偶者との関係はどのようなものですか?」そのたび礼子は適当な返答をする。気がつけば五歳の娘がいて、酒癖の悪い夫に親子ともども暴力を振るわれる桐山里子《きりやまさとこ》という女になっていた。

「頼れるお身内の方はいらっしゃらないの？」

「はい。いません」

これだけは、真実だった。それからは園長が施設の話を説明した。定員は六十名で、下は乳幼児から上は十八歳まで施設に在籍できること。場合によっては、成人する二十歳まで入所は可能なこと。園生には学園からきちんと学校に通わせていること。将来の自立を目指し、可能な限り資格を取らせるサポートをしていること――そのすべてが温かだった。今張という園長の言葉に嘘がないことは、長年裁判官をしている礼子には肌でわかった。聖者なのであろう、この今張という女性は間違いなく弱者を救うことを使命としている。そこに虚栄のかけらもない。純粋に、穢れなく、神の使いに身を置き現世を生きている女性だった。弱者を見捨てることなく、手を差し出し、抱きしめ、愛を分け与える人間に礼子には思えた。

弁護人の山路が言っていた印象と違う――。礼子は違和感を抱いた。山路は情状証人としての出廷をいとも簡単に断られたと話していた。が、この女性はそんな人間であろうか？　なにかが隠されている――礼子は思った。

部屋を見回す。十畳ほどの部屋には園長のデスク、電話、四方の壁には書類を詰め込んだ棚が存在する。その一点を礼子は捉えた。唾を飲みこんだ。と、廊下で幼子が泣く声がする。「先生、来てー」と助けを求める声を聞き、亀山は「はいはい」と慣れた足取りで部屋を出ていった。部屋には園長と礼子だけになる。礼子はじぶんを見つめるキリストとマリアに一瞬目をやった。

「あの――」

「すぐに子供を入所させることは可能でしょうか」

「はい」

礼子は今張の目を見て問う。今張は短く息をついた。

「都からも定員を決められていてね、ひとりも欠けることもできないし、その代わりひとりも定員を増やせないの。現状からすると、だいぶ待ってもらうことになると思います」

心苦しそうに園長は答えた。が、礼子はその答えは想定済みだった。

「では、どうしたら」

礼子は心で詫びながら告げる。

「緊急でサポートしてくれる施設もありますから、ご紹介しますね。ちょっと待っててね」

園長は急いで部屋を出た。きっと職員室にむかったはずだ。職員室の前に寄付金募集の紙とともに、虐待児童を一時的に保護する団体のチラシが置いてあることを礼子は覚えていた。今張はそれを取りにいったはずだ。

礼子は席を立つ。棚にむかった。棚には年度ごとに作られたアルバムが並んでいる。礼子は脳内に蛭間隆也を浮かべる。昭和五十四年生まれ、彼が聖森林の里学園を出たのは高校卒業時の十八歳、一九九八年――。

「あった」

背表紙に『1997~1998』と印刷されたアルバムを取り出す。業者によって作られた愛情こもったアルバムだった。礼子はまるで、いままでじぶんが裁いてきた犯罪者のごとく、気配を消し急ぎ手でページをめくった。目的のものを見つけるために。

春と題された章は飛ばす。目的はそこではない。

夏。いた——。

開いたページのなかに、蛭間隆也がいた。蛭間奈緒が描いた絵とおなじ浴衣を着ている。蝶番と題された絵とおなじ紺色の浴衣。紺色の浴衣をまとった蛭間隆也がそこにいるではないか。

写真の場所は礼子がいままさにいる聖森林の里学園だった。食堂。窓からは橙《オレンジ》の夕日が差しこみ、そのなかで園生たちが浴衣をまとい集まっている。今張園長も子供たちを見つめ微笑んでいる。楽しげに顔を崩し笑う子供、気乗りしていない子供、その写真の片隅に、十八歳の蛭間隆也は床に片膝をついて笑っていた。

蛭間の両手は、目の前に立つ女の子の帯を直している。ピンク色の帯。蝶番の絵とおなじピンク色の浴衣。女の子は小学校高学年くらいであろうか。女の子は帯を直す蛭間隆也の手を、顎を下げ覗き込んでいる。一方蛭間は顎を上げ、女の子の顔を見つめていた。そのまなざしは優しく、温かく、まるで彼女を包みこむ夕日そのもののようであった。こんな蛭間隆也の表情を、見たことはない。

急いで別の写真に目をむける。

先ほど礼子が見かけた、門をくぐったところにある聖母マリア像の前。浴衣を着た数十人の園生たちと職員らしき人間たちが三列に並び写真に収まっている。写真の下には『花火大会を見にいく前』と書かれている。蛭間と帯を直されていた女の子は、やはり片隅にいた。前列の端で恥ずかしそうに女児は微笑んでいる。その後ろに蛭間は立ち、裁判所の門前に立つあの——哀し気な表情とは乖離《かいり》した微笑みを浮かべ、女の子の肩に両手を置いていた。

写真はなおも過去の時間をつないでいく。情緒ある石畳の階段を一同が上がっていく写真。上がりきった場所なのか、神社の写真につづいた。園生たちが各々、賽銭箱《さいせんばこ》に小銭を入れたり、手を合わせている表情が切り取られている。蛭間はやはり地面に片膝をついていた。背の低い女の子の腰を両手で持ち、支えている。女の子は嬉しそうに、目一杯踵を上げて、えい、と手を伸ばし小銭を入れていた。蛭間はまた、嬉しそうに笑っていた。

時系列は写真のなかの空を徐々に暗くしていく。夕日が落ちてきたのか、やや薄暗い石畳の写真。蛭間隆也は女の子が転ぶことを心配したのか、また女の子が疲れてしまったのか、彼女をおぶって階段を下りていた。蛭間隆也の顔は写真を撮られることが恥ずかしいのか、それとも女の子が予想より重たかったのか、苦笑いを浮かべている。が、その顔は哀しみとかけ離れた満足げな表情だ。まるで父親が——愛する我が子を背負う表情そのものだった。女の子は背負われながら、「お兄ちゃん、つかれたよ」とか「重いよ」とか「じぶんで歩きなさい」と言われているのを聞いているかのように、またその声をわざと無視しているかのように、まだ細い腕を蛭間の首に巻きつけ、嬉しそうに、嬉しそうに笑っている。——蝶番。この言葉が礼子の頭に渦巻く。写真のなかのふたりから、言葉はなくとも、哀しいほどの愛が伝わってきた。

礼子は震えてきた。急いでページをめくる。

とうとう『花火大会』と銘打たれたページが出てくる。場所は礼子が学園に来るまでに通った奥多摩橋。園生と職員たちが橋の途中に立ち、遠くに見える花火を見つめている。

花火は夜空に色とりどりに舞い上がり、その青の、赤の、橙の火花を指さし、蛭間隆也と女の子は笑っている。

そして――廊下に飾ってあった蛭間奈緒の描いた絵とまったくおなじ写真を見つけた。

花火大会が終わり学園に帰る道中なのか、蛭間は暗くなった道で、彼女と手を繋いでいる。車から守るため、じぶんは車道側を歩き、彼女を右側に置いていた。写真を撮る職員が心打たれたのか、カメラのフォーカスはふたりの手と手に寄る。

紺色の浴衣を着て歩く蛭間隆也の右手が、女の子の左手を繋いでいる。

ピンク色の浴衣を着た女の子の左手が、蛭間隆也の右手を繋いでいる。

ふたりの手首には腕時計。

ぎゅっと、強く、その手は結ばれている。

蛭間は決してこの手は離さないと、
女の子はこの手に永遠に包まれていたいと、
まるで誓い合うように手と手を結んでいた。

まさにふたりの結ばれた手は蝶番そのものだった。

あの絵の右手はやはり――蛭間隆也だったのだ。

「いい写真でしょ」

礼子の背後に職員の亀山が立っていた。

「すみません、勝手に」

礼子は蝶番を見つめたまま答える。

「このふたりは」

「……兄妹なの」

亀山が懐かしむような声で答えた。

礼子は盗み見ていたことも無視して、最後の章を開く。翌年、一九九八年の写真。園長もふくめた一同が玄関の前にいる。その中央に、花束とおおきなバッグを持つ蛭間隆也がいた。バッグは蛭間がいまも使っているスポーツバッグだった。蛭間は花束とバッグを持ちながらまた跪《ひざまず》いている。なぜか。それは、兄妹である蛭間奈緒が抱きついているからだ。写真からでも彼女の慟哭《どうこく》が聞こえるかのように、幼い蛭間奈緒は泣き崩れていた。わんわんと泣き、空を見上げ、顔を真っ赤にしながら兄の胸を抱きしめている。

「これは、彼が卒園するときの写真ですか」

そう、と亀山はちいさく答えた。

「仲がいい兄妹でね。でも彼女が入所した翌年に、お兄ちゃんはここを出たから。でもお兄ちゃんは働きながら近くのアパートに住んで、毎日妹の顔を見に学園に来てたわ」

「このお兄さんはいま、なにをされているんですか？」

礼子はあえて質問する。が、亀山は言葉を濁した。

「この妹さんは、いま」

お喋りが好きそうな亀山が黙った。礼子は細い首を後ろに回し彼女を見た。

「いいご兄妹だと思って気になってしまって。この子は――この妹さんは、いまなにをして暮らしているんですか？」

「――死んだの」

「え？」

「亡くなったんです。二十三歳のときに」

「し……死んだ？　ご病気かなにかですか」

「……自殺です」

礼子はすぐさま計算する。蛭間奈緒が自殺したのは、兄が実刑になり服役した年だった。

「なぜ自殺なんて」

「園長にあまり話してはいけないと言われてるの。自殺はほら……大罪だから。でもたぶん、お兄さんにいろいろあって――ショックだったのだと思う」

「桐山さん！」礼子の背後で亀山の声が聞こえた。礼子は園長室を出て速足で玄関にむかう。礼子の履くゴムのスリッパがぺたぺたと悲鳴を上げる。玄関のすぐ近くにある職員室では、園長の今張が書類をまとめていた。桐山里子という偽の女のために、保護施設の資料を集めてくれているのかもしれない。礼子は挨拶もせず、すぐに靴を履き玄関を飛び出す。

「おばちゃん！　おばちゃん！」

足早に去る礼子を呼ぶ声がする。礼子が立ち止まり振り返ると、先ほど礼子にまとわりついていた五歳くらいの女の子が立っていた。女の子は、銀杏の落ち葉の絨毯《じゅうたん》の上で礼子を待っていた。

「おばちゃん」

「――なに」

「くつ。おばちゃんのくつについてた落ち葉、わたしとっておいたよ」

礼子は鼻をすすりながら足元を見る。ヒールに刺さっていた落ち葉は、なくなっていた。女の子はじっと、礼子を見つめている。

「ありがとう」

礼子は声にならぬ声で感謝を述べる。

「おばちゃんの子供、男の子？　女の子？」

「――さあ」

「女の子だったらいいな。女の子なら、わたしいっぱい遊んであげられるもん」

「わたし、かおりって言うの！」かおりという女の子は声を張りあげ礼子にじぶんの名を叫んだ。

「おぼえた？　わたしの名前」

「うん……覚えた」

「ありがとう」彼女は言った。

かおりという女の子は、落ち葉をかさかさと音立てながら、礼子に二、三歩近づく。

「おばちゃん、だいじょうぶだよ。かおり、おばちゃんの子供、ちゃんと面倒みてあげるから。あんしんして」

だから――と女の子は言った。

「だから、泣かなくてもへいきだよ、おばちゃん」

礼子は泣いていた。じぶんでも気づかぬうちに涙がこぼれていた。感情を排除してきた礼子が、しゃくりあげ泣く。美しい顔を歪ませ、涙をぼろぼろとこぼし、わんわんと泣いた。

「――ごめんね」

礼子は呟くや否や踵を返し走った。落ち葉の上を、ヒールに銀杏の葉を突き刺しながら走りつづける。いつのまにか、走っているじぶんが、じぶんを捨てたときの母親と重なっていた。

「お母さん！」

礼子の時は二十五年前にさかのぼる。

平成五年、九月二十五日。夏の名残をひきずる、蒸し暑い夜。

暗い道。

居酒屋。

焼きとん屋。

煙草と酔客の匂い。

触るとぺたぺたする薄汚れたL字のカウンター。目の前にはアルミでできた丸い銀色のちいさい皿、立てられた割り箸たち、爪楊枝入れ、塩、七味。

母親は礼子の左側に座る。母親はマイルドセブンをふかしながら、濃いめの烏龍《ウーロン》ハイを呑む。八杯目。「ご飯食べに行こう」と言われ緊張していた礼子は、ただひたすらに母親が呑みつづける酒の杯数を頭のなかで数えていた。「好きなもん食べなさいよ」と言う母親のしゃがれた声も無視した。小学校三年生の礼子は、食べてしまうと眠くなってしまう。寝た瞬間に母親に捨てられる気がしたのだ。

十二杯目に頼んだ焼酎を口に運びながら、礼子の母親は目の前で網に豚串を載せ焼いている若い店員の男に、

「なんで日航機は墜《お》ちたんだ」とか、

「なんで北朝鮮は日本人を拉致したんだ」とか、そんなことよりじぶんの心配をしろ、みたいな

話を店員に一方的に話しつづけた。

礼子は、このまま捨てられるのではと緊張した。

が、心配は無用に終わったのか、ふたりで店を出た。しばらく歩いて、疲れた礼子は母親の背を見つめ歩いた。まだ昭和の時代の気配を残していたので、夜は夜のままだった。時々ある赤提灯《あかちようちん》の光だけが闇に浮かんでいた。あと、その光を浴びる真っ赤なワンピースを着た母親の背中も。

母親が角を曲がったそのときだった。

なんだか胸騒ぎがして走って角を曲がると、もう母親の後ろ姿はなかった。

距離を考えると、あの人は角を曲がったあと、全速力で走ったのだと思う。


礼子はあの日の母親のように走りつづけた。かおりという女の子を振り払い、奥多摩橋を駆ける。蛭間隆也と蛭間奈緒が夜空を指さし花火を見ていた場所も駆け抜ける。ヒールが鳴らすかつかつした音が礼子の呼吸と交わる。走り、走り、走りつづけた。古びた焼きとん屋で、十五杯目の酒を呑みながら、前だけをむき、決して娘の目は見ず、母親が言った最後の言葉を思い出す。

「礼子。わたし、なにひとつ間違ってないから」

その言葉を最後に母親は消えた。角を曲がり、彼女は全速力で走った。男がいたのかもしれないし、貧困のなか娘を育てることを放棄したのかもしれない。が、なににせよ、彼女は未来にむけて走ったのだ。八歳の娘を置き去りにして。走り、走り、駆け抜けた。疾風のように、母親は走りつづけたのだ。

――そして、わたしはひとりになった。母親と違い、決して間違わずに生きてきた。

蛭間隆也が妹を守ろうとしたのか、それはまだわからない。

――が、自らの間違いによって、蛭間隆也から大切な妹を奪ってしまったのではないのか。ひとりにしてしまったのではないのか。それは事実なのではないのか。


礼子の頭が辛うじて現実に戻ったのは、ＪＲの車内のアナウンスを聞いたときだった。「荻窪、荻窪」と機械音が到着駅を礼子に知らせた。

呆然と礼子は鼠色のプラットホームに降りる。左手に巻いた腕時計を見ると、夜の二十一時十一分だった。今日は何曜日だとじぶんに問う。土曜日だ。そうだ、夫はゴルフをするためにホテルに泊まると言っていた。晩ご飯の心配をしなくてもいい。義母にも朝に夕飯は届けてある。

「わたしは片陵礼子、東京地裁刑事第十二部に所属する判事だ。わたしは――」

礼子は我に返るため、この言葉をなんども頭のなかで唱えホームの階段を下りた。が、頭のなかはぼんやりと雲のような、霧のような靄《もや》がかかっていた。そのなかへ走っていく毒々しい真っ赤なワンピース姿の母親の背中が、やがて妹を残し施設を出た蛭間隆也が走っていく背中が見えた。

階段を下りきるとＪＲの改札口が見えた。土曜日の夜ということもあり、改札を抜けるカード型乗車券の叫び声が矢継ぎ早に聞こえた。礼子も倣い、改札を出た。その瞬間、力強く礼子は右腕を摑まれた。視線を感じ礼子は見上げる。我に返った。礼子の右腕を摑んでいたのは蛭間隆也だった。

「どういうことですか」

怒りに満ちた表情で、蛭間は礼子を見つめる。

「離してください」

礼子は驚きのあまり、か細い声で訴えた。それでも蛭間はその手を離さない。礼子は必死に手を振り払い歩きはじめる。本能的に人込みは避け、丸ノ内線の改札横にある地下道を歩いた。この地下道を抜け地上へ出ようと思った。が、後ろからふたたび手を摑まれた。礼子は立ち止まり、振り返る。やはり摑んでいたのは蛭間だった。

「……やめてください」

「弁護士の先生と、なんで会ったんですか」

礼子はなにも答えられなかった。

「夕方、先生から連絡をもらいました。あなたが、わたしの裁判のことを調べてると」

「それから、ずっと待っていたんですか」

「ええ」蛭間は答える。礼子が蛭間の担当弁護人と別れたのは午後三時ごろ。ゆうに六時間は経過している。その間いつ帰宅するかもわからぬじぶんを改札で待っていたことに礼子は驚いた。同時に蛭間隆也に対して感じた、仮説めいた違和感が強まった。やはりこの事件には妹が関わっている——蛭間隆也の射るようなまなざしを受け礼子は感じた。

「やめてほしいんです。わたしの裁判を、論文に載せることは」

「……載せられたら、困ることでも？」

「もう、やめてくれないか」

怒りから懇願するように、蛭間の口調は変わった。礼子は蛭間の瞳を見上げた。まっすぐに、蛭間を見た。

「妹さんと、疎遠な関係などではなかったのですね」

蛭間は驚くように礼子を見た。礼子は思い切って尋ねる。

「あなたが――あなたが犯人ではないんじゃないですか？」

蛭間は黙って礼子を見る。

「あなたは、誰かを守ろうとしたのではないですか――例えば、大切な、妹を」

「なんで」

蛭間は礼子を見つめる。

「なんで、あなたが泣いているんですか」

礼子は泣いていた。

「間違えたく――ないんです。わたしは間違えたくない。わたしが下した判決が間違いなら、正してほしいんです。お願いします……お願いします」

礼子は蛭間を見たまま瞳から涙をこぼす。

蛭間はいちど、ぎゅっと、目を閉じ、「……なぜ」と呟いた。

礼子は歩く。地下道に踵を鳴らし逃げるように歩く。細い荻窪駅の地下道はまるで母親の産道のように終わりが見えない。礼子は速足で歩き、歩きつづけた。

ようやく地上へ上がる。むせかえるように暑かった。十月だというのに夏を離さない外気に、礼子は一瞬立ちくらんだ。

――行くんだ。行くんだ。歩くんだ。でないと、いまに戻れなくなる。

視界を明瞭にさせる。歩く。夜の青梅街道を歩く。あたりは飲み屋のネオンが赤、黄とまばゆく光る。赤提灯が見える。母親がそこにいる気がした。

――わたし、なにひとつ間違ってないから。

疾風のように消えた母親の声が礼子の脳髄に響いた。

「待ってください」

蛭間が息を切らしふたたび礼子の腕をつかむ。

礼子が振り返る。顔は青ざめ、ぼんやりと蛭間を見つめる。

暑い。暑かった。どうせなら躰を凍えさせるほど雨が降ればいいのにと礼子は思った。

「……大丈夫ですか」

「再審請求をしてください」

「――え?」

「あなたが仮に、法廷で偽証していたのなら、再審請求をしてください。偽証が証明され新たな証拠が出てくれれば再審可能となります。判事のわたしが動きます。申し訳ないけど、わたしには動かせる力があります。結果、おそらく、あなたは無罪となります」

無罪と聞き、蛭間は黙った。

「わたしが――おれがやったんだ。おれが、吉住さんを殺した」

「わたしって言ったり、おれって言ったり、混乱されてますね」

おれは――。

礼子はまるで九年前の法廷にいたときのように、蛭間と対峙した。が、蛭間の表情は、あの日証言台に立っていたときの強さは消え、混乱していた。それが答えな気がした。礼子はぼんやりと蛭間を見つめた。

わたし間違ってないから。わたし間違ってないから——礼子の躰のなかにあの女が巣くい、呪文のように言葉を繰り返す。

「なんで再審なんて……」

「……だから、わたしけ間違えたくないんです」

暑かった。躰が溶け地に消えていくほど暑かった。礼子の脳内に母親はあの言葉を呟きつづけた。おかしくなりそうだった。もうじぶんがじぶんでなくなっていく気がした。いまに——戻れない気がした。

「……塞いでください」

「え？」

「塞いでください。わたしを。そうしたらわたしは……黙るかもしれません」

「なにを……言ってるんですか？」

「なにかが、零れだしそうなんです」

蛭間は訳もわからず礼子を見つめた。礼子はなんと恐ろしい言葉を放ったのかと思った。が、礼子は蛭間のシャツを摑んだ。礼子の言葉の意図を感じたように、蛭間は驚き、哀しげに礼子を見つめた。

「おれの手は、いつも間違える」

呟くような低い声が聞こえたかと思うと、蛭間は礼子のか細い両肩を摑み壁に押し当てた。そして口づけした。礼子は躰から溢《あふ》れ零れ落ちそうななにかを塞いでくれればよかった。同時に蛭間隆也の熱を帯びた唇を感じた。蛭間は右に左に唇を動かした。とても不器用だった。そこに愛はなく、ただ礼子が言わんとする真実を閉じこめるように唇を塞いだ。なんて哀しいキスなのだろうと礼子は思った。が、躰は蛭間を拒むどころか、その熱を、哀しさを受け止める。理屈の通用せぬ礼子の本能が、礼子の手に指示をする。本能に促されるように、紺色のシャツをまとった礼子の両手は蛭間の胸元へむかった。蛭間のシャツを摑む。蛭間は一瞬驚いたように唇を止めた。礼子が求めるように唇を動かす。礼子の流す涙が蛭間の頰と重なり、落ち伝う。

礼子の涙は首元を伝い、躰の芯に溶けていく。

こうなることは、どこかで望んでいたのかもしれないと、礼子は思った。

第五章　いまを大事にする女

ふたりは夜の青梅街道を歩いた。

礼子が先を歩き、蛭間が距離を置いて後につづいた。やがて礼子は歩を止めた。礼子が首を曲げ見つめた先を見て、蛭間は一瞬、固唾《かたず》を呑んだ。

杉並にある、荻窪のビジネスホテル。四〇一号室。夜十時。


蛭間の指が礼子の首元に触れる。十本の指が這うように、包みこむように頬へと上る。優しさを通りこし、怖れるものに触れるように、蛭間は礼子の皮膚に触れた。

ふたりは電気を消すことも忘れ、ちいさなベッドに折り重なった。礼子が微かに首を動かしただけで、かさ、と糊《のり》のきいたアッパーシーツが音を立てた。蛭間は礼子を見下ろしながら右手を伸ばす。礼子の上半身を包む紺色のリボンタイブラウスに触れる。礼子の細い首に巻かれたタイがするりと音を立てて外れた。礼子はぼんやりとした脳内でその音を聞く。

「するり」

サテンの生地同士が擦れあう音を美しく感じた。いや、美しいのではない。一泊四千八百円の狭い部屋にちょうどのいい音に聞こえた。ちょうどいい音。身の丈に合った音。身の丈に合った部屋。礼子は薄く瞼を開く。目の前には苦しみをまとった男がいた。まるで交換条件のような礼子の言葉に、「おれの手は、いつも間違える」と呟いた男。蛭間は礼子の左手薬指に巻かれた指輪を、じっと見つめた。

「塞ぎたいんじゃないんですか……わたしの口を」

礼子はとても遠くでじぶんの声を聞いた。白いベッドに仰向けになりながら放たれた言葉が、宙を舞い拡散する。蛭間はしばらし、部屋に流れる空調の音を聞いていた。やがて、礼子は口を開いた。

——間違えて。

礼子は言った。頭のなかの霧を消してくれればよかった。雲を、霧を、靄を。赤いワンピースの女を、マイルドセブンの紫煙を、酔狂たちの匂いを。焼きとん屋を、夏の名残を引きずったままの蒸し暑い夜を、暗い道を。十五杯の酒を、曲がり角を、母親が言った言葉を。貧困を、がじがじと齧り捨てつづけてきた右手親指の爪たちを、鳩を、すべてを消し去ってくれればよかった。

蛭間は唇を塞いだ。蛭間の右手が礼子のシャツを脱がしていく。礼子も口づけをしたまま手を伸ばし、蛭間のシャツのボタンを外していく。蛭間はシャツを脱ぎベッドの下へ投げ捨てる。いつのまにか礼子のシャツも脱がされていた。乳房に触れる。「あ……」礼子の躰からちいさな叫びが漏れる。礼子は両腕を蛭間の首に巻きつけた。蛭間の頭が下っていく。胸を揉みしだきながら、唇がそれをふくむ。礼子はひたすらに躰のなかにある邪悪な、黒い吐息を漏らしつづけた。蛭間がまた上ってくる。口づけする。礼子は思いきりそれに応えた。首元に舌を這わされたとき、蛭間の匂いを礼子は感じた。男の匂いだった。夫には感じない、男の匂いだった。

あ――。

礼子のなかに蛭間が入る。蛭間の息遣いが礼子の脳髄に入りこむ。礼子は強く蛭間の躰を抱きしめた。狂わせてほしかった。そうしないと、現《うつつ》に戻れない気がした。東京地方裁判所刑事第十二部に所属する片陵礼子に、感情を持たず、冷淡で、平坦な女に戻れない気がした。じぶんのなかにあるなにかに、気がついてはいけないのだ。本能など、とっくに捨ててきた。走り、走り、走り、曲がり角を曲がったとき、あの女の背中が一かけらも見えなかったとき、それはとっくに捨ててきたのだ。

いまさら、戻るわけにはいかない。

あ――いや――。

蛭間の乱暴な腰つきに、思わず声が漏れた。蛭間は礼子の心を塞ぎつづける。訳もわからずに塞ぎつづける。礼子は男の肉体を通して、決して解き放ってはいけないなにかを封印する。封印する代わりに、汗をかき、喘《あえ》ぎ、夫には聞かせない別の声を窮屈なビジネスホテルの部屋に充満させる。

気がつくと荒い息遣いの蛭間が、はあはあと呼吸を整えていた。蛭間は礼子の躰に覆いかぶさりながらも、両の手のひらでベッドを支え、決して礼子の躰に密着しなかった。

礼子の頭のなかの靄は、消えていた。

ぼんやりと、蛭間の目を見る。苦し気だった。哀し気だった。息を落ち着かせながら、決して礼子の目は見なかった。蛭間がベッドを下り立ち上がる。腹部に目がいった。蛭間のへその下から左にかけて、ケロイド状になったおおきな傷跡があった。「左腹部消化器官重傷」礼子が自ら綴《つづ》った公判の手控えを思いだす。蛭間は事件の際、被害者の吉住秋生に左腹部を刺され、なおも凶器のディバイダーを深くめりこまれながら、へそ側にえぐるように引き裂かれている。大手術後に合併症も併発し、医師に「生きているのが奇跡」と言われた傷跡は、いまも蛭間の腹に過去を刻みつけていた。

蛭間はなにも言わず浴室にむかった。じゃあじゃあと、洗面台から水が流れる音がする。その音は蛭間の悔い、後悔の音に聞こえた。礼子はベッドの上で躰をひねる。白い壁はヤニで汚れていた。ちいさな窓にはレースのカーテンがかかり、そのむこうには青梅街道に隣接する居酒屋の灯りが赤や青や緑と、忙しそうに光を放っていた。

蛭間が戻ってきた音が聞こえる。礼子はシーツをじぶんの躰にかけた。蛭間がズボンを穿《は》く音が聞こえる。シャツを拾い、ボタンをかけている音も聞こえた。蛭間がベッドの脇に腰を下ろしたのがわかった。なにかをそっと、ベッドの中央に置いた。礼子が見ると、紺色のリボンタイブラウスと揃《そろ》いのスカートだった。思わず下着を探す。下着はシーツのなかにくるまっていた。蛭間を横目で見ると、うつむくようにベッドに腰かけている。礼子は躰を起こし、そっと服を着、ようやく元の姿に戻った。

――申し訳ありませんでした。

静寂のなかに蛭間の低い声が聞こえた。礼子は首だけ後ろに回す。視界の片隅に、床を見つめる蛭間が見えた。

「なにがですか?」

「すべてに。すべてに申し訳ありませんでした」

「謝らないでください」

礼子は唇を強く結び、やがて言った。

「惨めになりますから」

蛭間は黙った。黙って汚れた絨毯の一点を見つめていた。どれくらいの時が流れたか。数分だったかもしれないし、数秒だったかもしれない。蛭間がしずかに口を開いた。

「なにか、あるんですか」

「はい？」

「つらそうだから」

蛭間はベッドの端から礼子に視線を送った。その視線は礼子の右手に送られていた。右手の親指。五本の指のなかで、不格好に、一枚だけ短くなった爪。ぎざぎざとがじがじと、いくらやすりで研いでも凪《な》ぐことのない深爪。礼子は蛭間の視線から逃れるように拳を握り親指をしまった。

「なにもありません」

「――ならいいけど」

ふたたび蛭間は床を見つめた。この期《ご》に及んで見ず知らずの――「塞いでほしい」「間違えてほしい」と懇願した女に同情する蛭間に、礼子はこの男の本質を見た気がした。

「もう、裁判所の門の前には立ちませんから」

「はい」

「だから――忘れてください。わたしという存在を」

――わかりました。礼子はちいさく答えた。答えるしかなかった。蛭間は大切な者を守るため、大切な妹のなにかを守るため賭けに出たのだ。無謀な賭け。涙を流し、公判を正してほしいと訴える判事の唇を塞ぐことでしか、見いだせなかった解決法。一ミリにも満たぬ勝ち目のない賭けに出てでも、埋没させたい過去。

礼子もまた心に巣くう醜い過去を、雲を霧を靄を消し去りたかった。そのためには手段を選ばなかった。夫以外と不貞行為を働いてでも、いや、とても貴志では取り除くことのできぬ醜く歪んだ腫瘍を切除するために、この男の肉体を、手を借りたのだ。

元に戻るため。

元の生活に回帰するため。

人を殺めうす暗い塀のなかにいた元服役囚の躰を借りてまで、いまに戻ろうとしたのだ。

過去を消したい男と、いまを大事にする女。

どちらが不純で、どちらが純潔なのだろう。

答えは考えるまでもないと、礼子は乱れたベッドシーツを見て思った。

「わたしが残りますから、先に出てください」

蛭間は言った。

礼子は洗面台にむかい髪の毛を直す。乱れていた。が、蛭間は行為の最中、決して礼子の髪の毛に触れなかった。勝手に乱れたのだ。勝手に。鏡のなかのじぶんを見つめる。後ろで髪を引き詰めようと思ったが、ゴムは鞄のなかだった。鞄は部屋にある。が、わざわざ蛭間の前に行き、鞄を取ることは嫌だった。蛇口をひねり、水を出す。濡れた手で髪の毛をなんとか抑えた。鏡は汚かった。改めて簡易的な洗面台のある浴室を見回す。恐ろしく窮屈だった。申し訳ていどにある浴槽に、申し訳ていどにある便器。壁に備えつけられた、どこのメーカーかもわからぬ取り急ぎのリンスインシャンプーと、取り急ぎのボディーソープ。浴槽には上からカーテンが掛けられ、水の飛び跳ねをとりあえず防止している。が、カーテンの裾は年季からか手入れの諦めからか、黴《かび》らしき跡がぽつぽつと見えた。すべてが手を伸ばせば届く距離にある。清潔でもない。が、不思議だが、居心地はそこまで悪くなかった。その理由を、礼子は考えたくなかった。

ドアを開け部屋に戻ると、蛭間は床に膝をつき手を伸ばしている。ベッドを見るとまるで未使用のように、シーツは四隅にはめられ綺麗になっていた。蛭間はベッドの下に手を伸ばしていた。やがてすこし息を切らせ、蛭間は立ち上がった。

「これ」

蛭間が手を伸ばす。開いた手のひらのなかには、ピアスがひとつ載っていた。

「あ」

嫌になった。鏡のなかのじぶんなど、なにも見つめていない。礼子は右の耳たぶに触れると、存在するはずのピアスははめられていなかった。

「ありがとうございます」

礼子はなるべく蛭間の目は見ず、ピアスを受け取った。が、視線が蛭間の手にいく。

とても長い指だった。

美しかった。

この長い指で、寡黙に、細かな部品を前に、時計を修理しつづける蛭間の姿を礼子は想像した。

「なぜ時計技師の仕事をもういちどしないのか」問いたい気持ちを堪《こら》えた。視線を上げると、蛭間は礼子を見ていた。蛭間の視線はすばやく、丁寧に礼子の隅々まで目視していた。ベッドが綺麗になっている理由がわかった。蛭間はホテルの人間にも、夫にも、なにひとつ礼子に間違った事実はなかったと思わせたいのだ。じぶんのことは放置し、相手のことだけを考えているのだ。蛭間が安堵したように、ちいさく息を吐いたのが礼子にはわかった。

「チェックアウトはわたしがしますから。先にひとりで出てください」

礼子は蛭間に言われ、背筋が固まった。ここに入る経緯を、なにひとつ覚えていない。覚えているのは、怒りにも似た誘《いざな》いの視線を蛭間に送り、ビジネスホテルの自動ドアをくぐったところまでだ。その後簡易的な受付のベルを鳴らすと、従業員が出てきた気がする。鍵を受け取った気もする。そこから部屋に入るまでを礼子は明確に覚えていなかった。覚えていたのは、左手薬指の指輪を見てためらう蛭間を、叱《しか》るように、懇願するように、自ら誘ったあたりからだった。

「大丈夫だと思います。受付の人間は日本人じゃなかったし、あなたに気がついている素振りはなかった。たぶん奥の部屋にいるでしょう。そのまま帰れば姿を見られることはない」

「――はい」礼子は答える。

「旦那さんは」

「――今日は、いません」

「そうですか」

安堵したような蛭間の声が、優しかった。

「もう、忘れますから」

礼子は蛭間の足元を見つめ言った。

「はい」

「約束したし」

「はい」

「もう——会いませんから」

ありがとうございます。蛭間が言った気がした。礼子は床を見たまま踵を返しドアへとむかった。蛭間の長い腕が後ろから伸び、ドアノブを回した。廊下の乾いた匂いが急に入ってきた。礼子は数秒立ちどまった。が、歩を進めた。礼子の躰がすべて廊下へと出ると、ドアはしずかに閉まった。


振り返らずに歩こうし決めた。エレベーターに乗りこむ。下りのボタンを押した。がん、と音が鳴り沈んでいく。狭かった。顎を上げる。思わず防犯カメラを探した。「まるで犯罪者だ」礼子は思った。ちん、と軽い音がするとドアが開いた。一階に着く。すぐに見えた受付には、蛭間の言う通り人はいなかった。

礼子は歩く。一刻も早くここを出ようと思った。

じぶんはなんてことをしてしまったのだろう。

いまさらながら思った。

ちいさなビジネスホテルの短い廊下が永遠に感じた。たかが五メートルほどの距離なのに、いくらヒールを鳴らしても外に出られない気がした。足の裏が宙に浮いているような、沈んでいるような不思議な感覚だった。いまにも背後から従業員が出てきて、「ありがとうございました」とか「お帰りですか」とか訊かれる気がした。全身の毛穴が毛羽立つように開いている。自動ドアが迫ってきた。礼子は口を開き呼吸する。もうすこし、もうすこし――礼子の躰を感じるとそれは開き、一気にひんやりとした外気と青梅街道の騒音が飛びこんできた。自動ドアは礼子の後ろで閉まった。

歩道には酔ったように歩くサラリーマン、スマートフォンを見ながら歩く青年、コンビニの袋を片手に帰宅するOLらしき若い女性、様々いた。みな目的の場所へ自動的に足が進んでいく幽霊か、ロボットのように見えた。礼子もそれに倣うように環状八号線の方面に数歩進んだ。前からやってくる車のヘッドライトたちを眩しく感じた。歩を止めた。振り返り、見上げる。

四階のちいさな窓のレースカーテンのむこうに蛭間が立っていた。

蛭間は礼子が無事に外へ出たことを確認したように、安心したように、責務を果たしたように、そっと窓辺からいなくなった。

いつものように二十分ほど歩く。自宅周辺まで戻ってきた。深夜十二時を過ぎて、青梅街道や環状八号線と違い人通りはない。あたりは角川書店の創立者である角川源義の庭園や、豪邸が建ちならぶ。結婚当初に義母から、「このあたりは有名企業の会長や社長の邸宅が多い」と事あるごとに聞かされてきた。きっとそれは、嫁となる女の不明瞭な出自《しゅつじ》と、育ってきた環境への危惧なのであろうと礼子は理解していた。そしてつけ加えるなら、そのような土地で先祖代々暮らしてきたという片陵家の事実が、義母の生き方においてなにより優先すべき事柄であり、また愛する息子の妻となる礼子にも、その自覚を持ってほしいという遠回しな命令であることも理解していた。

が、そんなことより、礼子は無性に腹が減っていた。まるで他人事《ひとごと》のように、腹が、臓器が飢えを訴える。気がつけば朝出がけにパンを齧って以来、ほとんどなにも口にしていなかった。高級住宅街のはずれにあるコンビニエンスストアに立ち寄る。百四十円のカップヌードルをひとつ買い、ふたたび家路につく。結局蛭間隆也と過ごしたビジネスホテルを出て三十分ほど歩き、ようやく自宅の門前に辿り着いた。

礼子は見上げた。

自宅は豪邸だった。

二百坪を超える敷地。門のむこうには高級外車がもう二台停まっている。夫の先祖から受け渡された土地。礼子は鞄から鍵を出し、最初の門を開ける。

不思議だが、それほど罪悪感は感じなかった。

家に入り電気をつける。薄手のコートを脱ぐ。二階まで上がってウォークインクローゼットにしまうのは面倒だった。ダイニングにあるテーブルに鞄を、コートは椅子に掛けた。湯を沸かす。湯を入れる。三分待ち、即席麺をすすった。広い部屋ですする。食べ終わるとすぐに書斎へむかった。

立派な書斎のなかで唯一の異形、パイン色の安っぽい勉強机に座る。判決文を書かねばならない。担当事案の資料も読まねばならない。法改正の資料にも目を通さねばならない。論文も書かねばならない。
　パソコンを起動する。
　と、二十一時三十六分、東京地裁刑事第十二部に所属する内山判事補からメールが届いていた。
［片陵判事　夜分遅くのご連絡、申し訳ございません。わたくしごとでたいへん恐縮なのですが、来週、日曜日の令状当番を代わっていただくことは可能でしょうか？　身内が入院することとなってしまい、急なお願いごと、申し訳ございません］
　礼子の返信がないからか、二十三時五分にも内山からメールが入っている。
［たびたびのご連絡、ほんとうに申し訳ございません。いま、お電話を差し上げても大丈夫でしょうか？　片陵判事に、ご相談したいこともありまして］
　腕時計で時刻を確認すると、深夜一時を過ぎたところだった。令状当番とは、世間では休みとされる土日祝日に、警察や検察などの捜査機関からの逮捕状の請求などに備え、自宅や裁判所で待機する当番日のことだ。礼子は細い指先でキーボードを打つ。
［返事が遅くなり、すみません。来週の件、かしこまりました］
　と、パソコンの前に張りついていたのか、スマートフォンを握りしめていたのか、一分もたたぬ間に内山からふたたびメールが届いた。突然のお願いごとを了承してくれたことに対する詫びと礼とともに、「ご相談にのっていただきたいことがあり、こんどお時間をいただくことは可能でしょうか」との旨が添えられていた。礼子はそれに対する返信は打たず、メール画面を閉じた。
　シャツの袖口のボタンを外し、肘までまくる。

——主文。被告人矢野元を懲役六年に処する。
——主文。被告人木下和成を懲役十年に処する。
——主文。被告人佐々木曜子を懲役八年に処する。
——主文。被告人小柳純一を懲役四年に処する。
——主文。被告人ハン・セギョンを懲役二年、執行猶予四年に処する。
——主文。被告人湯島慶太を懲役五年に処する。
——主文。被告人香川優子を懲役四年に処する。
——主文。被告人和多頼由美子を懲役八年に処する。
——主文。
——主文。
——主文。
——主文、主文、主文、主文、主文主文——。
——主文。被告人片陵礼子を懲役——

ふと、じぶんが今夜犯した過ちは懲役何年なのだろうと考えた。執行猶予はつくのであろうか？　情状酌量の余地はあるのであろうか？

酌量の余地はないであろうと礼子は考えた。が、片陵礼子の罪は蛭間隆也の手によって証拠を消され、泡《あぶく》ほども海面に浮かんでこない。罪は地上に出ることもなく海底に沈んでいく。礼子が声を上げないかぎり。蛭間隆也が声を上げないかぎり。一夜の情事は罪とさえ認められず消えていく。まるで蛭間とじぶんはこの世に実体のない男と女のような気さえしてきた。

明け方五時。大量の判決文を起案し終えた。疲れた、と礼子は思った。書斎を見回すと、今更ながらこの部屋には窓がないことを実感した。設計は夫と義母に任せてあったので、不満を言う権利もない。礼子は安っぽいパイン色の机の上に頬をのせた。長い一日だった。もう、寝室へ行く気力もない。礼子は目を閉じた。両手を重ね、その上に頬をのせた。シャツをめくって露になったじぶんの腕から、蛭間の匂いがした気がした。

あの人は、きちんと家に帰れたのだろうか――そう思いながら、礼子は眠りについた。


夫の帰宅を告げるシャッター音が聞こえたのは、午前十一時ごろだった。礼子は書斎でその音を聞き、判決文をしたためていた手を止め玄関へとむかう。扉を開けると、自動シャッターが上りきり、貴志の運転するBMWｉ8が唸りを上げて入ってくるのが見えた。明らかに乱雑なエンジン音を聞き、貴志が不機嫌であることが礼子はすぐにわかった。礼子は近づき、貴志が運転席のドアを開けるのを待った。貴志は礼子が待っているのがわかっていながら、目も合わさず、携帯電話や鍵などをのろのろとポケットにしまい、ようやく車外に出てきた。

「どうしたの？　早いじゃない」

貴志はまずあえてちいさな舌打ちを鳴らし、じぶんの不機嫌を伝える。後部座席からゴルフバッグを乱暴に取り出す。

「まったく、参ったよ。外山弁護士、朝飯食べてるときに突然〝今日はハーフにしましょう〟って。だったらわざわざ泊まらなかったよ。ホテル代返せってんだ、あのじじい」

貴志はようやく礼子の顔を見た。眉間に深い皺を刻み、「おれの怒りに同調してくれ」と言わんばかりの表情だった。

「たいへんだったわね。ハーフって、一番から九番までしかプレーしないってこと？」

そう、と言うと貴志はさっさと家に入っていった。礼子は後部座席に残されたルイ・ヴィトンのおおきな鞄を取り、後を追った。貴志はソファーに深く腰を下ろしていた。

「まったく、あのやろう」

「じゃあ、ハーフ回ってご飯も食べずに帰ってきたわけ」

「ああ。汗かく暇もないから、風呂も入らないで直帰したよ。さすがに頭にきた。明日も回りませんか？　って言ってきたのあっちだぜ。失礼だと思わないか」

ええ、と答えながら、礼子は朝起き抜けにシャワーを浴びておいてよかったと思った。昨日は蛭間隆也と情事をすごしたあと、判決文を書き書斎の机でそのまま眠ってしまった。朝五時に眠りにつき、七時には起きた。短い睡眠だが、礼子はほぼ毎日三時間ほどしか寝ない。いや、厳密に言うと三時間しか眠れない。家のことをしながら、なおかつ激務の裁判官を務めていれば必然そうなってしまう。今日も貴志はゴルフと言っていたので、帰宅は夕方五時くらいであろうと礼子は踏んでいた。なので早朝に目が覚め、そのまま判決文の起案をつづけようと思ったが、なぜかやめた。単純に昨夜風呂に入っていない不快感もあったが、やはり――蛭間隆也と結ばれた躰をそのままにはしておけなかった。なのでいったんシャワーで躰を洗い、着替え、判決文のつづきをしたためていた。そのことに、礼子は安堵した。

礼子は洗面所にむかい、洗濯機の蓋を開ける。貴志の鞄から汚れ物を取りだし、ポロシャツ、下着などをひとつずつ洗濯ネットに入れる。これは貴志のこだわりだ。じぶんの服や下着が洗濯機のなかで絡みあうことを嫌う。皺になるのが嫌というより、種《しゅ》のちがうもの同士が絡みあうことが、生理的に不快なのだそうだ。洗剤と柔軟剤を入れボタンを押すと、しずかに洗濯機は起動した。

「ご飯は」

「まだだね」

「じゃあ、作るわ」

「おふくろの晩飯は？」

「今日はポトフと牛肉のソテーにしようと思ってるけど。だいぶ涼しくなってきたし」

その返答にだけ、貴志は「いいね」と答え口角を上げた。すこし落ち着いてきたのか、貴志はテレビの電源を入れ伸びをした。が、まだ苛立ちが治まっていないことが礼子にはわかった。

「実はさ」

「うん」

「外山弁護士がハーフで終わろうって言ったのには訳があって」

「なに？」

「今日、君テレビに出るんだろ？」

「え？」

「国営放送。芝の目読むより、早く家に帰って観たほうがいいって言われてね」

ああ、と礼子は拍子の抜けた声を漏らす。それほどまでに興味がなかった。一か月ほど前にN

HKから取材を受けた番組だった。大勢のカメラクルーが裁判官室にまで入ってきたことに、さすがに礼子は気分が悪かった。が、東京地裁所長の雨野が前のめりであるということを聞き、ため息をつきながら取材に応じたことを思いだした。そういえば昨夜見たメールのなかに、最高裁広報課付の岸和田美沙から連絡が来ていた。きっと明日放送になりますという確認だったのだろう。が、礼子ははなからじぶんに興味がないため、文面を開くことはなかった。

「ああ、じゃないよ。そういうことは言ってくれないと」

「ごめんね」

夫の機嫌が悪い理由はこれかと理解した。が、じぶんがテレビに出ることなど、礼子は恐ろしいまでに興味がないのだ。「外山弁護士から聞いて恥をかいたよ」と言った貴志はワインセラーにむかい赤ワインを取りだす。礼子は嫌な予感がした。その後の想像しうる夫の行動に。


貴志の昼ご飯を作ると、そのまま義母のポトフを作る。牛肉は届ける直前に焼けばいいので、礼子は洗濯物を干し、いったん書斎へと戻る。判決文を起案し、法改正にむけた論文に目を通す。

「はじまるぞ」リビングから礼子を呼ぶ声がする。夕方五時。礼子はふたたび居間へと戻る。

夫は真っ白なカッシーナのソファーに腰を沈めながら、両足を組みオットマンの上に乗せている。サイドテーブルには何本目かのシャトー・ラトゥール、チーズ、こだわりの生ハム、オリーブ。貴志は礼子を見る。その顔は微笑んでいた。

「お母さんに夜ご飯届けないと」

「いいよ、観てからで。おふくろにもテレビ観るように連絡しといたから」

貴志はさらに微笑んだ。——面倒だな。来るべき未来を想像しながら夫の横に座る。いくつかの番組宣伝が終わるとそれははじまった。

「時代を見つめてきた裁判所〜そして新しい元号の時に備えて〜」と題された番組は、東京地方裁判所の門を映す。足早に明治、大正、昭和、平成と激動の時代と重ね、裁判所がいかに存在し、現在に至るかをナレーションと映像で紹介していく。「いつ出てくるかね」横で貴志はワイングラスを口元に運び、柔らかに言った。数分すると画面に進行役の女性が現れる。礼子にも覚えがあった。裁判官室でインタビューを受けた相手だった。貴志が見るや否や、「お、NHKで一押しの女子アナじゃないか。力入ってるな」と呟いた。それを聞き、初めてアナウンサーであったことがわかった。カメラがまわる瞬間まで手鏡を離さず、眉、目元、頬、唇、髪型——と確認していたので、てっきりタレントか女優の卵なのだろうと礼子は思っていた。進行役の女性アナウンサーは東京地裁の門前に立ち、礼子が見た、鏡のなかのじぶんの毛穴という毛穴まで睨んでいた人間とは別人の、真摯な表情で語りはじめた。

「一億二千六百四十四万三千人——この数字は二〇一八年現在の、わたしたち日本人の総人口です。日本は数々の苦難を乗りこえ、新しい元号の時代を迎えようとしています。そのなかで、わたしたち国民の平和と安全を守りつづける、大切な職業に今日は焦点を当ててみようと思います。それは、裁判官です」

画面は渋谷のスクランブル交差点を行きかう人々を映しだす。

「今日もいい一日だった。そう思い眠れる夜は、実は当たり前ではないのかもしれません。多岐にわたる犯罪の発生、交通事故、わたしたちはいつ被害者になるか、また加害者になるかもわからないのです。警察は容疑者を逮捕し、検察は起訴か不起訴か判断します。起訴となった場合、被告人には弁護士がつきます。ですが、最後にその罪は妥当かどうか、妥当であればどれくらいの罰が必要であるのか——それを判断するのが裁判所です」

赤ちゃん、小学生、中学生、高校生、大学生、そして社会人になり家族を持ち——画面ではひとりの人間が成長していく過程が矢継ぎ早に流れていく。

「わたしたちの日常を法壇から見守りつづける裁判官。実は、まことに限られた人数しか存在しませんん。二〇一八年現在、簡易裁判所を除いた日本全国の裁判官は二千七百八十二人しかいないのです。これは先進国のなかでもっとも少ない人数と言われ、諸外国、とくに米国からも問題視される事柄です。しかし一方で、国会ではたびたび裁判官の人数を増やせばよいという問題ではない、との議論がなされます。裁判官に任命されるためには二回試験合格後、検察官や弁護士と違い、優秀な成績とともに人格も評価査定の対象となります。法曹三者と呼ばれる裁判官、検察官、弁護士のなかで、〝もっとも狭き門〟といわれ、限られた者しか任命されない所以《ゆえん》はここです。なぜなら裁判官が、わたしたち国民の最後の砦《とりで》だからです。今日はそのなかから、ひとりの女性判事を通し、新しい時代を我々がいかに生きていくか——そんなことに着目できればと思います」

貴志のワインを呑む手が止まったのが、礼子にはわかった。

画面には東京地裁の廊下を歩く礼子の姿が映しだされた。紺色のブラウスに、襟のないノーカラージャケットを合わせた礼子が足早に歩いている。

「颯爽《さっそう》と歩く美しいひとりの女性——彼女はモデルでもなんでもありません。日本の中枢のひとつといわれる、東京地方裁判所刑事部に所属する女性判事です」

画面のなかの礼子がカメラマンに「おはようございます」と声をかけられる。礼子は歩を進めながら、一瞬だけ目線を送りちいさく頭を下げた。カメラは取材陣を置き去りにして歩いていく、礼子の背中をバックショットで捉える。と、画面はふたたび歩きつづける礼子の横顔を映し、アナウンサーのナレーションとともに、テロップが浮かんだ。

【片陵礼子——三十三歳。東京都江戸川区生まれ。東京大学法学部在学中に司法試験に合格。首席で卒業後、司法修習生考試にもトップの成績で合格。裁判官に任命される】

礼子が刑事第十二部の裁判官室のドアを開け、自席に座る。礼子は初めて見るＶＴＲをこの瞬間だけ睨んだ。理由は明白だ。礼子の指示を番組のスタッフが守っているか確認するためだった。礼子の出した指示は「時計など、時刻のわかるものは映さないこと」「じぶんもふくめ、小森谷判事、内山判事補の机上にあるものは映さないこと」の二点だった。これは至極当然で絶対に守らせねばならない条件だった。だいたいが——当日の朝に「裁判官室で仕事風景を撮影し、インタビューに応じる」ということを門で出迎えた最高裁広報課付の岸和田美沙から聞かされた。礼子は「それには応じられない」と意見を伝えた。ただでさえ雑誌「ＡＵＲＡ」の取材のときも、裁判官室でのスチール撮影となった。このときも礼子は「裁判官室の様子を写さないように」と編集者、カメラマンに通達した。が、今回はテレビカメラが裁判官室に入るという。裁判官室には公判に関わる様々な資料が置かれている。それが万が一にでもカメラに映り放映されれば秘密の保全に関わる。それに裁判官室自体がテレビにながれることにも懸念を覚えた。部屋を映せば配置もふくめ、テロ的な思想を持つ者たちに情報を与えることになる。同様に時刻もそうだ。片陵礼子という裁判官がこの時刻に裁判所に入り、この時刻に裁判官室にいる。こんなことが公になれば危険極まりない。裁判官は大量の公判の資料を鞄に詰め持ち歩いている。当然、被告人に関わる者たちに有利、不利な紙の束が入っているのだ。それを奪われることにでもなれば目も当てられない。これは礼子自身だけではなく、裁判所全体の保全に関わると礼子は思ったのだ。礼子の意見に岸和田美沙は慌てふためいた。礼子は努めて冷静に、雨野東京地裁所長に確認するよう指示をした。が、「これは雨野所長のアイデアで――」と岸和田美沙は地を見つめ答えた。礼子はこの日初めてのため息をつき、先ほどの二点の条件を出し、取材に応じた。

礼子が見るかぎり、約束は守られていた。というより、はなから条件を出したことが馬鹿らしいほど、カメラは礼子の表情しか捉えていなかった。判決文を起案し、ペンを走らせる音。資料をめくる音。音を背景に机にむかう礼子の顔が映しだされた。やがてナレーションが被さり、裁判官の仕事の流れが説明される。画面のなかの礼子は、黙々と仕事をこなしていた。

「綺麗に映ってる」

貴志が呟く。

数分後、画面はインタビューに答える礼子に切り替わった。女性アナウンサーが礼子と対坐《たいざ》し、そのシーンははじまった。礼子が簡潔にしか答えないからであろう。インタビュー風景は長回しではなく、編集で繋いでいた。礼子は他人を見るように画面を見つめた。ほんとうはキッチンにむかい義母の食事を作ってしまいたい。が、席を立とうとした瞬間、「見なよ」と貴志が言うこともわかっていた。ただただ、いま流れている時間が面倒だった。いくつかの質問がすぎた。身勝手に和んだ空気を作るように、アナウンサーは笑みを浮かべ礼子に問う。

――片陵判事は、どうして裁判官を目指したのですか？

「夢でしたから」

――夢。

「意義のある仕事だと思いまして」

――でも失礼ながら、司法試験や司法修習生考試をクリアされるのは、並大抵のことではないと思うんです。やはり、たいへんなことでしたか？

「はい。それは……必死に勉強しましたから」

――僭越《せんえつ》ながら片陵判事とおなじ、ひとりの働く女性として質問させてください。裁判所も男性社会とお聞きしています。世間一般に言われる、出世などについてどう思われていますか？

「出世など考えたことはありません」

――どうしてですか？

礼子はこの質問にだけ本当のことを言ったのを思いだす。画面のなかの礼子が答えた。

「目の前にある公判だけ、見つめるようにしていますから」

カメラが礼子の表情に寄った。アナウンサーは心底心根に響いたように――「はい」と答えた。

が、礼子はおかしいなと感じた。このとき礼子は、

「出世を望むのであれば、東大法学部を優秀な成績で卒業した者は、ほとんどが官僚などの行政官の道へ進みますから。裁判官を選んだ時点で、わたしはそこから外れています。なので裁判官に任命された以上、目の前にある公判だけ、見つめるようにしていますから」

と答えた。くだらない質問であると思ったし、取材時間をオーバーさせないためにもきりの良

い答え方をした。が、前半部分の出世を望む東大法学部卒の人間は官僚に進む、というややシニカルな部分は削られ、「目の前にある公判だけ、見つめるようにしていますから」という聞き心地の良いセンテンスだけが切り取られた。

画面はふたたび机にむかう礼子を映す。やがて礼子は立ち上がり、漆黒の法服に袖を通した。そのとき意図的に、カメラは礼子の左手を捉える。薬指にはめられたリングを映すことで、既婚者であることを伝えているようであった。

場面は廊下へ移り、法廷へとむかう礼子をカメラが追いつづける。そこにナレーションが重なった。

「東京地方裁判所の若きエースと言われる片陵礼子判事。ですが彼女は、順風満帆な人生とは言えませんでした」

礼子はそれを聞き眉根を寄せた。女性アナウンサーの語るナレーションは、礼子の感情を置き去りにして紡がれていく。

「彼女はシングルマザーの子供として母親とふたり、懸命に生きてきました。ですが片陵さんが小学生のとき、事情により実の母とも別れることとなりました。生活は裕福とはかけ離れたものでした。それからは伯母とふたり慎ましく暮らし、都立高校を経て東大法学部に入学、奨学金を受けながら、みごと夢であった裁判官に任命されたのです」

貴志は黙ってワインを呑んだ。

「新しい時代――少子高齢化、格差社会。我々が乗り越えなければならない壁はたくさんあります。そのためにわたしたちは手を取りあいながら生きていかねばなりません。ですがその最後の砦に、人々を真摯に見守りつづける、痛みを知る裁判官がいることに、わたしは安堵しました」

歩く礼子の横顔が、カメラをむいた。と、画面のなかの礼子ははにかむようにすこし笑顔を浮かべた。そして一言、「がんばります」と呟き去っていった。

やられた。礼子は思った。

このとき礼子は取材陣のカメラがただただ鬱陶しく、無表情で歩いていた。するとカメラマンの後ろを歩くディレクターが、必死に視線をくださいと訴えてきた。礼子が見ると信じられないほど破顔しながら両手を擦り合わせていた。まるで七五三の祝いの日に、どうしても笑わぬ子供に人形を振って無理やりにでも笑わせる、写真館の人間そのものだった。それを見て、礼子は苦笑したのだ。そして「がんばってください」と言われ、去るために「がんばります」と答えただけだ。が、無情にも礼子が浮かべた苦笑いは美しくはにかんだように見え、ディレクターの問いかけが消されたいま、感動的なナレーションのあと、苦労の末に裁判官となった女の前向きな「がんばります」という一言だけが残った。

礼子は鼻から息を吐いた。

すべては裁判所――東京地方裁判所長の雨野智巳の思惑通りだなと礼子は思った。

――法曹界のマスコット的存在。

――あんたのことよ。

司法修習生の同期、政治部記者となった守沢瑠花の言葉を思いだす。

――裁判所は片陵礼子を法曹界のマスコット的存在にしようとしている。もちろんその中心は雨野東京地裁所長よ。

瑠花はこうも言っていた。雨野の目標は変わったと。片陵礼子を史上最年少の若さで最高裁判所判事にするのではなく、表に出そうと。永田町。政治家に。

なにを馬鹿な、ときき流していた言葉だが、あながち嘘ではないのだろうと礼子は理解した。記事に目も通していないが、先日の雑誌も近い内容であったのだろう。世間は、バックボーンが哀しければ哀しいほど興味を示す。苦労していればしているほど、応援しようとする。近年の悪《あ》しき風潮だと礼子は思っている。スポーツ選手、芸能人、演芸の者までも積極的に生きてきた過程が大衆に語られる。公判でも同様だ。裁判員裁判となり一般の人間が裁判員として加わるいま、弁護人は被告人の生い立ちを強烈な盾にしてくる。
が、関係ないのだ。

いまが――いまだけが大切なはずなのだ。

「立派だな」

夫の声が聞こえた。

「お母さんのご飯作らないと」

礼子がソファーから腰を上げる。と、貴志はその左手をつかんだ。強引に夫の横に戻される。嫌な予感は的中した。貴志は礼子がじぶんより上に行くことは許さないのだ。雑誌に掲載されたことを知ったり、礼子の評判を耳にしただけで躰を求める。「この女はおれの所有物である」「所有権はこちら側にある」と証明するように、礼子にまたがる。今日はテレビだ。貴志のプライドがそれを許さないことは明白だった。だから礼子は番組を観終えれば、またはその途中に躰を求めてくるだろうと予想していた。

時間が早く過ぎればいい、そう思った。

いつものように。

貴志は礼子の耳に唇を這わせる。べとべとと音を立てながら、耳の穴を、たぶを舐めまわしていく。はあ、はあ、と夫の息遣いが聞こえた。夫の口臭が礼子の鼻腔に届く。赤ワインとチーズが入り混じった、すえた匂いがした。

夫の手が礼子の胸に伸びる。ニットの上から礼子の胸を揉みしだく。その強さに痛みを感じ、礼子は顔を歪める。が、決して口づけをしない夫は礼子の表情になど気がつかない。

「立派だよ、礼子さんは」

「おれと君は、同士だからな」

貴志はすえた匂いと傲慢さをばら撒きながら、おなじ言葉を繰り返す。

礼子がそっと目を開けると、テレビ画面にはじぶんが映っていた。画面のなかの礼子は法廷に足を踏み入れ、軽く頭を下げる。やがて法壇の中央に座る。カメラはゆっくりと礼子の顔に寄っていく。画面のなかの礼子が、ソファーの上にいる礼子を見つめた。

番組は終わる。十分間のニュースに切り替わる前の、賑やかな番組宣伝がはじまる。貴志は礼子の胸を手中に収めながら、もう片方の手でリモコンを操作しテレビを消した。音が消えると、窓の外から雨が降っている気配がきこえた。

貴志が礼子の頭をつかむ。ぐっと押さえこみ、礼子の頭を下腹部へと下げていく。頭を押しつけられると、貴志は黙ってズボンを下ろした。礼子は貴志のそれを口にふくんだ。

はあ、はあ。

夫は荒い息遣いのまま　後ろで結んだ礼子のヘアゴムを取る。礼子の長い髪がばさ、とおりる。貴志は髪の毛に指を通し、ぐしゃぐしゃとかき回す。

「ほんと、猫みたいな目してるな」

貴志の声が聞こえた。

そうなのだろう。礼子は思った。物理的に礼子の目が猫に似ているということではなく、貴志にとってじぶんは猫なのだろうと思った。野良猫。貧しい野良猫。水に濡れていた野良猫。拾ってやったのに、家に入れてやったのに、仲間にしてやったのに、乾かしてやったのに、懐きらない野良猫――。

礼子の細胞が貴志の躰を拒みたいと訴えた。が、拒めばなにかを貴志に察知されることを礼子は知っていた。礼子は夫の求めを断ったことがない。そこに快楽があるからではない。ただ論議になること、夫が不機嫌になることが時間の無駄だと思っているからだ。それが今日に限って拒めば――なにかを相手に伝えることになる。そんな気がした。

夫は礼子の口にそれをふくませつづける。

礼子は早く判決文が書きたいと思いつづけた。

夫のそれが口中でびくびくと脈を打つたびに、この世はなんとくだらないことで存続してきたのかと礼子は考える。

ニットをめくられる。強引にジーンズを脱がされ、貴志は礼子のなかに押し入る。

蛭間を――思いだした。

蛭間隆也を。

蛭間隆也の顔を。

哀しげに佇み、背を伸ばし裁判所を見つめる男。着飾りもせず、虚栄を張ることもなく、地に足をつける男を。

長い指を。

落としたピアスを渡されたときの温度を。

躰を。

窓の奥から、しずかにじぶんを見送っていたあの顔を。

間違えて――と頼んでしまった男を。

礼子は夫に触れられながら、ずっと蛭間隆也を思った。


気がつくと夫は果て、酒で赤らんだ顔のまま、ズボンに足を通していた。

「車、断ったんだって？」

「え？」礼子は答える。

「裁判所からの送迎の車だよ」

「ああ……ずいぶん前のことよ。誰に聞いたの？」

「外山弁護士だよ」

貴志は欲望を放出してもなお、不機嫌なまま二階の寝室へと上がっていった。

牛肉を焼き、皿に載せる。レインコートを着、家を出た。土砂降りの雨が頭に被ったフードを打ち鳴らす。右手と左手にはそれぞれ、義父と義母の晩ご飯を入れた防水クーラーバッグ。いつも夫婦別々にクーラーバッグに入れるよう言われているため、雨の日は傘が差せない。まるで雨の日に出前を届ける蕎麦《そば》屋の岡持《おかも》ちの体であったが、礼子はなにも思わなかった。

五分歩き、夫の生家に着く。杉の木でできた、おおきな観音開きの門の横にちいさな出入り口がある。「親父が料亭を買い取って、家にした」と夫が話す生家は、敷地内に桜の木が立っており、厳かさを際だたせる。

チャイムを鳴らすが、反応はなかった。

左手に巻いた腕時計を見ると、十八時四十分。いつもより三十分ほど届けるのが遅い。礼子は肘を曲げ、ふたつのクーラーバッグを片腕にかけると義母に電話した。雨が礼子の顔を伝っていく。

――もしもし。

義母が電話に出る。

「すみません、晩ご飯持ってきたのですが」

――あら嫌だ。遅いから今日はないのかと思って、お父さんと外へ出てしまったわ。

「そうですか。それはすみませんでした」

義母は平坦な語り口で「明日の昼にでもいただくから、玄関の軒下に置いておいて頂戴」と告げると電話を切った。礼子は雨に打たれ中庭を歩く。やがて料亭を改築した夫の生家が見える。

玄関に着くころには、雨と泥で礼子のスニーカーはくちゃくちゃと音を立て水浸しになった。軒下には昨日届けたクーラーバッグがふたつ置かれていた。なかには昨日運んだタッパーと皿が入っているだろう。礼子はそれを取り、今日のクーラーバッグと交換する。フードを被っても意味がないほど雨は降りそそぎ、礼子の顔はとっくにびしょ濡れになっていた。礼子はおおきな玄関を見つめる。しずかだが、人のいる気配がした。きっと義母も義父も、家にいるのだろう。「遅いから外に出かけた」というのは嘘で、ただ義母は番組を観て機嫌を損ねたのだ。それは予想していた。ざあざあと雨が木々や地を打つ音が聞こえる。礼子は踵をかえし夫の生家を出た。

家まで歩く。きっと義母は今日のご飯を捨てるだろう。ただそれは彼女がしたいようにすればよいことで、礼子は傷つくことはなかった。また明日、いつものように仕事帰りに立ち寄り、今日届けたクーラーバッグを回収する傍ら、義母に非礼を詫びればいいのだ。

礼子が歩を進めるたびに、スニーカーはくちゃくちゃと音を立てる。雨が顔から顎へとしたたり落ちていく。斜めからも横からも、吹きすさぶような雨だった。フードを被っているのが馬鹿らしくなった。フードを取り、歩く速度を緩めた。急にそうしたくなった。と、雨の音とともに秋の匂いがした。雨に打たれながら立ち止まる。ゆっくり鼻から息を吸うと金木犀《きんもくせい》の香りがした。香りの根源を追うと、左手にある家の塀に沿うように、それは立っていた。礼子は雨に濡れる黄色い花に近よる。つんと、鼻腔が刺激される。雨に打たれながらちいさな花を揺らす金木犀を見て、なぜだか礼子は蛭間を思いだした。大輪の花を咲かせることはなく、謙虚にそこに佇む。雨に打たれわずかに揺れる花弁は、まるで裁判所にむかって頭をたれていた蛭間隆也そのものに見えてきた。

不思議だなと思う。

蛭間のことを考えると、感情が蘇《よみがえ》る。感じるのだ。封印してきた感情を。とうの昔に捨ててきた本能のようなものを。母が、母親が、赤提灯に背中を真っ赤に染めながら消えたあの日に捨ててきた、感情というやつを。蛭間のことを考えると、思いだすのだ。本能を。「我々は本能みたいなものを失っている」と言った、長野判事の顔を思いだす。長野判事にこんど会ったら、「わたしにも辛うじて本能はあったようです」と伝えてみようか。そのとき長野判事は、どんな顔をするだろうか。

「秋だな」

礼子は口にしてみる。馬鹿みたいだと思ったが、口にしてみた。頭の先から土砂降りの雨に打たれながら、礼子は夏が終わったことを自覚する。あんなに鳴いていた蟬の声も、いつのまにか聞こえない。躰は凍えるほど寒かった。

けれど、悪い気はしなかった。

貴志への罪悪感も感じなかった。

義母と片陵家に対する申し訳なさも感じなかった。

あるのは、蛭間隆也のことだけだった。

躰に、細胞に、蛭間隆也が根づいてしまったと礼子は思った。

忘れなければならない——。それはわかっていた。蛭間と約束したのだ。礼子は頭のなかに巣くった母を消すために、一夜の間違いを犯した。蛭間は依頼にこたえる代わりに、「わたしという存在を忘れてください」と釘《くぎ》を刺した。存在を忘れてくれという言葉が意味するものは、とどのつまり、「もうわたしの過去の事件を掘り起こさないでくれ」という懇願である。

方法が見つからなかった。礼子にも。蛭間にも。

が、「間違いを犯してくれ」と頼んだのは礼子である。法廷に置きかえれば「嘱託殺人」とおなじだ。自らが先にホテルに入り、ためらう蛭間にむかい「その手で間違えてくれ」と言ったのだ。主犯はどちらなのか、審理を重ねる必要もない。

蛭間に間違いを犯させた以上、忘れなければいけないのだ。彼のことを。

それなのにどうしたのだというのだ。雨に躰を凍らせながら、蛭間のことばかり思っている。認めたくはないが――そういうことなのかもしれないと礼子は感じた。情報は感情に繋がり、感情は正しい判断をもっとも狂わせる。間違えないために徹底的に排除してきたそれが、三十三歳の礼子を揺さぶった。礼子は目を閉じる。冷たい雨の雫《しずく》が瞼を通過していく。すうと躰へ伝っていく感覚だけに集中して、忘れろ、忘れるんだと礼子は念じた。

――もう、裁判所の門の前には立ちませんから。

狭いビジネスホテルの一室で言った、蛭間の声が聞こえた。

忘れなければならない。忘れなければ。

翌朝月曜日、午前五時半。

台所に立っていると、夫が下りてきた。「おはよう」とやや気まずそうに声がかかる。「おはよう」と返し振り返ると、貴志は片眼をつぶり顔をしかめソファーに座っていた。礼子は一旦火を止め、グラスに氷と水を入れ貴志に渡す。貴志は喉を鳴らし飲み干した。

「はあ」

貴志が礼子に空になったグラスを渡す。礼子はふたたび台所へとむかうと、夫の毎日の決まりであるスクランブルエッグ、ソーセージ二本、サラダの調理に戻った。

「早いじゃない」

「ああ、呑みすぎた」

貴志の声が礼子の背に届く。平日の夫は六時ちょうどに家を出る礼子と入れ替わるように起きる。今日はそれより早かった。

「昨日は、悪かったな」

「なにが」

「まあ、いろいろ」

貴志は不機嫌なまま寝入ったことを詫びているようだった。が、礼子はわかっている。形式上詫びることで妻の許しの一言が欲しいだけだと。そうしなければ彼のプライドが保てないのだ。「子供っぽいじぶん」を見せてしまったことが、貴志は嫌なのだ。だから詫び、赦しの一言を引き出し、元の立場に戻りたいだけだろうと礼子は察していた。結果礼子が「なんにも。大丈夫よ」と伝えると、貴志は気が済んだようにオットマンに両足を乗せ、テレビの電源をつけた。

「車」

「え？」

「昨日言った、裁判所の送迎車のことだよ。別に酔ってたから言ったわけじゃなくて。そういう話が出てるなら受ければいいじゃないか。どうせ雨野が推薦してるんだろ？」

「いいのよ」

礼子は答える。裁判官は自家用車を持つこと、運転することは慣行として良しとされていない傾向がある。昨今の裁判官は自車を持つ者も増えたが、あいかわらず車を持たない、運転しない裁判官も多い。理由は単純で、交通事故を恐れてのことだ。また転勤の際に邪魔になる面もある。なので大都市の裁判官は通勤の際、電車やバスなどの公共の交通機関を利用する。自宅を持たず裁判所の官舎に住む者たちは、決まった時間に発車する裁判所の送迎バスを利用するのだ。そのなかで、一部の裁判官には運転手付きの送迎車が与えられる。これも裁判官の出世とおなじく、「どのような基準で選ばれているのか」まったくわからぬブラックボックス化された問題だと礼子は思っている。

「まさか、遠慮してるんじゃないだろうね」

正直それもすこしあった。裁判官を目指し夢断たれた貴志が、妻が送迎車付きの判事となれば面白くないであろうと礼子は予測していた。が、それはわずかで、礼子は電車通勤が大切な業務の一部でもあった。車内の人々を見れば世相がわかる。いま社会がどんな問題を抱えているのか、苛立っているのか、それは乗客の顔や雰囲気を見ればわかるからだ。

「電車が好きなのよ」

ならいいけど。と貴志は言いテレビを見つめた。

「でも昨日も言ったけど、ずいぶん前の話よ。たしか岡山地家裁に転勤になる前だから、すくなくとも三年以上前の話」

「とにかく外山弁護士が言ってたんだよ」

「そう」

六時ちょうど。いつものように夫のスクランブルエッグにラップをかけ、重い鞄を片手に礼子は家を出た。

いつものように、荻窪駅まで歩く。いつものように、六時二十四分に荻窪駅バスロータリーに辿り着く。礼子は隣接するちいさな駅前広場を見つめる。蛭間隆也とおなじ電車に乗るため、この三週間時間を潰してきた場所。

一時間待とうか。

一瞬礼子は考えた。「もう裁判所の門の前には立ちませんから」と言った彼は、もう七時二十七分の丸ノ内線に乗らないのだろうか。「わたしという存在を忘れてください」と言った男は、礼子の前から姿を消し、もはや丸ノ内線すら利用しないのだろうか。蛭間は三鷹に住んでいる。二〇二〇年に開催される東京オリンピックの選手村を作るため、豊洲へむかう。いままでは裁判所に立ち寄るために、JR三鷹駅から荻窪駅に来て、丸ノ内線に乗り換えていたのだろう。が、もう裁判所へ立ち寄らないのであれば、丸ノ内線に乗車し霞ケ関駅を通過し、銀座駅で降りればいい。そこから現場作業員をピストン輸送するバスに乗ればいいのだ。が、蛭間隆也が職場を変えていれば——。蛭間は現場作業員を主にした派遣会社に登録している。礼子の前からいなくなるために、労働場所の変更を希望した可能性も充分に考えられるのだ。蛭間とビジネスホテルの一室で時を過ごしたのは一昨日の土曜日。日曜日に人材派遣会社に連絡するだろうか？　そもそもその手の会社は日曜日に営業をしているのだろうか？　となると週が明けた今日月曜日に、本日は欠勤させてほしいと申し入れ、後日労働場所の変更を願い出るのであろうか。

もう裁判所の門の前には立ちませんから。

蛭間の性格を考えると、労働場所を変えるだろうと礼子は思った。どのみち、七時二十七分の丸ノ内線には乗らないだろう。礼子はこの三週間時を過ごした駅前広場を見つめる。隅のベンチには、いつか見た高校生の男女がいた。前に見たときには男女ふたりずつだったが、今日は男の子がベンチに、女の子が前に立ち一組になっている。「付き合うようになったのかな」と礼子は思う。男の子はなにやら羞恥《しゅうち》をふくませながら時折彼女の目を見て話している。女の子はそれにうん、うんと相槌を打ちながら笑顔を見せる。礼子はこんな感情は初めてだが、彼女たちを見て若さが羨ましいと思った。ひとつの感情に悩んだり、苦しんだりしながら前へ進んでいく彼らが、その若さが、とても美しく思えた。

左手に巻いた腕時計を見る。礼子は三週間ぶりに元の通りのルーチンに戻り、蛭間隆也のいない六時二十九分の丸ノ内線に乗った。

元の通りに七時をまわってすぐに裁判所の刑事第十二部の自席に座った。誰もいない裁判官室はしんと静まりかえる。起訴状を読む。ペンを走らせる。やがて内山判事補がやってきて、すこし歩を止めたのが礼子にはわかった。礼子の登庁時間が遅くなり、心配したのかいちど声をかけてきたのを思いだす。内山は「おはようございます」と挨拶し、礼子も「おはよう」とだけ返す。内山が席に座るのがわかる。八時すこし前に、礼子は裁判所の門前に行った。

蛭間隆也は来なかった。

礼子はヒールを鳴らし裁判所へと踵をかえす。

「おはようございます」

いつもいる初老の警備員が礼子に声をかける。

「おはよう。寒くなったわね」

これで元に戻れるだろう。礼子は思った。

第六章　真実

十一月になった。蛭間と躰を重ね、丸ノ内線の車内と裁判所の門前で彼を見かけることがなくなり、一か月が過ぎた。コートが手放せなくなった十一月二十日の夜、礼子は東京地裁所長の雨野智巳に呼び出された。場所は恵比寿駅近くにある高級ステーキハウス。指定されたビルに入りエレベーターを降りると、薄暗い照明のなか蝶ネクタイ姿の店員が礼子を迎えた。ジャズが流れる店内には案内されず、エレベーターのすぐ脇にある個室へ通される。店員が扉にむかい頭を下げ、二度ノックした。

「お客様がご到着されました」

店員はしずかに扉を開け礼子を通す。六人掛けのマホガニーでできたテーブルに、雨野ともうひとりの男が座っているのが見える。礼子は無表情のままその男を一瞥《いちべつ》し、誰であるか瞬時に悟った。

「すまんね突然。座りなさい」

雨野が下座から微笑み手招きする。礼子は目的がわかったいま帰路に就こうかとも思ったが、雨野の顔を立てるため、一応席に着いた。雨野の前に座る仕立てのいいスーツを着た男が礼子に微笑みかける。

「突然にすみません。初めまして」

笑みを浮かべてはいるが眼鏡の奥の目はまったく笑っていない男が礼子に右手を差しだす。礼子は右手を差しださずにテーブルナプキンを膝に置いた。

「まあ、こういう子でして」

「こちらのイメージ通りですよ。それに雨野くんからも彼女の性格はさんざん聞いていたし」

男と雨野がシャンパンを片手に笑った。

「片陵くん、こちらがどなたかはわかるね、当然」

「稲葉壮《いなばそう》代議士ですね」

六十代に差しかかるとは思えぬほど生気に満ち溢れた男——稲葉壮。自由民主党の細木派に属し、幹事長代行とともに自由民主党選挙対策副委員長の筆頭を務める男だ。

「ほんとうは料亭の一室くらいご用意したかったのですが、時代ですかね。なるべく料亭は使うなと。最近じゃ袖の下を受け取る場所も議員会館に様変わりしましたから」

愚にもつかぬ発言に雨野が笑う。稲葉は「でもかえってこういう場所のほうがマスコミに目をつけられにくくていいんですよ。誰にも見られずエレベーターに乗り込めるし、なにより肉はうまい」と笑った。稲葉はちいさく息を漏らし笑みを落ちつかせると、まっすぐに礼子を見つめた。

「あまり驚かれていませんね。さてはこういう状況になりうることを想定していましたか」

「ええ」

「落ちついて深みのあるいい返事だ。声の質もいい。片陵判事は毎朝新聞の守沢瑠花記者と司法修習生時代の同期ですものね。そこらへんから耳に入っていたかな?」

礼子は眉ひとつ動かさず稲葉を見る。

「あなたは聡明な方だ。お互いに無駄な時間を省くためにもいくつか質問したい。それに答えてください」

「わかりました」

「政治に興味はありますか」

「ありません」

「なぜですか？」

「期待していないからです」

「我が党から参議院議員の出馬要請があった場合受けますか」

「受けません」

「衆議院議員の出馬要請があった場合は受けますか」

「前述の回答とおなじです」

「充分に政治家の資質をお持ちだと思うのですが、ご自分ではどう思われますか」

「むいていません」

「なぜです」

「あなたのように面白くもないのに笑えないからです」

素晴らしい。稲葉は言った。雨野は礼子の隣で苦笑いを浮かべ頭を掻く。

「実にこれからの政治家むきです。思った通りだ」

礼子は美しい横顔で雨野を見る。そのまなざしには冷たいものが入り交じっていた。

「勘違いしないで」稲葉は礼子に釘を刺すような口ぶりで言った。

「雨野くんが頼んできたわけじゃない。むしろ逆です。我が党があなたに興味を持っている」

「迷惑です」

「興味といっても軽はずみなものじゃない。ずいぶん長い間あなたを待っていたと言っても過言ではないですしね。なんといっても党内を超えて各省庁の役人にもあなたの根強いファンは大勢いる。正直言うとあなたの名前を最初に出したのは、経産省の経済産業政策局長です」

「東大の先輩だな」雨野が補足する。

「役人連中から望まれる政治家なんて皆無ですから。片陵判事は奇跡のような方ですよ。わたしなんて陰でなにを言われているかわかったもんじゃない」

稲葉と雨野が笑った。

「単刀直入に申すと、ぜひ我が党から出馬していただきたい」

「お断りします」

「こんなことは稀《まれ》だが、すでに財務省と経済産業省があなたの取り合いになっている。もちろん法務省も黙ってはいないと思うが」

「できれば衆議院議員選挙から出したいのですが」雨野が言った。

「こちらとしてもそうしたいんですよ。ほんとうは」

が――と稲葉はつづけ、現総理がいつ解散時期を決断するかが読みづらい情勢であることを雨野に説明した。稲葉と雨野は前菜のレバーペーストをつまみながら、しばし政局の話をつづけた。

「でも――片陵さん、あなたの時機はいまだ。のちに衆議院議員に鞍替《くらが》えする手もあるから、来年の参議院選挙に出たほうがいい」

眼鏡の奥から稲葉は睨んだ。

「当選なんてしませんよ」

「する。必ずする。まず第一にあなたの顔だ。その美貌。すこし可愛い顔っていうのは反感を買いやすい。が、あなたはそのレベルじゃない。その証拠に先ほどあなたがこの部屋に入ってきたときドキリとした。あまりの美しさに。有権者の女性層も票を入れますよ。憧れっていうのは強いから」

「わたしは、」

「第二に、ここがいちばんのストロングポイントです。片陵礼子の育ってきた環境。大衆は憧れの先に粗探しをはじめる。が、あなたは苦労されてきてる。この点がおおきい。シングルマザーのもとで育ち、その母親にも逃げられ、伯母とともに必死にアルバイトをしながら東大に入学した。東大法学部を史上最高点で卒業しながら権力欲も持たず司法の道、しかも裁判官を選んだ。弁護士でないところがいまの時代にもふさわしい。いちばん成功すれば金になるのが彼らだと国民もわかっているから。国民は敏感だ。昨今の経済格差によって金持ちは嫌悪される傾向にある。あなたは間違いなくどの選挙区から出ても当選しますよ」

「わたしは笑えません」

「そんなものは一秒で覚える。議員バッジをつければ。それに無理に笑わないほうがいいかもしれない。国民はあなた同様、政治家の欺瞞《ぎまん》にあふれた偽りある笑顔をもう見抜いている。そこまでは国民も馬鹿ではないようだ」

礼子は喉を潤したい気持ちを堪えた。ここで稲葉から差し出されたものを一口でも飲めば、負けた気がした。

「失礼ながら身辺調査もさせてもらったが――」

礼子はその言葉を聞き眼球を上げた。蛭間の姿が瞬時に浮かんだ。

「まったく問題ない」

稲葉は微笑む。礼子は気がつかれぬよう唾を飲みこんだ。

「問題がすこしあるのけ――旦那さんのほうかな？」

「片陵くんですか？」雨野が口にする。

稲葉は微笑を浮かべ、試すように礼子を見つめた。

「女性関係のことですよね」

礼子は一ミリも表情を変えず言った。

「ご存知でしたか」

「はい」

「何人くらいかは」

「詮索はしたことがないのでわかりませんが、二、三人じゃないでしょうか」

「三人ですね。しかもそのうちのひとりがやっかいでして。マスコミが食いつきかねない」

「守沢瑠花のことですよね」

稲葉は平温を保ちながら答える礼子を見て、満足したように微笑む。

「知ってらっしゃいましたか」

「気がついたのは先月のことですけど。急にゴルフから早く帰宅した日がありまして、わたしの送迎車のことについて尋ねられました。三年以上前の話題ですが、わたしは守沢瑠花にしかこの話をしていませんので」

「女も男も怖いですな。まさかあなたの親友が。ばれないと思ってるんですかね」

「逆です」

逆？　稲葉は尋ねる。

「瑠花はわたしに知らせているんです。じぶんが浮気相手だと。夫がゴルフから帰宅した日、こう言ったんです。一緒にいたと偽装した弁護士から、わたしがテレビに出るから早く帰って観たほうがいいと言われたと。瑠花は言ったんだと思います、それを。ホテルで朝食でも食べている時にさらっと。瑠花の表情も手に取るようにわかります。夫の目を覗き込んで、微笑を浮かべつつ、悪戯をするように。夫が怒るのがわかっていて楽しんだのだと思います」

「でもなぜあなたに気づかせたくなったのでしょう。守沢瑠花は」

「どこか、気に食わないのだと思います。わたしのことが、ずっと」

「彼女と浮気されて、どう感じていますか？　怒りとか、哀しみとか、絶望とか」

「なにもありません」

「ない」

「大庁勤務が多かったとはいえ、わたしも神戸、岡山と単身赴任しておりましたから。それに客観的な観点から見てもわたしは可愛げがないので。夫が他に拠《よ》り所を見つけるのはしかたがないと思います」

素晴らしいね。稲葉は言う。

「あとは——あなたの父親と母親の件なのですが」

礼子は脈が高まるのを感じた。

「ご存知ですか？　ご両親の現状は」

知りません。礼子はちいさく答えた。右手の親指の爪を見つめた。親指が脳からの指令を受けることもなく上がった。がりがりと、がじがじと、親指の爪を齧り捨てたかった。

「父親だけ——」

「はい？」

「父親だけ、どんな人間なのか教えてもらえますか」

礼子はテーブルに視線を落とし言った。礼子は父親の顔も姿も見たことがない。逃げた母親からも話すら聞いたことがない。伯母も父親と逃げた母親の話題は墓場に葬るように口にしなかったので、礼子は知りたくなった。

「調査資料をお送りしましょうか？」

「結構です。端的に教えていただければ」

「——父親は津山浩介《つやまこうすけ》といって青森の山村の出ですね。中学を卒業して上京したらしいのですが、あまり定職には就かなかったようで。二十代半ばの時に新聞印刷工場で働くお母さまと出会って——」

「ちょっと待ってください。母親は新聞印刷工場で働いていたんですか」

「ええ。あなたの生まれた江戸川区にある工場です」

礼子は驚いた。微かな記憶のなかにいる女とは乖離した印象だった。

「お母さまがお腹にあなたを身籠り入籍。出産して一年半で離婚後、お父さまは名古屋、大阪など転々としながら最後は徳島で亡くなったそうです」

「死んでいるんですか」

「三十五歳だったかな。肝臓だったようですよ」

「……そうですか」

「あとはお母さまですが――」

「結構です」礼子は平坦な声色で稲葉に告げた。

「生きているのか、死んでいるのか。それさえも知る必要はありませんから」

結構。稲葉は言うと席を立った。

「調査した結果、父親である男も実家とは縁が切れている。お母さまも――こちらはあなたがそう言うならいいが、とにかくあなたが立候補、当選したのちも両親のことで不利益を被《こうむ》ることはないということです。つまり反社会的な立場にない、前科がないということです。あなたのバックボーンは大衆への最大の武器だが、さすがに前科者はまずいのでね」

「出馬する前提ですね。百%出ませんが」

「問題は旦那さんの女性問題だが、マスコミが嗅ぎつけて表に出ても、先ほどのあなたの対応を見れば大丈夫だ。あとは感情をすこしつけ足すくらいかな。愛がなさすぎるのが国民に伝わるのは得ではない。それはこちらがレクチャーする。すこしＢＧＭをつけてやればいい」

「出馬のタイミングで旦那にもわたしから話しますよ。気をつけろと。彼はわたしの教え子ですし、多少わたしに苦手意識もあるだろうから」雨野が言った。

では。と微笑を浮かべ稲葉はドアへとむかった。「肉は?」という雨野の問いに、「いま躰を絞り中で。おふたりで食べてください」と稲葉は軽妙に返した。

個室のドアノブに手をかけると、稲葉は振り返り礼子を見た。その目には優しさのかけらすら存在しなかった。

「ふたつ訂正したまえ。まずひとつに、君が政治に興味がないという先ほどの発言はありえない。君は東京大学を奨学金制度を用いて卒業している。その制度を作ったのは我々政治家だ。下々《しもじも》がいいいいいいいい生意気言うんじゃないよ」

礼子は黙った。

「あとひとつ――君は当選しないと言ったが、必ずする。なぜかわかるか? 我々がさせるからだ。今朝のテレビを観たか?」

「いえ」

「面白い映像が流れていてね。ちいさな漁船の網に海亀が絡んだんだ。乗組員がその亀をなんとか紐から離して、海へぽんと投げた。それが滑稽にね、まるでフリスビーのように回転しながら亀が回って飛んでいったんだ。やがて亀は海に落ちて泳いでいった。漁船の連中は回転しながら飛んでいった亀を見て楽し気に笑う。そこにね、実にコミカルな、楽しいBGMをつけて番組は流している。映像が終わりスタジオに戻ると番組の出演者たちは笑っているんだ。ここが味噌《みそ》だ。あの漁船が中国の船だったら? 映像に哀しいBGMをつけたら? おぞましい音楽をつけたら? たちまち怒りを買う悲惨な虐待の映像になる――人の印象などそんなものだ。片陵礼子が出馬したときも、国政に立ってからも、ふさわしいBGMをつけつづけてやる。だから安心したまえ」

稲葉は眼鏡の奥から鋭い眼光を送り、去っていった。雨野がしずかに席を移り、礼子の前に座った。

「まあ、肉でも食おう」

「やりすぎだと思います」

「辛辣なことを言われ慣れていないから腹も立っているだろうが、稲葉代議士の最後の厳しい言葉は君への期待の表れだよ」

「迷惑です」

「彼が言っていた意味はわかるな。彼は参議院議員から衆議院議員に鞍替えしてもいいと言っていた。稲葉代議士は現首相に寄り添うふりをしながら決して心根は売っていない。冷静に先を見ている。じぶんは二番、三番にいるのがいちばん力を発揮できるとも言っていた。稲葉代議士は小泉政権のときに冷や飯を食わされてる。わかるな？　彼のプリンスを御輿《みこし》に担ぎたくないんだよ。鞍替えと言っていたろ？　君ならわかるな。ゆくゆくは大臣候補、またはその上も狙えと言っているんだ。参議院議員は憲法上総理大臣にはなれるが、解散権を持たないから実質なれるわけがない。稲葉代議士はそこまで、君が来るなら準備すると言ってるんだ」

雨野の顔は興奮からか赤らんでいた。

「ああ見えて苦労してきた人だ。出も貧しい。君に感情移入している面もあると思う」

雨野は両手を伸ばし、テーブルの上にある礼子の手をそっと握った。

「父親のように思ってくれていいと言ってるだろ。いまがチャンスだ」

礼子は全身に鳥肌を立てた。いままでに二度、礼子は間接的に雨野に誘われた。一度目は礼子が裁判官の希望を出したとき。「推薦文を書こうか」と持ちかけられ自宅に来るよう言われた。二度目は礼子が神戸地裁に異動となったとき。雨野は単身で神戸へ来た。ホテルの中華料理店で紹興酒を注ぎながら手を握り、「東京に帰りたくなったらいつでも言うように」と囁いてきた。いままでとおなじく、礼子は重ねられた両手からするりとか細い手を抜いた。

「呑みすぎではないでしょうか」

「そうだな」雨野は微笑み言った。

「しかし身辺調査の報告書を読ませてもらったが、君はまるで修行僧だ。裁判所を出れば荻窪駅に直帰し、夕暮れで安くなった魚を選ぶ。右手には裁判資料の入った重い鞄、左手には食材の入ったスーパーのレジ袋。肉だけはわざわざ西荻窪まで行ってKINOKUNIYAで購入している。どうせ片陵かその両親に〝肉はそこで〟と言われているんだろ。週に四回は姑《しゅうとめ》にご飯を届け、軒下に置かれたクーラーバッグを回収する——ため息が出たよ」

雨野は肉を食べ終わるといつものように紙袋を渡してきた。来週に控える、テレビカメラが入る公判用のシャツなのであろう。

夜八時。礼子は店を出た。「送っていこう」という雨野の誘いは断り、恵比寿駅にむかう。駅に着くとまだひと月もあるというのに、至るところにクリスマスのイルミネーションが飾られていた。そのなかを人々は蠢《うごめ》くように行き交っている。問答無用に来るべき師走を感じさせる。年の終わりを。礼子は人々を眺めた。笑いあう恋人たち。塾や部活帰りの学生たち。帰宅するサラリーマン。女子会というものをするのか、待ち人が来て手を振る二十代の女の子——。礼子はふいに、蛭間隆也を思い浮かべた。この雑踏のなかに、いつか丸ノ内線で偶然出会ったように、蛭間隆也はいないものか。背を伸ばし、ただ決して驕《おご》るわけではなく、密やかに、足元を見つめ、身の丈のまま歩く蛭間隆也はいないものか。

——会いたい。

礼子は心のなかで呟いた。

礼子は踵をかえす。礼子の履いた黒いブーツは中目黒へと歩を進める。もう、じぶんの意思なのか見えぬなにかに導かれているのかさえ判別はつかなかった。蛭間隆也の勤めていた、事件現場となった中目黒にある時計工房店を見てみたかった。彼の息吹がそこにあったのなら、真実が、そこにあったのなら、じぶんの目で確かめたかった。

——もう、わたしという存在を忘れてください。

あんなにも悲しい言葉を聞いたことがなかった。人は大なり小なり、誰かの記憶にとどまりたい生き物である。なのに蛭間隆也は忘れてほしいといった。それは愛や恋の行く末の言葉ではない。ただただじぶんを忘れてほしいのだ。礼子にだけでなく、この世から、地球から、宇宙から、分子に至るまで、すべての物質にじぶんという存在に気づいてほしくないのだ。誰からも、一ミリも気にかけられないまま、指先すら触れあうこともなく、この世のすべてのものと遮断し、朽ちていきたいのだ。それがもし、大事な妹を守るため、蛭間隆也は忘れられたいのだとしたら。が、もう礼子は止まれない気がした。会わずとも、蛭間隆也が必死に守りつづける真実は、じぶんが知らねばならぬと思った。

恵比寿駅西口を背に、ひたすらに駒沢通りを下る。やがて街灯を頼りに立ち止まり、鞄を開いた。鞄のなかには蛭間隆也の公判をまとめた手控えが入っている。いまから約十年前、平成二十一年一月四日午前一時。事件当夜の蛭間隆也の足取りを追う。

【事件現場　時計工房クロック・バック　東京都目黒区青葉台2――】

住所を再確認し、歩道脇にある地図に目をやる。このまま駒沢通りを直進すれば中目黒駅だが、旧山手通りと交わる鎗ヶ崎《やりがさき》という交差点を右折したほうが早そうであった。こんなときにスマートフォンを持っていれば便利なのであろう。が、礼子は旧来の携帯電話端末を使用していた。礼子は目的地までの経路を頭に叩き込んだ。

鎗ヶ崎の交差点を右折し、旧山手通りを直進する。五分ほど歩き左折すると、閑静な住宅地を思わせながら、独特な色合いを見せる細道が見えた。目黒川に面して多種多様な店舗が軒をかまえている。イタリアンレストラン、カフェ、寿司屋、BAR、雑貨屋、一点物の洋服を生業にするショップ――細道であるのにかなりの人数が行き交っている。目黒川に沿って桜の木が延々と並んでいた。四月になれば何万人もの人が花見に訪れると聞いたことがある。が、この細道では大混雑になるであろうと礼子は容易に想像した。

蛭間隆也の勤めていたクロック・バックは、礼子のイメージしていた場所と誤差があった。住所を頼りに辿り着いた目的地は、目黒川沿いのメインストリートから四十秒ほど脇道に入った場所にあった。これだけでも事件の印象はずいぶんと変わった。賑わう通りからわずか五、六十歩進んだだけで、そこはしんと静まり返っている。あたりには三階建てのデザイナーズマンションが数棟と、蠟燭《キャンドル》を販売するちいさな店、わりと広めのガラス張りでできた「SOL《ソル》」という洋服店だけが存在した。が、洋服店を覗くとなかは暗く、何体かのマネキンが身ぐるみを剝がされたかのように、不気味に裸のまま立ちすくんでいる。よく見れば不動産会社の連絡先がガラスに貼られていた。店は閉店し、新たなテナントを募集しているようであった。

礼子は光沢のある灰色で包まれたマンションの前に立つ。このエントランス横に、並ぶように蛭間の勤めていたクロック・バックはあったはずだ。現在は居ぬきで使われているのかちいさなスニーカーショップに変わっていた。といっても木製のドアで覆われなかを覗くことはできず、白いペンキでスニーカーの絵が描かれた看板を見て礼子は推察した。洒落た木製のドアを引くと鍵がかかっている。ドア部分を確認すると「CLOSE」と書かれた木札が掛かっていた。営業時間は書かれていない。店主の気分次第といったところなのか。礼子は現代における都会の有り《あ》様《よう》を見た気がした。

礼子は数歩下がり全容を見つめる。十坪くらいであろうか。おおきくはない。横に躰をずらし奥を見ても、さほど奥行きは感じなかった。このなかにかつて工房があり、時計を修理、作製していたのだろう。が、オーナーである被害者の吉住秋生と加害者である蛭間隆也がふたりで働くには充分な広さであろうと推測した。

一月四日。

深夜一時。

礼子は呟く。手控えに記された蛭間隆也の事件概要を脳内で復唱する。

――当時二十九歳の蛭間隆也は、自身が勤める時計工房店クロック・バックにて、オーナーである吉住秋生氏当時四十歳と工房内で新年の酒を酌み交わしていた。

――午前一時ごろ、吉住秋生はふいに「先月分の売上金から、いくらか抜いていないか」と蛭間隆也を問い詰める。最初は否定したが、押し問答の末に蛭間隆也は「五万円を抜いてしまった」と告白する。

――蛭間は謝罪し返済を申し出たが、酒に酔っていた吉住秋生は怒り蛭間隆也の胸ぐらをつかむ。振り払おうとした蛭間の手が偶然に吉住秋生の顔に当たり、被害者はさらに激高。

――吉住秋生は酒の影響もあったのか、机上にあった腕時計の革ベルトを作製する際に用いる工具・ディバイダー（鉄鋼製のコンパスに似た工具、先端鋭利）を手に取り、蛭間にむかって振り回した。

――そのうちディバイダーが蛭間隆也の左腹部に刺さり、吉住秋生はなおもへそ側に無理やり四センチ引き、ディバイダーを蛭間隆也の体内にめり込ませる。

――命の危険と恐怖を感じた蛭間隆也は、自らの躰からディバイダーを抜き、なおも凶器を奪おうとする吉住秋生に渡さぬよう努める。が、揉みあいとなり蛭間隆也は被害者の顔面を四回か五回、強く殴打する。

――そのうちに蛭間が持っていたディバイダーが、むかってきた吉住秋生の太腿の付け根部分にある左鼠径部に刺さる。傷は蛭間よりも浅い五センチであったが、凶器となったディバイダーは吉住秋生の大腿動脈を切断してしまう。それにより大量出血。

――蛭間は倒れた吉住秋生に対して止血を試みる。最初は吉住秋生のスウェットの上から両手で押さえ止血し、それでも出血が止まらぬと判断すると吉住秋生のスウェットを破き、傷口を直接手で押さえなおも止血する。

――が、吉住秋生の息が止まる。

――怖くなった蛭間隆也は店を出て、凶器となったディバイダーを排水溝に捨て隠ぺいを図る。

――雨のなか目黒川沿いを徘徊し、桜の木の下にしゃがみ込む。

――三時間後、午前四時ごろ。「このままではいけない」と後悔し、店に戻る。吉住秋生の死亡を確認すると、自ら一一〇番に通報。「人を殺してしまった」と告白。現場に到着した目黒署の警察官により、半ば意識を失いながら逮捕される。

すべてが――すべての印象が蛭間隆也と異なる。

落ちたピアスを探し、ぎざぎざと刻まれた親指の爪に気がつき、心配し、しずかに窓辺から礼子を見送っていた蛭間隆也の印象と、すべてが異なる。

躰を重ね、匂いを嗅いだじぶんにはわかる。

――まず、吉住秋生の息が止まってから、凶器を捨て、三時間も徘徊するような男であろうか？

――桜の木の下でしゃがみ込み、後悔し、やがて警察に通報するような男であろうか？

違う、礼子は感じる。蛭間隆也なら、故意にせよ偶発的にせよ人を刺してしまったのなら、すぐに警察に連絡するであろう。いや、その前に――血が噴き出る被害者を見て、まず一一九番に連絡するであろう。

それに。

――そもそも、店の売上金を盗むような男であろうか。

三時間、彼は桜の木の下でなにをしていたのだろう。

寒空のなか、重篤な傷を抱え、雨に打たれ、彼はなにを考えていたのだろう。

寒さに凍えながら、または、凍える感覚さえも忘れて――。

「――そうだ」

礼子はなにかに気がついたように美しい目を見ひらいた。急いで鞄のなかから蛭間隆也の公判の手控えを取り出し頁をめくる。手控えに挟んだ、守沢瑠花から送られプリントした写真を礼子は見つめる。

――そうだ、寒かったのだ。寒いはずなのだ。なのに――。

蛭間隆也の連行時の写真を見る。蛭間は吉住秋生の返り血を浴びた、血塗《ちまみ》れの白いセーターを着て担架に乗せられている。セーターの上には黒地に「CLOCK BACK」と店のロゴの入った薄手のブルゾンを着ていた。そしてその表情は、どこか安堵しているようにも見えた。

――薄手のブルゾン？　正月の寒い夜に？

頁をめくり逮捕時の所持品を確認する。

【蛭間隆也・逮捕時所持品　財布（所持金　八千三百六十二円）、キーケース（自宅、店の鍵）、携帯電話　以上】

蛭間隆也は一月の寒空に、自宅のあった青梅から、薄いブルゾン一枚を羽織り店まで来たというのか。コートは、コートは着ていなかったのか。

「――どうして？――」礼子は呟いた。同時に目を見開く。当時左陪席裁判官の、十年にひとりの逸材と呼ばれた片陵礼子はやられたのだ。蛭間隆也の偽証に。

礼子はすばやく顎を上げあたりを見回す。見回すや否やふたたび歩を進め目黒川沿いのメインストリートへと戻った。人波をかき分けながら夜空に視線をむけ歩きつづける。通行人は鬼気迫る女を避けながら、その美しさに目を奪われていた。礼子は構いもせずに顎を上げ歩きつづける。やがて蛭間隆也がしゃがみ込んでいたという桜の木の下に辿り着く。礼子は息を切らし立ち止まる。あの日の蛭間とおなじように、桜の木の下にしゃがみ込んだ。あたりにはアンティークの家具屋と美容院が存在する。絶望のまま、ゆっくりと顔を上げた。

街灯の灯りが、礼子の美しい顔を照らす。

降り注ぐ橙色の灯りとともに、目的の物はやはりあった。

クロック・バックがあった脇道には存在せず、此処《ここ》にある物。

街灯に備えつけられた防犯カメラが、しっかりと礼子を捉えていた。


「いらっしゃいませ――」

礼子はそのまま目黒川沿いにあるBARの扉を開ける。店名は「ファクトリー」。八人ほどが座れるカウンターの奥から出迎えた店員が、礼子の美しさに気がつき言葉を飲みこんだ。礼子は誰もいないカウンターの真ん中に腰を下ろす。

「初めてだよね、ここ」

言葉を飲んだ三十代の男のバーテンダーがラフな口調で話しかけ、コースターを置く。

「ウイスキーのソーダ割」

礼子は相手の目も見ずに答える。思わぬ来客に微笑を浮かべながら酒を作る男をよそに、礼子は眼球だけを動かし店内を確認する。テーブル席のないウナギの寝床のような店内。壁にはモノクロームで写る六〇年代に活躍した女性シンガーの写真と、やはりモノクロの世界のなかに立つ銀髪の男の写真が飾られていた。流れている音楽は不気味なタンバリンの音《ね》とゆっくりとしたエレキギターの音が重なる、やはり六〇年代の音楽。礼子とバーテンダー以外、狭い店には誰もいない。男が音楽に身をゆだねながら酒を置いた。礼子は薄茶色の酒を喉元に通す。バーテンダーは突然店に舞いこんできた美しい十一月の虫に、上機嫌なようだった。

「常連以外あんまり来ないから」

「そう」

「ひとり？　ってひとりだよね」

男が笑う。男はじぶんのグラスに氷を入れ、水を注ぎ飲んだ。暗い店内のなか、男は瞬きもせず礼子を見つめた。

「長いの、ここ」礼子は問うた。

「店？　長いよ。十五年くらいになるかな。元は別のオーナーがやってたんだけど、おれが引き継いで。ここら辺の店はすぐ変わるから、この辺じゃ老舗《しにせ》じゃないかな。たいしたもんだろ？」

男は褒めてくれと言わんばかりに微笑を浮かべる。

「いい趣味ね」

礼子は壁の写真に目線を送る。

「あの歌ってる女性はジャニス・ジョプリン。銀髪のサングラスをかけた男はアンディ・ウォーホル」

「知ってるね」男の顔が煌めく。

「流れてる曲はドアーズの〝ジ・エンド〟。憂鬱な曲よね」

その憂鬱さがいい。男は言うと、じぶんの世界観を共有できる女と出会えたと思ったのか、身を乗り出す。

「訊きたいことがあるの」

礼子は初めて男の目をまっすぐに見る。男はその美しさに微笑を固め、いまにも店を閉めふたりきりになりたいと言わんばかりの表情を浮かべた。

「なんでも訊いて」

「クロック・バックって店があったの知ってるわね」

予想外の質問に男の表情が凍った。

「あなた、オーナーの吉住秋生さんが殺害されたあと、警察にこう証言したわね。〝吉住秋生は、酒を呑むと乱暴になる時がある〟って」

男は礼子を見ながら、初めて瞬きをした。

「それは間違いないの？」

「――あんた……誰だよ。警察かよ」

男は動揺し煙草に火をつける。礼子はここは嘘をつかないほうがいいと踏んだ。

送る。

礼子は名刺をカウンターに置いた。もう覚悟はできていた。男は緊張を隠さず、名刺に視線を
「判事。裁判官」

「裁判所？」

「裁判所よ」


「さ……裁判官がなんの用よ」

「いろいろ教えてほしいの」

「なにを」

「あの事件について」

「知らねえよ」

男は礼子を睨んだ。が、礼子は表情ひとつ変えない。

「薬やってるわね、あなた」

男は呼吸を忘れる。

「壁に飾ってるジャニス・ジョプリン、アンディ・ウォーホル、流れてるドアーズのボーカル、ジム・モリソン。みんなドラッグのカリスマね。それにあなた、さっきから水しか飲まない。喉が渇くのね。お酒を呑めば効き目が変わるのが嫌なのかしら」

「――なに言ってんだよ」

「瞬きもしない。それに瞳孔が開いたかと思えば突然針の穴のように収縮する。覚醒剤中毒ね」

危険があることはわかっていた。自らを裁判所と明かし、法を犯す者と対峙する。場合によっ

ては刃物を出されるかもしれない。が、蛭間隆也の真実を知るにはこれしかないと礼子は思った。

「これからわたしが言うことをよく理解し判断して。いい？　わたしは知りたいことさえわかれば満足なの。あなたが覚醒剤をやったり、仮にこの店の奥や自宅に大麻やＬＳＤ、コカイン、ケタミン、ＭＤＭＡがあってもなにも興味はない」

男は必死に唾を飲む。

「いい？　わたしには職業柄警察組織の知り合いが唸るほどいる。もちろん検察も。この店を出て電話一本入れれば、数分後には警察が来るわ。わたしは裁判官なの。逮捕状の発行なんてお茶を入れるより簡単」

「――脅しかよ」

そうよ。礼子は答えた。

「ただあなたが知っていることを話してくれれば、わたしは今日中目黒に来たことも忘れる。もちろんこの店も。あなたのことも」

男がため息をつく。

「ほんとだな」

「ええ」

「ほんとうに……警察には言わないな。いや……覚醒剤《シャブ》なんてやってねえけど」

「どうだっていいのよ。あなたのことは」

男は煙草を乱暴にもみ消す。ゆっくりと氷を鳴らし水を飲むと、ようやく落ち着きを取り戻した。

「で、なにが訊きたい」

「蛭間隆也に恋人はいた？　進行形じゃなくてもいい。過去でも、大切にしていた女性」

「いないと思う」

「思うってなに。しっかり思い出しなさい」

「いないよ。蛭間くんにそんな甘い話ないよ」

「友人は」

「そういうのもいない。作らないタイプというか、孤独っていうか」

「次、あなたが警察に話したことを教えて」

「刑事が来て」

「どこに」

「この店に」

「何人？　いつ？」

「ひとり。蛭間くんが吉住さん殺しちまった、その日の夕方に」

「刑事がひとりね。聞き込みって感じだった？」

「ああ。ここらの営業してる店に訊いてたみたいだ。ただ正月明けで、あんま店やってなかったから、たまたまうちへ」

「なんて訊かれた？」

「夜中事件があった時間、なにか見ませんでしたかとか、吉住さんと蛭間は知ってるかとか」

「で」

「見てないって答えた。あとは吉住さんは常連だったから嘘つくと不味《まず》いなと思って……よく来ると。どんな人か訊かれたから、基本いい人だって。まあ、ただ……時々酒が入ると乱暴にはなるって言ったよ」

「蛭間隆也のことは」

「普段から人に危害を加える人間かって言うから、逆じゃないかなって。時々吉住さんに連れれて来ても、いつもしずかだから」

「あとは？」

「それくらいだよ。ものの二、三分。それだけ訊いたら刑事は帰っていった」

「その後は、警察は来た？」

「来てないよ。周りの店も聞き込みなんて来なかったらしいし」

礼子は舌を打った。こんなことであろうことは想像していた。蛭間隆也の事件は自白事件だ。

「わたしがやりました」と自ら警察に通報している。警察にとっては無味無臭な、金のことで揉めた安易な事件。当然捜査本部など設置されず、所轄の目黒署が対応する。しかも間が悪いことに事件発生日は一月四日。刑事であっても正月は休みたい。人員は少なかったであろうと礼子は思っていた。

「蛭間隆也が五万円を盗んだことがきっかけだけど、あなたはどう思う？　少なからず蛭間はこの店にも来てたんでしょ？」

「蛭間くんは……そんなことするかなって感じだよ。カウンターのなかにいりゃわかるからさ、いい人間か嫌な奴かなんて。ただ、給料安かったみたいだからね。蛭間くん、たぶんずっと月手取りで十三万しかもらってなかったと思うぜ。よく吉住さんが言ってたんだよ。あいつ、給料安くても文句ひとつ言ってこねえって」

礼子は蛭間らしいと思った。蛭間は、生きられればよかったのだ。

「吉住秋生は普段どういう風に接してた？」

「言葉悪いけど……奴隷かな。とにかく……酔うとすごいんだよ、あの人。この店でも隣に座る蛭間くんに、おまえはまだ修業期間だからなとか、おれが専門学校で拾った恩は忘れるなとかさ、蛭間くんの肩ばんばん叩きながら」

「蛭間はどうするの、そういう時」

「はい、とか、ええとか言いながら、黙って酒呑んでたよ。でも──」

「でも？」

「ほんとうにさっきの約束守るのか？　警察とかには」

「言わないわよ。わたしの名刺見せたでしょ。こっちもリスクは背負ってるの」

「なら言うけど、ほんとうは時計に関して技術もセンスもあったのは蛭間くんだからね。吉住さんは金あるからあの店出せただけで、ほんとのところ、あんまり時計も直せなかったんじゃないかな」

「吉住秋生のこと、よく思ってなさそうね」

「あ、い、つのこと好きな人間なんて、ここらにいなかったよ。あんたも知ってるんだろ、それくらい。ここらが吉住王国だって」

「王国？」

「なんだよ、なんにも知らねえんだな。吉住は——あいつは地主の息子だよ。クロック・バック周辺の土地、ぜんぶあいつの親父のだから。いま建ってるデザイナーズマンションも、キャンドル屋も、潰れた洋服屋もぜんぶ吉住の土地。吉住は小学校から私立行ってたらしいんだけど、どうしようもなかったみたいだぜ。地元の奴に訊いても相当タチが悪かったらしい。で、高校退学になって、金があるから親がアメリカ留学させて。帰ってきたら急に時計屋やりたいって言いだしたらしくてさ、ま、親もぷらぷらさせとくのもあれだと思ったんじゃない？　専門学校行かせて、店出させてやったわけ」

「じゃあ、」

「そうだよ。月十三万で雇って〝おまえは修業期間だ〟なんて蛭間くんに言ってたけど、吉住は蛭間くんがいなかったら店なんてやれなかったよ。さっきも言ったけど吉住はほとんど時計直せなかったはずだから。だからさ、吉住が死ぬ半年前か、吉住がデザインした腕時計がコンクールで大賞取ったんだよ。あいつ自慢してさ。でも……信じられなかったよ、吉住秋生がデザインの賞取るなんて」

礼子は目を見ひらく。

「時計のデザインで賞を取った？」

「ああ」

「どんなデザインかわかる？」

ちょっと待てよ、と男はカウンターにあるノートパソコンを寄せた。男が鳴らすキーボード音が礼子の躰に染みこむ。礼子は、ウイスキーを一息で飲み干す。

「おれが言ったってここいらで言うなよ。いまだに吉住の親父は力あるからさ。なんていっても おれたち賃貸で借りてる人間は吉住王国の言葉ひとつだからよ。家賃値上げされたらこんな川沿いで店やっていけねえから。店よく潰れんだよ、なんでかわかる？　ここいらの奴はお洒落ぶって店出してる奴ばっかだから」

男はパソコンで検索しながら一気に捲《まく》したて笑った。薬の効き目が戻ってきたらしい。

「これだ」

男がパソコンを反転させ画面を礼子に見せる。

礼子は——画面を見て言葉を失った。

「こんな綺麗なの、吉住がデザインできるわけねえと思うんだけどな」

「——そうね」

「あと——吉住嫌いだったから話すよ。おれ、警察には事件の日なにも見てないって言ったけど、見たんだ」

「え？」

「見たっていうより、聴いただな。あの日の夜中？　ちょうど一時前よ。おれ、この店に来るとこでさ、いや、正月三が日オープンしてて片付け残ってたから。で、いつもみたいに目黒川沿い歩いてきたわけ。そん時さ、聞こえるんだよ。爆音でさ、テクノかハウスの曲が。目黒川まで」

「曲？」

「そう。クロック・バックがある脇道から聞こえるわけ。そんでおれ思ったんだ。〝ああ、またか〟って」

「またってなに」

「女だよ、女。吉住はさ、女房いるじゃん。だから女連れ込むときは工房に連れてくるわけ。で、女房には工房で仕事してるって言って。爆音の音楽流したほうがアイデア浮かぶとか方便使ってさ。で、やるわけ、女と。声が外に漏れないように、店のなかで音楽爆音でがんがん流してさ。音うるせえけど、周りなにも言えないわけよ。吉住王国だから。だからあの日も、ああ、正月早々女連れ込んでんだなって。そしたら蛭間くんと呑んで事件になったっていうじゃん。おかしいなとは思ったんだよね」

「女を工房に連れ込む？」

「ああ。元から肉体関係ある女も連れ込むし、クラブで引っかけた女も連れ込む。あとはまあ……その気のない女の子を無理やり連れ込んでさ、半ば強引に……わかるだろ？　そうやってやるのがいちばん好きだったみたいよ。イリーガルなもん使うときもあったみたいだし。まあ、女のことしか頭にない最低な奴だよ」

蛭間の絶望が、礼子の躰に侵食した気がした。

「恋人はいなかったのね、蛭間に」

「ああ」

「蛭間隆也の――妹が店に出入りしてたのは見たことある？」

「蛭間くんの妹？　それは知らないな。ないんじゃない？」

「じゃあ、蛭間隆也が妹のこと話したことは」

「あるよ。蛭間くん、親いなくて養護施設出身なんだろ。じゃあ、家族誰もいないんですかって訊いたら、妹がいますって。珍しく、嬉しそうに言ってたよ」

「蛭間が、事件の前とか、その――妹と例えば会ってた話とか、電話で話してるところとか、あなた見たことない？」

「なんだよ急に……ないよ、妹さんの顔も知らないし。ただ、」

「ただ？」

「電話は無理だろ。妹さんと」

「なんで」

「だって――手話か、口話って言ってたかな？　それでコミュニケーション取ってるって言ってたぜ」

「え？」

「耳が聞こえないんだろ？　妹さん」

男は言った。悲しいほど、蛭間に覚えていた違和感が確信に変わっていった。

「最後に――吉住秋生がコンクールでデザインの賞を取ってから殺されるまでの半年……吉住の女遊びに変化はあった？」

「変化？　ああ――珍しくひとりの女に落ち着いたって、カウンターで呑みながら嬉しそうに言ってたな。こんな面白い経験、いままで流石になかったって。これもコンクールで賞を取ったおかげだな、って」

「ひとりの女」

「そう」

「どんな女の子なのかしら」

「蝶だって言ってた。迷いこんできた、一匹の蝶々」

礼子は札を置いて店を出た。

「ちょっと待ってくれよ！」

バーテンダーが慌てて釣銭を握りしめ表に出てくる。

「これ。こんなにいらねえから」

男は礼子が置いた一万円の釣りを必死に差しだす。

「いらないわよ」

「いらないって言われても困るよ」

男は懇願するように、暗闇に立つ礼子の目を覗き込んだ。

「とにかく――」

「警察には言わないわよ」

「それもそうだけど――あんた、これなんのために訊いてたんだよ。また蛭間くんの裁判やり直すのか？」

礼子は店に面した目黒川沿いのメインストリートだけを見つめる。時刻は二十二時半をまわったところだった。

「なあ、なんとか言えよ。困るんだよ。さっきも言ったけど、吉住の親父はいまだに力あるんだよ。うちの常連もここいらの店で働いてる奴が多い。吉住の親父に一声かけられてうちに出入りされなくなったら、こんな店一か月ももたねえよ。裁判やり直すなら、今日言ったこと、おれの証言だってことにしないでくれよ……そうだ」

「なに」

「おれより吉住に詳しい奴いるから、そいつ紹介するよ」

「誰？」

「クロック・バックの隣に洋服屋があってな、」

「ＳＯＬって店」

「ああ、それこそ今年になって吉住の親父に家賃値上げされちまって、二か月前に潰れたんだよ。そこの従業員に板野《いたの》って奴がいて、吉住に可愛がられててさ。可愛がられてるっていうより、子分みたいによく連れまわされてたんだけどな。そいつのほうがよほど吉住を知ってる。だから裁判やり直すなら、そいつの証言にしてくれよ」

「いまどこにいる？」

「たしか故郷が長野で、実家に帰るみたいなこと言ってたな。洋服屋のオーナーなら連絡先わかるだろうから、訊いておくよ。だから――おれのことは勘弁してくれ。その……いろいろ」

わかったわ。礼子は答える。

「連絡先教えてくれよ」

裁判所に電話させるわけにもいかない。礼子はじぶんの携帯電話番号を教えた。

「ＬＩＮＥでもいいんだけどな」

「持ってないのよ。スマートフォン」

「まじかよ……平成も終わりだぜ」

交渉が成立したと思っているのか、男は醜い顔で笑った。

「でもこれ、ちゃんとした捜査なのか？　そもそも裁判官ってこんなことする――」

礼子は切れ長の美しいまなざしを男にむけた。男はすぐに微笑を引っ込める。

「――じぶんの立場を考えなさいよ。あなたはわかったことをわたしに連絡すればいい。それだけ」

男は唾を飲み頷き、急いで店のなかへ戻っていった。


礼子は二十二時半過ぎの目黒川沿いを歩く。ほぼ人気《ひとけ》は消えていた。直進し中目黒駅を目指す者、反対に国道二四六号線沿いにある東急田園都市線池尻大橋駅を目指す者がちらほら、といるだけだった。目黒川に沿って転々と存在する店舗も総じて閉まっている。バーテンダーが言った「ここいらの奴はお洒落ぶって店出してる奴ばっかだから」という発言もあながち的外れではないようだった。見れば一点物を扱う洋服屋や雑貨屋は開店時間は遅く閉店時間は早い。これはむしろ「店舗での販売を当てにしていない」証拠なのであろうと礼子は理解した。インターネットの時代だ。食料も日用品も嗜好品《しこうひん》さえも指先ひとつ画面に触れれば手に入る。

蛭間隆也が事件を起こした二〇〇九年一月四日深夜一時。雨。

この通りはおそらく、人気もなく、閑散としていただろう。

それが唯一、蛭間隆也に訪れた悲劇に一筋の光をもたらした――蛭間隆也のたいせつな者を守るために、微かな希望、可能性となったのではないか？

礼子は目黒川沿いを歩きながら、蛭間隆也の絶望と同化していく気がした。

二〇〇九年一月四日午前一時。

礼子はその日を想像し、蛭間隆也に抱きつづけていた違和感を、仮説に変えていった。

蛭間隆也はオーナーである吉住秋生を凶器となった工具・ディバイダーで刺し、吉住の呼吸が止まると恐怖から逃げるように店を出て、凶器を排水溝に捨て目黒川沿いを徘徊する。そして医師に「助かったのが奇跡」と言わしめた傷を左腹部に負いながら、傘もささず雨に打たれ桜の木の下に座り込み、呆然と三時間を過ごした——。

違う。

蛭間隆也はおそらく吉住秋生を刺してはいない。殺してもいない。すべてが蛭間隆也の偽証だったのだ。賭け。真実を知りかけた礼子の唇を塞いだときとおなじように、悲しいほどにわずかな勝算しかない賭けに我が身を投じたのだ。大切な者を守るため。その身を、躰を、不運に我が身を捧げるように、差し出したのだ。

蛭間隆也は店から逃げたのではない。

逃がす時間が必要だったのだ。

吉住秋生の店に迷いこんでしまった、一匹の蝶々を。

妹を。

吉住秋生を刺してしまった、蛭間奈緒を。

礼子は目を閉じた。蛭間隆也と蛭間奈緒の育った聖森林の里学園を思いだす。大切に額に入れられ飾られていた一枚の絵。蛭間奈緒が描きコンクールで大賞を取った一枚の絵。背のおおきな兄とちいさな妹が、花火を見た帰り道、浴衣姿で手と手をしっかりと握りあっている絵。

「——蝶番」

『蝶番』と蛭間奈緒がタイトルをつけた絵。

その蝶番というタイトルとデザインを礼子は先ほどのBARで見たのだ。薄汚れた薬物中毒のバーテンダーが見せたパソコンの画面のなかに、それはあった。

【二〇〇八年　ウォッチデザインアワード文字盤大賞　吉住秋生氏】

【タイトル　『蝶番《バタフライ》』】

礼子は思いだし唇を嚙みしめた。美しいデザインだった。優しさにあふれたデザインだった。文字盤に一匹の蝶が描かれていて、右の羽が薄いピンク色、左の羽が紺色になっていた。羽に沿うように一から十二の文字が刻まれ、まるで性別の違う二匹の蝶が一匹となり、時を刻んでいるようであった。

間違いなく、蛭間隆也がデザインした時計なのであろう。

それを吉住秋生は、無断なのか、拾ってやった恩のわずかな報酬なのか、蛭間隆也のデザインをじぶんのものとしコンクールに出した。

蛭間隆也の担当弁護士だった男は、まず蛭間の偽証に騙《だま》されている。蛭間隆也と蛭間奈緒は疎遠な関係などではない。繫いだ手と手を決して離さず、困難な道を生きていたのだ。蛭間奈緒は兄がデザインしたものを見ていたのであろう。奈緒の笑顔と、照れるように微笑を浮かべる蛭間隆也の顔が想像できた。かつて妹が描いた一枚の絵を、兄は忘れることなく腕時計にした。ピンクの右の羽は奈緒が着ていた浴衣の色、紺の左の羽は蛭間が着ていた浴衣の色。その浴衣から伸び握りあう兄妹の手。その握りあう手と手が困難のなか生き抜いていくふたりの蝶番だったのだ。

それを兄は時計のデザインにした。

が、蛭間奈緒が残酷にもコンクールの結果を知ったとしたら——。

「大賞」を受賞したのは、店のオーナーであった吉住秋生と知ったら——。

飛躍しすぎなのかもしれない。だが、礼子の「仮説」は何者かに突き動かされるように止まらない。

二〇〇八年の暑い夏。蛭間奈緒は吉住秋生に抗議しに店にむかう。が、そこで吉住秋生は店に鍵をかけた。そして蛭間奈緒は吉住秋生に襲われた。それを機に、半年近くも躰を奪われつづけた。

「珍しくひとりの女に落ち着いたって、カウンターで呑みながら嬉しそうに言ってたな。こんな面白い経験、いままで流石になかったって。これもコンクールで賞を取ったおかげだな、って」

「蝶だって言ってた。迷いこんできた、一匹の蝶々」

半年近くも吉住秋生の毒牙にかかった一匹の蝶々は、二〇〇九年一月の寒い夜、再び吉住秋生の店にむかう。そこで、蛭間奈緒は吉住秋生を刺してしまったのだ。

蛭間奈緒の犯行が計画的でないことは明らかだ。吉住秋生の殺害を最初から狙っていたのなら、兄のディバイダーを使うわけがない。咄嗟《とっさ》だったのだろう。むかってくる性欲に身を任せた醜い悪魔に怯え、咄嗟にテーブルの上にあったディバイダーを手に取り、むかってきた吉住秋生の左鼠径部を刺してしまったのだ。

偶然なのか必然なのか、蛭間隆也が店のドアを開けたとしたら。

床には左鼠径部から噴水のように真っ赤な血を噴き出し倒れる吉住秋生と、返り血を浴びディバイダーを握りしめ、震え立つ愛する妹がいた。蛭間は事情を聞く。頭のいい男だ。時間がかけられる状況でないことは、まず最初に認識したであろう。

彼が思うことはただひとつ。

「妹を、絶対に殺人者にしてはいけない」

蛭間は妹を説得する。計画を話す。妹は泣きながら抵抗する。

——蛭間はここで、神に背く。

神に背いたのだ。慈愛に満ちたカトリックの施設で育てられた蛭間隆也は、神に背をむけたのだ。

「そうか——」礼子は蛭間隆也と蛭間奈緒を思い浮かべ、身が引きちぎられそうになった。

蛭間隆也は吉住秋生に刺されたのではない。

我が身を刺したのだ——。

いや、蛭間隆也の傷は間違いなく他者から刺されたと報告がある。

となると、蛭間は妹奈緒に、我が身を刺させたのか——。

蛭間は瞬時に逃げ切れる状況ではないと察する。ふたりで逃げてしまえば間違いなく逮捕され真実が明らかになる。それを恐れた。蛭間は賭けに出る。じぶんが捕まるしかないと。じぶんが店の売上金を盗み口論となり、偶発的に吉住を刺してしまったというストーリーを立てる。妹は嫌だと言う。兄は説得しながら考える。

未来を。蛭間奈緒の幸せを。

——正当防衛。

この言葉が蛭間隆也の脳裏に浮かんだのかもしれない。事件現場は時計工房だ。油を落とす洗剤は常備しているだろう。蛭間は凶器に付着した妹の指紋と吉住秋生の血液を入念に洗い流す。

そして刺させたのだ。深く、深く、吉住秋生の傷よりも深くなるように。

妹の手を握り、「深く刺せ」と言い、まるで切腹の儀式のように、めり込んだディバイダーでへそ側に四センチ引き裂いたのだ。

吉住秋生の死体見分調書に、こう記されていた。

【被害者の左鼠径部傷口内に、加害者の血液を確認】

蛭間奈緒は泣いたであろう。

兄は妹を守るため腹を切り裂き、じぶんの血液が付着した手で吉住を救助したふりをしたのだ。

すべては賭けだったはずだ。

あとは妹をいかに逃がすか。

蛭間奈緒の衣服は吉住の返り血で血塗れだったはずである。そこで蛭間は着てきていたコートを妹に被せる。自らは工房にあった薄手のブルゾンに袖を通し、妹を防犯カメラのない脇道から帰し、タクシーに乗り込ませたのだ。

そして自分はあえて傘もささずに目黒川沿いを歩く。

街灯に備えつけられた、十五メートルおきにある防犯カメラに我が身を映すために。

のちに警察の証拠となるように。

裁判での証拠となるように。

三時間の放浪は恐怖と混乱からの徘徊ではなく、しっかりと我が身を目黒川沿いの防犯カメラに映しながら、来るべき裁判に備え証拠を作っていたのだ。

愛する者を守るために。

一匹の蝶を逃がすために。

その三時間が必要だったのだ。

雨に打たれながら、愛する妹を逃がすために、その時間が必要だったのだ。

「でもなんで」

礼子はクロック・バックのあった脇道を歩き呟く。解《げ》せないところがある。蛭間隆也が妹との未来を考えたのであれば、警察での取り調べ然り、公判の際も、強く正当防衛を主張すればよかったのではないか？　そのために自らを傷つけたのではないのか？　が、主張していたのは担当弁護士だけであり、被告人当人にはまったくその気配は見えなかった。ということは、蛭間には正当防衛を勝ち取ってはいけない事情があったのではないか。実刑判決を受け、刑務所に入らなければならぬ考えがあったのではないか——。

「——そうよ」

彼は正当防衛を勝ち取ることを恐れたのだ。勝ち取ってはいけなかったのだ。執行猶予付きの判決が下れば、当然被害者家族は控訴する。つまり、延々と裁判がつづいていく。そうなれば必ずほころびが出てくる。じぶんの犯行ではないという証拠が出てくる。それに——蛭間隆也が守りたかったものはなんだ？　蛭間奈緒の未来。平穏に暮らしていける日常であったはずだ。蛭間奈緒が吉住秋生を刺し殺したこと以外、知られたくない事実は。

——名誉。

これしかなかった。半年近く、吉住秋生にレイプされつづけた事実など、世に公表したくなかったのだ。

事件当日、吉住秋生に性交の跡はない。

もし蛭間奈緒がこの日初めて吉住秋生の店に行っていたのなら、「妹が襲われそうになり、咄嗟に身を守るためディバイダーを握ってしまった」と蛭間も妹も警察に訴えられたかもしれない。が、半年だ。半年近くも——躰を奪われつづけてきたのだ。今後つづいていく妹の将来を考えても、隠し通したい気持ちは理解できる。

——なんどもなんども。

——兄のデザインを盗んだことに抗議をしに来た蛭間奈緒を、

——吉住秋生は脅し、躰を奪っていたのだ。

そのことを兄が知ったら。

蛭間隆也はその事実を明らかにするわけにはいかない。いままでなんども公判で性被害者、その家族を法壇の上から見てきた。彼女たちは死ぬ思いで勇気を振り絞り証言台に立つ。が、法廷に立てる被害者ばかりではない。性被害者たちの多くの実情は、恐怖から、羞恥から、警察に被害届も出すことができず、裁判も受けられず、永遠にひとり苦しむ人たちがほとんどだ。

――妹の名誉を守るため。

――蝶番で結ばれた、妹のささやかな未来を守るため、蛭間はそれだけは言えなかった。

――ではなぜ、それほどまでに強く結んだ兄の手を、蛭間奈緒は離したのか？

――なぜ、兄の服役中に、自ら命を絶ったのか――。

気がつくと渋谷駅のガード下に辿り着いていた。街の再開発なのか、以前見た景色と変わっていた。巨大なビルたちは面様を変え、色も場所も変化している。時代は変わろうとしている。ガード下には変わらない景色があった。青と緑のビニールシートの城が並んでいる。浮浪者たちは手製の段ボールのなかや、毛布に包《くる》まり躰を丸めていた。「あなたたちは間違いなく、来年にはどかされる」礼子は伝えてやりたかった。二〇二〇年の東京オリンピックにむけて、彼らは行政の手によって居場所を失う。景観を損ねる、軽蔑すべき弱者。彼らはまた西へ東へその身を移すのか。

と、礼子の目の前にあった毛布がむくと起きた。露になった顔を見ると女だった。顔は排気ガスと垢《あか》で汚れ、髪の毛は酷く絡まっていた。七十歳は過ぎているように感じた。女は礼子を見て笑った。気が触れているのか、幻でも見ているのかわからぬ表情だった。が、礼子は笑いかけるその女が、なぜかじぶんを捨てた母親に見えた。

礼子は雨野から渡された紙袋を女の前に置く。茶色い手を伸ばし、女は紙袋のなかの箱を取り出す。箱にはリボンと共に高級ブランドのロゴが描かれていた。女はふたたび礼子の目を見て笑った。

「メリークリスマス」女は言う。

「まだ早いわよ」礼子は呟き駅へと歩いた。

歩きながらふと、伯母に電話をしたくなった。もう夜更けだが、起きているかもしれない。礼子はワンコールだけ、彼女の家の電話を鳴らす。

「もしもし？」

慌てたように伯母が電話に出た。

「わたし。ごめんね、夜遅くに」

「どうしたの！　なにかあった!?」

伯母は電話のベルの正体が最初から礼子とわかっていたように、礼子に真意を尋ねた。

「べつに、なにも。ちょっと声聞きたくなって。伯母ちゃん、元気？」

「元気よ。こっちは大丈夫だから」

「なにしてたの？」

「歳とると寝つきが悪くてね。ぼんやりテレビ」

伯母の受話器のむこうから、お笑い芸人が笑いあう声が聞こえた。狭い部屋でひとりテレビを眺める伯母を想像し、礼子は胸が痛んだ。

「ねえ」

「なに？」

「――あの人って、男よね。わたしの前から逃げた原因」

礼子は初めて、伯母に母親のことを尋ねた。しばらく、テレビの笑い声だけが礼子の耳に届いた。

「そうよ」

伯母は答えた。

「ありがとう」

「どうしたの」

「いや、ちょっと裁判所の忘年会があって。呑んだからか、訊きたくなった」

「なにかあったら」

「え？」

「なにかあったら、帰っておいで」

「なに言ってるの。なにもないわよ」

「家はあるから」

伯母の声が痛かった。礼子が捨ててきた感情が呼吸し、脈打つのを感じた。すべては蛭間隆也と出会ってから。捨ててきた感情と本能が、ふたたび礼子の胸に宿った。

「夜分遅くにごめんね。寝て」

礼子は電話を切る。終電間際の雑踏を歩く。歩き、歩き、歩きつづける。

じぶんと蛭間は、一緒なのだと思った。

伯母がいなければ蛭間のように、養護施設で育ったであろう。

――強い
――つよい

礼子が蛭間隆也の印象を記した手控え。

長野判事が礼子の印象を記した手控え。

その一文を礼子は思いだす。男と女の違いのように、漢字と仮名で記された言葉。蛭間は大切な者を守るため強くなり　礼子は大切な者を感じぬようつよくなった。が、そうはうまくいかなかったようだ。結局、現《うつ》からは逃げられない、礼子は三十三になりそう思った。


礼子の足は自然と蛭間の家へとむかう。深夜十二時をまわった三鷹駅を降り、以前瑠花から得た情報を頼りに蛭間の住居へむかった。辿り着いたアパートは木造だった。錆《さ》びついた鉄筋の階段。二階の三号室を見上げると、格子《こうし》のついたちいさな窓から灯りが見えた。

「苦しまないでほしい。あなたの苦しみを受け止めるから」

そう言いたかった。が、同時に躰を結んだあの日に言われた言葉も思いだす。

「もう、わたしという存在を忘れてください」

蛭間の声がよぎる。礼子は歩を進めた。音を立てずに上がろうとしても、「かん、かん」と鉄筋の階段は鳴いた。母親と暮らし、その後伯母が越してきてくれたアパートもおなじだった。冬は寂しげにかん、かんと鳴く。夏は熱気をサンダルを通じて伝えてくる。生きるということは生半可なことではないと、鉄筋の階段は上がるたびに教えてくる。三号室の前に着いた。表札にはなにも書かれていなかった。薄いベニヤ板のような扉を見つめる。扉をノックするか、簡易的な呼び鈴を鳴らすか一瞬迷った。礼子は結局、チャイムのボタンを押した。テレビの音さえ聞こえないが、部屋のなかが一気に緊張したのが礼子にはわかった。一枚の板を通じて礼子は対峙した。待った。と、しずかに扉は開いた。

「すみません……こんな時間に」

「いえ」

蛭間は高揚も落胆も見せず、しずかな表情で礼子を見つめた。礼子は呼び鈴を鳴らしておきながら、視線はじぶんのブーツの先に落としたままだった。いちど唾を飲み、礼子はようやく顔を上げ蛭間を見つめた。

「いまからお話しすることはわたしの想像です。ですが九年前の法廷のときより、確たる証拠はあると思っています。再審を……申し立ててくださいというお願いではありません」

「ええ」

「簡潔で結構です。お答え願えますか」

蛭間はじっと礼子の顔を見つめたまま、はいと答えた。

「あなたは、被害者である吉住秋生さんを刺していませんね？」

「はい」

「刺したのは誰ですか」

蛭間はしずかに礼子を見つめる。

「――妹の、蛭間奈緒さんですね」

「ええ」

「奈緒さんは、あなたのデザインを盗んだ吉住秋生に抗議をしに行った。それは事件当日の二〇〇九年一月四日よりずいぶんと前だと思います。違いますか?」

「そうだったようです」

「そこで――吉住秋生は奈緒さんをレイプした。その期間はコンクールで大賞を取った直後の二〇〇八年夏から半年近くにわたり吉住秋生の毒牙にかかった……そうですね?」

蛭間は黙った。黙りつづけた。やがて苦し気に、「はい」とだけ答えた。

礼子は吉住への怒りに震えた。蛭間は黙って、礼子を見つめた。

「あなたがその事実を知ったのはいつですか」

「事件当日です」

「奈緒さんから打ち明けられたのですか? それとも偶然店に行ったのですか」

「言いたくありません。答えない権利はありますよね」

「結構です――ここは法廷でもありませんから」

「ありがとうございます」

「事件当夜、あなたはなんらかの方法で妹さんがクロック・バックに行ったことを知り追いかけた。そこで――妹さんが吉住を殺してしまっているところを目撃する」

「違います」

「違う?」

「わたしが工房に着いたときには、まだ吉住は生きていました。辛うじてですが。血を噴き出しながら助けてくれ、救急車呼んでくれとわたしに頼みました。ですがわたしは妹から話を聞き、それはしませんでした」

「なぜですか。吉住のしてきたことを考えれば、充分妹さんは裁判で、」

「できませんよ」

蛭間は初めて強いまなざしで礼子を見た。

「そんなことは、できません」

「――すみません。そこであなたは、なんとかして自らの犯行にしようとした。そこで――」

「あなたが考えた通りだと思いますよ」

「奈緒さんに、あなたを刺させたのですね。吉住の傷よりも深く。まず第一に、あなたは殺人罪になってはいけなかった。そんなことをすれば耳も聞こえぬたったひとりの妹さんを、長い刑期のあいだひとりにしてしまうことになる。だから正当防衛に近い形をとりたかった。だからあなたはまず、吉住にじぶんが刺され、その後ディバイダーを奪いにきた吉住秋生を殺意なく偶発的に刺してしまった――このようなストーリーを立てた」

「はい」

「妹さんにディバイダーを握らせ、あなたを刺させたのですか？」

「むかし読んだ小説で、似たような話があったんです。じぶんで刺すと角度でばれてしまうと書いてあったのを思い出しました。奈緒は泣きました。でもそうするしかないと説得しました。奈緒にわたしの腹を刺してもらい、横に引けと言いました。でも奈緒はできませんでした。なのでわたしは――ディバイダーを持った奈緒の手を強く握り、深く横に引きました。あとはじぶんの血液で塗れた手で吉住の傷口を押さえ……すべては賭けでした。わたしがまず吉住さんに刺され、次にその凶器でわたしが、となればと」

「吉住にはなんども殴られた痕がありました。あれは」

「余計なことをしました。でも結果、あの行動で傷害致死罪の実刑をもらうことができた。わたしは——吉住を赦せなかった。すべての準備が終わり、跪き、吉住を見ました。この期に及んでも助けてくれとわたしに手を伸ばしました。怒りがわきました。殴りました。でも結果その行動が、裁判の際あなたに触れた」

「あなたの、思惑通りになったんですね」

「はい」

「あなたは正当防衛に見せかけながら、それを勝ち取ってはいけなかった。そうなれば吉住の家族は控訴してくると踏んだ。吉住家には資金が潤沢にある。二審である高等裁判所、さらに最高裁にかかる裁判費用など吉住家にとっては蛇口から水を出すより簡単——そうなればいずれほころびが出てくるとあなたは思った。自分ではなく、妹が刺したと。そしてその原因は、奈緒さんがなんどもなんどもレイプされていたことだと」

「吉住さんの両親は彼を溺愛していましたから。もしわたしに正当防衛で無罪、もしくは過剰防衛で執行猶予付きの判決が下り刑務所に服役しないなどということになれば、間違いなく控訴してくると思いました。ですから裁判がはじまり焦りました。弁護士さんからも正当防衛が勝ち取れる流れがあると伝えられましたから。だからあなたが、被害者を何回殴ったか、殴る余力があるのであれば刺さずに逃げることもできたのではないかと法壇から言ったときに、ここに賭けるしかないと思いました」

礼子は蛭間を見つめる。

「四、五回殴ったかもしれないと言うと、一般の方である六人の裁判員のみなさんの表情が変わるのがわかりました。あえてわたしは、怒りを込めてそれを言いました。そのほうが心証が悪くなると思いましたから」

「そしてわたしは言ったのですね」

「鼻骨と切歯が折れるほど殴ったのは、被害者である吉住秋生氏に積もり積もった憎しみがあったのではないかと。わたしは〝そうだったのかもしれません〟と答えました。法廷の空気が変わったのがわかった。弁護士さんはうなだれた。わたしは確信しました。これで傷害致死での実刑がもらえる。役目は終わったかもしれないと」

「わたしが――その質問さえしなければ」

「逆です。あなたがわたしと妹を救った。だからわたしはあなたを覚えていたんです。あなたがいなければ、妹の尊厳は守れなかった」

「でも、妹さんは」

「だから言ったでしょ。わたしの手は、いつも間違えるんです」

しばしふたりは黙った。「あなたの苦しみを、分けてもらうことはできないか」とてもそんなことは礼子には言えなかった。蛭間の苦しみは土よりも深く深く、底に辿り着けぬほど根付いているのだ。礼子はあとひとつ、どうしても訊きたいことがあった。これだけは、十年にひとりの逸材と呼ばれた礼子でもわからないことだった。

「あなたはなぜ――裁判所の門前に立っていたのですか？」

蛭間は礼子を見つめ、やがて視線を地に落とし、口をつぐんだ。

「やはり、再審を望んでいるのではないのですか？　自らの偽証に苦しみ、後悔されているんじゃないのですか？」

蛭間は黙りつづける。

「もし再審を申し立て開始されれば、新たな証拠もあります。無罪になる確率は高いんです。蛭間さん」

蛭間はなにかを答える気配もなく、ただ地を見つめつづけた。

「――じゃあ……いちどあなたが裁判所の門前で、建物にむかい頭を下げているのを見ました。あれはどうしてですか」

「感謝と……詫びです」

「感謝と、詫び？」

「実刑判決をくださったあなたへの感謝と、妹を守れなかった詫びです。妹はわたしが服役中に死を選びました。最後に会ったのは……わたしの第一回公判のときです。だから――あの法廷にいまもいる気がして」

「再審は――いかがですか。犯人隠避の罪には問われますが、少なくとも、あなたが身勝手に殺人を犯したという不名誉は払拭されます。被疑者死亡でもわたしが必ず無罪を勝ち取らせます」

蛭間は迷いがあるように、言い返すことはせず、地を見つめた。

礼子は部屋のなかを見つめた。五畳にも満たない部屋には何着かの服がハンガーで吊るされ、ちいさな簡易的な卓袱台《ちゃぶだい》が置いてあるだけだった。

「――いま、お仕事はなにをされているんですか」

「工事現場です」

「どこですか」

「……新宿の、デパートの駐車場です」

「あなたにも——幸せを感じる権利はあると思います。歓《よろこ》びとか、」

「歓び？　歓びってなんだよ」

礼子は強い口調の蛭間を見て口をつぐんだ。

「歓びなんて——感じたくないですよ」

かち、かちと蛭間の部屋から壁時計の音が聞こえた。

「雑踏のなかで、あなたを探してしまうんです」

「——」

「好きなのだと思います」

「……帰ったほうがいい」

蛭間はそっと、躰を表に出し扉を閉めた。礼子との距離はわずか数センチになる。礼子は蛭間の匂いを感じる。機械的でない、人間の匂いがした。

「帰り道はわかりますか」

「はい」

「送っていきます。後ろから」

「……ひとりで平気です」

危ないです、暗いですから。蛭間は言った。

礼子は階段へむかう。蛭間は礼子が十歩ほど進むと歩きだした。礼子が錆びついた鉄筋の階段を下ると、しばらくして蛭間が鳴らす階段の鳴き声が聞こえた。

かん、かん。

こん、こん。

ふたりの足音が夜に重なる。

礼子はアパートの前の道に下りると振り返った。蛭間は右、左を確認している。誰かいないか。じぶんが礼子といるところを決して見せてはいけないとでも言うように、その眼光はしずかに鋭くあたりを見回していた。きっと妹である蛭間奈緒を店から逃がすときも、おなじ表情をしていたのだろう。礼子は思った。

ふと見れば、蛭間はスウェット地のパーカーしか着ていなかった。

「――大丈夫です。寒いですから」

蛭間はちいさく首を振り、歩いてくれと目で伝えた。

礼子は歩く。夜道を、歩いた。

しばらくすると背中に蛭間の存在を感じた。振り返ってはいけないとわかりながら、礼子は首を後ろに回す。蛭間は十メートルほど距離を空けて、礼子に追随するように歩いていた。礼子はそれを見て、ふたたび顔を前に戻し歩いた。

不思議なほど、安心感に包まれていた。

背中が、温かななにかを感じているようだった。

こんな気持ちは生まれてからいちども感じたことはなかった。

守られている。そんな感覚だった。

十分ほど歩くと二車線の車道に出た。もう電車は走っていない。タクシーがやってきた。礼子はしずかに、右手を上げた。タクシーは停車すると、ドアを開ける。

礼子は蛭間を見つめる。

蛭間は黙って、わずかに頭を下げた。誰にも気がつかれぬよう、頭を下げた。


礼子は自宅へ戻る。深夜一時。結婚以来、こんな時間に帰宅するのは初めてだった。玄関を開けると新築の家のような香りがした。つんと鼻腔に、アロマの匂いが漂う。靴はきちんと整頓して並んでいる。換気と複数置かれた空気清浄機のおかげか、人が十年住んでいる気配を見せない。礼子は階段を上る。蛭間のアパートの鉄筋階段と違い、上質な絨毯で覆われたそれは足音を消し、鳴くこともなかった。

そっと寝室を開ける。二十畳ほどの寝室に置かれたベッドの上で、貴志は寝息を立てている。が、その表情には苛立ちの痕跡が見える。「今日は雨野東京地裁所長と会食がある」と伝えてはおいたが、元来雨野のことを嫌っている夫の機嫌が良くないことは、眉間に刻まれた皺を見れば推測できた。また、いま眠りながらも意識の半分は覚醒し、礼子の帰宅に気がついていることも。

しずかにウォークインクローゼットに入る。そっと服の匂いを嗅いだ。蛭間の匂いはかけらほどもついていなかった。寝巻に着替え、ベッドに入る。化粧を落とすのも面倒だった。今日は自宅で判決文を書けていない。一時間ほど仮眠し、シャワーを浴び、書斎へ行こうと礼子は誓う。

礼子の横で、「ちっ」と舌打ちする音が聞こえた。同時に「ああ」と乱暴に息を吐き夫は寝返りを打った。貴志はベッドのほとんどを占領し、礼子に背をむけた。わずかなスペースに躰を横たえ、礼子は天井を見上げる。蛭間隆也のことを考えていた。

「あなたにも、幸せを感じる権利はあると思うんです」

じぶんはどうしてあんなことを言ったのだろう。きっとそれは、じぶんと蛭間を重ねているのだろうと礼子は思った。

家賃三万二千円のアパート。錆びつき剝がれ落ちた鉄筋の階段。かん、かんと鳴る音。ベニヤの玄関。薄汚れた赤い郵便受け。提灯ランプ。四畳の畳。隣人の気配。

彼にも、アロマの匂いを嗅ぐ権利はあるのではないか。満たされた食事。テーブル。ランプ。間接照明。白いソファー。オットマン。ウォークインクローゼット。ナイフ。フォーク。スプーン。担保された未来。安心。安全。夢。希望。躰のサイズに合わせたスーツ。そんなものを、感じる権利はあるのではないか。

——馬鹿だな。

礼子は思う。そんなものに、じぶんが幸せを感じたことがあっただろうか。司法修習生時代、貴志にプロポーズされた。将来を嘱望《しょくぼう》された二十三歳の礼子の結婚にみなが驚いた。が、理由は簡単だった。

「結婚したら、家建てるよ」

貴志が青山の高級イタリアンの店で言った一言。

それが、決め手になったのだ。

思えば、安住の地はなかった。

八歳まで母親と暮らしたアパート。母親が路地裏で逃亡し、誰にも言わず一か月間ひとりで過ごしたそのアパート。伯母が越してきてくれたアパート。伯母には感謝が尽きないが、そのぶん背中にのしかかるなにかを感じていたのは事実だ。誰かの視線を感じない場所に行きたかったのだと礼子は思い返す。そんなときに、好都合な話だったのかもしれない。礼子は裁判官になれば裁判所が管理する官舎に住むことが明白だった。大学の奨学金を返済しなければならなかったからだ。

脱却したかったのだ。狭いかごから。

だから夫が浮気をしようが、なにひとつ恨みを感じない。それは同時に貴志に対する感情がないということだ。そのことすら、礼子は感じぬよう生きてきてしまった。

目を閉じる。このままではきっと、また鳩の夢を見てしまう気がした。

落ちゆく鳩。

落下する鳩。

結果礼子は眠ることを諦め階下に下りた。

書斎に入り、パイン色の安っぽい勉強机に座る。

明日以降の判決文を書く。書きながら、礼子は感じる。じぶんは誰かの判決文を書くことで、ずっと母親を裁いてきたのだと。八歳のじぶんを置き去りにし、別の未来を探した母親をずっと裁いてきたのだと。見ず知らずの誰かの判決文を書くことで、母親を裁きつづけてきたのだと。

——主文。被告人を懲役八年に処する。

——主文。被告人を無期懲役に処する。

――主文――死刑に。


翌朝礼子が登庁しようとすると、二階から貴志が下りてきた。

「次あんなことがあったら、玄関のチェーンかけるからな」

本気とも冗談ともつかぬ口調で、笑顔を作り、夫は言った。

妻の遅い帰宅を責めたいのなら、昨日のうちに言えばいいのに。きっと夫も熟睡していないだろう。礼子は思った。

第七章　あなたのために

夕刻四時。すべての公判を終え礼子はすばやく法服を脱ぐ。その足は二俣尾駅へとむかった。義母の晩ご飯はメモを添え朝のうちに軒下に置き、貴志には「刑事部での忘年会に出ることになったので、帰りが遅くなる」と告げておいた。

礼子はある種の告白を蛭間にし十二月に入ると、ある人物に連絡を取った。その人物が蛭間の事件を明白にする最後の肝だと思った。片道二時間。すっかり闇に溶けこんだ二俣尾駅を降り、指定されたウッディ調の喫茶店の扉を開けると、彼女はいた。聖森林の里学園長、今張千草の背中がそこに見えた。

「遅くなってしまい、申し訳ありません」

礼子は今張の前に立ち、頭を下げた。

「いいえ」

白髪を後ろで一本に束ねた今張が、椅子にむかい手を差し出す。礼子はしずかに椅子を引き対坐した。

「なにか、お食べになる？　美味しいですよ、ここ」

今張がそっとメニューを置いた。が、極力人と関わらないようにしてきた礼子は、このような場合どうすればよいかわからなかった。取り急ぎ、礼子は目についた紅茶だけを若い女の店員に頼んだ。

「あの」

礼子は呼びだしておきながら、詫びるような視線で今張を見る。

「以前は、たいへん申し訳ないことをしました。じぶんに子があるように見せて、学園に入り――」

いいんです。七十歳を過ぎているであろう、眉墨さえ引いていない今張園長は言った。礼子は数日前に学園に電話をし、今張に取り次いでもらった。そこで「十月に学園に行き、子供の入所を相談した桐山里子と名乗った者だが、実は偽名を使っていたこと。ほんとうは子供などおらず、蛭間隆也、並びに妹の蛭間奈緒のことが知りたく伺ったこと。また真実は、自らが蛭間隆也に実刑判決を下した裁判官であること」を告げ、詫びた。それをしずかに聞いた今張は、「もういちど会いたい」という礼子の申し出を受け、今日、会うことになった。

礼子が差しだした名刺を今張は両手で持ち、見つめる。

「ほんとうは、片陵礼子と申します。東京地方裁判所刑事第十二部に所属する判事です」

「片陵さん」今張はじぶんの躰のなかに礼子を刻みこむように、名を呟いた。

「……はい」

「あなたが十月に学園にいらしたあと、なんだか胸騒ぎがしたんです」

「胸騒ぎ」

「ええ。すぐに子供を入所させることはできないかと尋ねられ、わたしは緊急にサポートしてくれる施設の資料を取りに行きました。お話しした通り、うちのような養護施設は定員が決まっているものですから、申し訳なくてね。でも園長室に戻るとあなたはいなかった。その場に残された職員に訊くと、あなたは泣いていたと言う。蛭間くんと……奈緒ちゃんが手を繋いだり、抱き合っている写真を見て。そのあともうちの学園で預かっているかおりという女の子が来ましてね。あのお母さん、わんわん泣いてたって。とても悲しそうだったって。あの人はどうした？　と尋ねると、走って行ってしまったって」

礼子はかおりという女の子を思いだす。五歳くらいの女児だった。礼子のヒールに刺さった銀杏の葉を取り、じぶんの名を叫び、母親の代わりを探すように礼子にまとわりついていた。礼子はただただ、申し訳なく思った。

「相談に来られて直接学園を見て、じぶんがお腹を痛めて産んだ子供を預けるという現実を感じてね、固まっていた意思が揺らいで帰られるお母さんもいるんです。でも職員と子供の話を聞いて思いました。いえ、直感的だったのかもしれません。もしかしたら——蛭間くん。隆也くんを知っている方なのかもしれないって」

「——蛭間さんには」

「数日たって連絡を取りました。胸騒ぎが収まらなくてね。あの子と最後に会ったのは、出所後に奈緒ちゃんの遺骨をひきとりに学園に来たときでした。そのとき彼は、ただ黙ってわたしの話を聞いていました。膝の上に奈緒ちゃんの骨壺を置き、まるで抱きしめるように、両手で彼女を包んでいました。五分もいなかったと思います。最後に深く頭を下げて、彼は帰っていきました。あの子と電話で話したのは十年ぶりです。あの子が事件のあった夜中に電話してきたとき以来でした。二〇〇九年一月四日。長い年月をへて、ようやくきちんとあの子の声が聞けました」

「蛭間さんには、なんと」

「あなたのことを調べている人が来たかもしれない、と。そうすると彼は、わかっていますと答えました。ご迷惑をかけつづけて申し訳ないとわたしに詫びて。そしてあなたのことを教えてくれました。その方はたぶん、東京地裁に勤める判事さんだということ。じぶんの判決を考えてくださった方だということも」

「蛭間さん、なにかおっしゃっていましたか？」

「先生、神はいますね。と」

「——神」

「運命だと思うと。彼と、偶然荻窪駅でお会いになったんでしょ？　刑期を終え出所し、じぶんを担当したあなたと出会うとは想像していなかったと。いつも通り、なにかを覚悟したように、しずかに言っていました。〝先生、やっぱり神はいますね。運命からは逃げられない〟って」

「——そうですか」

「あと、こうも言っていました。先生、きっとあの方はまた来ると思う。じぶんのところにも、学園にも。ご迷惑をおかけしますが、よろしくお願いしますと」

　蛭間のアパートを訪れたときのことを思いだした。蛭間は突然の訪問にも動じず、怒らず、礼子の前に立った。それはとうに礼子が現れることを覚悟し、受け入れていた運命だったのだろう。

　若い女性の店員が紅茶を運んでくる。礼子は頭を下げ、店員がその場を去るまでテーブルの一点を見つめた。

「訊きたいことがあるのよね？　わたしでよければ訊いてください。すべてをお話ししますから」

礼子は視線を上げ、今張を見つめた。

「――先ほど園長先生がおっしゃっていた通り、蛭間さんは事件のあと、園長先生に電話されたんですね」

「ええ。一月四日の、夜中一時半ごろでした。学園の固定電話が鳴りましてね、時間も時間ですからただ事ではないと思いました。ちょうどお正月で、親元に一時帰宅している子も何人かいましたから、なにかあったかと」

「すると蛭間さんだったのですね」

「受話器を取るとすごい雨の音がしました。しばらくするとぼくです、と声が聞こえました。すぐに蛭間くんだとわかりました。彼は先生、いま公衆電話から電話しています。もう二度と、先生の携帯電話には連絡しません。これからお話しすること、お願いすることをお許しください――そう言いました」

礼子は雨に打たれ電話をかける、蛭間の姿を想像した。

「まさに――告解《こっかい》でした」

礼子の予想通りだった。蛭間が事件後に頼れるのは今張園長しかいないと踏んでいた。蛭間は教会のちいさな告解室に入ることもできず、中目黒の路地裏で雨に打たれながら今張に告解したのだ。いままさに犯した罪と、これから犯す罪を打ち明けたのだ。赦しを得るためではなく、神に背くことを決めた人間として。

「あの子は簡潔に、一切の無駄口は言わず、事件のあらましをわたしに伝えました。そして、いま奈緒をタクシーに乗せて帰したと。奈緒はかなり動揺している。二時間後に、奈緒のアパートに行ってくれませんか、彼は言いました。わたしは――さすがに動転しました。まず――わたしが知っている可愛いふたりが、こんなことに巻き込まれるなんてと。わたしは、すぐに警察に電話をしなさい、正直に話しなさいと言いました。でも――彼はそれはできませんと。すると彼の息が途切れ途切れになってきました。訳を尋ねると、被害者に先に暴行を加えられた証拠を作るために、腹を刺したと。もう――耐えきれませんでした。すぐに救急車を呼ぶと言いました。でも彼はやめてください――それだけを繰り返しました。〝先生、いまから話すことは、たいへんに申し訳ないことです。わたしは三時間後に警察に電話をし、自首します。わたしが店の金を盗み、口論になり、あげく吉住さんを刺してしまったと。盗んだ金は五万円にします。こんなことを言うのは憚《はばか》られますが、よくある事件だと思います。賭けになりますが、わたしさえ警察の取り調べに素直に応じれば、おおきな裁判にはならないと思います。いつかニュースで観ました。日本の裁判は、起訴さえされてしまえばほぼ百％有罪だそうです。わたしと奈緒さえ口をつぐめば、必ず奈緒の幸せは守れます〟と」

今張は堰《せき》を切ったように話をつづけた。

「〝自首するのに三時間必要なのは、まず妹を自宅に返すのに一時間。万が一警察が妹のアパートに行った時のために、シャワーを浴びさせ、また気持ちを落ち着かせるのに一時間。あとは――〟」

「先生へのお願いですね」

「はい。奈緒が着ていた洋服は園長先生にお願いして、園にある焼却炉で燃やしてもらうこと。そのために三時間が必要なんです、彼は言いました。わたしは蛭間くんの声から、三時間も躰が持たない、そう言いました。すると彼は言いました。絶対に死にませんと。自首するまでは、どんなことがあっても生きつづけますと。だから――奈緒のことをよろしくお願いします……そう言ったんです。彼は奈緒ちゃんに、ふたつの約束をさせたそうです。ひとつは、奈緒ちゃんが生きている間、もう二度とじぶんとは会わないこと。警察の面会にも、裁判にも決して来てはいけないと。ふたつめは、じぶんのことを忘れること。今後万が一警察にでも、他の人にでも訊かれたら、兄とは兄妹としての感覚がない、一緒に暮らした時間があまりにも少ないし、ましてどんな事情があろうと人を殺した兄に、迷惑をかけられたくない、怖い。そう答えろと。だからアパートにある写真は、すべて園長先生に渡して燃やしてもらうように、そう言ったそうです」

礼子は胸が切り裂かれそうだった。蛭間の左腹部に刻まれた傷痕を思いだした。医師に生きていることが奇跡と言わしめた傷口は、まさに命を懸けた未来への微かな希望だったのだ。妹の幸せを守るため、命を捨てる覚悟で、蛭間は自らを切り裂いたのだ。

「ひとついいですか？」

「はい」

「そこに疑問があるんです。蛭間さんが妹の名誉――なんども躰を奪われていた事実を明かしたくない、守りたい気持ちはわかるんです。でも、それほどまでに強く結ばれた兄妹であれば、なおさら未来を考えるはずです。ふたりの未来を。ましてや――奈緒さんは耳が聞こえないんですよね？　そんな妹さんをどうしてひとりにするのかが、ずっとわからないんです。どうして蛭間さんは、奈緒さんをひとりにする決断をとったのか」

「結婚が——決まっていたんです」

「……結婚？」

「奈緒ちゃんは、結婚が決まっていたんです。蛭間くんは、それを守りたかったんです」

礼子は押し黙った。とても、「そんなことで」と言えなかった。自らが結婚するときですら困難は多かった。「親」「行方不明」「捨てられた」そんな文言と空気を脱するのにずいぶんと時間がかかった。じぶんより過酷な環境で生きてきた蛭間兄妹にとって、結婚がどれほど重い事柄であったか、礼子にも想像できた。

「じゃあなぜ——奈緒さんは自殺されたのですか？」

今張は、灰色のノートを礼子の前に置いた。

「奈緒ちゃんがつけていた日記です。燃やすよう頼まれましたができませんでした。中身を読んだら、とても」

「この日記を蛭間さんは？」

「事件の当日だそうです、彼が日記の存在を知り読んだのは。蛭間くんはあの日、奈緒ちゃんと会う約束をしていました。彼女も仕事をかけ持ちしていて忙しかったので、新年がはじまってから蛭間くんと会えていなかったんです。なので一月三日の夜、ふたりでご飯を食べてから、聖森林の里学園にある教会へ行こうと。ですが約束の時間のすこし前に、奈緒ちゃんが蛭間くんのアパートへ来て、友達とご飯を食べる約束を忘れていたと。蛭間くんは、変だと思ったそうです。

そこで彼女のアパートへ行って――」

読んでみてください。今張はしずかに言った。礼子は学生がよく使う、灰色の表紙のノートをそっとめくった。そこには彼女の性格を思わせる、丁寧かつ主張の少ない文字で、日々が綴られていた。

□二〇〇七年九月二十日　木曜日
有里《ゆり》ちゃんがいまひとつ、口話の授業にのってくれない。私とおなじく先天性ではなく後天的に重度難聴になったせいか、まだ音が聞こえない現実を受け入れきれていないのかもしれない。根気強く、という言葉だけではいけないと思う。「はっきり自然に話す」「近くで話しすぎず、一・五メートルほど距離を保つ」「言葉を強調しすぎたり、ゆっくり話しすぎたりすると、かえって理解を妨げる」教えるうえで、この点を私が注意したほうがいいのかもしれない。読唇《どくしん》はじぶんの経験からも身につけておいたほうがいい。「はっきり、自然に、距離をとって」困ったら基本に立ち返ること。

□二〇〇七年九月二十二日　土曜日
お兄ちゃんが仕事終わりにアパートへ。ご飯。有里ちゃんのことを相談。ふと、「私の発声が以前より濁っているのでは？」と思い訊いてみる。お兄ちゃんはすこし考えたあとに、「前よりちょっとな」と答えてくれた。となると、子供たちへの読唇の見本がうまくいっていない可能性が。気をつけなければ。しかしお兄ちゃん、答えにくそうだった。優しさを感じる。兄は私がスムーズに話せていた時のことを覚えているのだろう。

□二〇〇七年九月二十三日　日曜日
お兄ちゃんとホームセンターへ。日用品買い出し。「児童支援センターか喫茶店、仕事はどちらかにしたら？」と言われる。が、拒否。「お兄ちゃんこそ、いつまでもわたしのアパートの近くに住んでないで、仕事場に近いところに部屋を借りれば？」と返す。と、黙っていた。青梅から中目黒は遠いだろうに。私ももう二十歳。心配はありがたいが、そろそろじぶんの幸せを考えてほしい。幸せになってほしい。

□二〇〇七年九月二十五日　火曜日
夕方まで児童支援センター。その後喫茶店でバイト。駅でお兄ちゃんと合流。帰宅。有里ちゃん、心開かず。

□二〇〇七年九月二十八日　金曜日
児童支援センター↓喫茶店↓お兄ちゃんとご飯。「手話が使えるのは難聴者のなかでも二割弱で、手話だけで会話する人はすくないんだよ」と生徒たちに伝える。と、みなの目が真剣に。やはり具体的に言っていく必要性を実感。美郷《みさと》ちゃんが、「でも先生、これからの難聴者はパソコンも携帯電話もインターネットもあるから、先生の時代より楽です」と手話で言って、クラスがどっと笑ったのがよかった。「うるさい！」と伝えた（笑）。でも真面目な話、ほんとうにそう思う。インターネットの発達は障害がある人間にとって、これほどありがたいものはない。でも、口話も重要。どんどん健常者ともむきあえる可能性を、子供たちに広げてあげたい。（わたしもパソコンか携帯電話くらい買うべきか。便利とわかりながらも食指が動かず。高額。それに兄に似て感覚が昭和なのか）（※有里ちゃんだけ、授業のらず）

□二〇〇七年十月十一日　木曜日
考えた末、思いきって有里ちゃんとむきあう。授業のあとふたりの時間を作り、私がなぜ重度難聴者になったのかを話す。有里ちゃんをずっと見てきて、もしかすると私と似かよった経験からかもしれないと感じたから。やはりそうだった。

□二〇〇七年十月十五日　月曜日
有里ちゃんが授業中に笑った。ほかの生徒とも交流を持ちはじめる。私にも、「口話がうまくなりたい」と言ってきた。よかった。

□二〇〇七年十月二十四日　水曜日
クラスにまとまりができてきた気がする。生まれつき重度難聴を抱えた子供たちと、後天的に耳が聞こえなくなった有里ちゃんが、うまく溶けこんでくれた。きっかけはやはり有里ちゃんだと思う。私もそうだったが、音を知っていたぶんだけ、現実が受け止めきれない。先天性の難聴者の人に対してさえ距離をとってしまう。そうすると世界はどんどん狭くなる。有里ちゃんが積極的にみんなに声をかけはじめ、みなにも安心感が生まれたようだ。他の子だって、不安だったはずだ。有里ちゃんが心を開かないことに。一体感が生まれれば自信につながる。みな、がんばって生きていかなければいけない。いまの小さな世界を、忘れないでほしい。ほとんどの子供たちが一般の学校に進むという。がんばれ。負けるな。大丈夫。

蛭間奈緒の日常は決まっていた。彼女は就学前の重度難聴者を対象に、児童支援センターで口話などを教え、夜は喫茶店でバイト、この繰り返しであった。晩ご飯は蛭間隆也の帰宅が遅くない限り、兄妹でふたり、彼女のアパートか彼のアパートで食事をとっていた。その生活は二十歳の女性としては極めて質素で、蛭間奈緒のもっぱらの悩みは児童支援センターに通う有里ちゃん、他の難聴児、そして兄の幸せに占められ、彼女自身の幸せには一文も触れず、蛭間奈緒の献身的な性格がにじみ出ていた。が、彼女の日記に変化が見られたのは、二〇〇七年十一月だった。

□二〇〇七年十一月五日　月曜日

Sさんに声をかけられる。喫茶店。背後から声をかけていたようだ。店内では補聴器もつけていないため、真紀《まき》さんに肩を叩かれるまで気がつかなかった。Sさんはそこで初めて、私が耳が聞こえないことを知ったようだ。私が振りむくと、うつむき、なにかを言いかけたが、お会計をして帰ってしまった。

□二〇〇七年十一月十二日　月曜日

Sさんが来る。手紙を渡される。

Sさんとは後の頁をめくると、二俣尾駅近くにある信用金庫に勤める斉木亨《さいきとおる》という青年だとわかった。斉木は当初打ち合わせなどで上司に連れられ喫茶店を利用していたが、やがてひとりで通うようになる。そして二〇〇七年十一月に蛭間奈緒に手紙を渡した。手紙の内容は、「軽い気持ちではありません。いちど、お食事をしていただけないでしょうか」と記されていたようだった。奈緒はしばらく斉木への対応に思い悩んでいく。が、「耳が聞こえぬ」ことや「実の父親、叔父への恐怖からくる男性への猜疑《さいぎ》」を記した文言をのぞけば、彼女も斉木のことが気になり、いや、手紙をもらう前から心のどこかで彼の存在が気になっていたことが文面から読み取れた。それは二十歳のひとりの女性として、当たり前の感情に思えた。

蛭間奈緒は斉木に手紙を返す。それは食事をすることを了承した返事だった。奈緒は初めて斉木亨と食事をしてから、二週間後にふたたび立川駅の近くで食事を共にする。そこで斉木亨は「付き合ってくれませんか」と彼女に思いを告げる。その日奈緒は、「考えさせてください」とだけ答え帰宅する。

□二〇〇七年十二月二十日　木曜日

人と付き合えるのだろうか。どうしても時々、叔父の姿を思いだしてしまう。熱湯。シャワー。

今張園長が礼子に声をかけた。日記を補足するように放った言葉は礼子の胸をえぐった。蛭間奈緒は三歳のときに母親を亡くしている。当時兄の蛭間隆也は十歳。父親はとうに行方をくらましていた。兄は今張のいる児童養護施設、聖森林の里学園に入所することになったが、奈緒は違った。母親の妹が養子として引きとることにしたのだという。わずか十歳の兄に決定権はなにもなかった。養護施設に入所するよりは――当時の蛭間隆也にはそんな思いもあったという。行政の勧めもあり叔母のもとで暮らすことになった奈緒だが、幸せは訪れなかった。奈緒が五歳のときに、血の繋がりのない叔父は風呂場に奈緒を連れていく。八十度の熱湯をシャワーキャップを外し奈緒の両耳に突っ込み噴射させた。その行動は幾日にもわたって行われたそうだ。奈緒は泣き叫んだが叔母は耳を塞いだ。理由は「夫がこわかった」からだそうだ。奈緒を引き取る考えに至ったのも、夫婦関係がうまくいかず、その理由は子に恵まれていないからではと叔母が考えたからだそうだが、結果は最悪な方向へむかった。

病院にさえ連れていってもらえぬ奈緒は、わずか一週間で聴力を失う。兄が電話をしても叔母は取り次がず、盆暮れ正月に訪ねても「里心がつくと困る」と奈緒と会うことは許されなかったという。再び兄妹が再会できたのは、隆也が十四歳、奈緒が七歳の冬だったそうだ。叔父が家を出ていき、叔母が会うことを許した。耳が聞こえなくなった妹を見て愕然《がくぜん》とする蛭間隆也に、叔母は「高熱がつづき、こうなってしまった」とこの期に及んで真相を隠し、じぶんを守ったそうだ。奈緒が真実を打ち明けたのは、叔母が亡くなり彼女も聖森林の里学園に入所できた十歳のときだったという。隠し通した訳を尋ねると、「お兄ちゃんに心配をかけたくなかったから」奈緒はしずかに言ったそうだ。

「それからの一年間、隆也くんは妹との失った時間を埋めようと必死でした。彼女もそれにこたえるように、兄を信頼していました」

「学園に飾ってあった、奈緒さんが描いた蝶番という絵も、そのころですね」

「ええ。七つ歳が離れていましたし、つらい経験をしてきたぶん……隆也くんも普通の高校三年生より大人びていましたから。兄であり、父親であり、まるでその姿は彼女の保護者そのものでした」

「でも蛭間さんは高校を卒業して園を出ていますよね。奈緒さんと学園で暮らせたのは実質一年です。場合によっては十八歳を過ぎても園に残れるとお聞きしたのですが、どうしてそれを選ばなかったのでしょうか」

「じぶんがいると、待機している子供が入れないからと。どうしても定員が決まっていますから、誰かが卒園しないと待機児童は入所できません。奈緒ちゃんも納得したそうです。困っている子供たちを、助けてあげてください、と兄妹で言いました。その代わり蛭間くんは学園のすぐそばにアパートを借りて、いくつものアルバイトと時計専門学校に通いながら、毎日奈緒ちゃんに会いに来ていました。奈緒ちゃんも、幸せだったと思います」

「他の子のために、園を出るなんて……」

「そういう子なんです」

今張は蛭間隆也をすこしだけ誇るように、しずかに微笑み、言った。

礼子はふたたび日記に視線を落とす。

奈緒は悩んだ末に斉木亨と交際をはじめる。が、なかなか兄には告げられなかったようだ。相手の斉木にも同様で、自らの出自、耳が聞こえなくなった原因も告げられていない。だが斉木亨の奈緒への思いは本物だったようで、強引に訊きだすこともせず、しずかに奈緒の気持ちに寄り添っていることが見て取れた。蛭間奈緒はこの時期、人生でいちばん温かな時間をすごしていただろう。が、次の文面を礼子は目にし、このあと訪れる悲劇を想像し、胸が痛んだ。

□二〇〇七年十二月二十五日　火曜日
　クリスマス。お兄ちゃんのアパートで、お祈りをし、晩ご飯。そして、なんと嬉しいことが！　お兄ちゃんが、時計のデザイン画を見せてくれた。とても恥ずかしそうに見せてくれたそれは、わたしが描いた絵がモチーフになっていた！　あの夏祭り。繋ぎあった手と手。お兄ちゃんは紺色の浴衣、わたしは（恥ずかしいが）ピンクの浴衣。ふたりの手首にはお揃いの腕時計。あの時計は、祭りの出店でお兄ちゃんが買ってくれた。バイトしたお金をちいさなお財布から出して、必死に数えて、出店の人に渡すお兄ちゃんの姿をいまでも思いだす。それはとても安くて、玩具《おもちゃ》みたいな時計だったけど、お兄ちゃんはそれを買うと膝をついて、わたしの左手に巻いてくれた。お兄ちゃんは右利きなのに、それを右の手首につけてわたしの左手を摑んだ。お兄ちゃんとわたしの時計と時計が、まるで寄り添うように近くに並んだ。お兄ちゃんはわたしの時計とじぶんの時計を見て「もう、ずっと一緒だからな。安心するんだよ」と言った。わたしはその瞬間を忘れない。暑い夜で、汗がじとっと体にまとわりついて、浴衣の帯がなんども上に上がっては直していたあの夜を。それを！　お兄ちゃんはひとつの時計にデザインした。文字盤の数字と数字を曲線で囲い、よく見ると蝶のデザインになっている。左の羽に見える線は紺、右の羽は薄いピンク。わたしたちが着ていた浴衣の色だ。なんてことだろう！　涙が出た。お兄ちゃんはこれを、コンクールに出すという。入選すると、大手の時計メーカーが商品化してくれるそうだ。タイトルは

「蝶番」と書いて、「バタフライ」とふりがなをつけるらしい。そう、わたしが賞を取った絵のタイトル、蝶番からとって。嬉しい、嬉しい、嬉しい！　どうか神様、成功をお祈りするなんていけないことかもしれませんが、兄のデザインを入選させてください！　ずっと、わたしの幸せだけを考えてきた人なんです。兄にも、兄の幸せをあげてください！　お願いします！

半年後、神は裏切る。

□二〇〇八年七月九日
許せない。コンクールに入賞している。吉住秋生という名前で。聞き覚えがあるもなにも、兄の勤める店のオーナーだ。お兄ちゃんに問いつめると、笑顔を見せた。「いいんだ」と言った。兄は口数が多くない。それに知っている。兄が笑顔を見せるときは、わたしを安心させるときだということを。

□二〇〇八年七月十四日
抗議に行くことを決めた。やはり許せない。あのデザインは兄のだ。兄と、わたしのかけがえのない思い出なのだ。

□二〇〇八年七月十五日
悪魔がいた。

□二〇〇八年七月三十日

呼びだされる。喫茶店に悪魔は電話をしてくる。わたしの耳が聞こえないことをいいことに、葛城《かつらぎ》という偽名を使い、店に電話をしてくる。対応する店の人に、「福祉事務所の人間」を装い、わたしへの伝言を頼む。店の人は電話を切ると、その伝言を大きく口を開けわたしに伝え、念のためメモにも書いて渡してくれる。が、用件はすべて適当だ。電話は悪魔が決めた暗号になっている。三時に電話したら八時。四時に電話したら九時。つまり、葛城から電話があった五時間後に、クロックバックに来いという伝言だ。来なければ、すべてをお兄ちゃんに話すという。

□二〇〇八年八月十日

死にたい。

□二〇〇八年九月二十一日

死んでもお兄ちゃんに言えない。

□二〇〇八年十月五日

怪物はいる。悪魔はいる。闇になど、飛び出してはいけなかった。

怪物たち。

□二〇〇八年十月二十五日
斉木さんにプロポーズをされる。もう、どうしていいかわからない。

蛭間奈緒は悪魔に出会いながらも必死に日常をつづけていく。重度難聴者に口話を教えつづけ、週のほとんどは兄と夜ご飯を共にし、二週間にいちどの割合で恋人の斉木亨と外に出かける。喫茶店のアルバイトもきちんとつづけていた。それはもちろん葛城ことクロックバックのオーナー、吉住秋生が呼びだすために「辞めるな」と脅していたのだろうが、それより――彼女自身の生活の存続、また、職を変えることで兄に余計な疑いを持たれぬために違いなかった。いや、日常を守ることで、薄氷のようになった彼女自身の正気を、必死に保とうとしていたのかもしれない。

蛭間奈緒は嵐が過ぎ去るのを祈る。吉住秋生が自らへの遊戯に一刻も早く飽き果て、忘れてくれることを望んだ。が、彼女の言う悪魔、怪物は蛭間奈緒に興味を失うことはなかった。やがて呼びだされる回数が増えた奈緒に、兄の隆也はとうとう疑問を持つ。

□二〇〇八年十一月二十日
「夜出かけることが多くなったけど――なにかあるのかい」とお兄ちゃんに尋ねられる。兄の働くクロックバックに行っているなどと言えない。しかたなく、斉木さんのことを話した。お付き合いしている人がいると。結婚を申し込まれたことも。

蛭間隆也は戸惑いながらも、「交際している人に、うちの事情は話しているのか？」と心配を見せている。奈緒が「まだ話せていない」と答えると、兄はしばらく黙り、「ゆっくり、時間をかけて話しな」とアドバイスを送ったそうだ。蛭間隆也はしずかに、無口に、すこしだけいつもより多く、酒を呑んだという。やがて一言、「よかった」と呟いたそうだ。妹が人並みの幸せをつかんだことを嚙みしめる兄を見て、奈緒は複雑な思いを日記に記していた。

時は残酷に進んでいく。蛭間奈緒は斉木亨のプロポーズを承諾し、年の明けた二〇〇九年一月に向こう方の両親と会うことが決まった。斉木に関して詳しい心情は日記に書かれていない。記されているのは斉木亨の優しさだけであった。おそらく蛭間奈緒は吉住秋生に脅され躰を奪われつづけるなか、それを記したノートのなかに彼を混在させたくなかったのだろう。穢されるじぶんとは別の時空に、彼を置いておきたかったのだ。きっと蛭間奈緒は兄の存在とともに、彼の優しさで現に踏みとどまっていた。斉木亨の印象を、奈緒は次の一文で表現していた。

「すこし、お兄ちゃんに似ている」

この言葉だけで、斉木亨がどういう人物なのか礼子はわかった気がした。そして日記はとうとう、その日をむかえる。

□二〇〇九年一月三日

年賀状が届いた。「今年もよろしくお願いします　葛城隆也」。

どうやって住所がわかったのだろう。兄の名まで騙《かた》り遊んでいる。もう、逃れられないのだろう。警察には言いたくない。神よ、勝手かもしれないが、とてもわたしは裁判などには耐えられない。弄《もてあそ》ばれた事実をとても公表するなどできない。兄も吉住の行為を知れば、店を辞める。兄の職を奪うことはできない。神よ。悪魔は言葉が通じぬのか。今日、クロックバックに行くことを決めた。最後にする。悪魔にこれだけを伝える。

「わたしを、もう許してください」

「結婚することが決まったんです」

なんどもなんども練習してから家を出よう。わたしの発声する言葉が、健常者にも伝わるように。高笑いする悪魔に届くように。

神よ。わたしは言う。

「わたしを、もう許してください」

「結婚することが決まったんです」


——神よ。わたしはいま日記に書きながら、この言葉をあなたにむけている。


日記はそこで終わっていた。記されるべきノートの残りは未来も過去もなく、製造会社がデザインした罫線《けいせん》だけが無機質に存在した。礼子は蛭間奈緒の日記を閉じる。

「蛭間さんは、この日記を妹さんのアパートで見つけ、読み……クロックバックへむかったのですね」

「ええ」今張園長が答えた。

「奈緒ちゃんにのちに訊いたところによると、相手の男は店にいたそうです。酒を呑みながら、

〝え？　え？〟となんども耳に手を当て笑ったそうです。〝なに言ってるか聞こえないよ。そんなに震えてちゃ〟男の口はそう動いていたそうです。男は――悪魔は、店に鍵をかけ音楽を流したそうです。オーディオのボリュームを上げていく指を、奈緒ちゃんは見つめていたそうです。あとのことはよく覚えていないと。気がつけばにやにやと近づいてくる男にむかって……机の上にあった物をむけてしまったと」

「そして蛭間さんが来たんですね」

「あとはお話した通りです。蛭間くんは奈緒ちゃんに、〝幸せになるんだ、幸せになるんだ〟となんども言ってタクシーに乗せたそうです。そこからは蛭間くんの言う通りになりました。ちいさな……事件だったんですかね。連絡があったのは蛭間くんの担当弁護士さんからだけでした。情状証人としての出廷をと電話がありました。ですが蛭間くんに頼まれた通り、うちの施設にお りましたが、関係はあまりうまくいかなかった、学園の存続にも関わるので、情状証人の出廷はお断りすると」

「奈緒さんにも」

「ええ。彼女は携帯電話を持っていなかったので、連絡をいただけるようご伝言できないかと。わたしは奈緒ちゃんにそれを告げ、学園から弁護士さんに電話させました。もちろん、最初はわたしが弁護士さんと会話をして。妹さんに代わります、と伝え、弁護士さんが話す内容はわたしが聞いていました。無言を貫くという形をとって。そして弁護士の方が奈緒ちゃんに、情状証人として出廷をしてもらえないかと尋ねたときに、奈緒ちゃんに電話を渡しました。彼女は、蛭間くんに言われた通り、〝兄妹としての感覚がありません。兄と暮らした時間があまりにも少ないし、ましてどんな事情があろうと人を殺した兄に、迷惑をかけられたくない。それに正直怖いです〟そう言いました。まるで機械のように。難聴者とは思えぬほどはっきりと。きっと、なんども練習したんでしょう。でもその顔は、もう以前の彼女ではありませんでした」

その後蛭間隆也は順調に自白し、無味無臭な事件を成立させていく。起訴され、裁判となり、最後に法廷に現れた妹を目で制し、有罪判決を勝ち取り、彼女の幸せを信じた。

「でもそのころには、もう奈緒ちゃんの結婚の話はなくなっていたんです」

今張園長は冷えた紅茶を見つめ言った。

「実兄が犯罪者ということが原因ですか？」

「いえ――そこまでも至りませんでした。蛭間くんが奈緒ちゃんの身代わりとなって逮捕されてすぐ、一月の間に破談になっていたんです。理由は可哀想なほど簡単です」

「――彼女の出自の問題ですか」

「ええ。父親もどこの誰だかもわからず、叔父に虐待を受け耳が聞こえなくなり、養護施設で育ち……とてもそんな子は嫁として受け入れられないと、斉木さんは両親に言われたそうです。なので奈緒ちゃんは相手のご両親と会うことすら叶いませんでした。斉木さんは奈緒ちゃんに詫び、なんどもご両親を説得したそうです。ですが最後は奈緒ちゃんが、自ら身を引いたそうです。〝大丈夫よ〟と。彼は奈緒ちゃんに……ほんとうにすまないと、頭を下げて詫びたそうです」

――おれの手は、いつも間違える。

礼子は蛭間の言葉を思いだしていた。

妹の幸せを守るため服役囚となった兄は牢獄に入れられ、兄の願い叶わず妹はまたひとりになった。

その後、蛭間奈緒は結婚が破談になったことを頑なに兄に知らせなかったという。蛭間隆也のいる拘置所へも、府中刑務所にも手紙すら出さなかった。それは奈緒が生きているあいだ、決してじぶんとは会ってはいけない、面会にも裁判にも来てはいけない。誰かに訊かれても、「兄とは疎遠だった」と答えろ、おれのことは忘れろ――という兄との約束を守ったのかもしれないし、純粋に結婚の破談をふくめた、いままでの人生に絶望したのかもしれないし、自らの命と未来を賭けた兄への詫びだったのかもしれない。

しかしその真意は今張にも告げられていないいま、誰にもわからない。蛭間奈緒は黙って生活をつづけたが、兄が府中刑務所に入った初年度の冬、橋から身を投げ命を落とした。そう、兄妹で手と手を繋ぎあった橋。夏祭り、浴衣を着て、お揃いの腕時計をつけて、ぎゅっと手を繋ぎ歩いた橋で。蛭間奈緒が蝶番という名をつけて描いた絵。その橋の上から、彼女は身を投げた。

礼子は喫茶店の椅子に座りながら、ふと法廷にいるじぶんを想像した。判事として、感情を取り戻したじぶんがいま、この兄妹にどんな判決を下せばいいというのだ。

礼子はしずかに、今張に言った。

「最初……蛭間さんに違和感を覚え、誰かをかばっているのではと思ったとき、蛭間隆也は恋人を守っているのではと思いました。恋人が罪を犯したのを知って、身代わりになったのではと」

「きっと彼は、妹でも恋人でも、おなじことをしたと思うわ」

「もし奈緒さんが吉件秋生を殺していなかったら、蛭間さんはどうしていたと思いますか」

「警察へ行ったでしょう。たとえ裁判で彼女がレイプされていた事実が明らかになっても、彼が奈緒ちゃんを一生守りつづけると誓って」

礼子もそう思った。

「いや——それは綺麗ごとかもしれませんね。事件のあった日、雨のなか蛭間くんが電話してきたとき、彼は言いました」

「なんて」

「〝どちらにせよ、わたしが殺していました〟と」

礼子はなにも答えられなかった。

「蛭間くんが奈緒ちゃんの結婚が破談になっていたのを知ったのは、出所してからです。奈緒ちゃんの遺骨を引きとりに来たとき、わたしが経緯を伝えました。彼は黙って話を聞き、頷いていました」

「婚約者の斉木さんに対しては」

「実は……毎月うちの学園にいらっしゃるんです。月命日には必ず。最初にいらしたのは奈緒ちゃんが自殺して二か月後のことでした。ただ……申し訳ない、と。翌月もいらして、奈緒ちゃんが暮らしていた部屋を見せてほしいと。もちろん他の子が暮らしていますが、その部屋をじっと見つめていました。廊下に飾ってある奈緒ちゃんの描いた絵も見つめて。それからは園の子供たちにドーナツを持ってきたり、本を持ってきてくれたりしながら、月命日には必ずいらっしゃるんです。口数の多くない方ですが、子供たちも彼が来るのを喜びだして。まだ幼い子もいますから、鬼ごっこをしてくれたり、女の子とはあやとりをしてくれたりね。お墓は……どこにありますかと尋ねられたことがありました。わたしは奈緒ちゃんのお兄さんが地方に暮らしていて、その方がと答えました。すると、わかりました、と。それ以上は訊いてきませんでした。彼は、お墓より、この学園に来た方が彼女を感じるんですと。とても……すべての人に慈しみを持った、優しく、美しい方でしたと言いました。蛭間くんが出所して遺骨を引き取りに来たとき、それを伝えました。蛭間くんは、ちいさい声で、そうですかと答えたように聞こえました。その顔は悲しみとともに、彼への感謝もふくまれていたと思います。少なくとも、妹は誰かに愛されていたという証《あかし》を感じたような」

「斉木さんはいまも」

「この間蛭間くんからもおなじ質問をされました。電話であなたのことを報告したときにね。〝斉木さんはどうされていますか〟って。彼はいまも毎月来てるわよと。まるで子供たちのあしながおじさんみたいで。結婚もせずに、まだひとりなんです。わたしがいちど、もう前に進んだらどうですかと言ったことがありました。斉木さんは、いいんですと。それくらい、奈緒さんは素敵な方でしたと。それを蛭間くんに伝えました。彼は黙っていましたが」

――わたしが隠しつづけてきたことは、これがすべてです。今張は頭を下げた。

「裁判をやり直してもらうことはできないでしょうか？」今張の声が礼子にはとても遠くに聞こえた。

「再審……というのでしょうか？　もういちど裁判をやり直す言葉は。蛭間くんを、隆也くんを救ってあげてください。あの子は苦しんでいると思うんです。心のどこかで、誰かに本当のことを話したいと思っている気がするんです。あの子が望むなら、いえ、望まなくとも救われるのなら、もういちど裁判をしてやってください。もちろんわたしも裁かれることは覚悟しています……片陵さん？」

なんどめかの「片陵さん」という呼びかけに、ようやく礼子は反応した。視線を日記の表紙からわずかに動かす。その美しいまなざしには、十年にひとりの逸材と各省庁に謳《うた》われつづける強光は消えていた。

「神も信じたことはないし――信じませんし――信じたくもないし」

礼子は訥々《とつとつ》と語りはじめた。

「恐ろしい話ですが、母親の下の名前を覚えていないんです」

「え？」

「下の名前、普通は覚えていますよね、母親の。でも覚えてないんです。覚えているのは酒と煙草で嗄れた声と、母親が最後に言った言葉と、歩いて角を曲がる背中だけなんです。三十も過ぎて親を許せないのは馬鹿だと思います。でも……時々思いだすんです。脳のなかに――こびりつくように――あの人はいるんです」

今張は黙って礼子を見つめた。

「ある夜――わたしは母親の幻影を消したくて――蛭間さんの手を借りました。いまでは、母親を頭から消したかったからか、もしくは――初めから魅《ひ》かれていたのか――判別もつきません」

「あなた、まさか」

「神は信じていませんし、蛭間さんたちのように洗礼も受けていませんが――これがわたしの告解です」

今張は礼子の左手薬指に光る指輪を見つめた。

「おやめなさい――それだけはおやめになってください。それはあなた自身も、蛭間くんも苦しむことになります。それだけは――」

「罪でしょうか。誰かを想うことは、自殺とおなじく、大罪でしょうか」

礼子は親指の爪をがじがじと嚙んだ。

「わたしにはいま――」

蛭間隆也を裁く自信がない。礼子は心のなかに渦巻く言葉を飲みこんだ。今張と礼子は、しばらく黙った。

「三十も過ぎてとおっしゃったけど」

口を開いたのは今張だった。

「子が可愛くない親がどこにいる、とよく言いますが――実際はいます。だからうちのような施設があるんです。奈緒ちゃんは十歳のとき学園に来ました。何か月かたってわたしにも慣れてきたときに、〝お兄ちゃんの声って、どんな声？〟と訊いてきたんです。蛭間くんは高校三年生になっていましたから、〝低い声だよ。でもとっても優しい声だよ〟と教えました。そうすると奈緒ちゃん、そっかーって笑うんです。〝お兄ちゃんの声、あんなに高かったのになあ〟って懐かしそうに言うんです。彼女が最後に蛭間くんの声を聞いたのは別れるときだったそうです。奈緒ちゃんが三歳、蛭間くんが十歳のときです。叔母の家に引き取られるのは、隆也くんでも奈緒ちゃんでもどちらでもよかったらしいんですね。そのとき蛭間くんは、〝奈緒が行きな〟って。最後は事件のときとおなじく、〝幸せになるんだよ〟と言って頭を撫でてくれたそうです。そのときのお兄ちゃんの声はとっても高くて、だから耳が聞こえなくなったいまも、高い声なんだろうなあって思っちゃうと笑っていました。兄の声が聞こえないのが、どれほど悲しかったか。良かれと思い叔母の家に妹を託した兄がどれほど後悔したか――あの兄妹は、お互いに十字架を背負っていたんです。そんな彼らに、わたしは赦しを教えました。いまではそれが正しかったのかさえわかりません。わたしはもう――神と話すことをやめましたから」

ふたりは席を立った。会計をすますと若い女の店員が、「先生、今日どうひてもお花買う時間がなかったから、明日お花用意ひてたむけるね。バイトかけもちでさ、参っちゃう」と笑った。

礼子がレジカウンターを見ると、何枚かの写真がフォトフレームに入れられ置かれていた。どの写真にも、必ずおなじ女性が写っている。一枚はこの喫茶店で撮影されていた。恥ずかしそうにエプロン姿でお盆を持つ女性。もう一枚に目をむけると、教室のような場所で、子供たちに囲まれその女性がやはり恥ずかしそうに立っていた。とても素敵な女性だった。蛭間奈緒なのであろう、礼子は思った。

「あひがとうございました！」

女性の耳には、補聴器がつけられていた。見送られ、礼子は店を出る。空はいっそう夜になり、外気は凍てつくほど冷たかった。

「いまの女の子は、奈緒ちゃんが日記で気にかけていた有里ちゃんという子ですか」

「そうです。奈緒ちゃんが自殺する前、最後に会ったのが彼女です。ふと、小学校の門の前に現れたそうです。奈緒ちゃんは、有里ちゃんが父親から虐待されて聴力を失ったことを打ち明けられていました。奈緒ちゃんはランドセルを背負う有里ちゃんの前に腰を下ろし、しっかりと目を見つめ言ったそうです。これ以上虐待が酷くなるようなら、聖森林の里学園に駆け込みなさい。

そして大人になったら、人工内耳の手術を受けなさいと。封筒を渡したそうです。そのなかには学園の住所を記した紙と、幾ばくかのお金が入っていたそうです。人工内耳の手術は安くありませんから、足しにしてという意味だったのでしょう。有里ちゃんはその二年後、学園の門前に立っていました。痩せた躰いっぱいに、煙草の焦げ跡をつけて。いまは高校に通いながら、必死に手術代をためています」

「今日は——奈緒さんの命日なのですね」

ええ。今張は答えた。

「あなたから連絡があり、会う日は今日にしようと思いました。奈緒ちゃんからのメッセージな気がしたんです。わたしが受け入れたばかりに、あの子たちに罪を背負わせた気がしてなりません。蛭間くんはいまも、苦しみつづけていると思いますから」

——助けてやってください。

今張は深々と頭を下げ、去っていった。

礼子はしばし佇み奥多摩橋へむかった。闇夜に橋が見えた。多摩川を架ける橋は鉄骨製で、橋を支える脚の部分はアーチ形に伸びていた。そのアーチは東京タワーを思わせる朱色に染められ、美しかった。

橋の中ほどに人影が見えた。さほど背の大きくない男性のようだった。礼子は足を止めしばし見つめる。会社帰りなのか、スーツにダウンコートを着た男はしばらく川を見つめつづけた。やがて橋の欄干に花を供えると、うつむきながらその場を去っていった。

婚約者であった斉木亨なのであろう。

礼子は橋へと歩く。中ほどに辿り着き、斉木亨が供えた花を見る。寒夜《かんや》に置かれた花にはまだ生命が宿り、在りし日の蛭間奈緒に思えた。

彼女はここに立ち、その身を投げた。

礼子は橋の欄干に近づき顔を下ろす。

ゆうに三十メートルは超すであろう橋の上から川面を覗くと、ふいに吸いこまれる錯覚を覚えた。そこにはなぜか恐怖はなく、暗い下へ落ちればすべてが消え去る気がした。

蛭間奈緒は、この瞬間だけは絶望していなかったのだろう。

ただただ愛おしい兄との思い出を胸に、落下したのではないだろうか。

せめてそうあってほしい、礼子は思った。

一時間に二本しか走らぬ青梅線に乗り込む。夜十時を過ぎた上り線の乗客は点描画になりえぬほどまばらだった。広々と空いた座席の上から、礼子はぼんやりと車窓を見る。暗くなった牧歌的な景色が、電車のスピードに負け流れていく。

都会へ都会へ、じぶんを運んでいく。

自宅に着くと深夜十二時をまわっていた。チェーンはかかっていなかった。が、玄関を開けると笑い声が聞こえた。視線を下ろすと見覚えのある靴が揃えられている。義母の靴だった。しずかにドアを閉めたが気配を感じたのか、義母と貴志の笑い声はぴたと止んだ。リビングまでの廊下を礼子が歩いていくと、それに合わせたようにふたたび嬉々としたふたりの声が聞こえた。

「じゃあ、おやすみ」義母の艶《あで》やかな別れの挨拶とともに、リビングのドアが開く。義母は廊下の真ん中で足を止める礼子を冷ややかに見つめる。

「――遅くなりまして」

礼子は頭を下げる。義母は答えることなく礼子の横を通りすぎた。礼子は追随し靴を履く義母の後ろに立つ。

「帰宅が遅くなりまして、申し訳ございませんでした」

「いいかげんになさいよ」

礼子は黙る。

「夫の友人や仕事関係の方が家にいらっしゃるというのに、妻がなにひとつ用意もせずお出迎えもお見送りもしないとはどういうこと？」

「え？」

礼子はなにも聞いていなかった。義母は首だけを回し礼子を射る。

「あなたは片陵家に嫁に来たのよ」

「その、お客さまがいらっしゃるとは聞いていなかったもので」

「法廷みたいな口ぶりはやめて頂戴」

「――すみませんでした」

義母の顔は怒りからか赤らんでいた。

「まったく――恥ずかしいったらありゃしない。テレビに出たり雑誌に載ったり……ご近所の方に会うたびに恥ずかしいわ。あなたには夫を支えるという意識はないわけ？　残念なことにそういうご教育をされてこなかったのでしょうけど、頭のいいあなたならいいかげん猿真似くらいはできるでしょ？　うちは普通の家じゃないのよ？　先祖代々この土地に根を下ろしそれなりの格式もあるの。それくらい理解してるわよね？」

義母はため息をつく。

「だからやめとけと言ったのよ――」

義母は呟くと扉を開け出ていった。

リビングに入ると貴志はソファーでくつろいでいた。キッチンを見ると大量の皿やワイングラスが乾かされている。

「悪かったわ。お客さんいらしたのね」

「いや――」

貴志はすこし言葉に詰まった。

「君が裁判所の忘年会だっていうから、帰り遅いと思ってな。小枝《こえだ》に声かけたんだよ、呑まないかって。ほら、覚えてるだろ、おれたちの司法修習のときの同期の。そしたら小枝の奴が盛り上がって、同期の奴に四方八方連絡しまくってさ。うちで呑もうってことになって」

「じゃあ、みんな来たの」

「ああ」

「守沢瑠花も？」

「ああ……守沢も来てたな」

「会いたかったわ」

貴志は礼子の言葉に一瞬ぎょっとし、必死に平静を装った。が、礼子は嫌味でもなく本音だった。「あんた気づいた!?」「わたしも貴志と寝てたこと」「でも別に平気でしょ?」「あんた元々、貴志ちゃんのことなんてそんな思ってないんだから」「遊びだからね、遊び」「しかし男ってやっぱり馬鹿よね」そんな瑠花の軽口を聞きたい気分だった。そして礼子も言いたかった。

「わたしも変なのよ」

「間違ったことをしてしまったの」

と。瑠花なら、相手を蛭間隆也と打ち明けても、「だから深追いしないほうがいいって言ったじゃない」と笑ってくれる気がした。

「――で、おふくろが夕方偶然こっちに来てさ。人が集まるって言ったら、料理やらなんやら作って。なんか嫌味言われたら悪いな。その――すまん」

「いいのよ」

「話変わるけど、おふくろがこっちに来たのはね、もうひとつ弁護士事務所作れって」

「そう」

「弁護士もなり手が増えすぎて飽和状態だろ。いい機会だからおれが所長になって余ってる弁護士集めて、過払い請求と民事中心の事務所立ち上げたらどうかって。弁護士の過払いバブルももうすこしで終焉《しゅうえん》だが、まあ、まだ残りかすはある。事務員さえ大量に雇えばおれにはなにも負担ないし、まあ、儲《もう》かるしな。虎ノ門にいい物件があるらしくてね。まあ、おふくろも立ち上げの資金は協力してくれるっていうからさ」

　礼子は夫の言葉を呆と聞いた。

「おい、聞いてんのか？」

　蛭間のことを考えていた。彼ならこのような選択をするだろうか。親から譲り受けた弁護士事務所を持ち、アロマの匂いがする豪邸を持ち、それなのに、必要のない弁護士事務所をもうひとつ持つだろうか。そこに透明な理念はない。利益だけを追求し、ふたつの弁護士事務所所長としての肩書を得たいだけだ。資本主義の概念からすれば正しいと思う。経済の観点から見ても夫は正しいように思う。が、蛭間ならこのような判断をするだろうか。持たざる者は、与えられるとき、どんな言葉を発するのであろうか――。

　おい。夫の声が険を持った。

「なに？」

「よかったねとか、嬉しいわとか、そういう言葉は出ないのか、君は」

「――よかったじゃない」

「心がない女だな、おまえは」

　夫は舌を打ち言った。

「前から言おうと思ってたんだ。おまえには心がないよ。嬉しいとか、悲しいとか、そういう感情がない。それは心がないってことだ。だいたい――ずっと不思議だったんだ。なんでおまえはうちの事情に関与しない。親父が長いこと、おふくろと食卓を囲んでいないことは知ってるだろ？　それをなぜ修復しようとしない。妻だろ？　嫁だろ？　女だろ？　そういうことに興味を持つのは当たり前なんじゃないのか？　嫁として、協力しようっていう気持ちはないのか？　おれは気持ちよく仕事したいんだよ。家のこととかで頭悩ませたくないんだ。それをおまえは放置して、食事だけ運べばいいいと思っている。たまにはおふくろとふたりで外食してガス抜きしてやるとか、そういう優しい気持ちはないのか？　それがおれには不思議だよ」

――わたしに心がないというなら、あなたはどうなんだ。礼子は思った。

義父が義母とおなじ食卓を囲んでいないことは知っている。それも長いことだ。が、原因も推察できる。ただ、煩わしいのだ。礼子が片陵家に嫁いだとき、義父がぼそと呟いた。「のんびりやってください」と。片陵家の歴史や作法を語りつづける義母が席を立ったあと、礼子に言った。言うと、書斎へ引っ込んだ。義父が言った言葉と表情からは、明らかに義母への疲れ、羞恥が垣間見えた。格式にこだわりつづける妻と、甘やかしてきた息子に対する諦めさえ感じた。それを出自に問題がある礼子に忠告したのだ。もしかすると、おなじ裁判官としての同族意識もあったかもしれない。が、それ以上に優しさを感じた。だから礼子は、義父と義母の関係には口を出さない。いや、どう出せというのだ。それはいくら嫁に入ったとはいえ、息子である夫が解決すべき問題ではないのか。解決したいのであれば、自らが身を粉にし、動くべきではないのか。

それに――わたしに心がないとすれば、あなたはどうなのだ。わたしの心に気がついたことはあるのか。わたしが母親の話をしないことに疑問を持たないのか。伯母の幸せを奪ったのではと心痛めている夜があることを知っているのか。延々とつづく判決文の起案にまともな睡眠もとらず、疲れていないとでも思っているのか。それに――あなたはわたしの親指の爪に気がついたことがあるのか。ぎざぎざと、がじがじと、醜く噛み砕かれた親指の爪。時折やってしまい、するたびに後悔し、やすりで削る親指の爪。それに気がついたことがあるのか？　気になったことはあるのか？

　蛭間隆也は違った。

　なんども会ったわけでもない、多くの言葉を流暢に交わしたわけでもない。が、蛭間隆也は、あのホテルで、荻窪の安いビジネスホテルの一室で言ったのだ。

「なにかあるんですか？」

と。親指の爪を見つめ、そう言ったのだ。

　そんな蛭間と夫と、どちらに心があるのか。

「――まさか、男でもいるんじゃないだろうな」

　貴志の声がふいに聞こえた。礼子が視界を明瞭にすると、夫が目の前に立っていた。鼻をひくつかせ、礼子の口元の匂いを嗅いでいる。

「酒の匂いがしない。裁判所の忘年会じゃなかったのか？　おかしいじゃないか」

「なに言ってるの。体調悪かったから呑まなかっただけよ」

「男か」

「馬鹿言わないで」

「相手は――雨野か。東京地裁所長の雨野か」

　礼子は黙って貴志の目を見つめた。が、それは貴志を見つめているわけではなく、眼球を通りこし、その奥にあるもっと虚無的な闇を見つめていた。その闇は貴志の闇ではなく、間違いなく礼子自身の闇だった。

「おい、なんとか言えよ」

「いるわけ――ないじゃない」

礼子は呟いた。自らの闇を見つめつづける。貴志には妻の儚《はかな》げなまなざしが自らへの懇願、許しを請う姿と映ったのか、やがて笑みすら浮かべた。

「だよな」

「そうよ」

「おまえに男がいるはずがない」

苦笑するように貴志けふたたびソファーに躰をゆだねる。しばらく雨野の悪口を言いつづけた。「保守的な男」「故に裁判官には妥当」「所詮は田舎侍」「おまえを利用している」「司法修習生の教官のときから、おまえに色目を使っていた」「でも結婚したのはじぶん」「悔しかっただろう」「なめるな」「収入はおれのほうが上」、罵詈雑言を楽しみながら貴志はチーズを頬張る。礼子は広いリビングに立ち尽くした。夫の言葉の数々は礼子の鼓膜を通りこし、染みひとつない白すぎる壁に吸いこまれ消えていった。

情けない。ただひたすらにじぶんのことを、そう思った。

なぜ夫の問いに答えることができなかったのだろう。そんなにいまを守りたいのか。この部屋を。カーテンを。底冷えせせぬ温度を。

無性に悲しくもあった。蛭間隆也がじぶんの恋人でも男でもないことを実感した。彼はただ自らが裁いた被告人であり、彼にとっても、じぶんは真実にふたをするために唇を塞いだだけの女であろう。が、夫がもし――「好きな男でもできたんじゃないのか?」と訊いてくれていたら。

そのときは迷わず言葉を詰まらせたであろう。なににせよ、夫の突発的な、本能的な問いに真実を語れなかったじぶんが、情けなく、悲しかった。

「子供でも作らないか？」

夫の声が聞こえた。

「子供？」礼子は呟くように喉を鳴らす。

「そうさ、子供。なんだか――こういってはなんだけど、最近ぎくしゃくしてるだろ。おふくろも、それも原因のひとつなんじゃないかって言うしな。まあ、ほら、孫の顔も見せてやりたいし、うちもおれの代で終わりってわけにもいかないしな」

貴志は微笑を浮かべスマートフォンを操作しながら言った。

「するか？　今日」

「今日はしてもできないわ」

「なんだ、生理か」

礼子の嘘を気にも留めず、貴志は携帯電話をいじりつづける。ふと見ると、インスタグラムに記事をあげていた。ハッシュタグというものをつけて、＃ホームパーティー　＃気のおけない仲間たち　＃シャンパン　＃ワイン　＃司法関係、と記し、先ほど撮ったであろう集合写真を載せている。貴志を中心に十人ほどがグラスを片手に笑顔を見せる写真。左端の人物だけ不自然に杯を掲げる腕しか写っていない。礼子はそれが守沢瑠花の手だとすぐにわかった。慎重に写真を加工してでもじぶんの日常を誇示したい夫に、礼子は呆れも嫌悪もなにひとつ感じなかった。ただ、蛭間隆也の姿だけが浮かんだ。

——間違いを犯したことはない。

そう確信しながら三十二年間生きてきた。つまり——間違ってはいけないと。生きるうえで、決して間違ってはいけないと。

それはもちろん母親に由来している。古びた焼きとん屋。暑い夏。夜。母親は油でぺたぺたとべとつくカウンターに座っていた。そして十五杯目の安酒を喉元に通す。そして言ったのだ。横に坐する、八歳のじぶんに。

——わたし、間違ってないから。

と。

それが母親の最後の声の記憶となった。彼女はその言葉を残し路地裏の角を曲がると、疾風のように娘の前から消えていった。

「間違えたくなかったのよ」礼子は呟く。

「え？」貴志は微笑み訊きかえす。

「わたしは間違えたくなかった」

貴志は礼子がいつものように、公判のことでも考えていると思ったのか、「そりゃ弁護士だって一緒さ」と軽口を残しワインとともに寝室へと消えていった。

間違えたくなかったのだ。母親に反抗するように。人生を。感情を。間違えたくなかったのだ。生まれ持った頭脳が禍《わざわい》したのかもしれない。母親が失踪し貧困が加速したのが禍したのかもしれない。進学先は国立である東京大学を選択した。その後も裁判官、検察官、弁護士、どの職も選択しうる立場になった。各省庁からも十年にひとりの逸材と呼ばれ、生きる道筋は引く手あまただった。

が、裁判官を選んだ。

理由はわかっている。裁判官の独立の原則。いちばん人と関わらなくてよいのが裁判官だと思ったからだ。

結婚もし、家もできた。奨学金の返済を考えても、二十三歳の礼子にはこの上ない話だった。疑問すら持たなかった。すべては母親とは真逆の、間違っていない人生そのものだと礼子は思っていた。階段を下りてくる夫の足音が聞こえた。「来週、帝国ホテルの近くにあるフランス料理店で飯でも食うか」と言われた。「おふくろも誕生日近いし、まあ、親父も誘ってみて。久しぶりにみんなで飯でも食べよう」

そうね。礼子は答える。夫は満足げな足音を立て二階へ上る。

蛭間隆也のことを考えた。彼はいまどうしているのだろう。テレビもない狭い部屋でひとり、眠っているのか。または座り、一点を見つめ、妹の顔を、声を、握った手のひらの感触を思いだしているのか。ご飯は食べているのか。新宿にあるデパートの駐車場の工事はまだ終わっていないのか。この先はどうやって生きていくのか。神を憎んでいるのか。罪を犯したじぶんを詫びているのか。もう時計は作りたくないのか。直したくないのか。

同時に彼の躰も思いだした。

長い指を。顔を、声を、手のひらを、胸を、鼓動を。

身勝手だと自責しながら、思いだした。

蛭間といたり彼のことを考えたりすると、様々なことを感じる。それは無感動だったじぶんと対極にある感情だった。傷つきたくないという防衛本能から解き放たれた証でもあると礼子は自覚した。ふと、長野判事の言葉を思いだす。

「我々が裁判所から優遇されていることは自覚しているね」

「それはね、我々は本能みたいなものを失っているからだよ」

本能を取り戻しつつあるじぶんは、どこにむかうのだろう。礼子は冬だというのに、首元から一筋の汗が背中に落ちていくのがわかった。が同時に、この生活をたやすく手放せないであろうことも感じていた。人生を。担保された未来を。それが女なのか——礼子は初めて我が身を、物体ではなく人間、女なのだと自覚した。

「お話があるんです」言ってきたのは内山判事補だった。翌日の昼、刑事第十二部の裁判官室。午前の公判を終え、礼子は今後控える公判の判決文の起案を、小森谷裁判長はいつものようにどこかに行くのか、資料を机上に置き、まさに席を離れる寸前だった。一瞬、礼子も小森谷もどちらに話しかけられたのかわからなかった。それほどまでに内山の語尾には決意めいた揺らぎを感じ、またそもそも左陪席裁判官である彼が執務中である礼子と小森谷に話しかけてくること自体、まれだった。礼子と小森谷は自然、目と目を合わせた。

「なに？」

口を開いたのは礼子だった。内山判事補はしずかにいちど唾《つばき》を飲みこむと、ゆっくりと立ち上がった。

「年明けに控える裁判のことなのですが――」

「ん？　どうした？」小森谷はいつもの微笑を浮かべ内山を見る。

「――時間を」

「時間？」小森谷は返す。

「……時間を、かけられないでしょうか」

「え？　なにの時間？」

床を見つめ話す内山の言葉に、礼子は思わず意図がわからぬまま返答した。それほどに東京地裁刑事第十二部内において、時間という単語は聞き慣れぬ言葉に聞こえた。

「時間です。年明けに行われる裁判に、もうすこし時間をかけられないでしょうか」

礼子と小森谷は内山を見つめたまま黙った。

「ど……どの公判かな」

小森谷が尋ねる。疑いようのない怜悧《れいり》さを持つふたりは、まるで小学生に「生きるとはなにか？」と突如哲学的な問いを投げられたかの如く、時空を離れ、呆気《あっけ》にとられた表情で内山を見ていた。礼子はようやく意図がわかった。彼の言わんとすることを。内山がゆっくりと視線を上げる。覚悟を決めるように、眉根に皺を寄せ小森谷を見る。

「二〇一九年一月末に判決を控える殺人罪の公判です。荒川で発生した――」

「男女五人一家惨殺事件ね」

礼子が受けると内山はちいさく頷いた。小森谷は礼子の言葉を聞き、ようやく合点《がてん》がいったようだった。内山の言う男女五人一家惨殺事件は、外国人が起こした事件であった。被告人である外国人Aは、二〇一七年九月に荒川区にある住宅に入ると三十代の妻を殺害し、その後同居していた夫の母、帰宅した小学生の娘ふたり、夜には夫と次々と包丁で刺し殺害した。最初の被害者となった妻の下着には被告人の精液が付着していた。強姦の痕跡は認められなかったため、被告人が殺害の前後に自らの性器に刺激を加え精子を放出し付着させたと認定されている。昨年から礼子の所属する刑事第十一部が担当する、ワイドショー、マスコミも注目する公判だった。数度の公判前整理手続を終えはじまった裁判員裁判は年明けに判決を迎える。まだ内々の段階だが、小森谷、礼子、内山のあいだでは「無期懲役」の判決が妥当と判断した。主な理由は被告人が持つ精神疾患により、事件当時完全な責任能力があったとは言えないからであった。外国人である被告人Aは殺害事件前、二度地元警察に保護されている。「何者かに追われている」「国に帰るため金をくれ」と言っては民家の庭に侵入していた。

「死刑判決を言い渡すわけにはいかないでしょうか」

内山が力なく言った。判決を起案するのは、いちばん裁判経験の少ない左陪席裁判官である内山判事補である。その後判事である右陪席裁判官の礼子が確認し、部の長である小森谷がOKを出す、そのような流れだ。内山は当初被告人に対し「死刑」の判決を起案した。が、礼子は「無期懲役」に変更させた。理由は簡単であった。事件発生時、被告人は事件前から患っていた統合失調症の影響下にあり、責任能力が充分でなかったと判断したからだ。礼子は内山の判決起案を覆した経緯を思いかえし、黙って机上を見つめた。小森谷の顔から笑みは消え、瞬きもせず内山を見ていた。その表情は法壇の上から被告人を見下ろす、冷淡なものだった。

「納得したんじゃないの？　無期懲役の判決に」小森谷はしずかな物言いで内山を追い詰める。

「いや――おっしゃることはわかるのですが」

「じゃあなにが疑問なの」

内山は黙った。

「まさか、被害者遺族の感情が――とか言いだすんじゃないだろうね」

「それもあります。ですが他にも――」

「なに？　言ってごらん」

「裁判員のひとりの方が、明確な納得を見せていません」

「裁判員に寄り添いすぎてどうするんだよ。彼らを導くのが我々の役目だろ」

「でも」

「なんだ」

「量刑相場に照らせば無期懲役でしょうが――でも」

「片陵くんの物件だから、これ」

小森谷は冷静に言い放った。礼子はその言葉を聞き顔を上げた。小森谷が言っている意味がわからなかった。小森谷は普段はなかなか見せぬ苛立ちをふくんだ顔で内山を見つめた。

「君は東京地裁に来て何年だ？　二年と少しか。ならわかるだろ。世間からの注目度が高い、今回の一家惨殺事件もそうだ、このようなマスメディアの注目に値する裁判がこの刑事第十二部に降りてくる割合は圧倒的に高いだろ？　なぜかわかるか？　片陵くんがいるからだよ。裁判案件はランダムにふられているようでそうではない。必ず意図を持って降りてくる。うちの部に関していえば、それは片陵礼子判事がいるからだ。これが東京地裁、いや、最高裁判所の判断なんだよ。彼女の優秀さを裁判所は任官当初から買っている。より高度な公判の経験を積ませ裁判所を担ってもらいたいんだ。司法の長と言われる裁判官も、ほんとうの意味で秀抜な人材などなかなか巡り合えないんだ。それにわかるだろ、いまは一億総有識者の時代だ。司法と関係のないマスコミ、いや一般人まで判決に疑問を持つと騒ぎ立てる。ひとりのちいさな声があっという間に塊となり渦となり、矛先は権威的な象徴と見られる我々にむけられるんだ。よって判決に間違いは許されない。彼女の経歴に失敗という烙印《らくいん》は押せないんだよ。だからわたしもこの惨殺事件の判決に関して、当初は内山くんの言うように死刑判決でもよいと思った。が、片陵判事の判断を聞き、無期懲役がやはり妥当だろうと判断したんだ。被告人の担当弁護士は人権派だ。死刑判決を下せば必ず控訴してくる。二審である高等裁判所に進めば、九分九厘死刑判決は破棄され無期懲役の判決を言い渡される。二〇〇九年にはじまった裁判員裁判制度以降、一審で下した死刑判決がいったい何件控訴審で破棄された？　市民感覚を司法に生かす、などというまやかしは我々職業裁判官には通用しないのだよ。そうなれば彼女の経歴に傷がつく。間違った判断をしたという傷をつけることになるんだ。だから内山くんも納得したまえ。君のためでもある」

礼子は小森谷を見つめ口を開いた。

「二審で破棄されることを恐れて無期懲役の判決に納得されたのですか？」

「そうだよ」

「わたしの経歴に——傷がつくからと」

「東京地裁がわたしに求めることには、優秀な人材である君を守ることもふくまれていると理解しているからね。え？　君もおなじ考えではなかったのか？　控訴され二審に進み破棄されれば、じぶんの経歴に傷がつくと。同時に時間の無駄だと。片陵判事はスピード化を推し進める現代裁判所の申し子なんだから。いや――象徴か」

小森谷は笑みを見せた。

「内山くんも気持ちはわかるが、ここは納得して次に進みたまえ。あ、あと、たまには裁判所のソフトボール大会にも出席しなさい。なにかとあれは、男の裁判官にとって悪いことはないから」

小森谷は壁時計を見るとため息を漏らし、裁判官室を出ていった。立ち尽くす内山と小森谷の残影を見つめる礼子だけが、広い刑事第十二部に取り残された。

「すみませんでした」

「――なんで納得がいかないならその場で言わなかったの」

「片陵判事には言いにくく……他の判事よりお忙しいのはわかっていますし、それに、わたしのような人間が意見できる方ではないですから」

ふたりは目も合わせず互いの声だけを聞いた。礼子はなるべく早口にならぬよう件《くだん》の判決理由を内山に説いた。小森谷が言った、自らの経歴に傷がつくことなど毛頭眼中にないこと、被告人は妄想上の追跡者から逃げるように被害者宅に侵入し、被害者家族を追跡者と勘違いして殺害した可能性が否めないこと、本来は死刑判決を言い渡してよいほどの重大事件だが、統合失調症の影響下にあった被告人の完全責任能力はやはり問えず、よって無期懲役が妥当、そう判断したと告げた。

「二審で破棄されることを恐れたわけではないのですね」

「そうよ」

「それは……申し訳ありませんでした」

礼子は内山を見る。力なく頭を下げていた。几帳面に横分けされた頭髪に、ずいぶんと白髪が交じっていた。じぶんより年上の内山が疲れ切っている様が見てとれた。司法試験合格に苦労した内山は、裁判官としてのスタートが遅い。たしか妻と子供を持ち、裁判所の官舎に身を置いていると記憶していた。やや神経質な面はあるが、悪い裁判官ではないというのが礼子の内山に対する評価であった。

が、彼はもう出世できないだろうと礼子は思った。

なぜなら最高裁判所の意に沿わないからだ。

最高裁判所事務総局の。

裁判官の出世や左遷はブラックボックスだ。民間企業の比ではない。内山が今日発した提言は必ず上に伝わる。そしていつのまにか——遠くの島に行かされる。

「こんな手紙が来て」内山は礼子に一通の便箋を差し出した。礼子が目を通すと、ボールペンで記された書であった。

「九月に行った、母親殺しの公判に参加した裁判員の方からの手紙です」

「母親殺し？」

「被告人の名前は柳沢一成。認知症の母親の面倒を見ながらも、殺害してしまった——」

「ああ」

たしか四十半ばの男の裁判だった。友人からの差し入れもなく、とうの昔に母親に買ってもらった物なのか、バッグス・バニーの煤いだウサギの顔がプリントされたジャージを着た被告人だった。孤独な被告人だった。

「裁判員の吉川定子《よしかわさだこ》さんが差出人です。六十代の主婦の方で、一生懸命参加されていた」

「ごめん――覚えてないわ」

礼子は手紙を読みすすめた。出だしは裁判の感想が丁寧に記され、最初は戸惑いもあったが、一市民として参加することに意義があった、などと書かれている。なんということもない書であったが、礼子は最後の文面を見て視線が止まった。

〈生意気ながら、老婆心かもしれませんが、最後に言わせてください。なぜ、公判がはじまる前に、あなた方は判決文を書いているのですか？　あなた方はなぜ、公判の際も、判決を言い渡すときも、〝当裁判所〟とおっしゃるのですか？　被告人を裁いたのは、小森谷裁判長、片陵判事、内山裁判官、そしてわたしたちなのではないですか？　せめてもの慈悲として、〝わたしは、わたしたちは〟ではいけないのでしょうか〉

礼子はしばし吉川定子の書を見つめた。内山が言った一生懸命裁判に参加したという六十代の主婦の顔は、最後まで思いだせなかった。

「この手紙を読んでから、司法とはなにかと疑問を持ってしまって。わからなくなってしまったんです。裁判のスピード化、スピード化と言われますが……それが正しいのでしょうか。片陵判事や他の判事の単独審を、勉強のため見させていただくことがあります。膨大な案件量です。しかたがないと承知していますが、単独審の場合、判事も検察官も弁護人も総じて早口です。なぜなら一般市民である裁判員がいないため、言語を簡素化する必要がないからでしょう。専門用語を息継ぎもなく吐きだしつづけ、いったい被告人が言葉をどれほど理解できているのか……そんなことを考えてしまって。ですが、裁判のスピード化は正しいとも思います。被害者が死に至った案件であれば、その家族や関係者のためを思うと、敏速に進めるべきです。しかし我々東京地裁の裁判官はひとり当たり明らかに許容範囲を超える裁判件数を受け持っています。判例ソフトを導入したのもそうです。結果、公判が終わる前に、すでに被告人の判決は暗黙のうちに決まっているのが現状です。それが正しいのか、間違っているのか……すみません。ちょうど……悩んでいた時期ではあったのですが、この手紙を開いてから疑問が頭から離れなくなってしまって。甘い考えだとは自覚していますが」

まるで呟くように内山は言った。

「急にこんなことを言って申し訳ありません。片陵判事にご相談したいことがあるとメールさせていただいたのですが……それについてご返信がなかったもので」

そういえばそんなメールがあったかもしれない、礼子は自戒した。窓辺に目をやると、むこう側に鳥が飛んでいた。鳩だった。冬独特の薄曇りの空を一羽の鳩がどこかにむかった。灰色のなかを翼を懸命に広げ横切っていく。皇居へむかうのか。それとも通りこし東京駅へむかうのか。それともそこすら乖離して、未開の地へたどり着くのか。

何日眠っていないだろう、礼子は思った。睡眠はとっている。三時間は眠っているはずだが、感覚がない。もしかしたら、生まれてからまともに眠れていないのではという錯覚すら、最近の礼子は覚えている。父親のいない貧しいアパート、母親の失踪、蒸発、代わりの伯母、そのころからじぶんは眠っていなかったのではないだろうか。特に蛭間隆也と出会ってから――鳩の夢を見る。落ちゆく鳩。落下する鳩。なにかを暗示するようなその夢は、自然と礼子を眠りから遠ざけた。

「わたしは片陵判事のように間違いのない裁判はできません」内山は言った。

「なに言ってるの」

礼子は窓の外を見つめたまま答えた。人を裁くとはなんなのか。今更ながら礼子の心に疑問が巣くっていた。自らが間違いを犯したことは自覚している。まず二〇〇九年の蛭間隆也の公判。そしてその被告人とのまぐわい――。そんなわたしは、判事として資格があるのだろうか。国家公務員として。そんな自問自答を最近繰り返していた。

「わたしは片陵判事のように期待もされていませんから」

やはり男というのは期待されるのが好きなのであろうか。内山のさみし気な言葉が宙を漂うと、裁判官室の扉が開いた。雨野東京地裁所長が礼子を呼んでいるという。窓の外の鳩を探していると、いつの間にか内山はいなくなっていた。


「答えは出たかなと思ってね」

雨野智巳東京地裁所長は柔らかな椅子にもたれ言った。東京地方裁判所で唯一許された個室といってもいい所長室で、礼子は雨野の前に立った。

「この間プレゼントしたセーターはサイズが合わなかったのかな？　着ていないみたいだけど」

雨野は礼子の着る黒いタートルネックのセーターに視線を送った。瞬間礼子はなにを言われているのかわからなかった。が、そういえばいつだか、いつものように雨野からプレゼントをもらった記憶がある。ぼんやりと脳内で景色を辿ると、渋谷駅のガード下で眠る浮浪の女を思いだした。一瞬蒸発した母親に見えた浮浪の女に、じぶんは雨野の包みを渡したのだ。そして女は言った。「メリークリスマス」と。

「マスコミのカメラが入る公判で着ていないようだから。紫のニットは黒い法服の下にも合うと店員は言ってたんだけどな。いや、わたしはニュース番組で君がプレゼントした服を着て法壇に座るのを見るのが好きだから」

雨野は礼子の切れ長の目を見つめ笑った。雨野が机上に視線を下ろす時、一瞬じぶんの胸元で止まったのを礼子は感じた。以前に覚えのない、不快さを感じた。

「身の丈に合わぬと思ったので」

礼子はしずかに言った。

「そんなことはない。いまや君は裁判所以外でも知られた存在だぞ。セーターを買ったグッチの店員も君の名を出したらすぐにわかっていた。発売中の週刊誌で君の特集記事を読んでいたそうだ。憧れると言っていたぞ。美しくて仕事もできて、それに苦労もされてきたんですよねと。そんな君が上質なカシミアのセーターを着たところで、身の丈に合わぬわけがない」

礼子は雄弁な男の言葉を聞きながら、渋谷のガード下で紫色のグッチのセーターを着る浮浪の女の姿を想像した。暖を取れればいい、そう思った。雨野はその後「党の準備が整ったこと」「早く返事が欲しいとせかされていること」を告げた。参院選出馬の選挙区はストレートに東京一区か、礼子には縁も所縁《ゆかり》もない中部地方のとある区で党内の意見が割れているという。中部地方にという意見は、どうやら自民党にいながら総理に反発的な議員がいるらしく、どうしても潰したいという算段らしかった。が、結局は東京一区からの出馬になるだろうと雨野は言った。党内でも礼子の当選後の国民へのインパクトもふくめ、そのほうがよいだろうという判断だそうだ。

「女性初の総理大臣も絵空事ではないな。間に東京都知事をかますのもいいかもしれない。夢は広がるよ」

雨野は笑った。

礼子は表情ひとつ変えぬまま自らの未来を夢想した。なにも思い浮かばなかった。夢や希望など持ったことがない。ただ鳩だけが躰のなかに存在した。鳩は蛭間隆也そのものだった。彼が後悔し苦しんでいるのなら自由にしてあげたかった。

「いいですよ」

「いいのか!?」雨野が礼子の返事を聞き柔らかな椅子から背を離した。

「ええ。選挙でもなんでも出ます。その代わり、ひとつ条件があります」

「条件?」

「ひとり、黙らせたい男《ひと》がいるんです」

――黙らせる?　雨野は明らかに警戒の態度を見せた。

「再審です」

礼子は思いを告げた。端的に、悟られぬよう、事のあらましを告げた。もちろん創作を交えて。

「雨野所長のお導きで稲葉壮幹事長代行に引き合わせていただき、その場では生意気な態度をとってしまいましたが――心中喜び勇んでおりました。わたくし自身、そろそろ次のステップ、つまり上へ行かなければと思っていた時期でしたので」

　礼子は雨野が溜飲を下げていくのがわかった。

「日本の司法には限界があります。またわたくしも司法の頂に登ったくらいでは到底満足できる女ではありません。その心根を、お話ししたこともないのにわかってくださっていた所長に、ただただ、感謝の念を抱いております」

　雨野は満足げに美しい礼子の顔を見つめた。ここからが本番だ——礼子は決して気がつかれぬよう身を引き締めた。

「そこで思案しました。政界に進出する際に、足を引っ張られる案件はないかと。夫の不貞の数々は先生方のレクチャーで充分だと思います。が、一点だけ。微かですが一点わたくしの足に蜘蛛《くも》がまとわりついております」

「それが二〇〇九年の公判ということか」

「はい。腹立たしいですが、先ほど申し上げた蛭間隆也という被告人が門前の人になっております。わたくしも数度見かけまして一瞥すると、最近は現れなくなりました。ですがすこし調査したところ、どうやらわたくしの判決に不服を持っているらしく、再審を踏まえ検討しているようで」

「で、実際はどうなんだ。君が起案した判決は」

「はっきり申しますと間違えました。わたくしのミスです」

　雨野は机上を見つめた。礼子は必死に蛭間隆也の姿を思い描いた。憎め、いまだけは蛭間を憎めとじぶんに言い聞かす。

「ちいさな事件、取るに足らない案件です。こんなことで再審を企てるその元服役囚には、おのれの身分を考えろ、誰に物申そうとしているのかと言ってやりたいのが本音です。ですがわたくしが秘密裏に仕入れた情報ですと、どうやら元被告人に無罪を言い渡すべき新たな証拠もあるらしく。そこで——所長のお力をお貸し願いたいのです」

「なんだ」

「穏便に済ませましょう。この案件は」

「穏便に？」

「どの道元服役囚の覚悟ひとつで再審を申し立ててくるのなら、こちらも準備を整えましょう。要は、事を荒立てずすませてしまえばいいのです。再審開始を認めなければ元被告人側が騒ぎ立てる可能性もある。つまり、再審申し立てを受理し、すみやかに開始を決めてしまえばよいかと」

「その服役囚に相手を殺した事実はなかった、ということを認定するのか」

「そうです。そのほうが合理的かつこちらが傷を受けない可能性が高いです。下手に再審申し立てを受理せず開始しなければ、元服役囚側も粘るでしょう。再審を行うということは並々ならぬ体力が必要です。そこを覚悟して臨んでくるのでしょうから、大騒ぎされても困ります。時計工房のオーナーを刺殺した真犯人は元服役囚の妹です。蛭間隆也という男は妹をかばうために自らの将来を棒に振りました。多少センセーショナルな事案ですから、マスコミにできるだけ嗅ぎつかれぬうちに無罪を言い渡してしまうということです」

「再審を行うとなると君の選挙後となる。マスコミは甘くないぞ。君が犯した判決ミスとどこかが気がつけばどちらにせよ――」

「その場合の対策はふたつです。まず思うより報道が大きかった場合、その時はわたくしがいち早く会見を開きミスを認めればいいだけです。現代社会は他人のパーソナルな部分に執着し騒ぎ立てますが、敏速に一日謝罪してしまえば事は収まります。しばらくは尾を引くでしょうが、すぐに別の標的を探しはじめる低い民度です。裁判官任官二年目のこととはいえ、たいへんな間違いを犯してしまった、申し訳ないと頭を下げればすむことです。付随してそこにこそ日本の司法制度の脆弱《ぜいじゃく》さがあると問題提起にすり替えてしまえば政治家となったわたくしに傷はつきません。いえ、むしろ光明ではないでしょうか。上へ行くためには素通りされるより注目に値する人物でいるほうがよいでしょうから。あとひとつ、それほど大きく報道されなかった場合。この時はスルーしてしまえばよいかと。謝ったら謝ったで、民衆は図に乗りますから」

礼子はあえて雨野好みの言葉を発した。雨野は礼子の冷たさ、計算高さに政治家的資質を見たように、満足げな表情に変わっていた。いや、自らが見つけた野良猫が美しき豹《ひょう》になる瞬間を目撃したように、また、誰にも懐かない美しき野良猫をじぶんだけに本音を明かす女に育て上げたのだとでも言うように――雨野の微笑はそんな自負をふくんだ、醜き甘美ささえ備えていた。

「で、わたしはなにをすればいいんだ?」

「簡単です。まず蛭間隆也の再審申し立てを受理してください。そしてすみやかに開始されるようお力添えが欲しいのです。雨野所長には裁判所を動かす力はありますよね? そして再審になった場合、長野判事のいる刑事第四部に落としてくだされればいいだけです。長野判事なら必ず、蛭間隆也という元服役囚の望む間違いのない判決を下すでしょうから」

――わかった。雨野は立ち上がると礼子を抱きしめた。それは労をねぎらう種の抱擁ではなく、明らかに雨野の性欲、粘り気を感じた。礼子は身を小刻みに震わせた。躰中に虫唾《むしず》が走った。こんな感覚は生まれて初めてだった。一刻も早くこの男から離れたい、そう思った。が、蛭間を自由にするには、こうするしかない。雨野は礼子の耳元で囁いた。

「君とわたしは一蓮托生で行こう。旦那とはそれなりの関係を続ければいい。わたしは高裁長官を狙っていると思われているが、なに、二年後に政治研究所でも開いて君と合流する。どこまでも行こう。わたしと一緒に、蓮の花まで」

「ええ」礼子は窓の外を睨んだまま答えた。

雨野はその後礼子の退官スケジュールを説明し、「忙しくなるぞ」と息巻いた。「選挙に備え念のため目を通しておきなさい」雨野は茶封筒を礼子に渡し微笑むと、退室を許した。

こうするしかなかったのだ。

礼子は重厚な長廊下を歩きながら自らに言った。蛭間の苦しみから彼を自由にするには、こうするしかない。賭けだった。まず、蛭間が再審を求めているかわからない。が、ならどうして彼は裁判所の門前に立ちつづけたのか？　結局蛭間のアパートで尋ねたときも、彼は地を見つめ沈黙を貫いた。

彼の心のなかなど、悲しいが、わからない。

でもやはり礼子は、蛭間がもういちど裁判を受けなおしたい――そう願い門前に立っていた気がした。真実を隠してしまった苦しみから解放されたかったのではないだろうか。

礼子は経験上知っている。被告人が証言台に立ち、自らの罪をすべて認め、真実を述べたあと、ある種の自浄作用があることを。彼はまだ三十九歳だ。人生を傍観するには先が長すぎる。新たな人生を歩めばいいのだ。

再審――。

言葉は簡単だが、真実は真逆だ。

――開かずの扉。

皮肉を込めて再審はそう呼ばれる。二〇一七年、日本全国の地方裁判所に刑事事件の再審請求を申し立てた者は二百七十四名いる。そのうち再審が決定されたのはわずか――一名だ。過去五年の刑事事件における再審請求でふたたび裁判が開始された確率は一％にも満たない。なぜか。

それが裁判所のプライドだからだ。

「疑わしきは罰せず」

が裁判所なのではない。

「疑わしきは罰す」

これが裁判所だ。その裁判所が再審を認めたがらない理由は、「自らが犯した間違い」を認めるのが腹を切り裂かれるよりも嫌だからだ。

蛭間隆也が再審を望んでいるのなら――。

役に立ちたい。礼子は思った。

そのためには、じぶんが判事を辞め選挙に出馬するしかない。驕りではなく、雨野の自らへの執着は相当なものだ。雨野には、悔しいが一分にも満たない可能性を崩す力がある。雨野に進言しなければ、まず蛭間隆也の再審請求など砂上から消えていく。だから礼子は雨野の希望通りのじぶんになることにした。身を、投げた。

それに「長野判事のいる班に」と願ったのにも訳がある。じぶんが判事でいたままでも、晴れて政治家になっていたとしても、東京地裁に所属する判事には間違いなく忖度《そんたく》が発生する。「片陵礼子の経歴に傷をつけてはならぬ」そんな状況が必ず地裁に流れる。その湿気をふくんだ風は正しい判決を捻《ね》じ曲げる。弱者は強者の前でそれほどに無力だ。となると長野判事しかいない。片陵礼子の経歴も同族意識も情も無視して、正しい判決を下せるのは長野判事しかいない。それは礼子が唯一、この東京地裁という巨塔のなかで認め、信頼できる判事が彼しかいないからでもあった。

——もし、自らが選挙などというものに出て当選したとして、その後蛭間隆也の新たな公判が無事に終われば。

その時は雨野に何を言われようと、大勢の人間に石を投げつけられようと政治家など辞職すればいい。

——が、もし、蛭間隆也にそもそも再審の意思がなければ。

それでもいい。礼子は思った。

蛭間隆也がほんとうにいまのままでよいのなら。それでいい。じぶんができることは、彼に可能性を残すことだけだ。そのために判事の職を辞すことも、政治家になどになることも、家を失うことも覚悟できた。ただ蛭間隆也が一ミリでも幸せになってくれればいい、礼子は思った。

〈蛭間隆也様――〉。礼子は一週間かけて準備を整えた。まずは弁護士宛に証拠をまとめた資料を用意した。聖森林の里学園園長の証言、蛭間奈緒の残したノート、再審になった場合の争点、検察側の攻め方、弁護人としての防御、攻撃、そして裁判官への心証をふくめたレクチャーまで添えた。弁護人は二〇〇九年の蛭間隆也の公判の際国選弁護人として担当した山路昭正を想定した。蛭間隆也と唯一結ばれた日に、渋谷で面会した弁護士だ。押し出しの強い弁護士ではないが蛭間の再審には適任だと思った。事件当時の蛭間の様子もよく記憶しており、なにより蛭間の公判で心を折られながらも、いまなお心の奥底に裁判所――つまり片陵礼子自身へしずかな怒りを山路は持っていた。再審という一審と比べより悪魔的な存在となる法廷で戦い抜くには、彼のような純粋さと怒りが共存している弁護人がふさわしいと礼子は思った。まとめた資料の上に〈蛭間隆也が再審を決断した場合、裁判にかかるすべての費用はわたくしが持ちます〉礼子は一筆を添えた。そして蛭間宛に手紙を書いた。

〈蛭間隆也様――やはり再審をご検討ください。勝手ですが、準備は整えてあります。お返事は――東京地方裁判所刑事第十二部片陵礼子宛にお送りくだされば結構です〉

音もない自室の机上を見つめる。弁護人宛にまとめた資料は山のように積もっていた。が、蛭間隆也宛の手紙は、たった一枚の便箋で終わった。たった一枚の便箋に記された手紙は、礼子と蛭間の関係を表していると礼子は思った。書きたいことは零れ落ちるほどあった。が、書けなかった。自由になってくださいとも、苦しみを分けてくださいとも。たった二行の文面が、蛭間とじぶんの距離なのだと思った。

自室を出てシャワーを浴びる。時刻は午前四時だった。眠ることも忘れ準備した資料が、蛭間の人生の役に立つことを祈った。

夫の朝食を準備する。ラップをする。軽い挨拶を交わし、家を出る。

外はすっかり冬が深まり、コートの上からも冷気が躰を伝った。荻窪駅へ辿り着くと、駅ビルや店舗が赤と緑のイルミネーションに包まれていた。もうすぐクリスマスなのだなと礼子は思った。視界を明瞭にすると店のあちこちに、「平成最後のクリスマス」「平成最後の冬」「平成最後の――」という文言が躍っていた。

平成が終わるのだな、礼子は思った。

二〇一八年。年が終わる。ふと、新たな年号はなにになるのだろう、じぶんはそれに馴染《なじ》めるだろうか。礼子は思った。

第八章　走る

「それはちょっとな」言ったのは夫の声だった。貴志は新車ポルシェ９１１のエンジン音を轟《とどろ》かせる。アクセルを踏みこむたびに鳴らすエンジン音には苛立ちがふくまれた。それは礼子への苛立ちというより、目の前に連なる渋滞へむけられているようだった。その証拠に貴志の視線は前方だけを見据え、舌を打ち鳴らしていた。ようは納車したての新しい玩具で一刻も早く走り出したいのだ。

「しまったな。だから嫌いなんだよ青梅街道は。環八から甲州に抜ければよかったよ」

貴志は独り言《ご》ちる。

「ちょっといじったから三千万弱」という新しい玩具は、冬の夕暮れ、テールランプの群れに迷いこんだ。

二〇一八年十二月二十一日金曜日。

礼子は夫の車の助手席に座り、車窓を見つめていた。荻窪駅のポストに蛭間宛の手紙を投函してから数日がたった。その間の単独審も裁判員裁判もなにひとつ覚えていない。もちろん間違いのないよう準備し臨んだので公判に影響はなかったが、なにか、躰の周りを分厚いシールドが覆っているようであった。頭のなかには蛭間隆也の返事が届いたか、それしかなかった。が、早朝の裁判官室にも昼の裁判官室にも帰宅時の裁判官室にも、蛭間隆也からの手紙が届くことはなかった。

「で、なにがそれはちょっとな、なの」

いまさら例の話を覆すわけはない――思いながら礼子は尋ねた。

礼子は雨野東京地裁所長に政界出馬を受諾した夜、すぐに夫の貴志にその旨を告げた。予想通りだった。貴志は一瞬こそ驚いた表情を浮かべたが、一夜明け「いいんじゃないか」と肯定した。どのような経緯で話が持ちあがったのか、それはいつからか、今後はどの選挙区からどのようなスケジュールになるのかなど訊かれた。礼子は端的に真実を述べた。嘘が混じらぬほうが夫の説得に有利だと確信があったからだ。貴志は礼子の思惑通り、雨野の誘いという文言さえも腑に落とし義母に一本の連絡をすると、妻の政界進出を認めた。

理由は簡単で、おそらく妻が裁判官を辞めるからだ。実父が裁判官であったことで、貴志はおなじ職に就くのが夢であった。いや、元検察官で性格的にもエリート意識の強い義母の存在もあり、貴志が裁判官になるのは使命であったはずだ。が、貴志はなれなかった。司法試験に合格こそすれど、その後の司法修習生、二回試験の結果裁判官に任命される点数には至らなかったのだ。そのことは家庭内において酷く彼のプライドを傷つけたであろう。礼子から見れば義父は息子が裁判官になることなど望むタイプではなかったように思う。すべては義母であろう。貴志は結局外部の法律事務所に勤めることもなく、実父が退官後に開いた法律事務所に弁護士として入所した。貴志が司法修習生の同期であった礼子に求婚した理由はここにもあったはずで、十年にひとりの逸材と謳われ裁判官になった若き礼子を口説き落とすことで、自らを落とした裁判所へ復讐し、また傷ついた雄《おす》としての我が身の自尊心と征服欲を満たしたかったのであろう。しかし誤算が生じた。貴志も義母も、礼子がここまで世間的にも注目を浴びる判事になるとは想定していなかった。ここ最近の貴志のストレスは相当であっただろうと礼子は考えていた。そこに予想もせず妻が裁判官を辞するという。政界進出というアクシデントを差し引いてでも、貴志と義母にとっては司法と別の場所へ行ってくれるのは好都合であったはずだ。事実その件を貴志に話した夜、貴志は廊下で義母に電話をしていた。「新たに立ちあげる法律事務所のことを考えても、妻が政治家っていうのも悪くないだろう？　顧客からの信用度と認知度も上がるし」という夫の声が聞こえてきた。それ以降、礼子への呼びかけは「おまえ」から「君」に戻った。

トロフィーワイフという言葉がある。元々は社会的地位の高い男や裕福な男が若く美しい女を妻にすることを指す造語だが、形は多少違えど貴志にも近い感覚があったのだと思う。裁判官に任命されなかったという生まれて初めての挫折を乗りこえるため、周囲からの期待を集めるじぶんをめとったのだ。その妻がようやくじぶんとおなじ司法の場から去ってくれる――貴志の心中は穏やかであろう、礼子は思った。

「その服。その服はちょっとな」夫の声が聞こえる。

「え」

お、流れた。貴志は機嫌の良さを声にのせアクセルを踏む。と、左ハンドルの運転席からちらと視線を送った。視線の先は礼子が着ている黒いコートにむけられていた。

「それ、どこの？」

「え？」

「形とか質はさ、まあ良さそうなんだけど」

「じゃあなにがいけないの」

「フレンチのレストランに着ていく服じゃないかなって」

貴志は笑った。礼子と貴志は帝国ホテル近くにある銀座のフランス料理店へむかっていた。貴志がすこし前に言った義父と義母との食事会だった。義母たちは別でハイヤーに乗ってむかうそうだ。貴志が「先に帝国ホテルのバーで一杯やってからレストランへ」と言いだし、夕刻五時に家を出た。呑むのだからタクシーで行けば、と礼子が問うと、宿泊するために部屋を取ればいい、面倒だったら代行に運転させると貴志は言った。どうしても新車に乗って行きたかったのだろう。

「中はいいよ。黒のセーターにスカート、ロングブーツ。だけどコートはな、ばれるから。どうせいつもみたいに荻窪の駅ビルのなかの店で買ったコートだろ？　最近はシンプルなデザインが多いから安い服も高い服も区別つきにくいけどさ。さすがにコートは勘弁してくれよ。レストランに入ったらクロークにコート預けるんだから。タグでばれるからさ、ブ﹅ラ﹅ン﹅ド﹅が。あのレストランはうちの家が昔から馴染みにしてるところだし。なんか、恥ずかしいだろ？」

「――じゃあ、車に置いていくわよ、コート」

「そういうことじゃないんだよ。それはそれで行儀悪いからな、いい店では。ホテルのなかじゃない、路面にある高級レストランにコートなしで入る女なんて、商売女かと思われるぞ。まあ、最近じゃたまに芸能人とかＩＴあがりとかがラフな格好で来る奴いるけど、彼らはそういうことを知らない人たちだから、可哀想だけど。でもうちはそういうことではないからな。特に君も、これから政界に打って出るわけだし」

百貨店に寄っていこう、貴志は上機嫌で言った。

「え？」

「コート買えよ。クリスマスも近いし。まあ、政界進出の祝いにプレゼント。な？」

ちっ、また止まったよ。だから青梅街道は嫌いだ、貴志はブレーキを踏んだ。

「な？」貴志が首を曲げ礼子に微笑む。

礼子はぞっとした。貴志の微笑みにではない。運転席で礼子に笑みを見せる夫の後方に、蛭間隆也と一夜を共にしたビジネスホテルが見えた。十月の終わりにいちどだけ、躰を交えたホテル。頭のなかの霧を、靄を、蛭間隆也に消してもらったホテル。

「どうした、そんなにおれの顔見て」貴志が満足げに息を吐く。礼子の心拍は上がっていった。視線を上げると窓が見えた。蛭間隆也が立っていた窓。見送ってくれた窓。蛭間隆也の手、肌、温度。そして――さみし気な目。

「伊勢丹でいいよな。新宿の」

「――うん」

なにかを引いてしまった気がした。蛭間隆也は新宿で働いていると言っていた。新宿にあるデパートの駐車場の工事に従事していると。新宿で駐車場のあるデパートとなれば限られる。髙島屋、伊勢丹、丸井――いや、細かに言えばもっとたくさんあるだろう。もうとうの昔に工事は終わっているかもしれない。が、可能性はあるのだ。蛭間がそこにいる可能性が。

――もう、蛭間とは会えない。

そう覚悟し雨野の願いを聞いた。裁判官を辞し選挙に出馬することで、蛭間隆也の再審申し立てが有利に働くよう我が身を捧げたつもりだった。が、心拍が上がる。会いたいと願っている。いまの夫にならば別の場所にある百貨店を希望しても意見は通ったであろう。が、「うん」と答えた。礼子はじぶんがなにを引いたのかわかった気がした。

トリガーを引いたのだ。

自らの奥にあった、トリガーを。

夫の運転する車は冬の夕暮れを進んでいく。阿佐ヶ谷、高円寺、中野と通りすぎていく。蛭間がいるかもしれぬ新宿が近づく。礼子は流れゆく景色を感じながら、こんなときスマートフォンを持っていればとふと思った。そうすれば新宿のどのデパートの駐車場で工事が行われているか、すぐに調べられただろうに。馬鹿なことをと思う。が、それほど蛭間隆也に会いたいことを自覚した。遠くからでもいい。彼の姿が見たかった。もう二度と会えぬ男を、最後に見たかった。願わくば手紙を読んだであろう彼の姿を見て、再審がしたいのか、このままの人生でよいのか、それだけでも感じたかった。すこしでも蛭間隆也の役に立ちたかった。

靖国通りに出て歌舞伎町を左に見ながら、夫の車はUターンする。駐車場に入るため左レーンに並ぶ。夫側の車窓には伊勢丹のウインドウが見える。高級ブランドのマネキンたちがクリスマス仕様に飾り立てられ街を眺める。心臓が高鳴る。夫の車は左手に曲がり本館パーキングへと辿り着いた。歴史ある古びたパーキングの外観を礼子はすばやく見つめる。工事らしきパイプもブルーシートも確認できない。心臓は音を弱めた。なにも知らぬ夫は悠然とポルシェを入り口に滑り込ませた。

「4階でお願いします」初老の係員が窓を開けた貴志に声をかけチケットを渡す。

「4F？　なんで。地下　階にしてよ」貴志は苛立ちを見せた。初老の係員は威圧的な物言いに気圧《けお》されたのか、ちいさな背中を丸め口をぱくぱくと開いた。と、胸にネームプレートをつけた男が後方から小走りでやってくる。

「片陵様、いらっしゃいませ」礼子は見覚えがあった。貴志の生家を担当している伊勢丹外商部の男だった。貴志が連絡したのであろう。頭髪も身形も一分の隙もない陽川《ようかわ》という男は、貴志の横に立つと慣れた様子で頭を深々と下げた。

「4Fって言われてね」

「左様でございますか。あいにく地下フロアの工事が残っておりまして。君」

外商員が初老の係員に近づく。――工事が残っている。礼子の心臓が一気に収縮した。胸が締めつけられ、呼吸をしていないのではと思うほど息が浅くなる。外商部の男が小走りで貴志のもとに戻ってきた。男は初老の係員が働きはじめたばかりで、貴志が来店の際は常時地下スペースに駐車することを知らなかったこと、また担当者として自らの伝達ミスを詫びた。地下には洗車サービスもあり、高級車は地下へという暗黙の了解があった。「いえ、片陵様のお車のナンバーを係員に伝えていたのですが。新車ですね？」貴志は頬を緩める。「だから余計さ、上りのスロープで擦りたくないわけよ」貴志は狭い幅を急カーブで上っていく駐車場のつくりを笑う。外商員の陽川は上客の笑みに安堵したよう口を開いた。

「ご安心ください。VIP用に三台分、地下にキープしてありますので。まだ工事の業者がおりますが、お車の邪魔にならぬよう端で作業しておりますので」貴志は微笑み、礼子は一点だけを見つめた。礼子は目の前だけを見つめる。外商員がオーライ、オーライと手招きしながらスロープを下っていく。夫はゆっくりとそれに追随した。蛍光灯の明かりがフロントガラスを照らす。地下一階に辿り着いた。車は陽川の案内のもと右にハンドルを回す。

青色の作業着を着た男たちが隅に見えた。

男たちは鉄パイプや作業用のコーンを持ち歩いている。

そのなかに——蛭間隆也がいた。十人ほどの列の後方を蛭間は歩いている。誰よりも多い鉄パイプの束を両手で抱え、蛭間は歩を進める。列はゆっくりとゆっくりと前へ進む。若者や外国人青年に交じり後方を歩く蛭間の姿は、まるで異国の修学旅行の生徒を引率する教師にも見えた。が、みな疲れ切り、汚れ、とても観光地を楽しむ姿には見えない。重そうに重そうに、その歩を進めていく。

ポルシェのタイヤが艶やかなコンクリートの地面を擦る音が響く。音の方向に一団は一斉に視線を送った。貴志の運転する車はなんどかの切り返しのあと、バックし駐車スペースに停車した。

「いらっしゃいませ、奥様」

外商員がしずかにドアを開け頭を下げる。礼子は動けなかった。先頭を歩く作業員がこちらを見て止まった。そのまなざしは高級車への憧れではなく、苛立ちだった。と、歩を止められた他の作業員たちも、先頭につづくよう足を止める。最後にゆっくりと、蛭間がこちらを見た。

「おい、早く行こう」貴志は表へ出る。作業員のなかに車好きの青年がいたのか、「格好いいな」と話す声が聞こえる。礼子は瞬きも呼吸も忘れた。運転席の窓のむこうから貴志がせかす。いちど唾を飲む。礼子は前だけを、一点だけを見つめ車の外に出た。

一団が息を呑むのがわかった。おう、と声を漏らす青年もいた。みなポルシェから出てきた礼子の美しさに目を奪われていた。「ご無沙汰しております、奥様」再度外商員が笑顔で首を垂れる。「行こう」と貴志は歩きはじめる。礼子は灰色のコンクリートの地面を見つめ後につづく。ヒールが鳴らす乾いた音だけが冬の駐車場に反響した。

礼子は視界のなか、作業員たちが自らを見つめているのがわかった。夫はなにも知らずエレベーターへと進んでいく。作業員たちとの距離が近づく。「まじかよ」と礼子を讃《たた》えるような声が聞こえた。礼子は視界を一団に移す。

蛭間が、礼子を見ていた。まるで亡霊と出会ったかのように、驚き礼子を見ている。礼子の視線も蛭間にむかう。ふたりの目が重なった。夫が蛭間の真横を通りすぎる。蛭間は礼子を見つめつづけた。外商員は貴志の機嫌を取るように横に並ぶ。ひとりになった礼子に、男たちは好奇の目をむける。

なにかを言いたかった。礼子は蛭間を見つめた。

蛭間はしずかに、礼子を見つめつづけた。

——ガン、と音が鳴った。蛭間の後ろにいた若者が、苛立ったようにリアカーを蛭間の膝の後ろにぶつけた。蛭間は両膝から崩れ落ち鉄パイプの束を地に転がす。カラカラカラと金属音が地下の壁に鳴り響いた。

「早く歩けよ」

蛭間の後ろにいる青年が乱暴に口を開く。蛭間は地面だけを見つめ散らばった鉄パイプを拾い集めた。貴志が外商員の陽川に「大丈夫？」と眉根に皺を寄せ尋ねる。礼子は蛭間の横を歩く。泣きたかった。蛭間は決してこちらを見なかった。散りぢりに転がる鉄だけに両手を伸ばす。地に膝をつき、必死にその手を伸ばす。

「人殺しのくせによ」

青年が蛭間の背中に言葉を投げ捨てた。と、連鎖するように何人かがくすくすと笑った。まるでひとりが手を挙げるとみなが手を挙げるように、集団のなかの「個」が誰かをきっかけに大群になるように、彼らは水を得、蛭間を笑った。「早く終わらしちまおう」先頭の男が声をかけると、一団は蛭間を置き去っていった。

エレベーターに乗りこむ。地面に這いつくばるように鉄パイプを拾う蛭間の背中が見える。

「車気をつけさせてよ」と貴志が言った。陽川は二年後に控えた東京オリンピックの関係で、東京の現場作業員の取り合いになっていること、またその影響で駐車場の工事が遅れていることを嘆いた。

エレベーターの扉が両側からしまっていく。地を這う蛭間の背中はすこしずつ消えていった。

それからのことはよく覚えていない。百貨店のなかに入り夫行きつけの高級ブランド店で人形のようにコートをかけられた。貴志は外商員の陽川や店の従業員に、「来年、うちの嫁にすごいことが起きるよ」と誇らしげに話していた。「なにが起こるのですか?」と大袈裟に沸き立つ一同に微笑み、貴志は陽川にだけ耳元で囁いた。聞いた陽川はいちど口をおおきく開けると真一文字に結びなおし、頷いていた。結局黒のカシミアのコートを買うことになった。どうして東京地裁所長の雨野も夫もカシミアが好きなのだろう、礼子は思った。自らが荻窪駅のなかにあるショップで購入したものと形は変わらない。値段は先ほどいた作業員たちが数か月働いても得られない金額であった。

商品はその場で受け取らず、サロンへ回される。上客しか入ることを許されぬサロンは、やはり柔らかな絨毯だった。踏んでいるのか歩いているのかも判別できぬ上質な絨毯は礼子を迎えいれた。高級なソファーに座らされる。九谷焼の湯飲みに入った温かな茶を出される。貴志はソファーに背をもたれ、ずう、と音を立て茶を喉に流しこむ。陽川が先ほど購入したコートを運んでくる。貴志は金色に輝くペンですらすらとサインする。と、陽川はいくつかの箱をテーブルの上に置く。陽川の手によって開けられたなかには、ネックレスと指輪が入っていた。「当選後につけていただければ。きっと奥様にお似合いだと思います。ささやかですが、我々からのプレゼントということで」貴志は選挙法違反になってしまうよ、と冗談を言い笑った。礼子は目の前に置かれた貴金属を見つめる。なにもささやかでない宝石たちは、こちらを見て笑っているようだった。何人もの人に見送られサロンを出る。本館を出ると凍てつくように寒くなっていた。が、外気を感じるのは顔と指先だけだった。貴志にコートを替えられていた。カシミアのコートは、やはり暖かかった。

「ここで待つわ」

礼子は足を止める。目の前に見える駐車場へは入れなかった。

「いいよ。じゃあ、車まわす」

貴志は上機嫌だった。陽川が貴志についていこうとすると、「いてやってくれ。うちのはなかなか有名人だから。変なのに声かけられても困る」と笑い去っていった。陽川は言われた通りに、礼子の横にぴたと立った。

寒い夜だ。不景気と言われていても店内には幾人もの客が入っていく。家族連れ、カップル、外国人、そのすべてが店のネオンを浴びて微笑んでいる。クリスマスを、年末を楽しんでいる。通りすがる人々は礼子が視界に入るともういちど視線を送る。ある者は「見たことあるな」と呟き、ある者は純粋に礼子の美しさに目を奪われていた。

「どういたしましょうか――」陽川が言う。陽川の手には礼子が着ていたコートがあった。「旦那様に、捨てておいてくれと言われたのですが」陽川は困惑を隠さず礼子に尋ねる。礼子はコートを見つめ手に取った。なぜだか、これは捨ててはいけないと思った。安くて、薄いコートが、じぶんと蛭間に感じた。

車に乗りこむ。夫は甲州街道へ出ようか、靖国通りへ出るか迷った。なんらかをぶつぶつと呟き、結局靖国通りへむかった。ジャズかなにかをかけ、リズムにのるようにハンドルを指で叩く。礼子は正面だけを見据えた。過去へと流れていく景色をフロントガラス越しにぼんやりと眺めた。助手席に座りながら、膝の上に今日着ていた黒いコートを置いていた。半分に折り両手をなかに入れ持つ。まるで抱くように持つ。ウールとポリエステルでできたそれは、礼子の両手をじっと挟んでくれた。貴志が舌を打つ。気づけば車は渋滞していた。

「おふくろに電話しないと。遅れちまうよ」

貴志は独り言ち義母に電話をする。すこし渋滞に巻き込まれていること、なので先に食事をはじめていてほしいことを告げ詫びると、貴志はふうと息を吐き電話を切った。

「工事か」

貴志は前方へと首を伸ばし言った。片側三車線の靖国通りの一本が閉鎖されている。様々な重機が音を立て土煙をあげていた。「年末調整、か」貴志は呆れたように半笑いフロントガラスを眺める。礼子もぼんやりと視線を追う。先に誘導灯を横にかまえ〈止まってください〉と伝える作業員が見えた。初老の男性だった。渋滞の靖国通りに立ち、なんども後方を振りむき指示を待ち、苛立つ運転手たちに赤い灯を横にして見せる。吐く息は白く、彼の周りを漂い夜に消えていく。貴志がふいに呟いた。

「弱い者、力のない者は徹底的に没落せよ」

「え？」

「ニーチェの言葉さ。知ってるだろ、君なら」

夫がなぜ急にニーチェの同情批判の言葉を引用したのか、礼子にはわからなかった。

「君はきっと、なんでこんな高いコートを、とか思ってるんだろ？　でも司法の世界にいてつくづく思わないか？　救えないよ、人間なんて。同情したところで結局は他人の不幸がじぶんでなくてよかったと我が身が感じるだけだ。弁護していても思う。逮捕されるような人間はやはりそれなりの知能だし、それなりの人生だ。たとえ知能があっても逆にそれが禍したり、まあ、運の問題もある。こんなことを言うのは君が法曹界を去るからだ。政界進出？　自民党から？　大いに賛成だよ。力を持たなきゃなにも変えられない。もう君はな、こちら側の世界に来い。安い同情なんて持ってたら潰されちまうぞ。まあ、おれの嫁として存分に活躍してくれよ。おい！　いま行けただろ」

まったく、ブルーカラーが。夫は苦笑した。前方で闇夜のなか、必死に誘導灯をどのように振るか迷う作業員を見て笑った。

礼子のなかで鳩が落ちた。新宿の夜空にいるはずのない鳩が舞って、不格好な手負いの翼を広げ夜空を飛ぼうとした。土煙を浴びながら、排気ガスに包まれながら鳩は必死に空へとむかおうとする。が、落下した。重力に負けるように地へ落ちていき、その片方の目はまるで諦めるように、瞬きすら忘れコンクリートを見つめていた。

「忘れ物したわ」礼子は言った。

「え？」

「――忘れ物したの」

礼子は目の前だけ見つめドアノブを開いた。車道に飛びだす。と同時に貴志の前方の車たちが動きだす。初老の男が懸命に赤い誘導灯を前後に振る。〈青だ。行け〉と懸命に手を振った。

「おい！　礼子！」

後方で夫の声がきこえる。振り返りもしなかった。礼子は六車線ある車道の真ん中に立ち、一気に反対車線へ走った。猛スピードでむかってくる反対車線の車をよける。闇夜のなかの礼子に何台もの対向車がクラクションと怒声とライトを浴びせる。夫の声が遠くで聞こえる。なにやってるんだ、なにやってるんだと叫んでいる。が、貴志の後続車がクラクションを鳴らす。早く行け、早く行けと三千万はする高級車に怒りを鳴らす。礼子はおおきな靖国通りを横に走り抜け歩道へと渡った。

走る、走る、走った。ブーツのヒールが折れるほど全速力で走った。手を振り、心臓を鳴らし、都会の闇夜を走る。こんなに走るのはいつ以来だろうか。息を切らし前だけを見る。明治通りを渡った。繁華街のネオンが見えた。橙、赤、青、紫――異世界のような光が礼子を照らす。先ほど夫の車で入った駐車場へと左へ曲がった。はあ、はあというじぶんの呼吸音だけが響く。駐車場の係員の横を走り、礼子は地下へむかった。

「あの――」

礼子は必死に息を整える。突然の来訪者に工事の現場作業員たちは驚き礼子を見る。三人の若い作業員は缶コーヒー片手に屯《たむろ》していた。真ん中には蛭間を後ろから突き飛ばした青年が立ち、談笑している最中だった。礼子は青年を射るように見た。

「……なんすか？」

「蛭間――蛭間隆也さんはいらっしゃいますか」

青年は他のふたりの作業員を見る。

「もう帰りましたけど」

「どれくらい前」

「五分くらいじゃない……なんですか、蛭間に用があるんですか？」

明らかに上質なコートをまとう礼子と蛭間の接点が見つからぬのか、青年は怪訝《けげん》な表情を浮かべた。

「ええ」

「あいつ」青年が片方の口角を上げ笑った。

「あいつ人殺しですよね？」

残りふたりも青年を見る。

「こういう現場におじさんが入ってくるときって、だいたい訳ありなんですよ。蛭間、なんて珍しい名前だからネットで検索したら、たくさん出てきて。中目黒で人殺したって。いや、差別してるわけじゃないんですよ。でもな……」

「正直一緒に働くのは気を遣うし。それに五万かなんか金盗んだのが原因でしょ？　こういう現場は着替えるところも一緒だし、なんか財布置いとくのも。なあ？」

「真面目そうな人だけど、やっぱりな、怒らせたらやばいとも思うし。怖いよな？」

――違うの。彼は殺していない。礼子は言いたかった。が、口にしてしまえば蛭間がすべてを懸け守ろうとしたものをいま壊してしまう。礼子は薄く美しい唇を嚙んだ。

「おとなしく仕事はしてたけどさ、まあちょうどよかったよ。〝今日で辞めます〟って言って頭下げて帰っていったから」

礼子は踵をかえし走る。また蛭間から奪ってしまった気がした。二〇〇九年。蛭間隆也の公判。法廷の空気は被告人の無罪に傾いていた。が、じぶんが流れを変えた。証言台にまっすぐに立ち法壇をしずかに見つめる蛭間に強さを感じた。見誤った。判決は蛭間が心の底から欲しかった実刑を与えてしまった。その結果妹の蛭間奈緒は奥多摩橋の上から身を投げた。じぶんが間違っていなければ――蛭間から愛する妹を奪うことはなかったのだ。今日は彼の仕事さえ、また奪ってしまった。礼子は走る。煌びやかな新宿の街に人があふれる。そのなかをひとり狂ったように走る。蛭間がどんな服を着ているのかさえ知らない。好みも知らない。礼子は悲鳴を上げはじめた両脚に鞭《むち》を打つように、生まれて初めて神に祈った。この雑踏のなか、蛭間隆也を見つけさせてください。何万人はいるであろうこの街で、いまだけでもいい、蛭間隆也を見つけさせてください。神よ――神よ。ふと母親を思った。母親もじぶんを置き去りにした最後の夜、路地裏をおなじように走ったのだろうか。すべてを捨てるように、背中を何者にもつかまれぬように、膝を上げ、腿を上げ、走ったのだろうか。目眩《めまい》がするほど毒々しい赤いワンピースの裾さえも、誰にもつかまれぬよう走ったのだろうか。

新宿駅の丸ノ内線のホームに辿り着いた。本能がそうさせた。初めて目と目を合わせた日や躰を結んでしまったあの日とおなじように、蛭間は地下鉄にいる気がした。月の光さえ拒み、仄暗《ほのぐら》い天井の低いホームに彼はいる気がした。五号車に彼はいつも乗っていた。聖森林の里学園を退所する日にも持っていたスポーツバッグを片手に、彼は列に並び電車が来るのを待つ。おおきな身長を誇ることなくただ凛と伸ばし、その目はさみしげに前だけをむき、いつも五号車の列に立っていた。今日もいるはずだ。いまもいるはずだ。礼子はホームをひた走る。駆けながら地を確認する。号車位置を記した番号を眼球で捉える。人波をよけ、すり抜け、礼子は走った。蛭間だけを探した。彼の姿を。六号車——五号車が近づく。荻窪方面へむかう人の列が見える。整わぬ息のまま後尾に、蛭間はいた。礼子は荒い息のまま歩を止めると、ゆっくりと歩きだした。その最後尾に、蛭間の横に立つ。蛭間がゆっくりと横をむき、礼子を見た。

「どうして」蛭間は言う。礼子は前だけを見た。荒い息を必死に整えながら、右手を伸ばした。力が抜けたようにだらりと伸びた蛭間の指先を、礼子はじぶんの右手でつかんだ。

「もう、離しませんから」

轟音《ごうおん》が聞こえ列車がやってくる。線路のむこうの壁に無機質に並んだ広告看板が消えていく。地下鉄が唸りを上げ飛びこんでくる。雪崩《なだれ》のように乗客が降りた。二列に並んだ待ち人たちは機械のように道をあける。モーセが祈りとその手で葦《あし》の海をふたつに割ったように、一本の道ができていく。礼子は流れに逆らい蛭間のいる右の列に躰を移す。

「どけよ」降りてきたサラリーマンが礼子に肩をぶつけ去っていく。礼子は群衆のなか、蛭間の手だけは離さなかった。蛭間は礼子を見つめ、礼子は前だけを見た。後ろから押される。いつの間にか後方にも列ができていた。雪崩が収まるや否や待ち人たちは我先にと足を前に進める。蛭間が礼子の手を離す。礼子は蛭間の横顔を今日初めて見つめた。蛭間はもう礼子を見ていなかった。入れ替わるように前だけを見、礼子の後ろに立った。後方から押し寄せる乗客から礼子を守るように、蛭間はじぶんの前に礼子を置いた。

「行ってください」

しずかな蛭間の声が聞こえる。礼子は前だけを見つめ電車に乗り込む。四方から圧迫の気配を感じる。満員だった。乗客たちは右に左に場所を奪いあいその身を動かす。礼子は人波にのまれ反対側のドアの隅へ押しやられた。が、痛みは感じなかった。蛭間がその身で守ってくれた。誰にも気づかれぬよう礼子の前に立ち、右手は荷台のパイプを強くつかんでいた。何者も礼子に痛みを与えぬよう、盾になっていた。

地下鉄は進んでいく。終点の荻窪に着く。礼子はホームを歩く。蛭間はきっと後ろを歩いていると思った。振り返りはしなかったがそう思った。背中が感じるのだ。蛭間の存在を。じぶんはどこへむかうのだろう——礼子は思う。が、自宅のある出口には行かなかった。そのままJRの自動改札機を乗り継ぎ総武線に乗った。

振り返らず三鷹駅から歩く。蛭間のアパートへの道のりは躰と脳が覚えている。やがて人気のない住宅街に入ると時々ある電柱の明かりだけが地面を照らす。蛭間は後方を歩いているのだろうか。もしじぶんを拒むなら、彼はもう後ろにいないだろう。

蛭間のアパートが見える。砂利の上に立ったそれには明かりすらあたっていない。礼子はしずかに錆びた鉄筋階段を上る。ところどころ剝がれ落ち茶色い肌をさらす鉄筋の階段は、今日も上るたびにかん、かんと鳴いた。蛭間の部屋の前に立つ。ベニヤの扉の前で目を閉じる。やがて共鳴するように鉄筋の階段が鳴いた。蛭間の気配を横に感じる。扉が開いたのか古い畳の匂いがした。じぶんがずっと暮らしていたアパートとおなじ匂いだった。

玄関に入るや礼子は蛭間に口づけをした。蛭間は悲しく、優しくそれにこたえた。ふたりの唇が重なり合う。舌は互いの言葉を失わせるように絡み合った。礼子は暖かなカシミアのコートを玄関に脱ぎ捨てる。左手に強く抱きしめていた安いコートだけは畳の上に置いた。四畳の上で重なり合う。果てるだけ果てた気がする。蛭間が上になり、時々礼子が上になった。玄関に放られたカシミアのコートのポケットから振動音がなんども聞こえる。夫からの電話であろう。礼子は蛭間の背中に両手を回す。髪に触れる。頰を包む。手に触れる。初めて蛭間と躰を結んだあのときとは違う。全身で蛭間を感じた。こんな感覚は初めてだった。肉体的な快楽を超え、蛭間そのものと礼子自身がひとつの物体に溶け合う――そんな感覚だった。重なり合うふたりの肌の境界線が消え、互いが溶けていく、そんな感覚だった。このまま畳のなかへ消えていく気がした。地さえ通りこし、土へ消え、核に燃え、いなくなれる気がした。礼子は蛭間の傷に触れる。へそ下の左腹部。妹を守るため作った傷は、でこぼこと険しい山のように彼の肌に存在した。礼子は蛭間の傷に口づけをする。彼を理解するように口づけをする。蛭間は悲し気に礼子を見つめた。

やがて部屋には古い目覚まし時計の音だけが響き、ふたりは壁にもたれるように並び座った。礼子はちいさな明かりのなか部屋を見る。玄関の横には簡易的な台所、風呂場。四畳の部屋の隅には布団が畳まれ、ちいさな棚、卓袱台がひとつ。礼子が二十三歳まで暮らしたアパートとほぼ一緒だった。違いは礼子の部屋には安っぽいパイン色の勉強机があったことと、蛭間の部屋の棚の上には母親とともに妹蛭間奈緒の写真が飾られ、その横に礼子が出した手紙、キリストが磔にされた十字架が供えられていることだけだった。囚人と変わらないじゃないか。礼子は思う。出所して五年。簡易的な玄関横と家族の写真を除けば、この部屋は刑務所の牢屋と変わらない。彼はまだ檻のなかにいるのだ、礼子は感じ、呟いた。

「裁判を受けてください。新しい人生を、歩いてください」

時計の秒針の音が聞こえる。

「すこしだけ、時間をいただけませんか」

「どれくらい」

「ほんのすこし――すこしだけです」

わかりました。礼子は答える。ちいさな明かりのなか、ふたりは前だけを見た。

「結局約束は守れませんでした。またあなたに、会いに来てしまいました」

しばし蛭間は黙るとゆっくりと立ち棚の引き出しを開ける。ふたたび礼子の横に座ると、箱を持っていた。蛭間は長い指で箱を開ける。様々な器具が入っていた。どれも時計を修理する道具だと礼子はわかった。

蛭間が礼子の肩にそっと触れ、じぶんのほうをむかす。礼子は肩からコートを羽織ったまま蛭間を見た。蛭間が礼子の右手に触れる。親指を持った。右手の親指の爪。がじがじと、がりがりと噛み砕いてしまう爪。蛭間はその爪を見つめた。

「あなたを見ていると、美しいということはたいへんだと思って」

「え？」

「雑誌——読ませてもらいました」

蛭間は礼子の境遇を知っているようだった。礼子はうつむく。蛭間は礼子の親指の爪を見つめつづけた。

「みっともないですね。なにかあると噛んでしまうんです。やめようやめようと思っても、伸びてくるたびに噛むんです」

「このままでいいじゃないですか」

礼子は蛭間を見た。

「あなたのなかで、唯一醜い部分だから」

蛭間はやすりで礼子の爪を研いだ。蛭間の長い指が、まるで礼子を元に戻すように親指の爪を研ぐ。しゅ、しゅと微かな音が聞こえ礼子の靄が粉になり落ちていく。

「いつでも研ぎます。だから——堕ちないでください」

礼子はなにかを思い出しかけた。誰かにいつか、こうされた気がした。ちいさなじぶんの爪を、そっと持って。誰かはやすりで削ったのだ。

「時計も、外してください。直しますから」

蛭間は礼子の腕時計を見た。礼子は大学時代からつけている腕時計を蛭間に渡す。蛭間は服を着、卓袱台の前に座った。時計技師の姿そのままに、蛭間は礼子の腕時計を台の上に置くと見つめた。時計見用のルーペを片目にそなえ、使い古した礼子の腕時計を確認していく。礼子は急に裸でいることが恥ずかしくなった。集中している蛭間をよそに、そっと服を着る。蛭間はなにも喋らず、器具を使い時計のふたを開けると分解しはじめた。礼子は作業に没頭する蛭間の指を見つめる。長く、しなやかな美しい指だった。

「なにか――作ります」

「え？」

「お腹、空きましたよね」

礼子が言うと、「なにもないと思いますけど」と蛭間は申し訳なさそうに呟いた。簡易的な冷蔵庫を開けると、卵ふたつ、もやし、豚肉の残りがすこしあった。礼子はちいさな台所に立ち料理をはじめる。米を見つけたので、一合分の炊飯器で炊いた。

不思議な時間だった。互いに黙りそれぞれに没頭する。会話がなくともなにも気にならないしずかな時間だった。と、玄関に放置したコートのなかで携帯電話が震えた。「出たほうがいいです」蛭間は言った。礼子は携帯電話を握る。いまだけは邪魔されたくなかった。礼子は携帯電話の電源を切った。

卓袱台にむかい合い座り、ご飯を食べる。蛭間は卵ともやしと豚肉をごま油で炒めた料理を「美味しいです」と食べた。やがて蛭間は腕時計を礼子に返す。「いい時計です」蛭間はすこしだけ微笑んだように見えた。見違えるようだった。傷んだ革ベルトの部分は油で磨かれたのか光沢を取り戻し、進む秒針の動きも心なしかスムーズになっている気がする。「ありがとうございます」礼子はしずかに礼を言った。すこしだけ互いの身の上を話した。

「恐ろしいのですが、記憶がほとんどないんです。おそらくこれからも、生みの母親の死に目も経験することなく終わっていくのだと思います。母親の下の名前も覚えていないんです。覚えているのは、苗字が変わったらしいということと、母親が最後に言った、わたし間違えてないからという言葉と、声と、歩いて角を曲がる背中です」

一方蛭間は若くして亡くなった母親のことをよく覚えていると言った。「母親が最後に、申し訳ないけど、奈緒のことだけは頼む」と言った言葉を、よく覚えていると。

洗い物をすまし、コートを着る。普段じぶんが着ている安いコートを着た。貴志に渡されたコートを腕に持つ。ここに置いて帰るわけにはいかない。カシミアのコートの手触りが現実を感じさせた。

——このまま、ここにいてはいけませんか。

礼子は言いたかった。が、蛭間の答えなどわかりきっている。

「連絡先、教えていただけませんか」

礼子は言った。蛭間はすこしうつむき、やがて自らの携帯電話番号を口にする。礼子がその番号にかけると、蛭間のコートが震えた。ポケットから蛭間が取り出すと、礼子とおなじ旧型の携帯電話だった。玄関で靴を履く。

「裁判——受けてくださいね」

蛭間は視線を床に落としてしばし黙ると、やがてちいさく頷いた。

アパートを出て駅まで歩く。ひとりで帰れますと告げても蛭間は譲らなかった。「危ないです」と言い、決して礼子には近づかず、後ろを歩いた。

夜道を歩く。振り返らずとも、蛭間の気配を感じる。三鷹駅の明かりが見えた。人々で賑わう。

改札口へとつづく階段を上った。礼子は振り返る。蛭間は遠くに見えるロータリーの片隅で、しずかに背を伸ばし、ホームへむかう礼子を見送っていた。

荻窪駅に着き深く深呼吸をする。蛭間といた時間が永遠につづけばいい——甘い考えを浮かべたじぶんを笑ってやりたかった。すべてを捨てて彼といられれば。が、そうはいかない。まず蛭間自身がそれを許さないだろう。彼は「堕ちないでください」と言った。それはある意味拒絶を表す。すべてを賭けてじぶんのもとなどに来てくれるなという意思表示だ。礼子の思いを感じたうえで精一杯の優しさだと礼子は理解した。堕ちてはいけない。傷ついた爪ならいつでも研ぎますから——これが「好きなのだと思います」と告白し、地下鉄のホームで手を握ってきた女への返事なのだ。それくらいは、礼子にもわかっていた。それに蛭間は、再審を決心してくれる気がした。じぶんにできることは、蛭間を救うため、彼の未来をすこしでも有意義なものにするため、決してミスを犯さないことだと礼子は誓う。来るべき公判にむけ、じぶんの蛭間への思い以外、絶対に間違いは犯してはならない。礼子は身を引き締める。

「もしもし、わたし」

狂ったように着信履歴を残していた夫に電話をする。しばし怒声がつづいた。礼子は夜空に浮かぶ丸い月を見つめ貴志の怒りを吐き出させる。吐き出させるだけ吐き出させたあとに礼子は詫びる。

「ほんとうにごめんなさい。名刺入れを落としたの。わかるでしょ、裁判官の名刺を悪用されたら大事件だわ。選挙前にと思ったらパニックになってしまって。それこそあなたの言うそちら側の世界なんて一生かかっても行けない。で、あったのよ。奇跡みたいにあった。伊勢丹の駐車場近くの排水溝の上に落ちてたわ。そうしたらそのあとすぐ雨野地裁所長から連絡があって。急だけど自民党の稲葉幹事長代行が会いたいと言ってるって――いちどあなたに電話したんだけど話し中になってたから。ごめんなさい。さすがに柄にもなく慌ててしまって、そのあと連絡できなかった」

着信なんてなかったぞ、貴志は言う。

「したわ」

礼子は言い切る。貴志はいったん矛を収めた。すぐに帰るからと言って電話を切り、礼子は速足で歩く。コンビニに立ち寄る。ビールとハイボールの缶、煙草、ライターを買った。雨野が煙草を吸うことを貴志は知っている。誰もいない夜十時の高級住宅街の片隅で礼子は酒を呑み干す。煙草に火をつける。急いでいたからか、名前は変わっていたが、母親とおなじ煙草を買っていた。吸い込むと、不思議なほどそれは自然に肺に入った。煙を吐き服に匂いをつける。

――犯罪者だな。

礼子は自らを思う。初めて証言台に立つ被告人の気持ちがわかった気がする。礼子の舌は守りたい人間のために息を吐くように嘘をつき、礼子の手は愛する人間を思い平気で偽装を重ねた。

家に帰ると玄関にはチェーンがはめられていた。芝居がかった口調で開けてと懇願した。なんども懇願のふりをする。やがてチェーンがなかから外される音が聞こえ扉を開けると、貴志は居間へと戻っていく。礼子も追随する。居間のソファーには義母が座っていた。土下座をさせられた。礼子はなんとも思わなかった。フローリングに膝をつけ額を擦りながら、蛭間のことばかり考えた。ぶじに再審が終わり、犯人隠避は問われるだろうが人を殺した事実はないと認定され、彼の魂が救われることを。塀の中から出られることを。牢屋から、檻から、彼の肉体と魂が真の意味で出られることを。その姿を想像する。自由に街を歩き、空を見て笑い、すこやかに生きている蛭間の姿を。義母のじぶんに対する生い立ちの侮辱を交えた罵声を浴びながら、床に額をつけ、礼子は蛭間だけを思った。やがて義母は帰った。貴志は礼子を立ち上がらせると口元の匂いを嗅ぐ。服の匂いを嗅いで鼻を歪めた。

「ほんとに雨野と一緒だったみたいだな」

「ええ」

貴志は礼子の頬を引っ叩《ぱた》く。二度引っ叩いた。

「雨野には抱かれてるのか？」

貴志は言う。馬鹿なこと言わないで。礼子は答える。

「まあ、どうでもいいが。とにかく無事当選を果たせ。おれも新しい弁護士事務所のために妻が政治家っていうのはなにかと見栄えがいい。まあ、おれもそのぶん自由にやらせてもらうよ」

礼子はもういちど頬を叩かれる。

「おふくろに嫌な思いさせせんなよ」

貴志は二階へ消えた。

書斎へ入ると枕、数日分の衣服、下着が放り投げられていた。ここで寝ろということだろう。布団はなかった。が、なにも気にならない。心底安堵した。礼子が恐れたのは今宵の行動によって「政界進出はやめろ」し貴志が心変わりすることだけだった。雨野の道筋に乗らなければ蛭間の再審の結果が変わってくる。彼を自由にできなくなる。そのために政界進出だけは夫に止められては困るのだ。が、心配は杞憂《きゆう》に終わった。夫が今宵の妻の愚行より自らの利益を優先してくれたことに感謝した。だから布団などなくとも、礼子は平気だった。礼子はゆっくりと、床に寝そべる。

なにも変わらないじゃないか。

ふと礼子は思った。幼いころから狭いアパートで暮らしたのだ。母親が失踪してから一か月、八歳のじぶんは死ぬ気で過ごしたではないか。部屋のどこを探してもお金はなく、冷蔵庫に残った納豆のパックも二日でなくなり、平日の給食だけを頼りに生き抜いたではないか。なにも変わらない、大丈夫だ。礼子は冷たい床を感じる。

夢などなかったのだ。大の字になり天井を見上げる。花屋さんになりたい、幼稚園の先生になりたい、医者になりたい、歌をうたう人になりたい、お嫁さんになりたい、普通の女の子が見る夢など持ったことがなかった。ただ普通に暮らせればよかった。伯母に迷惑をかけず、安定した生活があればよかった。消えた母親も、精子を放出しただけの顔も知らぬ父親もいてほしいなどと思ったことがなかった。ないものはないのだ。求めても、望んでもしかたがない。だから嘘をついた。

「あいつの教科書を見てみろ。見つめすぎて穴が開いてる」

いちど読めばすべてが理解できた。読みこんでもいない教科書を見つめたふりをして誰の目も見なかった。誰にも見られたくなかった。安定だけが欲しかった。できるだけ人と関わらず、生きていける職が欲しいだけだった。

裁判官独立の原則。

憲法で定められたこの言葉がじぶんには合っていると思った。上司も部下もなく、少ない人数の部で過ごし、それぞれが採用する証拠だけを見つめる。感情もいらず、持たず、無味無臭な毎日を過ごせると思った。いや――過ごしてきた。蛭間隆也と会うまでは。

――夢か。

礼子は床に寝そべりながら右手をゆっくりと天井に上げる。この手のひらはなにかをつかめるのだろうか。蛭間隆也のこれからの人生がすこしでも良くなればいいと思った。なにかを見て笑ったり、悔しがったり、喜んでくれればいいと思った。蛭間が鳩なら、決して地面には落ちないでほしかった。いや、落としてはいけない。礼子は生まれて初めて夢を持ったじぶんに気づいた。

落ちゆく鳩。

落下する鳩。

こんどこそわたしが食い止めねばならない。小学六年生の夏目三津子に、「まだ治ってないよ。駄目だよ」と言わなければいけない。そして傷ついた右の翼が完治した暁《あかつき》に――初めて鳥かごから放つのだ。重力にも負けず、仲間を失っていようとも、あの青い空へ飛び立てるように。

寝ている時間などない。裁判官を辞めるその日まで、判決を間違えてはならない。礼子は起き上がり机に座る。蛭間奈緒の日記が目に入る。礼子は手を伸ばしそれを取った。お兄さんのことは任せて。礼子は語りかける。あなたが吉住秋生に襲われていた過去を公にするのは憚られるが、お兄さんを助けさせて。あなたの躰も魂も奪った悪魔をきちんと裁くから。礼子は強く誓った。

奈緒のノートを持つ指が視界に入る。蛭間がやすりで爪を研いでくれた姿を思い浮かべた。

——誰かにもそうされた。

それは母親だろう。母親は疾走する前、爪を切ってくれていた。

マホガニーで作られた本棚に囲まれる部屋に不似合いな、安っぽいパイン色の勉強机。これも母親が貧困のなか買ってくれたものだ。礼子はパイン色の机上を見つめる。色も薄くなった机上のあちこちに、鉛筆の跡があった。ふと母親が横に座る光景を思い出した。小学一年になった年であろうか。陽も当たらぬアパートの一室で、母親は嬉しそうに畳に膝をつき、字を書く娘を見つめていた。狭い部屋なのに、母親は勉強机を嬉しそうに買ってきた。礼子は机上に残された鉛筆の跡を指でなぞった。

——わたし、間違ってないから。

あの人の声が聞こえる。鞄のなかから一通の茶封筒を取った。東京地裁所長室で雨野に渡された封筒。中身はわかっている。選挙出馬へむけて党が調べた、自らの出自の報告書だろう。礼子はそのなかの一枚を取る。

〈片陵礼子　母親について——一九九五年十二月、石川県金沢市にて死亡〉

母親は死んでいた。心のどこかで母親は生きているだろうと思っていた。八歳のじぶんを捨ててまで選んだ人生だ。この大地のどこかで、図々しくも、生きながらえているのだろうと礼子は思っていた。それが、死んでいた。

〈蒸発から死亡までの経緯〉

片陵礼子（旧姓　津山→江田）小学校三年時の九月、路上に置き去りにし蒸発。理由は片陵礼子母親Aは、当時金八百万円の借財があった。借財はすべて前夫の津山浩介が残したものでありAに責任はない。津山浩介は元々Aとの結婚も、連帯保証人欲しさの偽装に近いものであり、片陵礼子一歳半年時にAの前から姿を消している。Aは借金返済と生活苦が重なり当時勤務していた江戸川区の新聞印刷工場とともに、スナック「リリー」で働きはじめる。当時を知る店員によると、Aは明らかに年々精神を病んでいったと証言している。原因は借金返済の取り立てによるものと思われる。そして片陵礼子八歳時に店で知りあった男樋沢陽一《ひざわよういち》と恋仲になり蒸発。静岡、熊本などを経由するも樋沢にも捨てられひとり日本各地を転々とする。最後は石川県金沢市の歓楽街に身を寄せ、肺癌多発性転移によりアパートでひとり死亡。享年三十七。

〈補足〉

片陵礼子実父津山浩介、蒸発のきっかけとなった樋沢陽一共に死亡しており、両者親戚関係友人関係も希薄であり、片陵礼子当選後もその筋からの話は出てこないと思われる。また実母Aも死亡までにすべての借財を返済している。蒸発の理由のひとつには、「娘礼子に借財の責任がまわることを恐れた」との証言もあり。いずれにしても選挙方針としては、片陵礼子のような過去が他党（場合によっては我が党からも）にすっぱ抜かれる状況も大いに想定され、そうであれば、時機を見てこちら側からあえて情報を出すことも得策と考える。片陵礼子は富裕層、低所得者層の両層から支持される強みがあり――。

――誰を恨めばいいのか。

――誰を憎んで生きていけばいいのか。

礼子は思った。

「わたし間違ってないから」

あなたは最後にそう言ったではないか。享年三十七。じぶんとそれほど変わらない歳ではないか。ならば、せめて、すこしでも幸せに生きればよかったではないか。礼子はまたなにかを思い出しかけた。母親とふたり、このパイン色の安っぽい勉強机の下に隠れ遊んだことがある。椅子を引き、母とふたり、机の下へ潜った。子供のころ、母親が、すこし煙草の匂いがついた服を着て、じぶんの肩をぎゅっと抱き「かくれんぼだよ」としずかに笑った。わたしの耳を塞ぎ、目を見て笑ってくれた。

そうか、あれは借金取りから隠れていたのか。怯えるじぶんを怖がらせぬよう、笑って耳を塞いでくれたのか。

礼子は蘇った幼き記憶を真似るように、立ち上がり椅子を引いた。

机の下に潜ってみた。

三十三歳の礼子には、もう机の下は狭すぎた。ふと目を上げた。机の下のあちこちに、大人の字と子供の字が入り交じった言葉や絵がたくさん書いてあった。ある場所には子供が描いた母親の絵、ある場所には大人が描いた女の子の顔の絵、「一年一組　えだれいこです」とまだおぼつかぬ字で書かれているものもあった。ああ、母親はかくれんぼと言っては自らを抱き机の下に隠れ、ペンを持っていたな。声を殺し、ふたり交互に机の下に書いたのだ。とりとめもなく、書いて時を流していた。一点に目を奪われた。

〈がんばれ！　礼子ちゃん！〉

大人の字で書いてあった。

「馬鹿な人ね」

礼子はすこし泣いた。


ひたすらに蛭間からの連絡を待った。土日はやはり携帯電話は鳴らなかった。再審への決断の迷いというより、夫と暮らすじぶんへの配慮だろうと礼子は推測した。貴志は「おふくろとおれの飯を作るとき以外はリビングに来ないように」と礼子に告げた。なので礼子は貴志がゴルフの練習に出かけたあと、料理、洗濯掃除をすまし、二階の寝室にあるクローゼットから洋服を取り書斎へ置いた。が、なにも苦にならなかった。貴志への愛情の無さと言えばそれまでだが、自らが悪いことくらいわかっていた。蛭間隆也への思いそのものの前に——間違った結婚をしたのだと今更ながら礼子は気づいた。貴志と付き合っているときも愛していないわけではなかった。が、それは錯覚だったのかもしれない。普通の生活がしてみたかった。ひとつの屋根の下、夫がいて、妻がいて、食事をし会話をし共に眠る——。世間の当たり前のことをしてみたかった。が。やはりやり方はわからなかった。それに、家が欲しかったのは事実だ。誰にも干渉されぬ安住の地が、やはりだからそんなじぶんが貴志を責める資格はない。礼子は自責した。

月曜日。礼子の携帯電話が震える。公判と公判の間のわずかな昼休憩の時間、刑事第十二部の席に座る礼子の携帯電話が震えた。０８０‐１４６３——と記された相手からのショートメールだった。そらで言える。蛭間隆也の携帯番号だった。

「再審をお願いできますでしょうか」

礼子は蛭間とおなじく、二つ折りの旧型携帯電話の画面を射るように見つめた。蛭間が再審を決意してくれた。礼子は慌ててボタンを押し返信する。

「もちろんです。ありがとうございます。今後の流れとしては――」

礼子が慣れぬ手で懸命に打った文面は途中で切れた。ショートメールに文字数制限があることを思い出した。普段全く携帯電話を必要としない礼子は自らを責める。伝えたい言葉が伝えられぬもどかしさに苛立ちながら、礼子は懸命に文字を打った。

「担当弁護士は以前蛭間さんにつかれていた山路昭正さんにお願いしようと思っております。段取りいたしますので、少々お待ちください」

「お手数をおかけしてしまい、申し訳ありません」

「大丈夫です」

「最後に確認なのですが、わたくしが再審をすることで、裁判官であるあなたにご迷惑はかからないのでしょうか？」

こんなときでも蛭間は相手の心配をした。

「迷惑など微塵《みじん》もかかりません。心配なさらないでください」

「わかりました。進展がございましたら、ご連絡くだされば幸いです。また身勝手ですが、このわたしとのやり取りはすぐに消去してください。お願いします」

そこで蛭間のメッセージは終わった。――消去してください。蛭間はじぶんのことを考えてくれているのだ、礼子はすぐにわかった。既婚者である礼子に、裁判官である人間に一分の迷惑もかけぬよう進言しているのだ。礼子はしばしやり取りした画面を見つめ、ひとつずつ蛭間との会話を消していった。

そこからは怒濤《どとう》の一週間だった。まず蛭間の公判を担当した山路弁護士に連絡を取った。「秘密裏に」と釘を刺し渋谷にある会議室をレンタルした。真っ白な会議室のテーブルに礼子は山路用にまとめた書類を置いた。「蛭間が犯人ではなかった」こと、「妹蛭間奈緒が偶発的に被害者吉住秋生を刺してしまった」こと、「理由は蛭間のデザインを盗んだ吉住秋生に抗議した奈緒が、半年にわたり強制性交を強いられていた」こと……蛭間奈緒の告白を綴った日記を見せながら、聖森林の里学園長の証言、事件現場近くのBAR店長の証言を交え礼子は説明した。山路弁護士は書類を見つめ説明を受けながら、冬だというのにみるみる額に汗を滲ませていった。「蛭間隆也の公判にむきあう真面目な態度に、いま合点がいきました」山路は言った。山路は蛭間の公判で礼子に打ちのめされ刑事弁護士を退いている。が、礼子のやっていただけますかとの問いに、「やらせてください」と真摯に答えた。山路は蛭間と直接連絡を取りたいと言うので、礼子は蛭間にショートメールを送る。

［山路さんが弁護を引き受けてくださるそうです。面会を希望されていますので、いちどご連絡していただけますか？　山路昭正090－］

［ありがとうございます。連絡させていただきます］

年の瀬の公判もつづく。詐欺、違法薬物、窃盗、強盗、殺人——礼子は法壇から裁き書斎で判決文を起案しつづける。退官のスケジュールも決まった。二〇一九年二月末にて礼子は東京地方裁判所判事を退くこととなった。これも特例だった。雨野が最高裁判所事務総局の一部の人間と掛け合い決定した。礼子が退官後に政界進出することは限られた上層部にだけ共有され、他には箝口令《かんこうれい》が敷かれた。最後は裁判所も礼子が政界に出ることは将来的な得策と踏んだそうだ。雨野はひどく喜んでいた。礼子は義母に夕食を作り軒下に届けつづけ、退官にむけ最後の判決文起案に追われる。布団もない書斎で一時間ほど眠り、夫の朝食を作り家を出た。十二月二十八日金曜日、東京地裁二〇一八年の業務がすべて終わる。

正月も書斎で過ごす。一日の昼だけ恒例行事である貴志の生家での食事をした。義父と食卓を囲むのは年にこの日だけであるし、また義母も家のなかで夫と食事をするのはこの日だけだ。貴志は普段の威勢の良さは皆無で借りてきた猫のようにおとなしい。義母は夫とおなじ屋根の下にいながら年に一度しか食卓を囲まない異常な光景を悟られたくないのか、普段と変わらぬ様子で喋りつづける。礼子は一年ぶりに会う義父を見て、また老けたなと感じた。貴志は以前「なぜおまえはうちの関係を修復しようとしない」と言ったが、礼子にはなんとなく義父の気持ちがわかっていた。それは格式ばかりを気にする妻への煩わしさ、父親のルートに乗りつづける息子への諦めとはまた違う理由なのだ。彼は、ただただ疲れ切ったのだ。四十年間裁判官を勤めあげ、周囲からの監視のもと人を裁き、裁き、裁きつづけ疲れ切ったのだ。だからいまは、誰とも関わりたくないのだ。

——司法囚人。

ふいにこの言葉が礼子の脳裏に浮かんだ。以前誰かが礼子に言った言葉だ。「我々裁判官は自らを律し、律し、律しつづけ、過ちは決して許されず、なおも見えぬ手綱を誰かに巻かれて生きていく。もしかすると、仮釈放された囚人よりも囚人かもしれないな」その人は皮肉混じりにじぶんたち裁判官を「司法囚人」と呼んだ。ほんとうにそうなのかもしれない。裁判官は人を裁くことで、どこか正常な部分を失っていく。

「ほんとうにそれでいいのかい？」

義父がふいに礼子に尋ねた。義母はじぶんの語りを中断されたことに驚き、貴志は自らに言われたわけではないのに明らかに緊張していた。

「なにがでしょうか」礼子が答えると、「裁判官を辞めることだよ。君らしくないと思って」と義父はしずかに言った。「いいんです」と礼子が返事をすると、それ以上義父は語らなかった。分不相応な家に嫁ぎ、本能を見失いながら十年間結婚生活が維持できたのは、この義父がいたからかもしれない、礼子は思った。

貴志は三が日家を出ず、礼子は夫が眠るか二階へ行っている間しかリビングへ行くことも許されなかった。が、その間にも山路弁護士から連絡が入り、蛭間と面会した旨が伝えられた。「とても落ち着いた様子だった」と報告を受け、礼子は心から安堵した。

一月四日から東京地裁の業務がはじまる。早々に蛭間隆也は東京地方裁判所に再審請求を申し立てた。「開かずの扉」と言われるほど難攻不落な再審請求は、とてもしずかに受理された。

地裁での通常勤務が終われば夜は挨拶回りだった。七月の参議院議員選挙出馬にむけ、医師会、歯科医師会、弁護士会、昭和会——様々な団体の重鎮と礼子は面会をつづけた。常に稲葉選挙対策副委員長が同行し、その本気度はわかった。「確実にいける」稲葉はしずかに手ごたえを伝えた。

一月も終わろうとしていた。地裁所長室に呼ばれ礼子はむかう。蛭間隆也の再審は礼子の希望通り長野判事のいる刑事第四部に落とされたこと、長野判事なら礼子への忖度を抜きに、新証拠だけを見つめ無罪の判決を下すだろうと雨野は言った。

役目は終わった。

礼子は思った。用意した新たな証拠を見れば、蛭間は確実に無罪となる。自らが偽証したとはいえ「人を殺した事実はない」と認定され、広報誌と全国の新聞に「再審の結果、蛭間隆也さんに無罪判決」と掲載されることとなる。インターネットの時代だ。検索すれば蛭間隆也の事件は永遠に残るだろう。偏見や差別からは逃れられないかもしれない。が、同時に「無罪判決」の文字も残れば、少なくともいまより、良い人生が待っている——礼子はなにかが肩から下りるのを感じた。

「二月から送迎車を用意する」雨野は言った。

稲葉からの指示もあったようだ。内々とはいえ各会の人間と会っているため、そろそろ政界進出の噂が出回るだろうという意見だった。ただでさえ東京地裁に戻ってから礼子のマスコミへの露出は多かったため、安全面を考えても電車通勤はもうさせられないということだった。

じぶんが車の後部座席で揺られるのか。

礼子は笑いたい気分だった。人と関わることが苦手で、本能を捨て生きてきたじぶんが。これからは毎日人と会い、関わり生きていくのか——今更ながら礼子は深く実感した。すべては蛭間隆也の再審が終わるまで。それまでは人に会い、自らの出自を語り、ありもしない政治理念を語るのだ。

嘘は、慣れているじゃないか。

「裁判官になるのが夢でしたから」そう言いつづけてきたのだから。

じぶんのためにつく嘘など、訳はなかった。

なのにどうして、大切な人のためにつく嘘は、こんなにも苦しいのだろう。

帰りの丸ノ内線に揺られながら、礼子はふと携帯電話を見つめた。

名前さえも登録できぬ焦がれる男の電話番号だけを見つめた。

――080-1463-

視線を上げる。他の乗客はスマートフォンを見つめている。この無機質な空間がいかに大切だったかわかった。流れゆく車窓の景色も、地下鉄のすこしこもった匂いも、いかに大切な日常だったのかわかった。ふいに寂しくなった。蛭間隆也に会いたい。そう思った。

[会えませんか]

礼子は文字を打つ。ショートメールの返事は来ない。ふと周りの人間がやっているLINEというのが羨ましく感じた。じぶんが送ったメッセージを蛭間が読んでいるのかさえわからない。

が、翌朝の荻窪駅丸ノ内線のホーム。蛭間は立っていてくれた。早朝六時二十九分。礼子がいつもの四号車の列に立っていると、蛭間は隣の三号車の列に現れた。まだ人気も少ない始発駅のホームで、ふたりはおなじ空気を共有した。いつから待っていてくれたのだろう、礼子は思った。蛭間は礼子が何時の電車に乗るかは知らない。荻窪駅の片隅で、そっと礼子を待っていたのか。誰にも見られず、気づかれぬよう、現れたじぶんの後ろを歩いてきてくれたのか。蛭間は決して目を合わさず前を見ていた。礼子は見つめたい気持ちを殺し蛭間に倣った。
電車が来る。礼子は四号車に乗り込み、蛭間は三号車に乗り込む。まだ乗客もまばらな四号車の車両の、いちばん端の席に礼子は座る。連結部分に備えられた小窓から、三号車に座る蛭間が見える。蛭間もいちばん端の席に座ってくれればいいのに、礼子は思った。がらんどうの互いの車両。でも蛭間はそばに寄ってくれない。ドア一枚、連結部分があるというのに、蛭間はいちばん端の席には座ってくれなかった。礼子は窓から隣の車両に座る蛭間の横顔を見た。
［おはようございます］礼子が二つ折りの携帯電話を開きメッセージを送る。蛭間はコートのポケットに手を入れる。礼子とおなじ二つ折りの携帯電話を開き、画面を見つめている。しばらくすると、
［大丈夫ですか。顔色があまり良くないように見えます］
礼子の画面に蛭間の声が届いた。
［大丈夫です。今日は無理を言って、すみません］
蛭間からの返信はなかった。やがて蛭間はしずかに、小窓越しに礼子を見た。蛭間はちいさく頭を下げると、携帯電話をポケットにしまった。
それだけで充分だった。やがて電車は走り出し、乗客も徐々に増えていく。礼子は目を閉じた。電車進行方向の後ろの車両のおなじ列に座る蛭間を思う。不思議だが、礼子は思うことがあった。電車に乗っていると、心臓が後ろに流れていく気がするのだ。前へ前へ進む電車に追いつかず、じぶんの心臓が後ろに流されていく。それが今日は安堵感があった。四号車に座るじぶんの心臓が流されていっても、三号車には蛭間が控えていてくれてその心臓を受け止めてくれる――流され

ぬように、行き場を失わないように、鼓動をやめぬそれを摑まえてくれる――。

やがて互いの車両が乗客で埋まり顔は見えなくなる。礼子は霞ケ関駅で降りる。後ろは振り返らなかった。でも蛭間がいてくれる気がした。翌日も、また次の日も、蛭間は早朝六時二十九分に三号車の列に並び、流されていく心臓を受け止めてくれた。蛭間がどんな気持ちで三号車に乗ってくれているのか礼子にはわからなかった。ただ言いようのない幸せは感じていた。


――もう会えなくなる。

礼子は東京地裁刑事第十二部の机上に置いたカレンダーを見て、震える思いがした。

二〇一九年一月二十五日、金曜日。

窓からは夕焼けが差し込んでいる。一月の平日は残り四日だった。この四日が終われば蛭間と会えなくなる。電車に乗ることを禁じられ車での通勤となる。会話はせずとも、三号車と四号車の蛭間との時間はもう訪れない。いや、永久に。蛭間が無罪を勝ち取り自由に空に飛び立てば、それはそれで、もう永久に会えないのだ。もし会っているところを誰かに見られでもしたら、それこそ蛭間隆也が片陵礼子を利用した、などと言われかねない。

とっくに気づいていた。もう蛭間隆也と会えないことを。

蛭間の再審が終われば、当選した政治家など辞めればいい――腹をくくっていたつもりだが、そうは簡単にはいかないだろう。それに辞めたとすれば蛭間隆也はどう思うか。じぶんを救うため身を捨てたのかと悟られるかもしれない。もう蛭間に重荷は背負わせたくない。自由に青い空を羽ばたいてほしい。そのためには蛭間にさえ、真実は言ってはいけないのだ。いつか、「なぜ裁判官を辞めたのですか」と訊かれても、「政治家になるのが夢でしたから」と答えるしかないのだ。いや――そんな瞬間など訪れない。再審を控えた蛭間を、これ以上じぶんの感情に巻き込むわけにはいかないのだ。でも――魂が震える。もういちどだけ、もういちどだけあの人に会いたい。丸ノ内線の車両越しではなく、直接、匂いを感じ、声を聞き、おなじ空間にいたい。

礼子は机上のカレンダーを見つめる。明日明後日は週末だ。公判もない。

――旅に出られないか。

ふと礼子は思った。旅などしたことがない。結婚してからも貴志は旅行に行きたがったが、職務の性質上旅行に行く気もしなかったし、正直激務でそれどころではなかった。学生時代も修学旅行になど参加したことはない。夫と離れ働き育ててくれた伯母は「行きなさい」と言ってくれたが、金銭的な余裕がないことは知っていた。神戸、岡山と数年は勤務したが、裁判所と仮家の往復だけだ。思い出らしい記憶も、なにもない。

――蛭間と旅に出られれば。

どんなに幸せだろう。礼子は裁判官室の壁時計の音を聞く。振り返る。小森谷も内山も帰宅している。

［金沢へ、行きませんか］

礼子は蛭間にメッセージを送る。

［明日発《た》って、一泊だけ、金沢へ行きませんか］

礼子は金沢へと打ち込んだじぶんに驚いた。そこしか思い浮かばなかった。母親が辿り着いた場所。彼女の終着駅。その最期の場所を知りたかった。

［行きたいんです。あなたと］

蛭間からの返事はなかった。それでも自宅に帰り新幹線の時間を調べた。リビングの扉を開けた。ワインを呑みながら映画を観ていた貴志が驚いたように礼子を見た。

「なんだよ」

「明日、秩父の伯母のところに行ってくるわ。体調悪いみたいだから、様子見に。一泊してくる」

「……体調って、平気かよ」

「大丈夫よ。風邪こじらせたみたいだから、歳も歳だし。日曜の夜には帰るわ」

貴志はオットマンに伸ばしたじぶんの足をすこし見つめ、「わかった」と答えた。

書斎へ戻る。携帯電話を開いても、蛭間からの返信はない。これで最後にしよう、そう思った。蛭間が最初から求めていた、「わたしという存在を忘れてください」という言葉を思い出す。蛭間が来てくれても来なくても、これが最後。

――八時に、東京駅の八重洲中央口の改札で待っています。

礼子は送り、パイン色の勉強机に頬を重ね、すこし眠った。


翌朝。いつも通りに夫の朝食を作りラップをかけ置く。義母への晩ご飯も作りクーラーバッグに入れる。カシミアではなく、いつも着ている黒色のロングコートを着た。家を出て夫の生家の門を開ける。〈明日の晩取りにまいりますので、申し訳ありませんがよろしくお願いいたします〉一筆添えたメモ書きを貼り、玄関前にクーラーバッグを置いた。荻窪駅へと歩く。土曜日だからか通勤客もおらず、高級住宅街はしずかだった。丸ノ内線のホームに立つ。東京駅へむかうならJRのほうが早いが、蛭間が丸ノ内線に立っていてくれる気がした。が、三号車の列に蛭間はいない。返信も、一晩たってもなかった。

丸ノ内線に乗り込み礼子は座る。一泊分のちいさな鞄を膝に置き、がらんとした車内を見る。いつもの席に座り小窓から三号車を覗くが、やはり彼はいなかった。

なにをやっているんだろう。

馬鹿だな、礼子は思う。蛭間にとっては迷惑な話だろう。勝手に執着され、再審をしてくれと命じられ、頭のなかの霧を消したいと手を貸すことを強いられ、好きだと言われ、金沢に行ってくれとまで頼まれる。迷惑な話だろうな、礼子は地下鉄に揺られ考える。土曜日の朝の電車はいつもと違った。停車駅でもぽつ、ぽつと人が乗り降りするだけで、なんだか異空間に感じた。目を閉じても歩ける霞ケ関駅さえ、ドアの向こうはがらんとしたまま流れていった。なんど見ても、蛭間はどこにもいなかった。

東京駅に着き八重洲中央口へむかう。午前七時五十分。さすがに東京駅の構内は人で溢れている。金沢へ行くと決めたが、切符すら買っていない。宿も考えていない。行き当たりばったりだな、礼子は思う。八重洲中央口の改札が見える。広場に繋がる改札の外を見回す。蛭間の姿はどこにもなかった。いるのはそれぞれの面様で歩く人間たちと、地面をつつき歩く鳩だけだった。落下しなければいいのだ、蛭間が自由に歩ければ、礼子は思う。

さて、どうしたものかと礼子は地面を見つめる。東京駅構内の白い地面がこちらを見ている。

寂しかった。悲しかった。ひとりでこんなところに、来てしまった。

その瞬間、コートのポケットのなかが震えた気がした。慌てて礼子は右手をポケットに入れる。

二つ折りで使い古した携帯電話が震えていた。

礼子は視線を上げる。

構内の柱の前で、蛭間が立っていた。

礼子は駆け出した。蛭間にむかって走る。

礼子は初めて、笑った。

第九章　悲劇

「先に歩いてください」と蛭間は言った。そっと切符を礼子に渡すと、柱の前から離れる。礼子は駆け寄り蛭間に触れたかった。が、言葉を発し切符を渡してきた蛭間の表情はいつになく柔らかい気がして、礼子はそれだけでも高揚した気分だった。手元の切符を見る。八時十二分発かがやき521号。蛭間から渡された北陸新幹線の切符が、じぶんをいままでとは違うどこかへ連れていってくれる気がした。

長いエスカレーターを上りホームに立つ。きんと冷えた空気が心地よかった。目が覚める。線路のむこう側は巨大なビルの窓たちだった。ふと見ていただけなのに不思議な光景だった。その正体はビルの窓たちだった。東京駅北陸新幹線ホームから見えるビルたちはほとんどが緑色の窓をしていた。緑色の巨大なビルの正体は熱吸収硝子《ガラス》だと礼子は脳内で独り言ちる。バブル崩壊以降、国内ガラスメーカーの景気も落ち込み、たしか緑色以外作られなくなったはずだなと思い巡らす。不景気と省エネを象徴した緑色のビルたち。でも、旅はこんなことも気づかせてくれるのかと礼子は思う。裁判所と家の往復だけをしてきた十年余り。不思議だが、東京駅のホームから見えるこの些細な景色が、礼子にはとても新鮮で神々しく見えた。

かがやき521号が到着する。九号車の後ろから四列目、窓際の席だった。振り返ると蛭間は一席空けた左斜め後ろの席に座っていた。

[切符、すみません]

[大丈夫です]

[宿も、どこも決めていなくて]

[勝手ですけど、わたしのほうで取っておきました。すみません]

[いえ、ありがとうございます]

[どこか、行きたいところなど決まっているのですか?]

[なにも。実は、金沢も初めてでして]

礼子が携帯電話でショートメールを送る。と、後ろから気配を感じた。蛭間がそっと礼子の隣の空席になにかを置き、そのまま前の車両へ歩いていった。席に置かれたものを見ると金沢を特集したガイドブックだった。礼子は思わず微笑んでしまった。昨夜から返信のなかった蛭間がこんな本を買っていてくれたなんて。手に取ると、頁もなんどもめくった気配がある。蛭間が本屋へ行き、棚を見、選び読む姿を想像して礼子は嬉しくなった。蛭間が戻ってくる。大きな背のためか座席と座席の間の通路が狭そうに見える。蛭間は礼子を見ることなく、左斜め後ろの席に戻った。車内を見回すと、思ったより乗客はいなかった。蛭間の座る後方も、まだ彼以外座っていない。車内のアナウンスが流れると、列車はゆっくりと走り出した。

——もう、戻れないいんじゃないか。

礼子は過去に流れゆく東京駅のホームを見て思った。そのまま、車窓を見つめる。東京の景色が流れていく。列車は徐々に速度を上げ、その身を焦がす。家々や街並みが嘘のように後ろに消えていく。礼子はなんだか楽しかった。馬鹿みたいだが、新幹線に乗っていることだけでも楽しい。しばらく礼子は窓の外を見つめつづけた。やがて売り子がカートを押してやってくる。小銭を渡し、ホットコーヒーを頼む。ほんとうはサンドイッチも買いたかったが、なぜだか朝から食べているところを蛭間に見られるのは恥ずかしい気がして止めた。売り子がお釣りをくれ去っていくと、後ろから「すみません」としずかで太い声が聞こえる。「ホットコーヒーをひとつ」と蛭間も頼んでいる。一緒の物を頼めたのが、礼子は嬉しかった。上野駅を過ぎ、三十分ほどすると大宮駅に着く。ふと、おなじ埼玉県にいる伯母のことを考える。いまじぶんがしている行動を知ったら、伯母はなんと思うだろうか。胸がすこし痛んだ。

［いいところ、たくさんありそうですね］蛭間からショートメールが入る。

［窓の外ばかり見てしまって。これから読ませていただきますね。あまり旅に慣れていなく］

［恥ずかしいのですが、わたしもほとんど旅をしたことがありません。お互い、ゆっくりしましょう。取りあえず、金沢駅へ着いたら改札口を出てください。後ろにおりますから。連絡します］

礼子はすこし微笑む。いまは、申し訳ないが伯母のことも忘れようと思った。流れゆく車窓を右目に感じながら、礼子は金沢の本を読み進める。いい場所がたくさんありそうだった。兼六園はもちろん知っている。たしか金沢21世紀美術館という大きな建物もできているはずだ。対比するように男川と呼ばれる犀川《さいがわ》、女川と呼ばれる浅野川もある。作家の泉鏡花が生まれた場所でもあり、大正時代を代表する詩人画家、竹久夢二とも深い業と縁のある場所であったはずだ。頁をめくるとにし茶屋街、ひがし茶屋街、主計町《かずえまち》という茶屋街も出ている。石畳のとても美しい場所だった。

蛭間と一日、一緒にいられる。

そう考えるだけで、金沢がとても特別な町に感じられた。一時間半ほど揺られると長野に入り、窓のむこうは明らかに東京とは違う山々が見えてくる。おおきな畑や田んぼの間には民家があり、そのなかで知らぬ誰かが暮らしていると思うと、それだけで胸がわくわくとする気持ちになった。海が見える。おおきな海。朝の日を浴びて海面が煌めいて見える。礼子はそっと通路側に身を寄せ後ろを振り返る。蛭間も蛭間で窓際の席に座り、車窓のむこうを眺めていた。礼子はふたたび座席の背にもたれ、ゆっくりと車窓を見つめた。

こんなに穏やかな気持ちになるのは、いつぶりだろう。自らの呼吸を感じる。まだ新幹線のなかであるのに、空気さえ美味しい気がした。

これを世間では不倫というのであろう。

しかも裁判所にも他県へ渡ることを告げず、いまじぶんは金沢へむかっている。

再審を控えた元服役囚と。

だけど礼子は心底から、穏やかな気持ちだった。


やがて富山を過ぎ列車は目的地へ近づく。気づけば乗客もすこし増えていた。みなが立ち上がり棚に置いた荷物や土産物を手に取りはじめる。楽し気なメロディーが車内に流れるとどうやらもうすぐ、終点の金沢駅へ着くようだった。二時間半の列車の旅はあっという間だった。こんど蛭間と来られるのなら、もっとゆっくりした電車でもいい、礼子は思った。

金沢駅へ到着する。ホームに降り立った瞬間寒さを実感する。肌が一斉に身を縮ませ、礼子が吐いた息が真っ白く伸びた。電光掲示板を見ると気温は零下一度と示されていた。礼子は黒いロングコートの襟を思わず寄せ歩く。呼吸するたびに息が白く伸びた。なんだか嬉しかった。東京ではもはやこの寒さは味わえない。昭和のころはまだ息は白く伸びたが、平成が終わろうとしているいまの東京の冬は冬ではない。温暖化の影響か昔より遥かに生暖かい。礼子の横を通りすぎる乗客が、「寒い寒い」「雪降るんじゃない」と話し笑っていた。気持ちが弾んだ。雪か。雪が見られるのか。長いエスカレーターに乗り下る。おおきな改札口が見えてくる。振り返ると蛭間は五メートルほど後ろを歩いていた。横を歩きたい、礼子は思う。もうここは東京ではないのだ。わたしの横を歩いてくれればいいのに、礼子はすこし寂しくなった。と、突然女性の声が聞こえた。

「あなた女弁護士の人よね!?」

礼子が驚き横を見ると、中年の女性ふたりが礼子の顔を覗き込んでいた。

「そうよ、テレビ出てた！　雑誌にも載ってるわよね！」女ふたりが「いや、検察？」「違うわ、美人裁判官じゃなかった!?」「写真お願いしよう、写真撮って！」——と騒ぎ出した。

「——違います」

礼子は答える。騒ぎ立てた女たちは急に真顔になり、「違うの？　ほんとに？」と熱を失っていく。と、蛭間が横に現れた。

「すみません。兼六園に行きたいのですが、改札右か左かわかりますか？」

蛭間に声をかけられた女ふたりの興味はすぐに礼子から移行した。

「あら！　兼六園？　どっちだったかしら」「わたしたち観光で来て帰るところだから。えっとね――」蛭間が女を足止めする。行ってくださいということなのだろう。礼子は歩きだす。後方では「あんたもいい男ね」などと女たちの笑い声が響いた。マスメディアというのはなんと面倒なものだろうと礼子は思った。同時にすこし身が引き締まった。蛭間との旅に浮かれていた。横など、永遠に歩けるわけがないのだ。

改札を出ると携帯電話が震える。画面を見ると０８０‐と記され、ショートメールではなく電話だった。

「もしもし」

「大丈夫でしたか？」

蛭間の声が耳に伝わる。引き締めていたはずの身がまた弛緩するのを礼子は感じる。五メートル後ろにいる蛭間と電話越しに話せるだけでも幸せだった。

「はい」

「そうしたら、右に行ってください。東口広場のほうです」

礼子は蛭間の声を耳に当てたまま進んでいく。呆気にとられた。構内を抜けるとおおきなロータリーが見え、巨大な門があった。先ほどガイドブックにも載っていた鼓門《つづみもん》であった。金沢の伝統芸能である能楽に使われる鼓をイメージしたそれは空を見上げるほどおおきく、支える二本の太い柱、格子形に仕上げられた格天井《ごうてんじょう》の屋根もただただ壮大だった。が、まるで尊大な寺院を思わせる格天井も、何十本もの丸みを持った木を斜めに傾け組み合わせた二本の柱も、それぞれがマツ科の木材を使用しているからか威圧感がなく、木独特の茶褐色の優しさに包まれ、思わず口を開けたくなるほど美しかった。こんな出迎えをされれば、金沢駅が「世界で最も美しい駅十四選」のなかに日本で唯一選ばれたのも納得できた。礼子はしばし巨大な鼓を下から見上げた。振り返ると蛭間も携帯電話を耳に当てたまま鼓門を見上げていた。

「すごいですね」

蛭間が見上げながら喋った。こちらが蛭間を見ていることに気づかず、圧倒された表情で喋る姿を見て礼子はなんだか楽しくなった。

「ほんとうに」

「これ、能楽で使う鼓ってあるじゃないですか。あの鼓と鼓の間の、あ、いわゆる胴の部分ですね、そこを結ぶ紐を調べ緒《お》というらしいんですけど、その調べ緒をモチーフにしたらしくて……すごいな」

礼子はただただ楽しかった。天井を見上げながら説明する蛭間がとても愛おしかった。蛭間はまるでインスピレーションを受けたように、尊敬の念も込めてそのデザインを見つめているように見えた。やはりこの人は何かを作りデザインすることが好きなのだなと思った。時計のデザインコンクールで大賞を獲得する物を作ったのも納得できる。またこの人が時計技師として働ければいいと思ったし、礼子はなにより蛭間自身もこの金沢の旅を楽しんでいる気がして嬉しかった。と、蛭間が礼子を見た。五メートルほど後方にいる蛭間は、すこし笑ったように見えた。

「お腹空きましたよね」

蛭間は優しく、悪戯の調子をすこし交えた口調で言った。

「ええ」

礼子も素直に答える。

「なんか……良さそうだなってところがあるんですけど」

「どこですか？」

「ここから歩いて十五分くらいらしいんですけど、あの、魚とか牡蠣《かき》って大丈夫ですか？」

「はい。好きです」

「よかった。じゃあ近江町市場《おうみちょういちば》というところに行きませんか？　金沢市民の台所って呼ばれているみたいで」

「行きましょう」礼子は微笑み答えた。


礼子は歩く。蛭間はその後ろを歩いた。初めての道をふたりで歩く。やがて右手には本屋やカフェの入ったビルが見えて、その左を見ると「近江町市場」と書かれた門が見えた。礼子は赤信号の横断歩道で待つ。小さなゲートの右手には昭和を思わせる喫茶店の看板が置かれていて、自然と顔がほころんだ。

信号が青になる。礼子はブーツの踵を鳴らし渡った。がその音は東京にいるときの音ではなく、もっと好奇心に溢れた楽しげな音だった。

「いらっしゃいませー」

市場で働く男と女の声が聞こえる。携帯電話が鳴った。

「好きなところ、行ってくださいね」

蛭間は言った。礼子は門をくぐり右と左を見回す。なるほどこれは紛れもなく金沢市民の台所だと思う。わかりやすく一字の筋に立ち並ぶ店舗は、鮮魚だけでなく青果店、精肉店、花屋、文具、衣類——要は観光客相手がすべてではなく、むしろ地域住民が生活するための市場だ。もちろん北陸新幹線の開通により観光客は増えたのであろうが、この市場には結果浮かれた様子がないように礼子は感じた。パンフレットを手に取ると近江町市場は三百年の歴史があるらしい。観光地の様《さま》で客寄せをする気配もなく、とても日常的で落ち着ける雰囲気だった。野菜も美味しそうだった。新鮮な加賀野菜が売られている。反対をむけば鮮魚店。真っ赤で巨大な蟹、貝類、鰤《ぶり》——ちょっと東京では信じられない格安な値段で売られている。どれも艶やかで思わず蛭間に料理を作りたいと礼子は思った。しばし市場を探索するように歩き、一軒の鮮魚店で足を止めた。ふたりの客が横に並びなにかを食べている。能登産の岩牡蠣や雲丹《うに》、ボタン海老などがその場で食べられるようになっている。礼子が振り返ると蛭間と目が合う。礼子が左端に立っていたので、間にふたりの客を挟み蛭間は右端に立った。蛭間がちらと礼子に微笑む。礼子は目の前に並ぶ日本海の幸を見つめた。

「これください」礼子はまず幾重にも積まれた岩牡蠣を指さす。慣れた店員さんがあいよと答えるとピックを使いすぐさま上の殻を外す。礼子が見ると蛭間もその手さばきに見惚《みと》れていた。礼子の前に皿に載った艶々と煌めく岩牡蠣が出される。その場でお金と交換。礼子は蛭間に申し訳ないと思いながら、とれたてで大ぶりな岩牡蠣をつるりと口に吸いこんだ。思わず顔がほころぶ。一口で吸いこまれた牡蠣が舌の上でぷりんぷりんと泳ぐ。一口嚙めば日本海の塩味とミネラルの混ざった旨みがはじけ出し、礼子は堪えきれずまた嚙みすぐに飲みこむ。食べっぷりが良かったのか店員が嬉しそうに「うまいでしょ」と微笑んだ。

「はい、飲みこむのがもったいないくらいで」
「すみません。わたしも」蛭間も能登産の岩牡蠣を指す。
「わたしももうひとつ」礼子もまた岩牡蠣を指す。蛭間はこそっと笑い、店員は大いに笑った。
空腹を岩牡蠣でまず潤すと、礼子は次に天然のボタン海老を指す。またお金と交換すると目の前の赤々と輝くボタン海老の頭をさっと取って、皿の上に載せてくれた。お好みで醬油をと言われ、ちらとだけかける。蛭間もボタン海老を注文する。ふたりは同時にそれを口に放りこむ。ぶるん。と海老全体から歯ごたえが返ってくると、繊細な甘みが躰中に染みこんだ。美味しい。なんとも美味しい。頭のなかの味噌もずるっといただく。隣の客が缶ビールを注文し、美味しそうに喉に通す。一瞬呑みたいなと礼子は思ったが、せっかくの蛭間との旅だ、午前中からはやめておこうと自戒した。次は決めていた。雲丹。殻の頭だけをくり抜き薄茶色の雲丹がこちらを見つめている。礼子が頼むと蛭間もつづく。礼子は箸で雲丹を口に入れると目を閉じてしまった。濃厚な潮の香りが鼻の奥まで抜けていく。ちらと蛭間を見ると、もう食べ終わっていたようで満足そうに微笑んでいた。と、携帯電話が震える。礼子は二つ折りの携帯電話を開く。蛭間からのメッセージだ。
[美味しいですね]
[最高です]
[わたしもです]
[わたしもです]
間の客を挟んだショートメールの会話をやめ、ふたりはふたたび目の前の日本海の幸を食い入

るように見つめる。礼子はどうしても気になる食材があった。「ガスエビ」と書いてある一品だ。かごの上に並んだガスエビというものは、ボタン海老より遥かにちいさい。色はなんだか奇妙で、茶色くてすこし薄気味悪い。殻も他の海老と違いしっかりしていて、どこか刺々《とげとげ》しい気もする。ガスエビ――まさかガスでできているわけはあるまいに。不思議に思って見つめていると店員さんが笑った。

「見た目が悪いでしょ。でも美味しいんですよ、これ」

聞けばクロザコ海老とトゲザコ海老というものを石川で通称ガスエビと呼ぶらしい。味は抜群に美味しいのだが足が早く、なかなか県外には流通できないらしい。まさに金沢へ来なければ食べられぬ幻の海老か。礼子は恐る恐るガスエビを頼んだ。蛭間は頼まない。

――毒見させる気かしら。

礼子の悪戯心に火がつく。殻がむかれたガスエビが三本置かれる。身もすこし茶色い。艶やかに光るが茶色いのだ。蛭間がこちらをちらと見ているのがわかった。礼子はそのままえいと口に放りこむ。瞬間、目が大きく開く。

「美味しい」

思わず口から言葉が出た。噛めば噛むほどなんともねっとりとした食感が口に広がる。ねっとりと舌と歯にまとわりつき、濃厚な甘みが口全体に伝っていく。甘いだけではない。程よい苦みも感じた。濃厚な甘みとわずかな苦みがコントラストを生むように、ガスエビは礼子の口のなかにとどまる。いや、とどまらせる。歯ごたえもある。飲みこみたくない。間違いない。いままで食べてきたなかでいちばん美味しい海老だと礼子は思った。三本を、あっという間に平らげる。

「──わたしも」

「ごちそうさまです」

蛭間が言った瞬間、礼子は店員に告げる。礼子はすこし笑う。わたしに毒見をさせた仕返し。

でも蛭間とこんなことができることが、礼子はなにより幸せだった。

市場をすこしまた歩き、すこし寒さを避けるように店に入り、温かい蕎麦を別々のテーブルで食べる。ふたりは市場を出る。礼子は後方にいる蛭間に電話をする。

「ごめんなさい」

「なにがですか？」

「あのガスエビ」

「いえ、わたしに根性がなかっただけです」蛭間は笑う。「どこに行きたいですか？」と問われる。「金沢城とか、兼六園とか。21世紀美術館もそこから近いし、どれもやはりいいところみたいですよ」蛭間は言った。礼子も行ってみたかった。が、新幹線のなかで場所を確認したときに無理だと思った。金沢城、兼六園、金沢21世紀美術館のすぐそばに金沢地方裁判所があるのだ。土曜日といえど関係者が出入りする可能性は高い。驕りではなく金沢の司法関係者にもじぶんの顔は知れ渡っているだろうと礼子は自覚していた。それに裁判所の近くにいるだけで現実を感じてしまう。蛭間とだけ、この金沢の旅はいたかった。

「ごめんなさい。別のところでもいいですか？」

礼子は言う。蛭間は訳を訊かなかった。根性がないのはわたしだ。これは許されぬ旅なのだ、礼子はじぶんに言い聞かせる。

代わりに礼子は行きたい場所を告げた。「片町」というところだった。これだけは自宅で調べておいた。調査表によれば母親は金沢の繁華街に身を寄せ——と書かれてあった。金沢で繁華街といえば片町というところらしい。母親の最期の場所を見てみたかった。

「そうしたら、バスで行ってみませんか？」蛭間が言った。金沢は駅を起点に周遊バスが右回り左回りと走り便利らしく、そのバスに乗れば兼六園や金沢城を通らず片町に行けると蛭間が教えてくれた。ずいぶん予習してくれたのだろう、礼子はただただ蛭間に感謝した。

近江町市場から北鉄バスに乗り片町を目指す。車内は思ったより混雑しておらず礼子は座った。蛭間も当たり前のように二席ほど空けて後方に座る。

窓の外を見る。母親もこのバスに乗ったのだろうか。市場で買物をし、時には病院へ行き、このバスに揺られたのだろうか。

と、窓の外の景色が変わった。

雪が降ってきた。

礼子は思わず窓に顔を近づけた。鈍色《にびいろ》の曇った空から舞い落ちる雪は、白く、ゆっくりと地面を濡らしていく。寂しげだった。が、美しくもあった。

「傘持ってますか？」

礼子の隣に座るお婆さんに声をかけられた。「いえ」と答えると、「持っておいたほうがいいですよ。金沢は弁当忘れても傘忘れるなって言われるところですから。晴れていてもすぐに雨も降るし、雪も降ります」と教えてくれた。礼子は微笑み、礼を言った。

片町の停留所で降りる。しばらく歩くとすぐに大きな交差点が見えた。傘を買う。礼子は歩を進める。

——ここだな。

と思った。穏やかな繁華街だった。まだ昼なのでネオンこそ灯っていないが、大小様々な飲食店、飲み屋の看板が見えた。蛭間はなにも言わず、後ろを歩いてくれた。東京に比べればまったく広くはない繁華街。路地を何本も入ってみた。ランチ営業をしている店もあれば、まだ眠りから覚めぬ飲み屋も軒を連ねる。あの人の性格を考えれば、働いていた場所はスナックだろうなどと想像する。日本各地を回っていたときは躰を売ったこともあるかもしれないと礼子は想像していた。それほどの借金の金額だ。が、金沢市内にはその手の店はない。享年三十七。この最期の地で、すこしでも母親に穏やかな瞬間があったのならそれでいい。礼子は思う。

歩いて歩いて歩いた。路地裏という路地裏をまるで野良猫のように歩く。母親が踏んだであろう地を、じぶんも歩かなければと思った。母さん、わたしはとっくにあなたの名前を思い出している。本当はいままで忘れたことなどなかった。ただ心の奥底にしまったその名前に、重い蓋をしていただけだ。

恵利子《えりこ》。

それがあなたの名前だ。恵利子さん。母さん。礼子は初めて心のなかで母の名を呼んだ。

わたしはいま、あなたが歩いた場所を歩いている——それが唯一、じぶんを捨てた母親にできる供養な気がした。

路地裏を抜け大通りへ戻る。雪は降りつづけた。犀川大橋という看板が見える。大きく長い橋だった。

ごう、と音が聞こえる。橋の下を走る犀川はおおきく、その音《ね》を鳴らす。礼子は橋を渡りきるとなぜか河川敷へと歩を進めた。犀川に近づく。ごう、ごうと音を立て水が流れていく。しばし礼子は流れを見つめ、やがて川に沿って北西に歩く。寒さのためか観光客も地元の人間も誰もいない犀川を礼子は歩いた。また歩を止め、犀川を見つめる。

犀川は男川。

浅野川は女川。

金沢ではそう呼ばれるそうだ。

なるほどと礼子は思う。犀川は流れが速い。川幅も大きい。そして一直線に速さに身を任せるように犀川は流れていく。鈍色から舞い落ちる白雪も犀川は飲みこんでいく。ごうごうと喉を鳴らし、雪を水に変え運んでいく。一方浅野川は、犀川と並行して走りながら流れは穏やかで、曲線を描くようにゆっくりと流れを進めていくそうだ。

「犀川はわたしだな」

礼子は思う。険しく荒々しい流れの男川。優美に流れていくという女川の浅野川。ふと横をむくと、蛭間は遠くで川を見つめていた。どちらが犀川でどちらが浅野川かは明白だった。犀川大橋をバスが渡っていく。曇り空からは白が舞い降りる。人も多すぎず、少なすぎない。礼子はなぜか、金沢の町がとても好きになっていた。

犀川近くのにし茶屋街へ足をむけ、そのあとは再び犀川大橋を渡り香林坊を歩いた。蛭間が直してくれた腕時計を見ると午後四時を回っていた。

兼六園、金沢城、金沢21世紀美術館、主計町、浅野川――東側も歩いてみたかったが、やはり金沢地裁がある方向はやめた。振り返れば蛭間がいる。それだけで充分だった。礼子がコートの襟を寄せ街頭に立つ地図を見ていると、後方にいる蛭間から電話があった。

「そろそろ宿に帰りましょうか」

「はい」

と礼子は答えた。

宿は金沢駅前のホテルだった。「連絡するので待っていてください」と言われ、礼子はロータリーで待った。十五分ほどすると電話が鳴り、

「1804号室に来てください。ロビーを入って左に行くとエレベーターがあります。十八階です」蛭間は告げた。

某航空会社の運営する立派なホテルだった。ロビーに入ると寒さを忘れる。暖かで柔らかな絨毯、空調、音楽、逆に礼子の身は引き締まった。人も多い。しばらく歩くと右手にチェックインカウンターが見える。礼子は自然目を伏せ歩く。蛭間の言う通り左を見るとシャンデリアの明かりに照らされたエレベーターホールが見える。礼子は不自然にならぬよう必死に歩幅を整えながら、なるべく速足でホールにむかった。

何人かの旅行客がいる。十八階へ行くエレベーターの前にも一組の男女が待っている。到着の

合図音が鳴り扉が開くと、礼子はしずかに乗り込んだ。男女は十六階のボタンを押し礼子は十八階を押す。男女が先のフロアで降りると、礼子は息を吐いた。

十八階に着く。上質な絨毯がふわふわと礼子のヒールを吸収する。自然速足になる。一刻も早く蛭間に会いたかった。

1804号室の扉がすこし開いている。礼子は急いで周囲を見回しなかに飛び込んだ。扉を閉め、鍵をかける。蛭間は窓際に立ち外を見つめていたが、気づき、礼子を見つめた。

「寒かったでしょ。待たせてしまって、すみません」

蛭間が歩み寄り、礼子の鞄を持った。礼子は蛭間を見つめる。こんなに至近距離で、穏やかな気持ちで誰にも邪魔されず蛭間の目を見るのは初めてじゃないか、礼子は思う。寂しげだが、強く綺麗な目をした人だし、礼子は蛭間の目を見つめ思った。蛭間に案内されるように歩を進める。とてもいい部屋だった。おそらくこのホテルのなかでも、高い金額の部屋であろう。広い室内にはサイドテーブルを挟みダブルベッドがふたつ並んでいる。それぞれに美しいベッドカバーが掛けられ、テーブルの上にはアレンジメントされた花が飾られている。横長のおおきな窓からは金沢市内が一望でき、遠方には夕暮れの海が微かに見えた。

「いい部屋ですね――新幹線から、あの、なにからなにまで……すみません」

「いえ。外はあまり出られないだろうと思っていたので、せめて部屋はと」

窓際のテーブルにカードキーが入っていたちいさな封筒が置かれていた。そこには［1804号室　多田義久様　大江美紀子様　どうぞ金沢の旅をお楽しみくださいませ］と記されている。

蛭間はクレジットカードを持っている人間とは思えなかった。礼子の痕跡をどこにも残さないいため、現金払いで偽名を使いホテルを取ってくれたのだろう。礼子は［多田義久　大江美紀子］という名前を見つめた。

「お手数かけてしまって――」

礼子が言うと、蛭間は名前の書かれた封筒を裏返し、微笑んだ。礼子は蛭間を見、蛭間は礼子を見た。礼子は蛭間に口づけをした。ゆっくり、ゆっくり、口づけをした。蛭間の唇はまだ雪の名残を残し冷たかった。礼子は互いの温度を戻すように唇を重ねた。

礼子は蛭間の胸に顔をうずめる。あと何時間彼といられるのだろう。明日は何時に帰ろうと彼は言うのだろう。ずっと、永遠と金沢にいることはできないだろうか――。

礼子の携帯電話が鳴った。蛭間はそっと礼子の両肩を抱き、距離を離す。画面を見ると伯母からだった。礼子は蛭間の目を見ずに、ちいさく頭を下げ浴室に入った。

「――もしもし」

「礼子、いまあなたどこにいるの」

伯母の声はいまにも泣き出しそうだった。礼子はなにも答えなかった。「さっき貴志さんから電話があった」伯母は言った。

「貴志さんから家に電話があって――こんなことないから――そうしたら、礼子に代わってもらえますか？　って。咄嗟に、いますこし出てますって答えたら、どこにですかって。それでお母さん、お風邪大丈夫なんですかって訊かれて……だいぶ良くなりましたって答えた……」

「そう」

「あなた、どうなってるの？　なにか、困ってるの？」

「ごめんね、伯母ちゃん」

伯母は黙った。まさか――あの子みたいなことないわよね？　伯母は沈黙を破り言った。

「あるわけないわ――安心して」

礼子は夫と喧嘩をして家を出た、明日には戻るつもりだと嘘をついた。電話を切り、部屋に戻る。蛭間はベッドに腰を掛け、礼子を見て微笑んだ。まるで元気を出させるように、現を忘れさせるような表情だった。

「来てください」

蛭間に言われ、礼子は隣に腰を掛ける。ベッドの上には、何冊もの本が並べられている。すべて金沢に関する本だった。

「昨日、本屋を回ってたくさん買ってしまいました。せめていろいろな場所を見て、行った気分になりましょう」

蛭間は一冊を手に取り頁をめくる。

「ここは忍者寺。妙立寺《みょうりゅうじ》という日蓮宗のお寺らしいのですが、人呼んで忍者寺と呼ばれるそうです。理由は当時加賀藩は百万石を誇っていましたから、徳川幕府から常に監視され緊張状態にあったらしいんですね。ですのでいつ何時でも敵を迎え撃てるように様々な仕掛けがあるんです。例えば賽銭箱に見えてこれは落とし穴になっていて、この物置を開くと隠し階段もあるそうです。寺全体が複雑な迷路になっていて案外大人も楽しめるそうですよ。吉田健一という作家の『金沢』という小説にも出てくるそうで――」

いくつもの名所やエピソードを蛭間は優しく語った。鮨屋の載っている雑誌も見せてくれた。

真冬の金沢では鮪《まぐろ》より鰤が美味しいと書いてあった。香箱蟹、というものもあるのを知った。雌《めす》のズワイガニの甲羅の上に内子、外子、身を綺麗に並べ食すそうだ。食べたいなと礼子は思う。だが香箱蟹は漁の期間が決まっており、十一月六日から十二月二十九日までしか食べられないそうだ。礼子と蛭間は「残念ですね」と笑った。

礼子は横に座り、蛭間の声を聞いた。やがて礼子はベッドの上で頁をめくる蛭間の指に触れた。礼子は首を伸ばし蛭間に口づけする。蛭間の肩に両手を回す。なんどもなんども口づけをしベッドに倒れる。

無我夢中で愛し合った。お互いを溶かすように躰を重ねる。ふたりの肌と肌が重なり合う。シーツの音が聞こえる。転がるように、転落するように礼子と蛭間は躰を重ねる。いつの間にか窓の外は闇になり白く落ちる牡丹だけが白肌を照らす。蛭間は礼子の親指に触れ、礼子は蛭間の傷口に触れる。互いの傷が傷でなくなるようにふたりは絡まる。礼子の白い肌が赤く滲む。真っ白な柔肌が流れる血を思い出したように、本能に委ねる。蛭間の長い指を、手を、腕を、躰を、礼子はすべてを感じる。ふたりは見つめ合う。唇を唇でなくすように礼子と蛭間は長い時間重なり合った。

やがてふたりでベッドの上から窓を見つめた。

明日は何時に帰りましょうとは、礼子は絶対に口にしなかった。

いつのまにか、窓の外はもう夜だった。

窓際に椅子を並べ、ふたりで座る。

しずかにふたりは窓の外の景色を見つめた。

まるでそれは映画のスクリーンを観ているようだった。

礼子は蛭間と音のない映画を観に来た気がして、とても嬉しかった。ふたりで映画館へ行ったら、きっとこうやって座るのだろうな。礼子は夢想した。

蛭間の横顔を見る。穏やかに、窓の外を見ていた。やがて気がついたように、蛭間も礼子を見た。照れくさくて、とりとめもない会話をした。一本の映画を観終わるくらい、ふたりは横に並び座り、一本の映画の感想を言い合うくらい、ふたりは会話した。映画のあとのデートのようにご飯屋さんには行けないので、ふたりでルームサービスのメニューを見つめる。

「金沢はお鮨が美味しいって書いてありましたね」

「意外に天ぷらも」

「海の幸で」

「さくっと揚がって」

などと言いながら、結局ふたりはせえので指さし、食べたいものを決めようということになった。礼子が音頭を取る。

「せえの」

ふたりが同時に指さしたのは、カレーライスだった。蛭間も礼子も庶民的なものを互いに選んだことに笑ってしまった。

「カレーライス、美味しいですよね」

「美味しいですよ、カレーライスは。きっとどこで食べても」

ルームサービスを頼み、窓際に椅子を並べたまま、ふたりでカレーライスを食べた。

「美味しいですね」

　ふたりは笑った。


「散歩に行きませんか」

　と言ったのは礼子だった。最後に金沢の町をふたりで歩きたかった。午前零時も近づいていたので蛭間が先にホテルを出る。「ロビーも人が少なく逆に目立つので、三十分後に下りてきてくださいと言うので、時を待ち外へ行く。ホテルを出るといつの間にか十メートルほど後方に蛭間がいた。目の前には金沢駅。最終の新幹線が到着したのか、荷を引く来訪者が数名、地元の人なのか軽い荷物を手に駅に向かう者が数名、雪の上を歩いている。ライトアップされた鼓門がしずかに佇んでいた。

　空を見上げると雪は止んでいた。明日は今日より、暖かいという。

　礼子はいつものように歩く。蛭間を背に感じながら歩いた。目的地は決めず、夜の金沢を歩く。まず訪れた近江町市場を通りすぎると、昼に初めて来たばかりなのに懐かしさのようなものを覚えた。懐かしさ——とは違うのかもしれない。以前からここに通っていたような、奇妙な感覚だった。このまま大通りをまっすぐに歩けば香林坊に辿り着く。それではつまらないと思いあえて細道を選ぶ。しばらく住宅のある道を進んだ。並行するように用水路が流れ、そのちゃぷちゃぷと微かに奏でる水音を聞いていると、道の暗さもあり一瞬じぶんがどこにいるのかわからなくなった。さまようように歩くと道はさらに暗くなる。交錯するように歩いていたわずかな人たちも姿を消す。じぶんはどこにいるのだろう、礼子は思う。一層暗くなる。水の音がどこかで聞こえる。むかうと先ほどより大きな用水路が流れていた。長町武家屋敷跡、と書かれたちいさな看板があった。

　ふと礼子はいった。

　初めて訪れた金沢を、じぶんはなぜかとても気に入っていた。もちろん蛭間と一日いられる高揚もある。が、この地に不思議な魅力を感じているのも事実だった。観光名所を訪ね歩いたわけではない。が、一種独特の、まるで異邦人を受け入れるような空気がここにはあるのではないかと感じた。

　マージナル・マン。

　という言葉が脳裏に浮かぶ。マージナル・マン――境界人《きょうかいじん》。

　社会学者ロバート・F・パークが生んだ造語だが要約すると、ふたつ以上の異なる社会や集団に属し両方の影響を受けながらも、結局そのいずれかにも完全には所属することができない者。要は右にも左にも属することができない、結果両方のわずかな隙間、境界にいる人を指す言葉である。

　貧しい環境に生き、裕福な家に嫁いだ。

　貧乏を知り、金持ちを知った。

　が結果、いまじぶんはどこにいるのだろう。結局そのどちらにも所属しきることもできず、いまここに息をしている。

　根なし草なのだ。

　この地は不思議と根なし草を受け入れるのではないのだろうか。裁判官独立の原則よりも強固な、マージナル・マンを受け入れる場所なのではないのだろうか。いやもしかすれば、この金沢という土地自体が日本のなかでも特異な風土を持ち、右にも左にも上にも下にも属することをしない、マージナルな存在なのではないだろうか。

帰属する時期なのかもしれない。礼子は思った。

深夜の長町武家屋敷に立つ。あたりは街灯がわずかしかなく、ぼんやりとしか前が見えない。いい。空気が違う。まるで礼子は魔界に入った気がした。現世を忘れる。用水路の音に導かれるように筋に入る。と、街灯の明かりさえ失い自らが歩く雪の音しか聞こえない。肺が空気を求める。一瞬、あの日母親と歩いた道に思えた。礼子は突然走った。走る、走る、走る。蛭間を置き去りにし走った。迷路のような武家屋敷の角を曲がり走る。また突き当たれば導かれるまま筋を走りつづけた。最後の角を曲がり、礼子はようやく止まった。

後ろから大きな息遣いがきこえた。蛭間もやがて止まった。

「わたし、間違えますから」

「え？」

「わたし、間違えるから。だから、明日も一緒にいてください」

蛭間は息を切らし、あの寂し気な目で礼子を見つめていた。

ホテルへ帰り、短めの風呂に入る。蛭間と窓際に並べた椅子に座り、眺めてもいない景色を眺める。冷蔵庫にあるウイスキーを呑むが、思うほど酔えなかった。蛭間は「明日も一緒にいてください」と告げてから、なにも喋らなかった。怒っているわけでも困惑しているわけでもなく、金沢へ来てからなんどか見せたあの微笑みは消え、裁判所の前に立っていた時とおなじ――寂しげな目をしていた。「寝ましょう」というのでベッドへ入る。ベッドは別々だった。

午前四時。しばらくし、浅い眠りに入った。

礼子はまた、鳩の夢を見た。


礼子は目を覚ます。サイドテーブルを挟んだ向こう側を見ると、蛭間は起きていたのかゆっくりと礼子を見た。

「いつもあまり眠れないんですか？」

「はい」

「わたしもです」

蛭間は久しぶりに微笑んでくれた。テーブルランプのぼんやりとした明かりのなか、ふたりは目と目を合わす。

「明日も一緒にとおっしゃったのは、泊まるということですよね」

「ええ」

「仕事は。月曜日はどうされるんですか」

「休めます。公判がない日ですから。大丈夫です」

礼子は嘘をついた。なにも大丈夫ではない。確かに公判は入っていないので実務には影響はない。裁判所を後にするまでに残った判決文の起案も、眠らずに仕上げてある。が、裁判所に許可も取らず他県へ行っていること自体規律違反である。しかも自らが公判で関わった元服役囚と。

それに、貴志には日曜の夜には戻ると言ってある。なにも大丈夫ではなかった。

蛭間が手を伸ばし、礼子にパンフレットを何部か渡す。すべて能登半島のパンフレットだった。

「部屋に帰る前にロビーでもらってきました。よければ行きませんか」

——最果ての地。珠洲。

この一文に礼子は目を奪われた。

日本海に突き出した能登半島、そのいちばん先端の珠洲市という場所を指し、最果ての地。

と書かれていた。

「明日金沢は雪も降らないそうです。傘も差せませんし、人目につく。能登半島ならバスで行けるそうです。どうですか？」

「行きたいです」

礼子は答えた。


午前七時十二分。金沢駅西口ロータリーにあるバス停に立つ。礼子はつばのついた黒いバケットハットを被っていた。蛭間がシャワーを浴びたあと、朝ご飯を買いにコンビニエンスストアへ行ったとき買ってきてくれた。「あなたの服に合うかわからないけど」蛭間は言った。が、蛭間の気持ちが嬉しかった。コンビニで売っていた帽子でも、人目につかぬよう考え、もしかすればじぶんが着ている黒いコートに蛭間が合わせてくれたのではと思うだけで、幸せだった。

七時二十五分。珠洲宇出津《うしつ》特急線のバスが出発する。礼子と蛭間をふくめ乗客は五名。礼子が座った席の後ろに蛭間は腰を下ろす。ふたりで左の窓を見つめる。どちらから言い出すわけでもなく、能登半島の左側、輪島方面には行かないようにしようと決めた。輪島は人が多い気がした。決めたのはそれだけで、土地勘も情報もないだけ、行き当たりばったりに進んでみようということになった。

バスは金沢の町を離れていく。

やがて、のと里山街道に入る。

礼子と蛭間の見つめる車窓のむこうはすべて海になった。日本海。金沢とおなじく鈍色の空。微かな太陽の光さえ拒むように、真冬の日本海は灰色に染まっていた。長くつづく海岸線を見て、礼子は果てに行く気がした。車窓に時折映る後ろの蛭間も、礼子とおなじように黙って海を見つめていた。およそ二時間バスに揺られる。のと里山空港の停留所に着く。バスは輪島へと向かうので、礼子と蛭間はバスを降りそのまま珠洲方面のバスに乗り継ぐ。乗客はあっという間に礼子と蛭間だけになった。

ふたりは揺られ、山道を走る。海が見えるたび、礼子は車窓に近づいた。きっと蛭間もおなじだろうと礼子は思う。二十分ほど走ると、「宇出津駅前」というアナウンスが聞こえた。礼子がパンフレットの地図を開くと港があるそうだ。海が見たくなった。

「降りませんか」

「いいですよ」

ふたりは宇出津駅前で下車する。東京と違い、バスの本数は多くない。このあとのことも何も考えずに降り立った地は、しずかな場所だった。宇出津駅前と言っていたが、電車は十四年前に廃線になっていた。かつてはのと鉄道の中間にある主要駅だったそうだが、いまは誰も走らぬ錆びた線路がバスを迎えていた。

海の匂いがした。あまり嗅いだことはないが、海の匂いだった。礼子は歩を進める。やがて視界が開けると港が見えた。宇出津港。礼子が生まれて初めて見る港だった。

灰色の港町があった。風は強く、凍えるほど冷たい。堤防沿いには烏賊《いか》釣り漁船が何艘《そう》も停泊し波に揺れている。夜明けの漁が終わったのか、波が高く繋がれたままだったのか、提灯形、ちいさな電球──様々な透明なままの灯りが漁船の上で揺れていた。

綺麗だ、礼子は思った。命を感じた。波に、鈍色に、風に。命を感じる。そのすべての景色に過剰さや大袈裟なものはなにひとつ感じられず、そこに佇んでいた。役目を終えた錨《いかり》が朽ちるように転がっている。灰色の世界に負けぬよう、カモメは強風を受け止めながら堤防にとどまる。港を囲うように古い民家が点在する。網。バケツ。軽トラック。営みに満ちていた。青や黄色の世界ではないのに、港はとても美しかった。

「綺麗ですね」

いつのまにか蛭間は横に立ち、海を見つめ言った。ふたりは金沢、宇出津を訪れて初めて空の下で横に並び歩く。港のそばに飲食店が何店かあった。礼子はそのひとつひとつを見つめる。集落に足を踏み入れると金沢の雰囲気を思い出す石畳の細道がつづく。なんとも言えぬ風情に包まれる。民家の屋根のほとんどの瓦《かわら》が、みな黒く塗られている。艶やかに濡れたように輝く黒い瓦を礼子は不思議な気持ちで見つめた。「黒い屋根瓦ですね。能登特有の瓦らしいです」蛭間はしずかに言った。諸説あるが、屋根の上に積もった雪が早く溶け滑り落ちていくから──という説が有力らしい。「パンフレットの受け売りですけど」蛭間は照れたように教えてくれた。

細道を過ぎると「常椿寺《じょうちんじ》の大藤」という案内看板があった。常椿寺の境内に藤の木が大小二本立っているらしく、その様子から夫婦藤《めおとふじ》と呼ばれているそうだ。この二本の藤の木は石川県指定天然記念物であるとともに、能登町の文化財と書いてある。案内看板の脇道をひたすらに上ると寺はあるらしい。蛭間と礼子は長い階段のある坂を上った。階段をしばらく上がり息を切らすとやがて常椿寺に辿り着く。古い古い寺はやはり大袈裟なことはなにもなく地に佇む。二本の藤を見つめたが、夫婦藤と呼ばれていることに気が引け礼子は語らなかった。礼子と蛭間は歩きだす。寺を抜けさらに斜面を登るように坂道を上がる。やがてふたりは足を止めた。

高台から港が見えた。烏賊釣り漁船の群れ、集落の黒い屋根瓦、円状の宇出津港から永遠と広がる灰色の日本海。海鳥の微かな鳴き声と風の音だけがそこにあった。

しばし礼子と蛭間は海を見つめた。蛭間は海を見つめながらなにを思っているのだろう、礼子は思う。が、訊けなかった。しばし高台から宇出津港を見つめる。

礼子は蛭間の左手をそっと握った。

蛭間の左手に、すこしきゅっと力が入った。が、しばしして蛭間は口を開いた。

「明日は、のと里山空港から羽田に帰ってもいいですね」

「ええ」

礼子は答える。またか――と思った。母親が疾走する前の焼きとん屋もそうだった。母親はカウンターに座り横に礼子を置き、「わたし、間違ってないから」と嗄れた声で言った。そのときも、横にいた礼子はふいにその言葉を言われ、母親の言った顔を見られなかった。あの人はどんな顔で、あの言葉を口にしたのだろう。

「なんで人は、大事なことを話すとき、横にいるんでしょうか」

「――むきあってしまえば、目を見てしまう。目を見てしまえば、真実を語りたくなってしまう――」

だからじゃないですかね、蛭間は言った。


宇出津港のほど近くにある能登町役場に蛭間は行った。礼子は宇出津港の堤防のいちばん先にむかい、ひたすらに灰色の海を見つめた。携帯電話の電源を入れる。昨夜から今日にかけて貴志から二十数件の着信があった。なにかの勘が働いたのだろう、鬼のような着信履歴を礼子は見つめた。と、貴志からの電話が鳴った。着信のコール音が宇出津港の風と海鳥の声に交じる。貴志は諦めたように電話を切ると、矢継ぎ早に見知らぬ電話番号からかけてきた。友人とでもいるのだろう。その人間の電話を借りてまで連絡してくる貴志を想像する。その執着があれば、わたしの親指の爪に気がつけばよかったのに、礼子は思いながら電源を切った。

蛭間が役場から出てくるのが見える。礼子は日本海に別れを告げ蛭間のもとにむかう。

ふたつ行きたいところがあって、蛭間は言った。一か所は宇出津港から近い教会だった。もう一か所は「珠洲焼」という珠洲市に平安時代から伝わる伝統的な焼き物を体験できるところがあるらしく、そこに行きたいと蛭間は言った。

「電話したら予約が取れて。あの――あなたは無理には」

「やりたいです」

「ですが――」

「大江美紀子になればいいんですよね？　帽子も被っていますし」

礼子は蛭間が金沢市内のホテルを予約したときの偽名を言った。

「じゃあ、別々に来たということにしましょう」

蛭間は言った。

十五分ほど礼子は蛭間に言われた道を歩く。と、後ろを歩いていた蛭間は「待っていてください」と声をかけ礼子を追い抜き脇道に入った。礼子が覗くと、民家らしき建物があり、キリスト教のちいさなセンターになっているようだった。十字架も屋根の上にない民家を蛭間はしばし見つめていた。が、胸に十字を切ることもなくこちらにまた歩いてくる。蛭間はカトリックであるはずだ。ここはプロテスタント系の教会で、やはり信仰の違いがあり無意味だったのか、礼子は考えた。が、戻ってきた蛭間の表情はすこしの微笑みを浮かべているようにも見えた。

港に戻り、近くの雑貨屋で菓子パンを買う。それぞれすこし離れた場所で食べ、駅前でバスを待つ。

四十分ほど揺られ蛸島町《たこじままち》というところに辿り着き、またしばし歩く。と、「珠洲市陶芸センター」という木の看板が見えた。

雪をすこし残した砂利の上に、ぽつんぽつんと建物が見える。足を踏み入れてみるとそれはいくつもの窯《かま》だった。

「では、別々に」

蛭間が先に工房へと入る。五分ほど時間を空け礼子も入った。そこは小学校の美術室のような造りで心が落ち着いた。長いパイン色のテーブルがあり、蛭間はそこに外国人の観光客らしきカップルとともに座っていた。

「遅れてすみません。お電話した大江と申します」

礼子は言った。若い女性がしずかに案内し、礼子は外国人カップルを蛭間と挟むように端に座った。若い女性は珠洲焼の指導員で、優しく四人に説明してくれる。まず珠洲焼の碗を見せてくれた。思わず吸い込まれるような、黒のなかにグレーというか茶褐色というか、とにかく黒を基調にした妖艶な碗だった。「灰黒色」と言われるそうだ。これは珠洲焼のいちばんの特徴である焼き上げ方に関係しているらしく、まず粘土で成形した物を焼き上げる際、燃料の量に対して与える空気を制限し千二百度以上の高温で焼き締めるそうだ。さらに火を止める段階で焚口《たきぐち》と煙道をあえて密閉し、窯のなかを酸欠状態にしてしまうらしい。と、粘土に含まれる鉄分が黒く発色し、焼きあがると灰黒色に仕上がるそうだ。独特の表情も焼成中に降り落ちた灰が自然釉《しぜんゆう》の役割を果たし、落ち着いた美しさを醸し出すそうだ。

「では、さっそく」と女性は粘土を四人に配る。薄茶色の粘土はとても黒くなるとは思えなかった。女性の指導員は一キロの粘土をこれからすべて手作業で進めていきますと言った。現代の珠洲焼はコーヒーカップ、湯飲み、お猪口《ちょこ》など多様化しており、みなさんのお好きな物に仕上げてくださいということだった。隣の外国人カップルは大喜びで皿を作ると言う。礼子が迷っていると指導員が「ちいさなビールグラスなら三つくらい作れると思いますよ」と言うのでそれに挑戦することにした。蛭間は「作りながら考えてみます」と指導員に言った。

そこからはしずかな時間だった。それぞれが粘土に水をふくませながら馴染ませ、パイン色の長机の上に叩きつけていく。四人分のぺたん、ぺたんという音が心地よく、すぐに礼子は夢中になった。そのあとは手回しろくろの上に粘土を載せる。紐状にして丸く繋げる。その上にまた紐状にした粘土を載せろくろを手で回しながら指でなぞり境目を無くしていく。これが、実に難しい。隣の外国人の男性が礼子のでこぼこした境目を指さしワオ、と笑う。みなそれを合図のように笑い場は和んだ。

　相変わらず不器用だな、と礼子は唇を噛む。この手の工作は唯一学校でも苦手だった。時も忘れ集中すれば集中するほどちいさなビールグラスは大きくなっていく。指導員の女性に優しくアドバイスを受けるも、ろくろを回せば回すほど変形し、そのたびに指で強引に整え、とうとう時間切れとなってしまった。作業中に右端から聞こえてくる、指導員の蛭間の手さばきに対する「多田さんは器用な方ですね。とても上手です」という感嘆の言葉が誇らしくもありすこし悔しくもあった。最後はいちばん集中せねばならない。細い糸を使い、ろくろから制作した粘土を切り離さなければいけないのだ。蛭間は終わったようだ。外国人も安堵の声。礼子は美しい目を必死に見開き、ようやくテーブルの上にビールグラスを置いた。指導員の先生が、微笑み小さいはずだったビールグラスを見つめる。隣の外国人が礼子の作品を指さし、

「大江さん。それビールグラスじゃなくて、中ジョッキね」

と片言の日本語で話し爆笑に包まれた。礼子も苦笑いしながら「違います、大ジョッキです」と答え盛り上がった。

　四人に紙が配られた。それぞれが作った作品は窯で焼き上げられ、およそ一か月くらいで郵送してくれるそうだ。

「お名前とお電話番号、お送り先のご住所を書いておいてください」女性は優しく言った。

現実に戻った。が、しかたがない。礼子は白紙に、

[大江美紀子。住所　埼玉県秩父市――」

と蛭間がつけてくれた嘘の名前と伯母の住所を紙に書いた。

見送られ工房を出る。外国人ふたりは握手を求め、礼子も応えた。彼らはにこやかに自動車の横に立った。聞けば一年をかけて、ゆっくり日本を一周しているそうだった。

「このまま金沢へ行くんだけど、おすすめある?」

外国人の男が笑顔で尋ねる。

「近江町市場はいいですよ」

蛭間が答える。

「なに食べれる?」

「ガスエビ。わたしは食べてないですけど」

蛭間がすこし悪戯気味に話し、礼子もくすくすと笑った。「あなたたちはどこに行くの?」と外国人の女性に尋ねられ、礼子と蛭間はそれぞれに「なにも決めていない」と答えた。女性は「大江さん、多田さん。あなたたち、付き合えばいいのに。とてもお似合いよ」と笑った。日本をゆっくり一周するというふたりは車に乗り込む。手を振られ、手を振り返す。自動車はしずかに坂を下っていった。

「どうしましょうか」

礼子は誰もいなくなった砂利の上、蛭間に尋ねる。

「青の洞窟や、最果てにある禄剛崎《ろっこうさき》灯台も有名みたいですね」

蛭間は言う。が、ふたりとも考えることはおなじなようだった。正直、すこし疲れた。昨夜もふたりはほとんど眠っていなかった。それに、充分、いい時を過ごさせてもらった。

「珠洲岬のほうに行きましょうか。能登半島の最果てで、どこか泊まれるところを探して」

「そうしましょう」

蛭間も笑った。蛭間は段取りよくタクシー会社に連絡し、すこし先にあるバス停まで来てくれるよう頼んだ。歩けば二時間半、バスも来ない。

「帽子は深く被っておいてください。たぶん、車内カメラはないと思うので」蛭間は言った。古いタクシーが到着し、珠洲岬のほうへと蛭間は告げる。蛭間と初めて乗るタクシーに、礼子は自然気持ちが高まった。が、同時に明日になれば――蛭間は再審を控え、無実を証明される人間となり、じぶんは裁判所を後にするのだ。もう、こんな機会は訪れない――言いようのない虚しさを礼子は感じた。

夕暮れ五時。珠洲岬に着く。岬の先端まで行ってみたかったが、あたりは暗く、寒く、ふたりは宿を探す。

三十分ほど歩くと、「民宿　端」というちいさな看板が見える。ちょうどお婆さんが玄関の戸を閉めようとしている。礼子が蛭間を見て言った。

「ちょっと訊いてきますね」

「わたしが、」

「大丈夫です。大江美紀子も慣れましたから」

礼子は微笑み小走りでお婆さんに駆け寄る。お婆さんはにこやかに素泊まりを許可してくれた。もっといいところもありますよ。うちは温泉もついていないし。謙虚な言葉に礼子はよいんですと答える。蛭間に合図を送る。蛭間は鞄を持ち、おおきな背を力感なく伸ばし歩いてきた。

好きだな、この人が。

正面から歩く蛭間を見て、礼子は思った。

目に焼き付けよう。

気づけば、いつも後ろを歩いてくれた。

正面から、歩く蛭間を礼子は目に焼き付ける。

ふたりで民宿に入る。お爺さんが迎えてくれた。

「宿帳に――」

と言うので、礼子がペンを持った。蛭間はすこし礼子を見たが、「大丈夫。先に部屋に行っててください」と礼子が言うと、頷きお爺さんに連れられ部屋に行った。

宿帳に名を記し礼子も部屋に行く。六畳ほどの畳。真ん中には卓袱台。簡易的なテレビ。質素だがとても落ち着いた部屋だった。お婆さんが車で来たのか尋ねる。違うと答えると、「ここらは車で行かんと飯屋も行けんよ。飯屋も飯田港まで戻らんとないし」と困り、やがて簡単なものでよければ、なにか出せるけどと言ってくれた。礼子と蛭間はありがたくそうさせていただきますと頭を下げた。

蛭間が先に、お風呂に入る。戻ってくると宿で借りたどてら姿で、礼子は思わず笑ってしまった。「いい湯でしたよ」蛭間は言い、礼子も風呂にむかう。家庭のお風呂がすこし広くなったくらいの浴場は、蛭間の言う通りとても良かった。温泉の湯でなくても、じんわりと日々の疲れを取ってくれた。

礼子もどてらを着、部屋に戻ると、蛭間はあぐらを組みテレビを観ている。礼子はしずかに戸を閉め、草履《ぞうり》を借り表へ出る。

湯に浸かったからか、寒さが逆に心地よいくらいだった。軒先の自動販売機の横にある白いベンチに座る。ペンキはところどころ剝げ落ちているが、なぜか落ち着いた。

礼子はベンチの上から先に見える海を見つめた。

海を、民家を、空を眺める。

「果てに来てしまったな」礼子は思った。が、悪い気分ではなかった。

さいはて。

最果て。

最果ての色を見つめながら、礼子はふと今後のことを考えた。昼に訪れた宇出津港に居酒屋があった。「従業員募集」とアルバイトを求める紙が貼られていた。働けばいいのだ。じぶんがそこで働き、蛭間には時計を思う存分に作ってもらう。いまはインターネットもある時代だ。「能登で作った時計」として、ささやかに販売してもいいし、金沢市内のデパートに営業をすれば、委託販売のチャンスももらえるかもしれない。選挙に通ったとして、議員など辞めてしまえばいいじゃないか。石を投げつけられようと、蛭間さえ許してくれれば、それでいいじゃないか。

海。波は音を立てまた引いていく。果て。最果て。

「なにも悪くないじゃないか」礼子は思った。

月が、馬鹿みたいだが、ほんとうに手が届きそうなところにあった。

「再審が終わったら、ここで――」

明日、蛭間に言ってみよう。礼子は決意した。


宿は夕飯に鍋を出してくれた。刺身には鰤、烏賊をつけてくれて、「鰤は鍋にさっとくぐらせても美味しい」と教えてくれる。蛭間とふたりきり、部屋で食事をとった。おひつに入ったご飯を茶碗に盛る。コンロの上の鍋を、ふたりでつついた。瓶ビールを注ぎ合う。そのあとはご主人が出してくれた日本酒を冷やでいただいた。卓袱台を挟みむかいあう。蛭間の言う通り、人はむきあってしまうと案外喋れないのかもしれない。大切な夜だというのに、出てくる言葉は意外と普通のことだった。

「平成も、終わりますね」

「どんな年に、なるでしょうね」

「四月に新しい元号は発表でしたか」

「どんな元号になるんでしょうね」

「来年の夏はオリンピックですね」

「きっと日本も、盛り上がるでしょうね」

たわいない会話だが、逆に礼子は幸せだった。

布団を敷く。もうどてらはいらなかった。礼子は最後にお願いをした。

「あの、ひとつお願いがあるんですけど」

「はい」

「敬語……やめませんか」

蛭間は驚いた顔で礼子を見つめた。

「今夜だけでもいいんです。敬語、やめませんか」

蛭間は礼子を見つめつづけ、やがて迷うように布団を見つめる。しばらくすると、蛭間は顔を上げた。

「わかりました」

「それ、敬語です」

「じゃあ……」蛭間は勇気を振り絞ったような表情で、礼子の目を見る。

「……よし、今日は思う存分」

「ぞんぶん？」

「寝よう」

蛭間は少年のように笑った。

礼子も少女のように笑った。

礼子は蛭間の腕に絡まりながら、夢も見ず、記憶も時もなく、ぐっすりと眠った。

翌朝起きると蛭間はいなかった。

「トイレにでも行っているのかしら」礼子は思い浴衣を脱ぐ。蛭間が戻る前に着替えてしまいたかった。まだ、着替えるところを見られるのは恥ずかしかった。

が、着替えながらなにかの異変に気づく。畳んだ服の上に載せていた、蛭間からもらった帽子がない。

「――いや」

礼子は部屋を見回す。蛭間の服も鞄もどこにも見当たらなかった。隅によけられた卓袱台に視線を送る。白い封筒が置かれていた。

礼子は急いで封筒を取る。金沢で泊まったホテルの名が刻まれている。慌てふためきなかを見ると、丁寧に折られた便箋と不似合いなUSBメモリーが入っていた。

礼子は便箋を開く。


〈こんな最後になってしまい、申し訳ありません。わたしは、あなたに最後の告白をしなければなりません。わたしは、もうひとつの罪を犯しています。昨年の夏、あなたと再会する前、わたしはある行動をとりました。事件現場の近くにある「SOL」という洋服店にむかったのです。理由はそこで働いていた板野周平《しゅうへい》という若者に会いに行くためでした。板野君は吉住秋生と仲が良く、死んだ奈緒のことも――なにか知っているのではと思ったからです。出所して五年、ようやく妹の死とむきあえる覚悟ができた、そんな思いでした。が、板野君は店を辞めたとSOLのオーナーから聞かされました。そこで、オーナーから信じられない話を聞いたのです。板野も――妹、奈緒に関わっていたのではないか、ということでした。オーナーによると、吉住秋生は趣味のように出会った女性を店に連れ込み、性的行為をしていたそうです。時には奈緒以外の女性にも、半ば強姦に近い形で行為を繰り返していたそうです。そのなかで――板野君を交ぜているときがあった。そう聞かされました。輪姦です。吉住秋生はその様子をビデオで撮影するよう板野に命じていたそうです。吉住には妻がいますから、多くの輪姦の様子を収めたデータは、板野が保存していたそうです。吉住は時々そのデータを借り、妻に見られぬようひとりで悦に入るのが趣味だったそうです。オーナーはわたしに詫びました。が、ＳＯＬの店も吉住秋生の父の土地です。今後のことを考えると、とても警察にもわたしにも言えなかった、そう詫びました。

わたしはオーナーから板野の住所を聞きむかいました。彼の部屋にあがり問い詰めると、板野は土下座をしました。保存していたＵＳＢメモリーをわたしに渡し、許してくれと繰り返し泣きました。許せませんでした。殺してやろうと思いました。ですが奈緒の顔が浮かびました。わたしの公判のときに一度だけ、奈緒が法廷に現れたときの顔です。苦悩を抱え、寂しさに苦しみ、わたしを見つめたまなざしを、思い出しました。が、板野にはかなりの暴行を加えました。もしかすれば、死んでいるかもしれません。わたしは漫画喫茶に行きその映像を確認しました。奈緒もなんども映っていました。とても見られずに早送りしました。ですが飛ばしても飛ばしても、衣服の違う奈緒は画面に何度も現れ、吉住は楽しげに笑い、妹を辱《はずかし》めていました。時には板野も強姦していました。封筒に入れたＵＳＢメモリーが、その映像です。奈緒以外にも、十人ほどの女性が被害にあわれています。

警察に行こうか迷いました。ですが現在の法で言うと、十年以内の事件でないと裁けないと知りました。証拠となるその映像は、すべて十年以上前のものでした。それに――被害にあわれた女性のことを考えると、とても身勝手に警察には行けないと思いました。奈緒は死にました。が、おなじ苦しみを抱え、告発することもできずに、いま必死に生きておられる女性もたくさんいるはずです。必死に苦しみを忘れようと、毎日悪夢に苛《さいな》まれながらも、なんとか生きている方がいるはずです。吉住をきちんと裁きたかった、板野も裁きたかった。ですがとてもいま生きておられる被害者のことを考えると、警察には言えませんでした。

あなたは「なぜ、裁判所の門前に立つのか」そう尋ねてくれましたね。

わたしが門前に立った時は、そんな時でした。

あなたに嘘をつきました。

わたしは、あなたに会いたかった。

あそこに立てば、あなたに会える気がした。

最後に、あなたのまなざしを思い出し、一目でも会いたかったのです。

わたしは、死を決意していました。一刻も早く、妹奈緒のもとへ行ってやらねばと。そんな時、最後に思い出し、会いたかったのがあなたなのです。

九年前、あの法廷にあなたとわたしはいました。あなたは誰より、まっすぐに、真剣にわたしを見てくれました。あなたに迷惑をかけましたが、そのおかげで、妹の名誉を守ることができました。あなたの射るようなまなざし。わたしはあんなに、まなざしを受けたことはありませんでした。そんな人生ではありませんでしたから。だから、思い出したのです。死のうと決意した時、最後にいちどだけ、あなたを見られたら。あのまなざしを、遠くからでも感じられたら。

そんな時です。あなたと再会したのは。昨年九月に荻窪駅であなたと偶然再会し、声をかけました。運命を感じました。神はいるのだ——心の底から感じました。驚きという言葉では言い表せないほど衝撃を受けました。運命なのだろう——本気でそう思いました。次の日から、あなたはわたしの乗る電車のホームに現れました。時間を変えよう、裁判所の門前に立つのもやめよう、そう思いました。でもなぜでしょう、妹の真実があなたに伝わる恐れがありながら、わたしは毎日あなたの隣の車両に乗り、門前に立ちました。

それからは、あなたにもわたしと似たような傷を感じました。なんども再審を願うあなたとその親指を見て、感じました。あなたの出ている雑誌を何冊も読みました。母親に捨てられた過去のインタビューを読むたび、わたしと奈緒にも共通する渇きと飢えも感じました。そしてあなたの、まなざしの強さの意味も。

でも——あなたとそうなったのは、あなたに頼まれたからではありません。最初こそ、奈緒の事件を掘り起こしてほしくない、その気持ちもありました。ですが、魅かれました。あなたに、わたしはどんどん魅かれていったのです。いえ——きっと最初から、わたしはあなたに魅かれていたのです。あなたが初めてアパートを訪ねてくれた時、わたしが正直にすべてを話したのも、だからです。あなたにだけは、最後に正直に話しておきたかった。でもどんどん、わたしの死への決意は揺らぎました。あなたがいたからです。「すこし時間をいただけませんか」と言い再審をする決意に至ったのも、結局——あなたといられれば。そんな淡い気持ちが芽生えてしまったからです。ひとつだけ忘れないでください。あなたが、わたしを生かしてくれたのです。

あなたが「好きなのかもしれません」と言ってくださった時、「わたしもおなじです」と答えたかった。

あなたが新宿駅の地下鉄のホームでわたしの手を握ってくれたとき、できれば、その手をずっと握っていたかった。

あなたが［会いたい］とメッセージをくれ、荻窪駅のホームに通うようになり、あのまま毎日あなたの後ろの車両に座っていたかった。

願わくば、いちどでもいい。あなたの名前を呼んでみたかった。

金沢に来てからもおなじです。珠洲に辿り着いてからも。高台で手を繋ぎ港を見つめていると、不思議とわたしの右手には奈緒が、左手にはあなたがいる気がして、温かな気持ちが湧きました。

このままあなたとここにいられたら、住めたら、どんなに幸せかと、思ってしまいました。

――このままではわたし達は、きりがありません。

あなたとわたしのしるしは、ここにはひとつもありません。あなたには、やるべきことがきっとあるはずです。だから安心して、どうぞ元の世界、いや、新しいあなたの世界に戻ってください。

あなたは、いまのご主人との関係にも悩んでおられるのかもしれません。わたしもあなたも、たぶんおなじです。父親を知らず、母親を失い、手探りで生きてきたわたしたちは時に迷うはずです。

神の言葉で、好きな一文があります。

「家はあると言ったではないか」

わたしたちにも、物理的なものではない家がどこかにあるはずです。どうか、それを見つけてください。

再審をすると言ったにもかかわらず去ること、お許しください。ですがひとつお願いがあります。弁護士の先生とお会いした時、現在の法律で、「強姦された際に、被害者が肉体的に傷を負ったり、また事件により心的外傷後ストレス障害を発症した場合、公訴時効が十五年の強制性交等致傷罪が適用される」とお聞きしました。吉住は女性を酒や薬物で朦朧とさせ、行為を繰り返すこともあったそうです。また映像の中にも――吉住と板野両名に暴力を振るわれながら強姦されている女性もいらっしゃいました。もしかすれば、その女性たちのなかで、事件後にＰＴＳＤを発症している被害者の方がおられるかもしれません。もし、その映像のなかの女性で、それに該当し、かつ吉住秋生、板野周平に罪を償ってもらいたい――そのような方がおられたら、あなたのお力で助けてあげてください。

わたしは旅に出ようと思います。遠い場所で、しずかに暮らせる場所を見つけます。あなたの幸せを、心から祈ります。そしていつか、奈緒の魂が彷徨っているならば、わたしはもういちど、今度こそ、その手をしっかりと握ろうと思います。身勝手なわたしを、忘れてください〉

礼子は廊下を走る。お婆さんに「あの人はどこですか！」と叫んだ。

「蛭間さんなら、朝早くに帰られたわよ。あなたをお昼にでも空港に送ってあげてほしいと言って――どうされたの」

「これ――これ――」

礼子は震える手でじぶんの電話番号を紙に記す。なにかわかったら、すぐに電話してください――そう告げ玄関を走り出る。

走れども走れども坂はつづき、蛭間はいなかった。鈍色の空からは雪がまた降っていた。

午後二時。

礼子は珠洲警察署の会議室にいた。窓際のテーブルに座り、目の前にいる刑事の話を聞いていた。「男性の遺体が港にあがったらしい」民宿の主人から電話があり、礼子はすぐに警察署に駆け込んだ。蛭間は皮肉にも、漁船の網にかかり遺体が見つかったと年老いた刑事は言った。礼子は話をぼんやりと聞きながら、窓の外を見ていた。

刑事は、礼子の職業も知ったうえで、しずかに言葉を紡いだ。

「蛭間さんって方――すごい人だね。両足に、船の錨つけとった。絶対にじぶんが見つからんよう、海の底に沈むつもりだったんでしょう」

「海に入ったんでしょうか。飛び降りたんでしょうか」

「たぶん――堤防の先まで歩いて、海さ入ったんだと思う。錨引きずりながら、泳いで泳いで、沖にむかったんでしょう」

「そうですか」

「が、漁船の網にかかってしまった。今日は海が荒れとる。普段なら遺体は見つからんかったでしょう。でもたまたまね、やる気がある奴もおるもんです。時化《しけ》の海に船さ出して……蛭間さん網に引っかかってしまった。彼にしたら、無念だったでしょうね。浜にじぶんの遺体があがったことが。きっとあんたに――旅に出た、そう思っていてほしかったんでしょうから。誰にも知られず、あんたにさえ知られず、逝きたかったんでしょうから」

「そういう人なんです」

礼子はしずかに答えた。

蛭間が絡まったのは烏賊釣り漁船の網だったそうだ。礼子は港で見た、あの美しかった烏賊釣り漁船の何個ものランプを思い出した。

錨を両足に括《くく》りつけ海に入っていく蛭間を想像する。

その後ろ姿は、どこか、十字架を背負い歩くイエス・キリストと重なった。福音は、彼に聞こえたのだろうか。

「片陵さん」

刑事に呼ばれ、礼子はようやく窓の外にむけていた視線を前に戻した。

が、瞳には窓から見える光景がこびりつく。一月の能登半島。日本海。空からは牡丹のような雪が舞い落ち、港を白く覆っていた。人っ子一人存在しないその港津に、真冬の日本海は暴れるように波を寄せては戻していく。舞い落ちる白雪が鳩に見えた。礼子は思った。あの夢のありかを。夏目三津子はじぶんだった。母が消え、本能を閉ざし、友さえも作らなかった。あのとき、鳩を自由にせねばと思った。このまま鳥かごにいたら、もう二度と群れに帰れないと悟ったからだ。だから鳥かごから出した。おなじように、蛭間を自由にしたかった。が、鳥かごから出してくれたのは蛭間隆也、その人だった。鳥かごのなかにいたわたしを。

「金沢へ行きたいと言ったのは、わたしなんです」

礼子は九谷焼でも珠洲焼でもなんでもない、百円ショップで売っていそうな茶碗を見つめながら言った。

「はい」

「あの人は、わたしをどこにも存在させないようにしていました。金沢の地にも、珠洲にも」

「あんたが——宿帳に蛭間隆也、片陵礼子って本名を書いてくれておらんかったら、蛭間さん、名無しの無縁仏になっていたでしょう。あんたさんが民宿でほんとうの名前書いてくれとったからら」

「証が欲しかったんです。あの人と一瞬でもこの地に立っていた、証が。たとえそれが——宿帳のなかだけだったとしても」

「うん」

「それだけで、よかった。愚かでしょ、わたし」

刑事はしずかに茶をすすった。と、違う刑事がやってきてテーブルの脇に立つ。礼子の職業がわかっているのだろう、すこし緊張した面持ちで若い刑事は礼子を見た。

「あの——ご主人という方から連絡がありまして」

「ええ」

「なんか探し回ってたみたいですよ、全国の警察に連絡して。最後はあなたのパソコン見て、金沢のこと調べてるってわかって、ここに」

「そうですか」

「で、ご主人、弁護士さんなんですってね。そんで、その——じぶんが行くまで、妻になにも話すなと伝えろと」

「ええ」

「なにか事件に巻き込まれているなら、おれが弁護するからって」

「そうですか」

「あの……あと」

礼子はぼんやりと若い刑事の顔を見る。

「あと……あんまり意味はわからんかったのですが、妻に伝えてくれと」

「なんでしょう」

「おふくろの飯は、おれがやっとくからって。だから、安心しろって」

礼子はそれを聞き、涙が出るほど笑った。


東京に戻り、多少マスコミで話題になった。

「美人裁判官、許されぬ不貞」「夫を裏切った美人判事の品性」「政界進出も考えていた!? 十年にひとりの天才と呼ばれた美しすぎる判事の驚きの野心」「元服役囚とかつて裁いた判事の逃避行」——蛭間の自宅を訪ねると、もう引き払われていた。大家に訊くと、二週間前に退去の申し出があり、突然のことですみませんと、蛭間は三か月分の家賃を置いていったという。日付を聞くと、金沢へ行く前日のことだった。礼子は弁護士の山路と会い、蛭間のことを伝える。山路はじっと喫茶店のテーブルを見つめていた。蛭間から預かったUSBメモリーを渡す。山路は調べてみます、と呟いた。もし該当する女性が見つかれば、じぶんがケアをします。礼子は言った。その後山路の調べにより、吉住秋生の共犯である板野周平が見つかった。蛭間から暴行を受け全治二か月の傷を負い都内の病院に入院したのち、実家のある長野県に帰っていた。

二月末、礼子は東京地方裁判所の判事を辞職した。

荷をまとめ、刑事第十二部の裁判官室を後にする。隣接する書記官室を通ると、数人の職員がすこしだけ頭を下げた。ひとりの女性職員が、礼子に届いたというちいさな箱を渡した。礼子は一礼すると、廊下に出る。

懐かしい匂いだ。礼子は思う。長い廊下を歩きつづける。いつものように背を伸ばし、ヒールを鳴らし礼子は歩く。

エレベーターで降下し一階に着く。礼子は歩きつづける。と、携帯電話が震え、メッセージの着信があった。最高裁広報課付の岸和田美沙からのショートメールだった。開くと短く、「見損ないました」とだけ書かれてあった。

彼女はじぶんのなにを見損なったのだろう。わたしはただ、愛を知り、覚え、またひとりになっただけだ。

東京地裁を出て、門前に立つ。

書記官から渡された箱を見ると、石川県から届いた荷物だった。開けなくともわかる。あなたは証をくれていた。ひと月の時を超え届いた荷には、

「片陵礼子さまへ　多田義久」

と丁寧な字で書かれていた。

あの人は、あの美しい手で、なにを作ってくれたのだろう。コーヒーカップなのか、湯飲みなのか。あんがい、ビールグラスであるかもしれないと礼子は思う。できれば、対であればいいと、礼子は願った。

——ほんとうに、あなたの手はいつも間違える。

ただ、いつも正しく、まっすぐに、優しい方向に。

礼子は門前を後にし、霞ケ関駅の階段を下った。

本書は書き下ろしです。
また、この物語はフィクションであり、
登場する人物や事件等は架空のものです。

〈著者紹介〉

一雫ライオン　ひとしずく・らいおん

一九七三年生まれ。東京都出身。明治大学政治経済学部二部中退。俳優としての活動を経て、演劇ユニット「東京深夜舞台」を結成後、脚本家に。映画「ハヌル-SKY-」でSHORT SHORTS FILM FESTIVAL & ASIA 2013 ミュージックShort部門UULAアワード受賞。映画「TAP 完全なる飼育」「パラレルワールド・ラブストーリー」など多くの作品の脚本を担当。二〇一七年に『ダー・天使』で小説家デビュー。その他の作品に、連続殺人鬼と事件に纏わる人々を描いた『スノーマン』がある。

二人の嘘

二〇二一年六月二五日　第一刷発行

著者　一雫ライオン

発行人　見城徹

編集人　菊地朱雅子

編集者　有馬大樹

発行所　株式会社　幻冬舎
〒一五一-〇〇五一　東京都渋谷区千駄ヶ谷四-九-七
電話　〇三(五四一一)六二一一〈編集〉
　　　〇三(五四一一)六二二二〈営業〉
振替　〇〇一二〇-八-七六七六四三

GENTOSHA

印刷・製本所　株式会社　光邦

Printed in Japan　ISBN978-4-344-03801-1　C0093

幻冬舎ホームページアドレス https://www.gentosha.co.jp/

この本に関するご意見・ご感想をメールでお寄せいただく場合は、comment@gentosha.co.jpまで。